就算世界末日，
也要記得帶上你的貓！

世界末日帶上貓

Doomsday with Your Cat

天川—著

目錄

1 — 末日 — 007
2 — 淪陷的避難所 — 018
3 — 說話貓 — 038
4 — 女孩 — 050
5 — 鱷魚 — 065
6 — 救贖之夜 — 076
7 — 真相大白 — 113
8 — 活下去的代價 — 137
9 — 追擊！突變種！ — 176
10 — N1 實驗室 — 225
11 — 清道夫 — 256
12 — 抗體 — 288
番外篇：狙擊手S與戰士G — 311

末日
Chapter 1

「奶油揮出了左鉤拳，正中殭屍的臉，把殭屍一拳打飛！」

說話的人是一位十七歲的少年，他姓陳，單名一個武字，他躺在床上，肚子上坐著他的愛貓奶油。

「但有另一隻殭屍從奶油的身後慢慢靠了過來，奶油還沒注意到……她還沒注意到……她會注意到嗎？」

奶油是一隻橘色的米克斯貓咪，背部有淺淺的虎斑條紋，肚子則是白色的，她慵懶地打著哈欠，任武擺動自己毛茸茸的貓掌。

「在殭屍要碰到奶油的時候，奶油大吼一聲，進化成獅子，使用聲波把殭屍的腦袋震碎……」在武的故事即將到達最精采的地方時，忽然間，門口傳來一陣急促的敲門聲。

叩叩叩！

「武？你在嗎？有新人來了？快去準備準備。」

「我這就來！」武跳下床，打開房門，「怎麼樣，李大哥，這次來了幾個人？有漂亮的女孩嗎？」

被武稱作李大哥的人，本名叫李孟康，原本是在念研究所二年級的學生。他是最早來到這座避難所的人，也是原先負責帶領新人的人，在他加入物資搜索小隊後，他的工作由武接手。

「你自己去看看就知道了啊。」李孟康故作神秘地說，向前走去。

武正準備走出房門，又連忙跑到鏡子前抓了抓頭髮。

「今天狀態不錯喔！帥哥！」武對自己露出滿意的微笑，接著抓起在他腳邊喵喵叫的奶油，讓她對鏡子喵了兩聲，之後才趕忙追上李孟康，奶油亦步亦趨地跟在武旁邊。

「好久沒有新人來了，大概有兩個月了吧？」武顯得很興奮。

「疫情爆發到現在都快一年了，你要習慣，活著的人只會越來越少。」

武迫不及待地從走廊窗戶看出去，想早點看看那些新來的人。

他們就在那裡！武看見他們了！

他們一共有七個人，其中兩個是孩子，他們看上去都十分狼狽，全身髒兮兮的，衣服磨出了幾個破洞，頭髮也因為油垢黏在一起。

新人們正在入口處接受檢查，在避難所接納他們之前，要先確認他們沒有危險。

武感到失落，嘆了一口氣。

在這座避難所中，和他一樣是高中生的人……沒有，真的沒有！

這裡有孩童，有國小生，國中生，也有幾名大學生和正在念碩、博士的學生，但就是沒有高中生。

高中生是個非常神秘的階段，和大學生沒差幾歲，跟國中生也沒差幾歲，但卻自成一格。大學生有自己的話題，國中生也自成一群，大家雖然都是朋友，但卻不是死黨。

奶油跳到樓梯扶手上，在他耳邊喵了兩聲，武很快又提起了精神。

「謝謝妳，奶油。」

下一次，下一次一定會有和他年紀相仿的高中生來的。

最好是個女孩，武心想。

最好是個漂亮女孩……

最好是個身材火辣的漂亮女孩……

最好是個身材火辣，個性溫柔體貼，喜歡小動物的漂亮女孩……

算了，只要還是個活人就好了，武突然發現自己的要求有點多。

一等他們走出樓梯，就聽見旁邊傳來一聲叫喊——

「嘿！李孟康，這裡！」

幾個手持棍棒和刀械的年輕男女，圍繞在兩輛車子旁，對著李孟康招手。

「我馬上就過去！」李孟康揮手對他們回覆。

「今天也要出去搜尋物資嗎？」武問。

「是啊，附近的補給都被拿光了，最近都沒什麼收穫……」李孟康看起來很苦惱，「今天可能要到遠一點的地方去搜索了。」李孟康嘀咕著，「晚上不知道能不能趕回來……」

「我真希望能跟你們一起出去。」武羨慕地說。

「你爸不是同意你二十歲就能加入我們了？」

「但那還要好久。」

「相信我，這一點也不好玩。」李孟康拍拍武的肩，「我會幫你留意貓罐頭，新人就交給你了。」

聽見貓罐頭，奶油豎直尾巴，尾巴伴隨著一聲喵而抖動，武抱起奶油，目送李孟康上車，但李孟康卻在要坐進副駕駛座時，拉長脖子往另一邊看去。

一旁的新人不知道為什麼，和守衛起了紛爭。

有一個頭髮灰白的中年男子，在炎熱的天氣，穿著兩件厚外套，他低垂著頭，表情十分僵硬，好像五官都被膠水固定似的，他滿臉是汗，身體不時還會抖動一下。

「哎呀……我家老頭只是感冒！發燒！過幾天就會好了！」一個中年胖婦人擋在男子前方，為他說話。

「那種抖動的樣子分明就是被咬了！」阿火是守衛中脾氣最火爆的，他握緊手中的球棒，對婦人斥喝。

「是癲癇啊！老毛病了！等一下就好了！」

「大熱天穿這麼多太可疑了，叫他脫掉外套！」另一個人斥喝。

「欸！你這個人怎麼這樣，衣服怎麼穿是個人自由吧！」婦人指著他們的鼻子大罵，「我都說了他只是發燒，所以身體發冷，要是脫了外套，病情加重，你生得出醫生來給他治病嗎！」

「一定是被咬了心虛，才不敢脫外套！」阿火推開婦人，強行把後方男子拉過來，男子掙扎，婦人也不甘心地抓著阿火，拍打他的手，一邊大喊：「放開！放開！」

面對這場混亂，武隱約聽見其他新人表示他們不認識這兩個人，是剛剛才遇見的。

在其他人準備上前勸架的時候，男子用力地往阿火的手臂一咬，阿火痛得用球棒朝他用力一敲，男子滾落到一旁樹下，身體開始抽搐，表情猙獰。

周圍的人恐慌地退開，婦人不顧眾人阻攔，跑到男子身旁攙扶他，只見男子從地上彈起，抱住她，一口往她脖子咬下。

「啊——」婦人揮舞雙臂，跟身旁的人求救。

「他變成殭屍了！他變成殭屍了！」大家慌張地大叫。

阿火立刻上前，毫不猶豫，用球棒狠狠往男子的頭部打。

婦人摀著傷口，鮮血一直從指縫間湧出，她低著頭，發出呼呼喘氣聲，當她再度抬起頭時，她張開了紫黑色的雙唇……

阿火才剛抹去頭上的汗，婦人就撲到他身上，對他又抓又咬，阿火用球棒擋在中間，雙腳向上一踢，成功把婦人推開，但婦人立刻轉身攻擊其他人，咬傷了另一個守衛的腳。被咬傷的守衛跌坐在地上，驚慌地用手跟腳想推開婦人，反而讓婦人有機會抓住他的手啃噬。

現場有人發出了尖叫聲，提醒了婦人後方還有許多美味可口的食物，婦人追進人群中，現場陷入一片混亂，所有守衛的人都拿起武器追了上去，朝殭屍發動攻擊，就怕殭屍跑進避難所。

他們跟武有一段距離，本來武是安全無虞的，但是奶油受到了驚嚇，掙脫武衝進人群中。

「奶油！」武立刻追了上去，逆向推開人群，搶在奶油鑽進草叢前，一把將她撈起。

「乖乖……沒事了……沒事了……」武輕聲安撫不斷掙扎的奶油，他回過身，看見大家已經合力鎮壓住婦人了，婦人雖已倒地不動，他們仍拿著棍棒不斷往婦人身上猛烈搥打。

一時放鬆戒心的武，沒注意到身後，剛剛被婦人襲擊的守衛，正搖搖晃晃地站起身……

「小心！」有人指著武大叫。

武一回頭，就看見翻著白眼的守衛撲了過來，他匆忙一閃，跌坐在地上，但仍緊緊地抱著奶油，幸運的是，受傷的腳讓殭屍重心不穩，跌倒在地。

「殭、殭……屍……」武顫抖地指著守衛。

變成殭屍的守衛抬起頭，對著他發出低沉的咆哮聲，這是武第一次這麼近距離看見殭屍，爆凸的雙眼、蒼白的肌膚、以及那恐怖絕望的喘息聲，讓武嚇得全身無法動彈。

動起來！動起來啊！武命令自己的大腦，但身體完全不聽使喚，當殭屍再度撲過來的時候，他只是抱著奶油瑟縮成一團——

咚！

忽然間，有人朝殭屍的頭用力一敲，將殭屍擊倒在地。

武抬頭一看，原來是李孟康，他手中拿著鐵鍬，上面還沾著殭屍的血。

其他人把握機會，抓著武器上前，攻擊倒在地上的殭屍，即使是昔日夥伴，他們也不手軟。

之後，大家轉而看向阿火。

「幹……幹嘛？」

「你剛剛被咬了……」有人小小聲地回答了他的問題。

「但是沒有受傷啊！在他咬傷我以前，我就把他打飛了！」阿火飛快地說著，就怕有人打斷他的話，不肯聽完。他挽起袖子，指著剛剛被咬的地方走了過來，要大家看清楚。

大家紛紛向後退，但卻拉長了脖子向前，連一顆痣都不想漏看。

「好像真的沒咬傷耶……」

「對吧！對吧！」

在大家的注意力放在阿火身上時，李孟康對武遞出手，拉了他一把：「還好嗎？」

武嚥了下口水，對他點點頭，依舊驚恐未定。

今天這條命，算是撿回來的。

武很久以前就知道了這件事，只是今天比以往都有更加深刻的感觸。

他既不像那些守衛有強健的體魄能對付殭屍，也不像李孟康一夥人具有冷靜的頭腦與敏捷的身手，可以擔當資源收集的人，更不像父親和其他專家一樣，擁有一技之長，可以幫助大家，要不是在疫情爆發之初就逃進了避難所，他是無法在這個世界活下去的。

因為，這個世界被殭屍攻陷了。

不知道是從什麼時候開始，出現了一個叫 MO 的組織，他們研發出一種可怕的生化病毒，感染後會讓人喪失理智，嗜吃血肉，擁有尋常人好幾倍的肌肉力量……

病毒是怎麼失去控制的，已無從考證，台灣因為是個海島，少了邊境傳播的問題，一開始還能勉強控制住疫情，但在某個夜晚，有個發病的人衝進了附近的觀光夜市後，不到一天，全島就淪陷了。

說起來，武和父親會來到這座嘉義避難所，完全是個意外。

原本對武來說，每天打開電視都是恐怖的新聞，殺人放火、劫財劫色、氣爆、地震、流感、土石流、哪裡又淹水了……他總覺得這些新聞和他熟知的日常生活天差地遠，因此雖然傳出殭屍襲擊人的案例，但他並不覺得有什麼嚴重，相反的，他只是關上電視，抱起奶油上床睡覺，連去巷口超市買泡麵囤積的打算都沒有。

武的父親，陳文雄，是個傑出的病毒學家，早在國外疫情爆發之初，他就開始和其他學者合力研究病毒，致力於研發疫苗。

當他察覺到疫情失控後，他立刻丟下手邊的工作，連夜南下抵達高雄，要將武帶往台北的 N1 研究室，那裡是最安全的避難所之一。

不過，武只覺得半夜衝進家門、要他出發去台北的父親在大驚小怪。

他還記得父親上次也一副緊張兮兮的樣子出門，結果只是要趕在八點截止前買樂透。那次的頭彩獎金高達九億，陳文雄大手筆買了兩百張樂透，卻連小獎都沒中一張，武還得反過來安慰他說：「買了兩百張樂透都摃龜的機率跟頭獎一樣低耶！」才稍微平復了他的情緒。

在陳文雄的堅持下，武一邊打著哈欠，一邊收拾東西，他想帶的東西很多，不知如何取捨，最讓他躊躇不決的就是筆記型電腦。他不想帶太多行李，最後決定只帶上貓用品就好，武還順手把兩套換洗衣物塞進背包中，好讓父親以為他很把這場鬧劇當一回事。

反正大概明天，最多後天，父親就會發現一切都是誤會，帶他回家。

在一切準備就緒後，奶油自動跳進背包中，把背包塞滿。

一上車，武就打開背包，放奶油出來，他在後座縮起身，抱著奶油補眠。

車上的廣播不斷播送各個避難所的位置，要大家趕緊去避難，但是陳文雄關掉了廣播，他不想嚇到武，也不想打擾武補眠。

一路上交通號誌都閃著黃燈，他們幾度差點跟別的車子相撞，走到哪都可以聽見喇叭聲跟駕駛互罵，這下武睡不著了，他原本以為半夜時分，路上應該沒什麼車子，沒想到卻到處都是車禍。

武終於注意到街上的慘況，人們尖叫著四處狂竄，路燈被撞壞了，一閃一閃的，整個城市陷入一片漆黑，只剩下少數店家的燈還能提供一些光亮，在閃爍的燈光中，武隱約看見人吃人的畫面。

「那是什麼？」武不自覺地抱緊奶油，害怕地問，陳文雄沒有回答他的問題。

武想起新聞的殭屍報導，第一次感到疫情的嚴重。

陳文雄想開上高速公路，但交流道秩序大亂，根本沒有人遵守交通規則，車子逆向來回，把路口堵塞得十分嚴重，好不容易陳文雄抓到時機準備上交流道時，一輛銀色的休旅車逆向衝下來，陳文雄雖然緊急踩下煞車，但休旅車仍然撞上了他們。

沒有人停下來詢問他們是否需要幫忙，也沒有人替他們打電話報警，取而代之的是逕自繞過他們，駛上高速公路。

休旅車駕駛拼命想發動車子離開，但怎麼也發不動，最後休旅車駕駛急了，拿著行李，讓妻子抱著三歲女兒，一家人跑到陳文雄前面，幾乎是用哭喊的說：「牠們來了！牠們到處都是！就在高速公路上！」他轉過身，對著不斷經過的車子大叫：「上面堵死了，完全不能走了！到處都是殭屍！你們別上去！」但沒有人理他。

就在這時，高速公路上發生爆炸，碰的一聲，燃起非常大的火勢，幾台車撞破路欄，從高空衝出來，大家抱著頭，驚悚地看著這一幕，幾隻燃燒中的殭屍搖搖晃晃地出現在高速公路上，直接從斷裂的護欄處跳了下來，後頭的車子紛紛掉頭離開。

「快！快上車！」陳文雄讓休旅車駕駛一家上車，趕在殭屍過來之前，倒車離去，還好有不少車子擋在那裡，成為路障，為他們爭取了緩衝時間。

路上，武遠遠看見幾隻殭屍將一個可憐的女人手腳扯斷，將她生吞活剝，又看見殭屍把鐵門撞到扭曲變形，衝入民宅，有人被壓在地上，無力反抗，有人被逼得只能跳樓逃生，只是在下方等待著他們的，是無數隻飢渴難耐的殭屍。

街上十分混亂，陳文雄又試著換了幾條路，路上不但充滿了殭屍，還被車子堵得寸步難行，甚至不斷遭遇殭屍襲擊他們的車，牠們把車門撞凹，力道大到玻璃都被撞得龜裂。經過一番折騰，他們才總算把殭屍甩掉，眼看抵達台北成了不可能的任務，他們輾轉來到嘉義避難所。

武還記得自己當初站在門口接受檢查的窘樣，那時李孟康很驚訝地看著奶油，問他：「你只帶了……這個？」

「嗯……」武可以理解為什麼李大哥會這麼驚訝，武左邊站著的是個大嬸，頭上戴著鍋子，背後揹著平底鍋，左手拿菜刀，右手拿水果刀，而武右邊那個中年男子，武猜他應該是手機回收商，因為他把 NOKIA 3310 串在一起做成戰袍，再把菜刀綁在竹竿上，當成長槍。

而武，就只帶了一隻貓，還有一整個背包的貓用品。

「算了，至少不是什麼危險的東西……」只是李孟康怎麼看都覺得：「這隻貓該減肥了吧？」

面對這番評論，奶油喵了一聲，好像挺高興的樣子。

在他們抵達避難所後，短短數天內，通訊設備陸續失靈，生活方面也出現了缺水斷電的危機，世界彷彿倒退了幾百年，回到必須自己汲水、點蠟燭、設陷阱捕獵物的原始時代。

一開始陳文雄不死心，還數次試圖北上前往 N1 實驗室，但最後，在道路雍塞不通，四處都躲藏殭屍，且補給不易的情況下，陳文雄終於死心，決定在這座嘉義避難所待下來。這裡是由大學改建而成的避難所，不但有專業的實驗室跟設備，還有發電機能將有限的電力輪流供應給各個區域，維持必要運作，雖然研究必須重新來過，但是其他各領域的教授學者，倒是在研究上提供了不少助益。

這段期間，大家幾乎是廢寢忘食，待在實驗室中做實驗，還要勞煩武給他們送三餐。

三個月前，一直沒什麼起色的研究，忽然有了重大突破，說起來，這一切都要歸功於奶油。

那天，武給他們送了晚餐，奶油調皮跳上了實驗桌，把桌上的瓶瓶罐罐打翻，大家正在吃飯，一時之間來不及阻止她，只見瓶子中的試劑流到樣本上，使樣本產生了一些變化，一直卡在瓶頸的研究終於有了進展。

他們已經查不清樣本到底加了哪些試劑，也不清楚加了多少劑量，只好用這僅有的樣本下去做研究，又過了幾天，傳出了好消息，武聽父親說他們有了一些成果，陳文雄興奮地想和位於台北的研究團隊分享這個成果，尋求他們協助，要是成功了，或許有望量產疫苗！

為了跟台北的實驗室聯絡，他們請有理工背景的人，嘗試製造跟台北實驗室聯絡的機台。為了製造這個機器，還增加人力去外頭收集了許多原料，過程中也因為這樣損失不少人，引發不少爭議，反對製造通訊機台的聲音出現，他們更希望平靜地過好每一天。陳文雄和其他學者費盡唇舌跟大家溝通，希望大家眼光要放遠。為此大家進行一場表決，決定是否該繼續製造通訊機台，陳文雄這方驚險地以一票之差獲勝，才成功把通訊機台建造出來，雖然外型陽春，但總算是能成功將訊號傳出去了。

只是他們沒有想到，他們發出的訊息，就那麼剛好，被 MO 攔截到了，攔截的人立刻將疫苗的消息通報上去。

組織於是把搶奪疫苗這個棘手的任務交給殺手W。

殺手W是個冷酷的男人，致力於恢復組織的實力。他總是戴著太陽眼鏡遮掩眼睛的傷疤，穿著黑衣，他早在很久很久之前，就捨棄了原本的名字跟身分，替MO工作，在組織中，他的代號是W，他的專長是暗殺，他非常冷血，連孕婦肚子中的胎兒都不放過。

殺手W有兩名得意門生，如野狼的利齒般危險，兩人都還未滿二十歲，就已經成了國際重大危險通緝犯，是組織MO重點培養的幹部。

其中一個人擅長狙擊，另一個人雖然是身材瘦弱的女孩子，卻精通各種徒手格鬥技巧，在原本的成員間諜S跟刺客G罹難後，由他們繼承了S跟G的代號，成為狙擊手S跟戰士G。

在殺手W的指示下，狙擊手S跟戰士G，趁著夜色來到避難所。

Chapter 2 淪陷的避難所

阿火一個人來到廁所。

在確定整間廁所都沒人後，他在洗手台前，對著鏡子，拉開衣領。

在他胸前，有個淡淡的爪痕——他的確沒有被那個男子咬傷，但他在婦人撲到身上時，不慎被抓傷了。

幸好有衣服擋著，大家沒有發現這件事。

「可惡！那個瘋女人！」

阿火仔細審視爪痕，傷口有破皮，紅腫，好像有流血，又好像沒有。

他該怎麼辦？要是被大家知道，他肯定會被活活打死的。想到這裡，阿火不禁打了個寒顫。

「開什麼玩笑！我可是天公之子耶！」他憤恨地捶打洗手台大吼，他可是好幾次驚險地從殭屍攻擊下生還、超幸運的人耶！就連稍早被男子咬到手，都幸運地沒有受傷，這樣的他，怎麼可能因為這樣就感染！

這時，剛好有個中年男子進來上廁所。

阿火連忙假裝自己在洗臉，他用水瓢從旁邊的水桶舀了一瓢水，從頭上澆下，把臉上的汗跟泥巴沖掉，然後又是一瓢水……

「年輕人，省一點。」中年男子好意提醒，現在不比以往，水龍頭開了就有水可用。

「操你媽的！老子剛剛在外面跟殭屍拚搏，還要挖洞把牠們埋起來，你在這裡做了什麼？你有搬殭屍搬到一半，被掉出來的腸子弄得滿身都是過嗎？洗個臉也在那裡唸！」阿火接著又罵了一連串髒話。

中年男子臉色難看地走出廁所，雖然大家都知道阿火脾氣暴躁，但他總是能成功地讓大家再次失望。阿火用袖子把臉上的水抹乾，拉開衣領再度檢視傷口。

沒事的……不會感染的……不會那麼倒楣的……

「對、對啊！我只要像平常一樣就可以了！沒事、沒事的……」他嚥了下口水，故作鎮定地回到工作崗位。

半夜，阿火一個人來到餐廳。

「好癢、好癢啊，怎麼會這麼癢？」他一邊發著牢騷，一邊將手伸進衣領，去抓胸口。

被殭屍抓傷的地方只有一小片，但是整個胸膛都被他自己抓到破皮流血，他的十根手指都沾染血跡，指甲縫還卡著碎肉，他的傷口很痛，但是又癢得不得不繼續抓。

因為這個原因，他一直躲在沒有人會注意的角落，把工作丟給別人，連晚餐也不敢去餐廳吃飯，就怕自己的傷口曝光。飢腸轆轆的他，只好在半夜來餐廳找食物。

他拿出卡式瓦斯爐，想煮一碗泡麵吃，在水滾之前，他脫下上衣，藉著火的光源查看傷口，雖然光線昏暗，但他很仔細地檢視傷口，在他視線能看得到的地方，並沒有看到任何感染的跡象。

「真奇怪，為什麼會這麼癢啊……」不只如此，他還感到口乾舌燥、全身痠痛、四肢發麻。

這個傷口快把他搞瘋了，他真想把胸前的肉整片割下來，切除煩惱，他從刀架上拿下菜刀，猶豫著要不要動手。

「阿火？你今天都跑到哪裡了啊？」就在這個時候，身後傳來同為守衛的同伴聲音，是明杰。

明杰一手摸著肚子，表情嘻嘻哈哈的，「真傷腦筋，最近不曉得為什麼都吃不飽，雖然這樣半夜偷偷把儲備糧食吃掉很對不起大家，但是……」話說到一半，他注意到阿火胸前那片顯眼的傷。

「你……」他指著阿火的胸口，雖然覺得事情不單純，但是那個看起來又不像是有感染的樣子，當然，他也不排除是光線太暗，自己沒看清楚。

「我這裡好癢……好癢啊……怎麼抓都沒用……都是早上那個瘋婆子抓的……」阿火壓低聲音抱怨，說著，忽然又轉成哀求的語氣：「你幫我看看……看一下……你說，我會不會感染？我是不是感染了？你說！說呀！」

阿火越說越激動，顧慮到他手中還拿著一把菜刀，明杰不敢刺激他，想要先安撫他，再趁機找機會逃走。

「我、我相信你不會感染，所以……」

「你相信我不會感染？」阿火打斷他的話。

「呃……嗯。」明杰嚥了一口口水。

下一秒，阿火忽然抓起他的手，一口咬下，明杰痛得推開阿火，抽回手。

「你、你幹嘛？」明杰恐慌地看著自己被咬到流血的手腕。

「你不是相信我不會感染？」阿火似笑非笑地抬起頭，「這樣一來，我們就是同伴了。」

「你……你瘋了……」明杰倒退了幾步，轉身逃跑，阿火怕他把事情說出去，連忙追了上去。

明杰推倒附近的桌椅想阻止阿火，大喊著：「救命啊！」一路跑到走廊上，他回頭一看，阿火已經繞過了障礙物，追了出來，手中仍然拿著那把菜刀。

明杰逃進第一個遇到的房間，著急地把門甩上，並不忘把門也鎖上。

「怎麼了？」有幾個睡著的人被他吵醒。

明杰沒有回答他們，他顧著把靠走廊的窗戶都關上鎖好。

「幹嘛把窗戶關上？熱死了！」房間裡，負責守夜的人上前，才剛想要把窗戶打開，就被明杰斥喝：「不准開！會死人啊！」

「喂！明杰！到底發生什麼事？」守夜的人皺著眉頭追問。

「阿火、阿火在追殺我……」明杰把後門關上鎖好，從顫抖的雙唇中吐出了幾個字，不知道是不是心理作用，他覺得全身無力、頭昏腦脹，但他安慰自己，一定是剛剛跑太急，沒有充分換氣的緣故。

「阿火？」

「我剛剛在廚房遇見他，他的精神不太正常，他的胸口……」明杰轉過身，搖搖晃晃走向大家，正打算跟大家講述事情經過，卻因為視線不佳，不小心踩到地上的滑板，跌了一跤。

「喂！不是說了叫你把滑板收好嗎！」有人責罵了滑板的主人，一個十幾歲的國中少年連忙上前，他寶貝地撿起自己的滑板，愧疚地跟明杰道歉。

不過，明杰躺在那邊，沒有動靜。

「喂？」

「哈囉？」大家感到事情不對勁，叫了明杰幾聲，但他沒有反應。

「不會是撞到頭了吧？」其中一人推測，沒人看仔細剛剛出了什麼事。

「快、把他放到床墊上。」負責守夜的人指揮其他幾名壯丁合力抬起明杰。

過程中，有人碰到了他濕潤的手腕，但他們忙著救人，沒有想太多。

大家合力把明杰放到床墊上，有人將手指放到明杰鼻子前，確認他的呼吸，明杰在此時睜開眼睛，變成了殭屍的他，一口咬斷眼前的手指，接著撲到另一個人身上。

大家立即意識到發生了什麼事，大家因為驚慌陷入混亂，有人急著要往外逃，有人拿起棍棒要攻擊殭屍，反而互相拖累彼此，導致被殭屍咬傷的人數越來越多。

有兩名年輕人順利逃了出來，在走廊上狂奔並大叫著：「殭屍！有殭屍！」

阿火一直躲在門外偷聽情況，他既害怕殭屍跑出來，避難所會遭殃，又害怕局勢要是被壓下來，自己的事會曝光，不知道到底要怎麼做才能全身而退。當他看見還有其他人想逃出來時，立刻慌張地把門關上，他緊抓著門把，說什麼也不讓裡面的人開門，裡面的人只好試圖開窗逃生，但他們在爬窗時被殭屍拖了下來，阿火則連忙把他們打開的窗戶關上。

「吵什麼啊？別人都不用睡覺就是了？」隔壁房有三個年輕人拿著蠟燭，走出來查探狀況。

阿火因為心虛，拔腿就跑，留下三個感到莫名其妙的年輕人。

「幹嘛把門窗都關上啊，不熱嗎？」在其中一名年輕人伸手去開門時，另外一個人注意到事情不對勁，打算阻止他，可是太遲了，他已經打開了門，舉起蠟燭查看裡面的狀況。

所有殭屍同時回頭看向他們。

「噢喔……」成了他們的遺言。

現在天氣還很熱，晚上睡覺時，大家習慣把門窗打開來通風，殭屍輕易地就能跑進去大快朵頤，即使每間房間都有負責守夜的人，仍無法阻止殭屍攻陷一間又一間房間。

有人被殭屍追到餐廳，發現阿火離開前忘了關的瓦斯爐，想用火攻擊殭屍，但沒有減緩殭屍攻勢，反而造成幾隻著火的殭屍在避難所到處亂跑。在牠們被燒到無法動彈之前，牠們成功讓避難所多處陷入火海。

夜半時分。

狙擊手S拿著望遠鏡，在靠近避難所附近的某棟荒廢大樓頂，觀察避難所的狀況。

他有令人羨慕的一百八身高，本來就不差的長相，加上注重穿著打扮，總是穿著得體的衣服，看上去讓人覺得是彬彬有禮的紳士，這樣的他現在卻睡眼惺忪地打著哈欠，心不在焉，以至於都沒有注意到身後悄悄來了一隻殭屍。

在殭屍正要攻擊他之際，忽然間，一個紮著馬尾、身材纖細的女孩冒了出來，她雙手壓著殭屍的頭，輕輕一扭，將整顆頭擰了下來。

「專心一點好嗎，你被咬到就沒救了！」女孩責備他。

她是戰士G，長得十分標誌，身高只有一百六十初，她最引人注意的一點就是她非常瘦，瘦到彷彿風一吹就會被折斷，任誰都想不到這個女孩卻擁有徒手捏碎鑽石的力氣。

「公主殿下這是在關心我嗎？」看見戰士G，狙擊手S的精神都來了，「既然妳救了我……那我就勉強以身相許吧。」看見狙擊手S敞開雙手向前，戰士G紅著臉，連忙後退了好幾步。

「早知道就不救你了。」

「妳確定嗎？」逗她可以說是狙擊手S現在唯一的樂趣了，「我保證會讓妳欲仙欲死、欲罷不能、慾火焚身……」

「你再說一個字，我就跟你玉石俱焚！」戰士G惡狠狠地威脅他。

「不行啊，女孩子怎麼能隨意允諾男人說要跟他殉情……」

「你給我適可而止啊！」戰士G握緊拳頭，往旁邊圍牆一敲，牆壁立刻龜裂。

狙擊手S呃了一聲，連忙轉移話題，「今晚的任務估計是要取消了……」說著，他把望遠鏡遞給戰士G，「妳看，避難所陷入一片火海了。」

戰士G半信半疑接過了望遠鏡，朝避難所的方向看去，沒想到真的跟狙擊手S說的一樣，避難所陷入了一片火海，附近的殭屍受到避難所火光吸引，一個跟著一個往避難所的方向移動。

「可以回去休息了。」狙擊手S深了個懶腰，吹了一聲口哨，感到開心。

他擅長狙擊，不代表他喜歡狙擊，那是一個必須忍受著日曬雨淋，風吹雨打，蚊蟲叮咬，甚至無法自由喝水上廁所的麻煩工作，為了要一直監視著目標，有時甚至需要動也不能動長達一整天，現在可以回去了，有什麼不好的。

「不行！」戰士G堅持，「我們要按照原定計畫執行任務。」

「啊？」狙擊手S傻眼，叫住了戰士G，「妳看看這個火勢，研究肯定毀了，疫苗什麼的早就燒光了，還是讓我們找個地方溫存比較實在。」狙擊手S帶著一絲邪念，準備把手搭上戰士G的肩，「我恰巧知道這附近有個不錯的觀星地點，我看我們不如一起……」

但是戰士G掄起了拳頭，惡狠狠地瞪了他一眼，狙擊手S只好乖乖把手收回來，一般女生頂多賞對方一巴掌，但戰士G不同，她的手勁很大，挨了她一拳，肯定會飛出去的。

「誰要跟你溫存！」戰士G哼了一聲，別過頭，一點也不領情。

「妳啊。」

「你這是性騷擾。」

「唉？那好吧，我會負責。」

「誰要你負責啊！」

「反正妳總是要嫁人的，不如就嫁給我吧。」

「你！」戰士G紅了臉，火冒三丈地說，「你這是對想要殺了你的人說的話嗎？你殺了我全家，我怎麼可能嫁給你！就算這世界上的人都死光了，只剩你一個，我也絕對不會嫁給你！」

話一說完，兩人忽然沉默了下來。

戰士G忽然發現自己說得有些過分了，她看見狙擊手S閃過一絲受傷的神情，只是她的立場也不方便道歉，猶豫了一下，心虛地叫了一聲：「……S？」

「啊？沒事沒事。」雖然狙擊手S極力隱藏，但是他的眼神洩漏了一切，他抓了抓頭髮，輕聲說：「只是我想……妳也差不多該忘記過去，向前走了才對……不然，妳會跟幸福擦身而過的……」

「……根本……就沒有什麼幸福啊……」戰士G失落了一下，但很快打起精神：「還是認真一點執行任務吧……你為什麼不能多跟H學學呢？他甚至能在這種況下弄到陳文雄父子的照片。」

「H？妳說駭客H那傢伙？」聽見駭客H這三個字，狙擊手S感到一肚子火。

說起駭客H，狙擊手S想到一個臭屁自大的小鬼，能把一塊錢說成十元，青蛙說成癩蛤蟆的輕浮少年，原來戰士G覺得他很厲害？還親暱地叫他H？

「我們認識的是同一個駭客H嗎？」

戰士G沒有回答。

「好啦！好啦！好啦！我知道了啦！」狙擊手S一改剛剛敷衍的態度，「我做可以了吧？」

聽見他的話，戰士G露出了迷人的笑容，狙擊手S深深地被這個笑容吸引，露出傻氣的微笑。

他們依照計畫，兵分兩路。狙擊手S在視野良好的地方，架起他的狙擊步槍。戰士G則獨自來到避難所。

狙擊手S透過狙擊鏡，粗略地觀察了下避難所的情況。

避難所已經成為人間煉獄，建築物成了殘破不堪的廢墟，到處都有零星的火災，殭屍不斷從圍欄坍塌處湧進來，倖存的人們努力想找出一絲生存機會。

他看見一群人，為了躲避殭屍，把自己關進鐵皮倉庫內，倉庫四周已經被殭屍包圍，反倒陷入無處可逃的窘境，鐵皮外牆因為殭屍的拍打不斷搖動，狙擊手S乏味地猜測著裡面的人還能撐多久。

「風景如何啊？公主陛下。」他把狙擊鏡移到戰士G身上，透過耳掛式麥克風和她對話。

看吧！一切和他說的一樣，這裡已經完蛋了。

「這個嘛……」戰士G抽出了一把小刀，刺進一隻攻擊她的殭屍腦袋中。

有個被殭屍追趕的年輕人看見了這一幕，他衝了過來，一把抱住戰士G的大腿，一把鼻涕一把眼淚地懇求她：「拜託……救救我……帶我一起走……我願意為妳做牛做馬……」即使從來沒有在避難所看過戰士G，年輕人甚至沒有對她是誰感到起疑。

戰士G抬腳一踢，將他甩開，轉身離開，但年輕人追了上去，不斷糾纏著她。

「喂喂喂！」狙擊手S透過狙擊鏡看見了這一幕，認真地考慮要在他的腦袋上開一槍，不過在這之前，他們就遭遇了殭屍攻擊，年輕人不幸被其他殭屍拖走，而戰士G在身手俐落地解決掉三隻殭屍後，直接往研究大樓的方向前進。

忽然間，狙擊手S看見了兩隻殭屍狗，正從前方建築物的另一側往這裡跑來，照這個速度看起來，等戰士G一到轉角處，肯定會直接被牠們撲上去。

「嘖！」狙擊手S咒罵一聲，這裡居然有動物殭屍！

動物殭屍很罕見，或許是因為體積小，屍體通常都會被殭屍瓜分殆盡，沒有機會變成殭屍，但牠們十分危險，牠們不但是殭屍，還具備了野生動物的優勢，殭屍狗不只有速度優勢，還具備了鋒利的牙齒和爪子。

沒有多少猶豫，狙擊手S立刻扣下板機，精準地打中兩隻殭屍狗的頭，殭屍狗倒在地上，抽搐了幾下。

「我可是曾經狙擊中兩公里外目標的男人呢！」即使沒有人在看他，狙擊手S還是耍帥地撥了撥瀏海。

跑過轉角，戰士G看見了中彈倒地的殭屍狗，發現自己差點遭襲的事，她聽見狙擊手S悠哉的聲音從耳機中傳來：「現在愛上我還來得及。」

「我自己也應付得來。」戰士G不服氣地說。

「嘛，雖然妳是不怕殭屍啦……但好歹誇獎我一下吧。」狙擊手S嘀咕：「完美無瑕的狙擊可沒妳想的那麼簡單，風速跟子彈重力都會改變子彈軌道……」

戰士G打斷他的話：「快點專心尋找陳文雄父子！」

「呿……」狙擊手S默默地把狙擊鏡移到情報所指的研究大樓，殭屍還沒來到那裡，目標實驗室完好如初，只不過研究室中一個人也沒有，陳文雄父子也不在那裡。

戰士G也抵達了研究大樓，從狙擊鏡看不到的另一側潛進了研究室，靠著駭客H提供的資訊，很快就找到了他們要找的東西。

「輕輕鬆鬆就搞定。」她笑著，通知了狙擊手S，「我已經拿到疫苗了。」

「了解。」切斷通訊，狙擊手S忍不住了打一個哈欠，那麼接下來，只要殺了陳文雄，任務很快就能完成，他看了一下手上的錶，離日出還久，他還能跟戰士G看完星星再回去。

狙擊手S在著火的建築之間來回搜尋，沒看到陳文雄的身影，反倒是看見一個小女孩在四樓走廊逃竄，和一群撲上來的殭屍一起從四樓摔下。不幸的是，有兩隻殭屍做了她的墊背，她沒有在墜樓時死亡，只能眼睜睜地看著殭屍扯斷自己的手腳，因為疼痛放聲大哭。

狙擊手S瞄準她的頭開了一槍，了結她的痛苦，繼續搜尋自己的目標。忽然間她想到，會不會陳文雄早就逃離這裡了？或是他已經被殭屍啃得面目全非了？

「我說，我可不可以開個幾槍，引爆酒精燈什麼的，把研究室燒毀就好了？」狙擊手S提議，在一片混亂中找人可真是件苦差事，銷毀資料就簡單多了。

「你鬧夠了沒有！」戰士G不能理解，狙擊手S究竟是有多懶得執行任務啊，「研究可以重來，只有死人才不能重新進行研究。」

「所以……連那個少年也要？」狙擊手S提高音調質疑，「不是我在說，他看起來就不是個科學家的料，貓看起來都比他聰明。」

「斬草要除根！說不定陳文雄已經讓他帶著研究資料跑了！」戰士G停下腳步，眼神黯然了下來，「而且，死了，總比只剩下自己一個人活著好……」

聽見她有些沮喪的聲音，狙擊手S也跟著沉默幾秒，最後妥協了。

「……好啦……我知道了……」

說完，他繼續專心地搜尋陳文雄父子的下落。

在避難所淪陷後，武很快地穿上薄外套，揹起救難背包，並讓奶油躲進背包中，準備好進行逃亡。但是當大家急著往出口方向逃時，卻只有陳文雄推開眾人，往反方向的實驗大樓跑，武和兩名研究生立刻追了上去。

在戰士G離開研究室後不久，陳文雄和兩名研究生，氣喘吁吁衝進了實驗室，情況危急，沒有人注意到實驗室的門為什麼是開的。

「不在……不在……到底在哪裡？」陳文雄翻箱倒櫃，兩名研究生也加入搜索，卻怎麼也找不到他們要的那個東西。

「爸，不管你在幹嘛，快點！」武焦慮地不斷在實驗室門口來回走動。

就在此時，武透過走廊窗戶，看見一個黑影竄進這棟大樓，後方還有幾個黑影，陸續往這裡移動。

喔，天呀！他們是殭屍嗎？

「殭屍來了！」武著急地大叫，「牠們從前門上來了！」

情況緊急，陳文雄和研究生們慌張地收拾研究資料，時間不夠讓他們把資料全部整理好帶走，但他們至少要帶走最關鍵的部分。大家抱著幾個資料夾，打算從另一側樓梯下去，卻在轉角處遇到衝上來的幾隻殭屍，跑在最前面的兩名研究生直接被殭屍撲倒，文件也被他們壓在身下。

武因為緊急煞車而跌倒在地，奶油受到擠壓，不悅地喵了一聲，不安分地亂動。

武看見那名叫做敏俊的研究生，朝他伸出血淋淋的雙手，向他求助，武嚇傻了，都忘了要跑。

「還看！」陳文雄拉起武，踉著他往反方向逃。

「可、可是……」

「他們已經沒救了，你也知道吧。」

是啊……他明明也知道的……武回頭看了一眼，為難地低下頭，努力往前跑。

或許是有那兩名研究生做食物的關係，殭屍沒有立刻追上來，直到他們抵達一樓時，才因為外頭的殭屍衝過來，而被逼得轉身往回跑，最後躲到三樓某間實驗室中。

武和父親推來一張桌子，擋著門。

「現在怎麼辦？」武驚恐未定，這個實驗室有太多窗戶了，他們沒辦法把每扇窗都堵死，殭屍遲早會闖進來的！

陳文雄用拇指和食指揉了揉眉心，內心一番掙扎，做出了決定。

他拿下了掛在脖子上的識別證，又不知道從哪裡摸出了一個棕色小瓶子，並用識別證的吊帶把識別證和棕色小瓶子綑在一起。

「爸，那是……疫苗嗎？」

「這只能算是半成品，我們還沒做過動物實驗證明它有效……」陳文雄嘆了口氣，都這個時候了，說這些已經沒有意義了。

陳文雄拉來武的手，把識別證連同棕色小瓶子放到他手上，「幸好還剩下這個……」因為臨時決定把晚上的實驗挪到隔天，他們把預先倒出來的少量半成品試劑用另一個分裝瓶裝了起來，「雖然只有一點點，但仍是個希望，對吧？」

「什麼意思？」武心中泛起不祥的預感。

「識別證背面有一張地圖，上頭標有 N1 實驗室的位置，你把這個帶去那裡！」陳文雄扯下用來固定窗簾的束帶，一邊交代武，一邊把手邊僅存的兩本資料夾綁在手臂上當護甲，反正就算沒有這些研究資料，只要把實驗半成品送到 N1 實驗室，那裡匯集了全台灣的菁英，肯定會有辦法研發出疫苗，只是會多花一點時間而已。

「我？等等……那你呢？」

「我會為你清出一條路，你只管跑就對了！」

「你要我丟下你自己逃跑？不可能，我做不到！」武拉來父親的手，想把疫苗半成品還給他，但陳文雄抽走手，不肯拿。

「你不走我也不走！」武強硬表態，「你去哪我就去哪，你如果衝向殭屍，我也會跟著衝過去……」見父親沒有多加理會，武補上一句，「帶著疫苗。」

陳文雄嘆了口氣，抓住武的雙臂，要他看著自己，「武，冷靜點！總得有人要引開殭屍注意，讓另一個人逃跑，我們必須把這個研究成果送到 N1 實驗室，那是人類最後的希望！」

「爸！你是認真地覺得憑我一個人，可以穿越重重殭屍，抵達那個不知道遠在……遠在……」

「台北。」

「對！遠在台北的鬼實驗室！」

武的腦海閃過台灣地圖，從最北部依序往下分別是：台北、桃園、新竹、苗栗、台中、彰化、雲林，然後才是嘉義……天啊！台北離這裡也太遠了！

他做不到的！

「你可以的，有殭屍在後面追你，你會跑得跟奧運選手一樣快。」

「爸！不好笑！」

碰！殭屍猛烈地撞上研究室的門，無數隻殭屍貼在教室外想闖入，看來牠們破門而入只是時間早晚的問題。

「聽著！」陳文雄安撫武：「N1 實驗室是政府組織，那裡有軍隊，你在那裡會很安全，有水有食物，這樣的情況不會再出現了，好嗎？」

「噢，天呀……」武用雙手狂抓自己的頭髮，「我們就不能找個兩個人一起逃跑的方法嗎？」

「沒有那種方法！」陳文雄在教室角落找到勉強可以充當武器的掃把。

「一定有的……應該有的……」武搜索四周，看見窗外那棵高大的樹木，靈機一動，「也許我們可以從窗戶出去。」武趴到窗戶旁看，建築物的背側還沒被殭屍入侵，很安全。

「你瘋了，這裡是三樓。」陳文雄提醒武。

「我們可以跳到那棵樹上。」武估算了下，樹的距離和這裡有一公尺多，他相信自己跳得過去。

在武推開窗戶的同時，走廊上的殭屍把窗戶打破一個洞，窗戶的位置有點高，目前牠們只能把手伸進來，但只要再給牠們一點時間，牠們就能踩著對方爬進來。

「快啊！爸！沒時間了！」武搬來一張椅子，爬上窗戶，告訴自己別往下看，他把半成品塞到口袋，深吸一口氣，奮力一躍，成功跳到對面樹上，他一時失去平衡，連忙壓低身子扶著樹幹，讓陳文雄捏了一把冷汗。

「換你了。」武回過身，對陳文雄伸出手。

陳文雄還在猶豫。

「這太遠了，我好多年沒有運動，我跳不過去。」

「可以的，殭屍在你後面，你會跳得比奧運選手還要遠。」

「爸，你寧願在外面跟殭屍拚搏也不願意跟著你親愛的兒子跳過來？」

「閉嘴！」

陳文雄回頭看了看身後的殭屍，皺起眉頭，猶豫了下，也許他這次應該聽聽兒子的建議？他丟掉手上的掃把，決定放手一試。

「這就對了，爸。」

陳文雄爬上窗戶，踢倒椅子，他站在窗緣外側，努力想把窗戶關起來，試了兩次才總算關好。

「爸，你在做什麼？別浪費時間了。」武催促。

「這多少可以拖延牠們一點時間。」

窗戶破掉的聲音吸引陳文雄回頭看，殭屍們爭先恐後地從窗戶爬進來……

「跳！」武大叫。

陳文雄使盡全身的力量奮力一跳，但還是不夠遠，還差一點他就可以抓住對面的樹幹，好在武及時抓住他的手。

「爸……快、快爬……爬上……來……啊……」武差點沒站穩，吃力地說著。

在武的幫忙下，陳文雄成功抱住樹幹爬上來，在他們身後，殭屍不斷拍打玻璃叫囂。

父子倆緊緊抱在一起，奶油從背包中探出頭喵了一聲。

「做得好，孩子。」陳文雄用力揉了揉武的頭，感到很欣慰，「我們該走了，這裡遲早也會被殭屍攻佔。」

武點點頭，和陳文雄小心地沿著樹幹降到地面。

「那麼……」

「這邊。」武打斷父親的話，拉著父親就往反方向跑。

「那裡沒有路。」

「相信我就對了！」

多虧了武的工作——負責帶領新人認識環境，再也沒有人比他更熟悉這裡的環境了，靠著這些經驗，武從沒人注意到的小徑，善用建築物躲避殭屍，順利地在一片混亂中，來到某處圍牆邊緣，圍牆上方用來防小偷的鐵絲網，在這個角落剛好缺了一塊。

「我們要從這裡出去？」陳文雄無奈地看著那個缺口，今天真是要了他的老命，他可以想像自己明天會有多麼腰酸背痛。

「爸，入口處擠滿了人……」武不厭其煩地解釋，「所以殭屍也會往那裡去，你確定真的要從那些入口離開？」

陳文雄回頭一看，遠處有一隻殭屍發現了他們，不過牠的身體已經被熊熊火焰燒爛了，行動能力有限，只能用很緩慢的速度往這裡爬。

「好吧。」陳文雄聳聳肩。

武脫下背包，交給陳文雄，自己先爬到圍牆上，查看外面的情況。

圍牆外圍的雜草已經許久沒有整理，加上適當的雨水滋潤，現在都長得比人還要高了，就算藏了什麼也無法輕易發現。

武靜靜觀察了下，除了偶爾被風吹動外，這些草沒有任何動靜。

「應該是安全的。」武從父親手中接過背包，小心地跳到圍牆下，「換你了。」他小聲地對牆的另一邊說道。

陳文雄跳了幾次都無法攀上牆，即使是踩著附近能找到的最大石頭，也無法讓他墊腳翻過去，試了幾次後，他滿頭大汗地喘氣。

「爸，這個。」武扯斷一條粗大的藤蔓，攀上圍牆，把一頭遞給陳文雄。

「謝謝。」陳文雄握住藤蔓，在武的幫忙下，攀到圍牆上，他們兩個因為即將逃離避難所而鬆懈下來，都沒有察覺到自己暴露在視線良好的地區，狙擊手S正用槍瞄準著他們……

「逮到了。」狙擊手S抓準時機扣下板機，打中正要從圍牆滑下來的陳文雄。

陳文雄直接摔到武身上，兩人滾了幾圈，身影被草叢掩蓋，奶油受到驚嚇，從背包中鑽了出來，跑進草叢中消失不見。

武感到頭昏腦脹，不知道發生了什麼事？

「痛、好痛……爸、爸你沒事吧！」武踉蹌地爬到陳文雄身旁，看見他胸口不斷湧出鮮血。

「這是……這是槍傷嗎？」武沒有用過槍，不敢肯定，尤其是他無法理解父親怎麼會在這裡受到槍擊。

「快……快逃……」陳文雄顫抖地伸出手，撫摸著武的臉頰，在嚥下最後一口氣之前，不忘要武趕快逃走，「去……去N1實驗室……你可以的……我、我優秀的……孩……子……」直到陳文雄伸出的手垂到地上時，武才回過神來。

武搖了搖陳文雄，對方沒有任何反應。

武低頭看著染滿鮮血的雙手，努力說服自己爸爸只是失血過多休克而已。

「止血……對！對了！要止血才對……」要是隨便亂動，造成父親傷口擴大出血就不好了！但這哪裡有適合用來包紮的東西？

對了！用自己的上衣就好了，反正他還有穿外套。

武著急地要脫下內層的上衣，沒注意到父親的手動了一下，陳文雄睜開了眼睛，那是一雙泛黃、外凸的眼睛。

武忙著將衣服撕成一條條可以用來包紮傷口的布，沒有注意到身旁的不對勁。奶油喵的一聲，從草叢中衝了出來，跳上去想抓住武手中的布條，武先是嚇了一跳，隨後鬆了一口氣。

「奶油！太好了！妳沒事……不、這不是玩具！沒有在跟妳玩！壞貓咪，放開、放開啦！」在他要將布條從奶油的手上拉來時，他注意到身旁的父親站了起來，鮮血從傷口湧出。

「爸！你在做什麼！別動……」話說到一半，武注意到那個不對勁的父親，他用顫抖的聲音詢問：「爸……你……你還好嗎？你……你……」

沒有給武反應的時間，陳文雄的身體，毫無預警撲向武，張開血盆大口就往武身上咬，武被壓倒在地上，雙手雙腳奮力抵抗，想將他推開，可是陳文雄的力量突然變得十分巨大，不只動作異常狂暴，全身還都是又黏又滑的鮮血，武幾乎要抵擋不住，眼看那血淋淋的牙齒就要咬到他的脖子了……

就在這個時候，奶油竄到他們之間，代替武被咬了一口。

奶油發出了淒厲的慘叫聲，出爪抓傷陳文雄的臉，但陳文雄沒有鬆口的打算。

「奶油！」武把握奶油為他製造的機會，隨手握住一顆拳頭般大的石頭，用力往父親身上砸，連砸了幾下才擺脫殭屍的壓制。

武驚恐未定地爬起身，矛盾的情緒糾纏著他，理智上，他知道父親變成了那種怪物……和外面街上一樣的怪物……但是他又在想著，也許父親其實沒有死，他還是有救的，說不定只要等他傷勢復原……喔，天呀！他居然還拿石頭攻擊爸爸！會不會造成他傷勢更嚴重？武連忙丟掉手中的石頭，厭惡地看了血跡斑斑的石頭一眼。

陳文雄的手又動了一下，武抱起奶油後退一步。

在陳文雄抬起爛掉的半邊臉，試圖爬起來時，武忽然明白他們再也回不到過去了，「對不起，爸爸，對不起，再見了……」他看了父親最後一眼，轉身沒入草叢中。

武一邊強忍著眼淚，一邊沒命似地跑著。

衝出草叢後，他跳過一條水溝，來到大馬路上，疲憊的他一時沒踩穩，跌倒在地，為了保護懷中的奶油，他選擇側身著地，手臂一時之間傳來極大痛楚。

「呼……呼……這是哪裡？呼……」武喘著氣，轉動眼珠，查視周遭，他右邊有個電線桿，左邊馬路上畫了禁止臨時停車的黃網線，這裡是個三叉路口……武想起來了，他常常從大樓上看到這個地方。

這裡離避難所有點距離了，沿路有許多雜草和樹，有些荒涼，應該沒有殭屍，這代表他可以在這裡稍作休息嗎？

不，等等！那是什麼？

武剛想歇息，就在看到一個奇怪的東西站在斜對面那棵龍眼樹下。那個東西搖擺著身體，緩緩轉過身。

他不會就這麼倒楣吧？

在武和牠對上眼那剎那，殭屍朝他大叫一聲，衝了過來——

「X！」武忍不住罵出髒話，抱穩奶油，拔腿就跑。

他一路頻頻回頭查看，殭屍的腳已經爛到骨頭都清晰可見，卻還是跑得好快，眼看他們之間的距離越來越短、越來越短⋯⋯

「救命、救命啊！」武的呼救聲把路上其他殭屍都吸引過來，很快的，武發現自己已無路可逃，左右四周都有殭屍朝他衝過來。

他停下腳步，站在馬路中央喘著氣，面對四面八方的殭屍，他不想就這麼放棄，但他不知道自己還可以逃到哪⋯⋯

就在身後的殭屍要抓到他的時候，忽然間，有一道刺眼到讓人無法直視的光線照了過來，一輛車疾駛而來，把殭屍撞飛出去。

車子在武面前停下。

「上車！」

看到駕駛，武又驚又喜：「李大哥！」

Chapter 3 說話貓

武幾乎是用跳的撲進李孟康的車內，他著急地將門帶上，卻發現門無法闔上。

「再試一次！」李孟康叮嚀，「門被殭屍撞壞了！」

李孟康才剛說完，武就看見一個滿臉是血的殭屍，一頭撞上車窗，武用力推開車門撞倒牠，這次總算成功把門關好。

「抓緊了！」李孟康在同一時間踩下油門，撞倒前方殭屍，並輾了過去。

武緊張地向後看，殭屍們不死心地追著車子，但漸漸被車子拉開距離，武終於鬆了一口氣，這時他才發現，車上除了李孟康外，就沒有別人了。

「其他的人……」從李孟康身上大大小小的傷，還有剛剛上車前看見的，殘破不堪的車身，武大概知道發生了什麼事，他止住話，沒有再說下去。

李孟康倒是開了口，他的口氣難掩憤怒。

「避難所怎麼會變成這樣？發生什麼事？守門的人都沒有看到殭屍接近嗎？」李孟康咆哮，「我以為我這邊已經夠慘了，現在呢？連避難所都沒了，好極了！我們準備露宿街頭，成為殭屍的早餐吧！」

「我也不知道到底出了什麼事……一開始我只是聽見有人在走廊上邊跑邊喊『餐廳淪陷了，快逃！』之後有人自告奮勇說要去看看情況……」武稍微停頓了一下，試圖在腦袋裡重組事情發生的經過。

「隨後我看見窗外有殭屍在攻擊人，我知道他們喊的是真的了，但是到底發生了什麼事，我也……」聽完李孟康的抱怨後，武把自己的經過一五一十告訴李孟康，包括陳文雄的槍傷。

「吶，李大哥……你覺得那是槍傷嗎？你覺得槍傷和避難所淪陷的事有關嗎？」武一邊哽咽地問，一邊檢視懷中奶油的狀況，奶油的左後腿上方被咬掉一塊肉，血肉模糊的傷口令人怵目驚心，武用車上的衛生紙壓在奶油傷口上幫她止血，奶油虛弱地闔上眼睛，但幸好還有呼吸。

「我不知道……」李孟康沒有看過陳文雄的狀況，不敢隨意判斷，「武，我知道你很難過，發生這件事我也很難過，但是……奶油她……」

「她怎麼了？」武裝作不明白李孟康的話，李孟康只好把話說清楚。

「她被……咬了。」，李孟康避開了「殭屍」兩個字，「也許會被感……」

「不、不會！」沒等李孟康說完，武立即反駁，「很多病毒都是人畜不共通的，殭屍病毒只會感染人類，不會感染貓咪……」

李孟康知道動物也會感染，但他不確定是不是只會感染特定物種，他有看過正常的兔子，但也在搜尋物資時被殭屍狗攻擊過。

只是，今晚這個男孩已經夠難熬的了，所以還是算了吧，他想，殭屍貓應該沒有這麼難應付，只要小心不被牠的爪子抓到就好。

「奶油，妳會沒事的，奶油。」武不確定地說著，不知道是在安撫奶油，還是在催眠自己。

「這樣吧，我們今晚先找地方休息，明天再前往 N1 實驗室。」李孟康試圖轉移武的注意力。

「我們不能直接去台北嗎？」武不解，外面到處都是危險，「照父親說的，那裡應有盡有，食物、水、衣物、還有保護我們的軍隊……」而且，早點製作出解藥，或許還有機會拯救奶油。

「你說的都對，但你忘了最重要的一點——」李孟康擔憂地看了下油表，「我們的油不夠撐到台北，依我的經驗，我們最好等明天早上，視線良好的時候再收集補給。」

「好吧。」武沮喪地垂下頭，他抱著奶油，擔憂的想法全寫在臉上。

「奶油會沒事的。」李孟康安慰他，「我們找間藥局休息，奶油的傷口也需要好好處理一下，對吧？」在他回過頭跟武說話時，卻被武突如其來的大叫嚇了一跳——

「小心！有殭屍！」武赫然看見一隻殭屍從路邊衝出來，離他們很近，幾乎無法閃躲。

「別擔心！」李孟康顯然不打算閃避，神情自若地撞了上去，殭屍被撞飛，在空中翻了幾圈，摔在地上，不忘對著漸行漸遠的車子繼續嘶吼。

武不得不承認，看見這一幕，他內心有一絲痛快的感覺。

「台北，我來了！」李孟康歡呼，「耶！不用再出去搜索物資了！」

「是啊，太好了……」武驚訝地發現，才經過短短幾個小時，他已經不想成為物資搜索小隊的一員了。

他們朝著最近的市區前進，沿路上又有幾隻殭屍被車聲吸引而來，李孟康一點也不心軟，將牠們一一撞飛。

殭屍雖然很強壯，但不講究團隊合作，只會展現赤裸裸的慾望，看見食物就撲上去，結果不是被撞飛，就是被拉開距離，重新回到發呆狀態，等待下一個刺激牠們的事物出現。

在他們穿越一個大十字路口，準備進入市區的同時，一顆子彈直線飛來，打中車子後輪，車子失去平衡，開始打轉。

「怎麼、怎麼了？」武抱緊奶油，驚慌地問。

「抓緊！」李孟康大叫，試圖抓穩方向盤，車子轉了幾圈，撞上路邊一輛廢棄的大貨車——

碰！

兩車撞在一起滑了一小段路，伴隨著火花，在地上劃出長長的刮痕，武撞上壞掉的車門，摔出車外，劇烈的晃動讓武搞不清東南西北，他用身體護著奶油，在地上滾了好幾圈。

兩車停了下來，引擎蓋冒出陣陣白煙。

貨車的車輪就停在武正前方，差點就要輾過他。

附近的殭屍被這場暴動吸引，紛紛朝這裡過來。

「唔……唔……」武抬起頭，眼前的畫面還在晃，一時無法重疊，他甩了甩頭，努力恢復意識，好不容易雙眼對焦了，第一個映入眼中的，卻是滿臉是血的李孟康，伸長著手，哀求著自己拉他一把。

「武……幫、幫幫我……」

當武看清被眼前的畫面後，他嚇傻了！

「李大哥，你……你……」武摀著嘴，話都說不出來，不敢相信眼前看到的。

「……救……我……」看見武愣在那裡，李孟康回頭看了身後為數眾多的殭屍，著急地用雙臂爬向武。

武也注意到了那些殭屍，「對不起……對不起……」他喃喃地對著李孟康說著，抱著奶油，拉上背包，一個人爬到車底下躲了起來。

「不、不要丟下我啊！」李孟康臉色大變，他的速度太慢，幾隻殭屍搖搖晃晃地來到他身後，撲上去大快朵頤，李孟康發出淒厲的慘叫聲，不斷掙扎。

「對不起……對不起……」武不忍心看到這個畫面，別過頭去，全身不斷發抖。

「X！你為什麼這麼對我？我救了你，你是這樣回報我的？」

武緊咬下唇，握緊拳頭，沒有回答。

「X！救我啊！我們不是說好要一起去台北？X！」李孟康憤怒地嘶吼，李孟康甚至還指著武的所在處大叫：「那裡！去咬他！去吃他！啃他的肉！喝他的血！啊啊——」

「別再說了，李大哥……」武抱著頭，發出嗚嗚哀號，「我……我……」

「我詛咒你！你會死得比我更慘！你會死得比我更慘啊啊啊啊啊！」

隨著其他殭屍加入分食行列，幾秒鐘過後，武再也聽不見那些髒話與瞋恨的字眼，但李孟康的詛咒像回音般，不斷繚繞在武的腦海裡，揮散不去……

「別再說了……」武忍不住發出哽咽的哭聲，捏緊拳頭，「別再說了啊……李大哥，你的身體早就斷成兩截，沒救了啊……」

兩隻殭屍發現李孟康從車內垂出來的雙腳，津津有味地趴上去咀嚼小腿肚。

在遠處某棟建築物頂樓，狙擊手S透過狙擊鏡，看見了這一幕，把李孟康斷成兩截的身軀當成兩具屍體。

車禍發生的時候，狙擊手S因為從麥克風聽見了戰士G的尖叫聲，他擔心戰士G出事，一時移開了狙擊鏡，結果發現戰士G只是看到了一隻蟑螂。

「妳不是能徒手打熊殺虎的嗎？」狙擊手S無奈地問，「蟑螂到底有什麼可怕的？」

「這隻不一樣！這隻會飛！」她沒命似地跑，忽然間，她看見路邊停著一輛車，連忙抬起車子去扔蟑螂，結果蟑螂沒死，倒是死了幾隻殭屍。

狙擊手S還真是不懂，她怎麼可以抬起一輛車，卻扔不中一隻蟑螂？

也因此，當狙擊手S把狙擊鏡移回武那邊時，沒有注意到爬到貨車下躲起來的武。他被趴在屍體上的殭屍誤導，又被車子擋位所騙，把李孟康斷成兩截的身體當成兩具屍體。

一顆子彈解決兩個人！狙擊手S感到莫名的自豪，他隨後呼叫戰士G，「我這邊任務完成了！需要我去接妳嗎？公主。」

「呃，好……麻煩快點……」戰士G躲到了車子內，看著爬到玻璃上的蟑螂，蟑螂已經從一隻變成了三隻，她的聲音聽起來都快哭了出來。

殭屍零星分散，漫無目的四處遊蕩。

趴著讓武的胃感到很不舒服，他緩緩翻過身，將雙臂蓋在頭上，想掩蓋自己在哭的事實，他壓抑著不發出聲音，只有偶爾喘不過氣時才張嘴大吸幾口氣。

雖然他只要小心不發出聲，殭屍就不會注意到，但是他知道，自己不能一直躲在車底下，可是他沒有勇氣出去，恐懼讓他不敢挪動身體，那怕是一公分，他的內心都在徬徨，他的雙腳止不住發抖，他擔心自己會跌倒，然後被撲上來的殭屍分屍，他想起殭屍把李孟康的腸子拉出來吃的模樣，他不想看著自己逐漸死去。

就這樣躺了好一陣子，好不容易武才感到情緒緩和了一些，就在這時，忽然間，一雙冰冷的手冷不防抓住了他——

那是變成殭屍的李孟康！

失去了下半身，李孟康只能在地上爬，反而比其他殭屍容易找到武，牠滿臉是血，發出嗚啊嗚啊的驚悚叫聲，牠因為過度激動地想抓武，沒有壓低身體，而無法鑽進車底。

武放聲尖叫，拼命掙扎，好不容易終於抽回手，連忙從另一側爬出來，又慌張地趴下來，把奶油抱出。他的尖叫聲引來了殭屍注意，武看見四周有許多廢棄車輛，靈機一動，打算從車內鑽過去，並隨手關上另一側車門，好把那些追著自己跑的殭屍困在車內。

可是武輕忽了殭屍的速度，在武從車內鑽出去前，有隻殭屍突然抱住他的腿，大口往他一咬，武連忙把鞋尖堵在殭屍口中，兩腳拼命亂踢，才成功把殭屍甩開。

已經來不及照原來的計畫關上車門了，武趕在其他殭屍抓到他之前爬上車頂。

他希望這個動作沒有壓傷可憐的奶油。

殭屍爭先恐後要從後車廂爬上去，車子劇烈搖晃，武站都站不穩，連忙抱穩奶油，跳到另一輛車上，他很不順利，因為沒站穩，滾到地上。

這究竟是第幾次跌倒了？武悲慘地想著，但他沒時間停下來等疼痛散去，後面還有一整群的殭屍在追他。

武強迫自己又逃到車頂上，殭屍互相踩著對方追上去，但武很快地又跑到了另一輛車上，讓自己不斷在車頂上移動，爬上爬下或多或少減緩了殭屍的速度，並且待在高處也能防止殭屍從身旁的死角跳出來偷襲他，雖然有時車子之間的距離過遠，武不得不下來跑幾步，但很快又會回到車上。

市區就在眼前，穿過這條馬路就到了！

武一路逃進了市區，壞掉的車輛和倒落的招牌把道路變得更加擁擠，被殭屍追得無路可去，武決定放手一搏，爬上前方屋子。

他踩著停在屋子前的車子，一股作氣跳了起來，在腎上腺素的幫忙下，他跳得比平時都還要來得高。

他掛在屋簷浪板上，奶油差點就掉了下去，幸好他及時抓住奶油的尾巴。

為了空出兩手攀爬，他學貓媽媽叼小貓的樣子，咬著奶油的脖子，使勁地爬上了浪板，但他還不能停下來喘口氣，殭屍們把對方當墊背，互相踩著對方追了上來。

武連忙又爬到左邊的遮雨棚上，並且繼續一路向左向上爬，身後追上來的殭屍，漸漸被甩掉，從十幾隻變成個位數，最後一隻也不見。

下方的殭屍不死心地守著他，隨著他的移動而移動，就像期待壁虎從天花板掉下來的貓一樣。

一連經過幾棟房子，武翻過一排生鏽的紅色鐵欄杆，來到一處開放的頂樓。

這是棟老房屋的三樓，是很陽春的頂樓加蓋，上方是鐵皮屋頂，地板則是簡單的水泥地，這裡很空曠，除了一個水塔之外什麼也沒有，沒有地方會躲藏殭屍，唯一的出口是通往樓下的一扇生鏽鐵門。

他總算找到空檔，把懷中的奶油用毛巾包裹好，放進背包內——這能更有效的保護奶油。

他不敢在這多做停留，他一直覺得自己好像有聽到殭屍破門而入的聲音，他擔心殭屍一路追上來抓他，連忙從房子背側逃走，成功甩掉在地面守著他的那些殭屍。

他不斷地保持移動，即使已經聽不見殭屍的呻吟，仍然沒有一個地方能讓武感到安心，他又累又渴，只想找個地方好好休息，但心中卻有個聲音一直催促他動起來。

一直到武抓住破爛的藥局招牌，他才因為想起李孟康的話，停下腳步。

他從陽台潛入屋內，從背包中拿出手電筒，雖然害怕，仍鼓起勇氣戰戰兢兢地檢查了每個角落。幸運的，這間屋子沒有殭屍。

武來到一樓門口處的鐵門前，把眼睛貼在鐵門小孔上，查看外頭動靜，但視線很差，他什麼也看不見。武只好豎起耳朵貼在鐵門上聆聽，確定外頭沒有任何詭異的聲音後，才鬆懈下來。

他暗自祈禱殭屍不會發現他躲在這裡，否則這個鐵門肯定擋不住殭屍。

武把奶油暫時放在椅子上，在玻璃櫥櫃中找到優碘、棉花等醫療用品。

由於水塔中好像還有剩餘的儲水，所以武可以直接從水龍頭取水使用，雖然可能因太久沒用而有一點怪味，但在沒有其他水源可用的狀況下，武也只能將就使用。

奶油的模樣十分嚇人，她眼睛微闔，泛著油光，體溫略低，胸口完全沒有起伏，要不是她的鼻頭還能感覺到呼出的微弱氣息，武真的要以為奶油已經離他而去了。

處理好奶油的傷口後，武也給自己身上大大小小的擦傷消毒上藥。

忽然間，奶油大力抽搐了一下，武嚇得不知所措，連忙按住她，不知道是不是錯覺，武覺得奶油好像沒有氣息了……

他慌了起來。

怎麼辦？該怎麼做才好？

這裡是藥局，有成千上百種的藥，這麼多藥，一定有一種可以救奶油吧？可是武沒有藥學知識，他連標籤上的成分都看不懂。

一陣恐慌之中，武無意間摸到口袋中的半成品試劑，愣了一下。

他把試劑拿出來，端詳這個棕色的小瓶子。

話說……這個可以用嗎？

可是，這樣一來，他就不能完成父親的遺願，把研究成果送到N1實驗室了，想到這裡，武默默地把試劑塞回口袋。

但是，若是這個試劑有用，那麼，把康復的奶油帶到N1實驗室，也等同是把父親的研究成果帶到N1實驗室啊，武帶著一絲希望，再度拿起試劑。

不過，如果失敗，不只奶油，他就連試劑都失去了，他不敢去想父親對他會有多失望，武失落地垂下拿著試劑的手，再說了，父親說過這是半成品，也沒經過試驗，連裡面是什麼都不知道，就這樣給奶油施打，不會出事嗎？

只是，當武看向奄奄一息的奶油時，腦中卻忽然閃過一個聲音：既然如此，那就直接拿奶油做試驗吧，畢竟這是眼下唯一有可能救奶油的方法了。

他才不要拯救了全世界，卻失去自己摯愛的貓咪！

武在櫃台找到空針筒，有模有樣地學研究人員從瓶中抽出試劑，小時候他時常往父親的實驗室跑，他曾經無數次看著研究員用針筒替白老鼠注射藥物。

這很簡單，他能做到的！武給自己打氣。

不做不行，他現在只剩下奶油了啊！

替奶油施打完試劑後，武抱著奶油，用一條小被毯裹住自己，瑟縮在玻璃櫃台後面的狹小空間。

難怪奶油喜歡躲在紙箱裡，武心想，這讓他覺得很安全。

他緊緊地抱著奶油，不斷在她耳邊低語：「妳撐得過去的，奶油，妳是我最愛的貓咪，我只剩妳了，拜託不要連妳都離開我……」他的眼淚掉到奶油身上，奶油依舊閉著眼睛，毫無反應。

武又餓又累，哭著哭著，不知道什麼時候睡著了。

武在清晨時分醒來。

武向來不是會認床的人，但是這個狀態真的讓他很難入眠。他是被自己的肌肉酸痛痛醒的，也許還有輕微肌肉拉傷也不一定？

武感到胸口又重又悶，煩躁地嘆了口氣。

他打開父親的識別證，仔細研究背後的地圖，想找到一條最安全、殭屍最少、又最迅速的路。

恍然間，武注意到地圖後方有個黑影在動。

那該不會是殭屍吧？但是怎麼會？他昨天明明把所有可以躲人的地方都檢查過了。

武顫抖地把手中的地圖緩緩下移，對上一雙枯黃死寂的眼睛。

殭屍大吼一聲，衝過來，硬生生撞上玻璃展示櫃，武嚇了一大跳，把身後櫃子上的藥品都撞掉下來，武用雙手去護著頭，慌慌張張起身想逃，但是唯一一條離開玻璃櫥櫃的路上，卻又站著另一隻殭屍。

武只好轉身爬上玻璃櫃台，跳過去，殭屍追著武跑進廚房，眼看前面沒路了，武隨手抓起一把菜刀，準備為自己殺出一條血路，但當他轉過身，卻發現奶油站在他前面，尾巴直豎。

「快來陪奶油玩。」奶油說。

武嚇得睜開眼睛，還好這是一場夢！

他還在玻璃櫃台後，旁邊也沒有什麼殭屍。

武鬆了一口氣，一定是因為昨天太疲累了，才會夢到這種怪夢！

他拉上棉被，還想再補眠一下，卻感到胸口依舊又沉又悶，隱約還聽見有人在說話……

「快來陪奶油玩。」

武張開眼睛，原來是奶油啊，她正用前腳拚命踩踏自己的胸膛，和平時一樣，奶油總是在清晨時分做這種事情。

「玩？別鬧了，我要睡覺。」武胡亂地摸了下奶油的頭，翻過身繼續睡。

「睡覺？奶油這不是醒了嗎？」奶油用腳拼命地踩踏武，一邊大叫：「快來陪奶油玩！快來陪奶油玩！奶油醒了！奶油醒醒醒醒醒了！」

「都說了我要補眠……」武翻過身，一秒、兩秒、三秒過去了……武突然間想起昨晚發生的事，猛然坐起身，奶油機敏地跳起來，趴在他肩膀上，用頭去磨他的下巴，這是奶油最喜歡跟他玩的磨磨遊戲，她的確是奶油無誤。

看見奶油健康的模樣，武激動地抱住奶油。

「奶油！妳還活著！太好了！太好了！太……妳會說話？」武瞪大眼睛，不能理解，奶油的傷口甚至痊癒了，連結痂都沒有，只是傷口處有點凹陷，而且說話有台灣國語。

「這當然是因為奶油太聰明了啊！」奶油跳了下來，坐在地上一邊洗臉一邊回答，好像這是理所當然的事，「泥看過這麼聰明的三花貓嗎？」

「可妳不是三花貓，妳是一隻白底橘貓。」武揉揉鼻子，告訴自己，高興的時候就別哭了吧。

「奶油餓了。」奶油舔了舔武的臉說。

「我們等等就去找吃的。」他提議，可是奶油一點也不領情，只是一直吵著：「奶油餓了！奶油餓了！」

「別任性了，乖。」武將奶油抱了起來，摸了摸她的頭，「這個世界和以前不一樣了，食物不是隨時想要就有的。」

「可是奶油餓了。」

武笑著，用溫和的口氣跟奶油解釋來龍去脈，他盡量選用淺顯易懂的詞，希望奶油能明白她身上肩負的使命：「……所以，我得把妳送到 N1 實驗室，妳明白嗎？」

奶油抬頭看著武，耳朵動了動，問：「有罐罐嗎？」

「我們等等就去找！」武破涕而笑，他摸了摸奶油略微下垂的肚子，忽然覺得這不是個好主意，「也許妳該減肥了？」

「大家都說奶油這樣很棒。」

「不，我很確定大家是說妳『胖』。」

Chapter 4
女孩

武大字型地躺在某間五金百貨的鐵皮屋頂上，喘得上氣不接下氣——他才剛剛逃過一群殭屍的追殺，現在仍有兩隻殭屍不死心在底下徘徊。

汗水把他身上的傷口弄得又痛又癢，但是他還活著，還活著就是最幸運的事了。

奶油輕巧地從樹上跳下來，跑到武旁邊，舔了舔他的臉。

「太棒了！奶油……呼……呼呼……我們、我們終於拿到食物了！」武從背包中拿出一盒外包裝有破損的蘇打餅，以及一個貓罐頭，奶油忍不住舔了舔嘴巴，拼命在武身旁磨蹭。

「妳做得真好，奶油。」武搓揉奶油的頭，把罐頭打開遞給她，不再吊她胃口。現在是下午兩點左右，他們今天的第一餐。

武知道生存不容易，但他沒想到會這麼難，救難包的食物只夠他撐一晚，他必須自己收集補給。要從那些殭屍眼皮下拿走資源不是件容易的事，武無數次慘遭被殭屍追著跑的下場，他甚至忘了自己最後是怎麼甩掉牠們的。沒有在外頭生存過的他，耗費了一整個早上的時間，什麼也沒拿到，不過倒不能說毫無收穫，正是因為累積了夠多的失敗經驗，武才想到聲東擊西的方法，先讓奶油到遠處製造噪音引開殭屍，再偷偷溜進賣場拿食物。

這些食物大多都是包裝破損，或是不好食用的包裝，像是得用上開罐器才能開啟的罐頭，絕大部分都過了有效期限，就連寵物區架上的東西也所剩無幾，幸好武在架子下找到幾個散落的貓食易開罐，奶油現在才能吃上這一餐。

折騰了一個早上，武感覺精疲力竭，全身肌肉緊繃又僵硬。

吃完了受潮的蘇打餅乾，武還感到有些飢餓，他想開玉米罐頭來吃，但卻發現自己沒有拿到開罐器，在又敲又打仍無法弄開罐頭後，武放棄和這個難纏的罐頭對抗，打算改拿衛生紙擦嘴，卻發現自己也沒拿到衛生紙，這麼重要的民生物品，他怎麼會忘了拿？武懊惱地想著。

然而，這一切僅僅只是這場挫敗旅程的開端。

武決定找一輛車，試著開車北上，他老早就想試看看開車的滋味了，雖然他沒有駕照，但是現在不會有警察開單。只不過武找了半天，都找不到一台可以用的車，大部分的車子不是撞壞了，就是爆胎了，再不然就是沒有鑰匙，他甚至還試著像電視中演的一樣，把電線接通發動車子，不過顯然沒什麼用，當他好不容易，終於找到一台插著鑰匙的車子時，卻發現車子沒油了，他想從別的車子取汽油，卻不得其門而入。

武很快地轉移目標，決定改找機車，並且安慰自己，反正路況這麼糟糕，機車機動性比汽車好多了，只是很可惜，所有他能想到的點子，都已經被別人捷足先登了，他找不到一台能用的機車。

可憐的武甚至連一台腳踏車都找不到，不是撞壞了，就是輪胎扁得像洩了氣的皮球，再不然就是兒童騎的三輪車，用走的都還比較快。

武只好帶著奶油徒步行走，奶油因為懶得走，趴在他身上搭便車，讓武忍不住嘀咕：「我應該留下一半的試劑，打在鴿子上，不但不用抱著走，還可以叫她自己飛到 N1 實驗室，哇，多棒啊……」

在市區躲躲藏藏繞了半天，武才赫然發現今天一點進度也沒有，昨晚棲身的小藥局，現在還在附近不遠處的巷子內。

武不禁感到挫敗，就憑這樣的他，怎麼可能順利抵達 N1 實驗室？

沮喪了一會，武搖了搖頭，強迫自己振作起來。

他已經沒有退路了，不振作怎麼行？

武重新打起精神，加緊腳步一路北上，想趕回一些進度，那怕只是幾公里，都可以激勵他的鬥志。

只不過就連老天似乎都想澆他冷水。

還不到傍晚，天色就灰濛濛的，被厚重的烏雲所覆蓋。

略帶濕氣味道的空氣告訴他，等一下會下雨，而且是一場不小的雨，一時半刻不會停。

武急著想在天黑之前，找到一處避風港，他爬到高處，到處搜尋，就在這個時候，他看見了一個歐式風格的社區……

不像其他街道或多或少有一兩隻殭屍在遊蕩，那個社區中可說一隻殭屍都沒見到，會是躲在什麼地方嗎？

「好吧，就去看看吧。」

為了閃避殭屍，武一路躲躲藏藏，即使都已經有雨滴都落在鼻子上了，也不敢為了求快，貿然出去，最後總算平安抵達社區。

在踏入社區的那一剎那，武還警戒地停在原地，左右觀察了下才踏出腳步。

整個社區靜悄悄的，雜草也很長，武走在崩裂的磁磚上，四處張望，這裡看起來完全是廢墟，不但牆面爬滿藤蔓植物，車庫的鐵門還被噴漆亂畫一通。

武本來打算喊一聲「有人在嗎？」但話到了嘴邊，想了想還是作罷。

奶油從武手中跳下來，追著一隻小白蝶，玩得不亦樂乎。

「別走太遠啊……」武提醒奶油，話一說完，卻發現奶油豎起耳朵動啊動，拉長脖子。

「怎麼了？」武問。

奶油回頭看了他一眼，又馬上把頭轉了回去。

「妳聽見什麼了嗎？」武再問。

奶油卻忽然一聲不響地衝了出去。

「奶油！等等！奶油！」武著急地追了上去。

「奶油，妳要去哪？」武大叫，絲毫不怕引起殭屍注意，如果真的躲有殭屍的話，就讓牠們來攻擊自己吧，不要欺負弱小的奶油。

武追著奶油，從一個鐵門半開的車庫進入房屋。

「奶油！奶油妳在哪？」武發現自己完全追丟了奶油，著急著大喊。

唰唰……唰唰……

忽然間，武聽見一陣奇怪的聲音，那是奶油用抓子刨門的聲音，聲音來自廁所。

「奶油要出去！奶油要出去！」奶油不斷地用爪子刨門大叫。

武擔心奶油出事，顧不得裡面可能藏有殭屍，想也不想就飛奔上前把門打開——

幸好裡面什麼也沒有。

奶油小跑步出來，在武腳邊磨蹭。

武鬆了一口氣，為了怕奶油不小心又跑進去，他把廁所的門關上，奶油一發現武關上浴室的門，就立刻跑去刨門。

「奶油要進去！奶油要進去！」

「裡面有什麼嗎？」武打開門，才剛開一個縫，奶油就鑽了進去，屁股一撞，不小心把自己關了起來，然後再度用爪子刨門：「奶油要出去！奶油要出去！」

「妳在做什麼啦！」武將奶油拎了出來，把門關好，這一次任憑奶油怎麼刨門，武都不讓她進去。

即使奶油現在會說話了，武仍然不知道奶油到底在想什麼。

武一邊發著牢騷，一邊轉過身，卻赫然發現身後不知道什麼時候，多了一隻皮肉都爛掉的殭屍！

武嚇了一大跳，還來不及逃，就被殭屍撲倒在地，他閉緊眼睛，做好最壞的心理準備……

但是，奇怪的是，卻連一絲疼痛的感覺都沒有。

他張眼一看，原來殭屍整個下顎都沒了，根本不能咬合。

武立刻踢開殭屍，「快跑！」他叫上奶油，慌張地往外衝。

一逃出房子，四周忽然冒出很多殭屍，殭屍追了過來，天曉得牠們剛剛都躲到哪裡去了！

他們跑過一整排房子，在盡頭處被圍欄擋了下來。

圍欄太高了，最上頭還有鐵刺網，武知道自己爬不過去的！

眼看四面八方都被殭屍圍堵住了，他一把抓起奶油，將她拋到了圍欄對面。

奶油在空中翻了個圈，安穩落地，愣在原地，不知道發生了什麼事。

「快逃！奶油！我們到安全的地方會合！」武對著圍牆的另一側大喊，接著衝向右邊——那裡只有一隻殭屍，是最有希望攻破的防線。

殭屍急著要撲向武，武緊急煞車讓殭屍撲了個空，然後從跌倒的殭屍身上跨了過去，往回頭路跑。

在武跑過其中一棟房子前時，忽然間，有一雙手伸了出來，將他拉進房子中，武還以為自己被殭屍抓到了，驚慌得想大叫，但那雙手的主人搶先一步摀住他的嘴，在他耳邊說了一聲：「噓，安靜點。」那是溫柔的女聲。

殭屍來到了附近，武可以聽見牠們在門口的騷動聲，而他們只隔著這一層薄薄的門，他害怕地說：「牠們會發現我們的。」

「只要你不要大聲喧嘩，就不會。」女孩子鬆開了手，鎮定地回答，「大雨會擾亂殭屍的判斷能力。」

滂沱大雨在這個時候傾瀉而下，和那個女孩說的一樣，門口的騷動逐漸平息下來，武對這個變化感到十分不可思議，他也看清楚那個救了他的神祕女孩：她散著長長的頭髮，穿著由白襯衫跟黑窄裙組成的學校制服，還背著學校書包。

武的目光停留在書包上斗大的白字「薇洛高中」上，他的表情就像是剛參加完飢餓三十的人，看見一道高檔牛排出現在眼前一樣。

武想，他的表情一定是非常古怪，所以那個女孩子才會露出納悶的神情，並且默默把書包挪到身後。

武尷尬地移開視線，腦中有許多問題想問她，卻不知道要開口先說什麼好，接著，武想起他還沒道謝。

「謝謝妳。」武自我介紹：「我姓陳，單名一個武字，武器的武，妳呢？」

「佳佳。」

「我可以問一下……妳也是高中生嗎？」武期待地看著她，但是佳佳卻搖了搖頭，武不解地看著她的書包，「可、可是……」他忽然想到，那個書包不一定是她的，也可能是撿來的也不一定。

「我是高職生。」看見武的視線，佳佳明白了，「薇洛高中，高職部。」她解釋。

武笑了，對他來說，高中生和高職生是一樣的概念，他們年紀相仿，是同一個群體。

「那我修正一下，妳國中畢業了，可是妳還沒上大學對嗎？」

她疑惑地看著武，不知道對方為什麼要問這種奇怪的問題，忽然間，他們聽到了奇怪的咚咚聲響，佳佳的表情變得警戒，武也聽見了，那和雨聲一點也不協調，很難不注意到。

「快來！」佳佳臉色凝重，帶著武進到房子內，把門鎖上。

「那是什麼？」武不安地問。

他們可以聽見那個東西踩著車庫間堆放的雜物，一步步下到地面時發出的聲音……

「快！幫我推這個去擋門！」佳佳指著客廳一組原木實心的櫃子，武連忙點頭。

在兩人努力地推著櫃子要擋門時，卻聽見門口傳來一聲「喵」。

「奶油！」聽見奶油的聲音，武立刻上前要幫奶油開門。

佳佳還沒反應過來，她想阻止武，但武已經開了門，奶油咚咚咚跑了進來。

奶油身上黏著一堆鬼針草，毛倒是沒怎麼弄濕，她一定是機靈地躲在哪裡了。

佳佳看見進來的是一隻貓，不免愣了一下。

奶油靠到武身上，撒嬌磨蹭。

「太好了，奶油，妳沒事！」武搓揉奶油，一邊幫她拔掉身上的鬼針草，一邊跟佳佳介紹，「她是奶油，我的貓，你想摸摸她嗎？」

「可以嗎？」佳佳的眼神為之一亮，武的直覺告訴他，佳佳肯定是個愛貓人！

「當然可以。」武把奶油翻了過來，露出肚子，「想摸哪裡儘管摸，奶油不會介意的。」

「這年頭，很少人會帶著寵物一起逃呢。」

「他們是家人，我不能丟下她。」

聽見武的話，佳佳給了他一個讚揚的眼神。

但是，當佳佳的手剛要碰到奶油時，奶油卻突然對她哈氣：「臭臭！別碰奶油！」

佳佳被奶油的發言嚇了一跳，連忙收回手，後退了一步，「奶、奶油會說話……」

「等等！」武連忙喊住佳佳：「我可以解釋！奶油不是什麼奇怪的東西，我保證！」

佳佳露出一副難以相信的表情看著武，武開始解釋事情的來龍去脈。他沒想到佳佳居然願意如此鎮定地聽他講完，不免鬆了一口氣。

「原來如此。」佳佳輕易地接受了武的理由，武忍不住猜想她是被這個奇怪的世界搞得習以為常了。

「不過……」佳佳語重心長地叮嚀武，「奶油的事，你最好還是不要告訴別人比較好。」

「嗯？」

「現在不比以前了，有些人比殭屍還要可怕，為了奶油的安全，你還是不要說的好。」

佳佳滿足地看著奶油，起身想摸摸她，但奶油一溜煙跑掉，完全不給她機會，她只好沮喪地轉過頭，但是當她看向窗外後，像是想到什麼，打起了精神。

「你想洗個澡嗎？」

「咦？可以嗎？」武很吃驚，自從他進去避難所後，洗澡就變成了一種奢侈的行為。

「不過我先說好，只有冷水澡喔。」

「當然！」雖然是冷水澡，但也比沒有好。

由於頂樓的水塔已經空了，兩人便把空的水桶、臉盆、寶特瓶……等容器，放到房屋後門外盛接雨水。奶油因為討厭濕淋淋的，懶洋洋地趴在客廳沙發上，連站到門邊都不肯，擔心雨水會噴濺到她身上。

武給奶油開了一罐貓罐頭當晚餐，佳佳則大方拿出自己找到的食物分給他，有外包裝完整的冬筍餅和麵包、罐頭，以及鋁箔包飲料。武還在廚房找到了開罐器，這下他終於可以打開那些整人的玉米罐頭了。

「妳居然能找到這些，真是太厲害了。」和佳佳講完了自己早上找食物的悲慘遭遇後，武讚嘆地咬了麵包一口，麵包的口感就像剛出爐的一樣新鮮鬆軟，他細細咀嚼，捨不得直接吞下肚。

「吶，佳佳。」武鼓起勇氣邀約，「妳要不要和我一起去台北？」

武原本信心滿滿地以為佳佳會應允，畢竟沒有人想在這種世界落單，如果有兩個人，蒐集補給品也會方便得多，更何況待在N1實驗室比到處流浪好太多了。

但是，他卻看見佳佳露出了為難的表情。

「可是，我打算往南走。」

「妳往南走做什麼？」

「冬天要到了，南部比較溫暖。」

「至少還要兩個月天氣才會開始變冷耶，而且只要抵達N1實驗室，根本就不用擔心這個問題。」上個冬天，武就是因為待在避難所，從來不用擔心氣候問題。

「可是……」佳佳顯得還有其他顧慮，但又不肯明說。

為什麼會這樣？武感到不安，不行，他得想個法子說服她！

「N1實驗室有乾淨的水，有熱騰騰的食物，還有軍人在那裡守衛，我們每天都可以睡覺睡到自然醒，如果妳討厭實驗室生活也沒關係，只要疫苗研發出來，想去哪裡都不是問題……」武想著這樣的生活，越說越起勁，但是他卻看見佳佳垂下頭，眼神黯淡，他不禁擔心自己是不是說錯什麼了。

佳佳嘆了一口氣。

「武，現在資源越來越吃緊了，並不是所有避難所都願意收人……」

武不知道她是不是之前曾被別的避難所趕過，但他仍試圖說服她。

「和我一起的話，他們一定會願意收留妳的，妳是和我一起把疫苗送來的大功臣。」

「讓我再考慮看看吧。」為了不讓武有機會說下去，佳佳起身到門口查看那些盛水容器，裡面的水量讓她感到滿意，看來可以好好洗個澡了。

佳佳先用少量水將浴缸沖洗乾淨，和武來回幾趟把水運到浴室，倒進浴缸中，再放進一個奶粉罐當水瓢。

「我先洗，介意嗎？」

「請便。」武非常贊同這個順序，他不急著洗澡，因為他肚子還有點餓。

在佳佳進去浴室後不久，奶油將頭從武的手臂下擠進來。

「來！來！」奶油不斷地在他的手臂周圍找縫隙鑽來鑽去。

「奶油？怎麼了？」

「來！」奶油頻頻回頭催促他。

「發生什麼事了？」看見奶油不對勁的樣子，武不禁擔心是不是發生了什麼事。

「快快快快！」奶油踏了踏前腳，不等武就直接向前跑。

奶油帶著武來到浴室前，不斷用爪子刨著浴室的門，佳佳還在裡面洗澡，武擔心佳佳懷疑自己有什麼不良企圖，連忙抓起奶油，阻止她繼續刨門。

「妳真是隻糟糕的貓咪。」武將奶油湊到臉前，對奶油說。

「泥都沒有感覺嗎？」奶油用手推開他的臉。

「感覺什麼？」話剛說完，武聽見一聲啜泣聲，很小聲的啜泣聲，是從浴室傳出來的。

「佳佳在哭……妳是想問我佳佳為什麼哭嗎？」不過武也不知道這個答案。

「不。」奶油掙脫了武的懷抱，跳到地上：「泥聞不出來嗎？她的味道不一樣。」

「味道？我怎麼可能聞得出來嘛！」

「奶油原諒泥，泥好可憐，有一個不怎麼高級的鼻子。」

「謝謝吼。」武覺得自己被罵低級了，忍不住把過去的事拿出來說：「妳連金槍魚跟秋刀魚的味道都搞不清楚，還敢說我鼻子差。」

「金槍魚跟秋刀魚的味道很像啊。」

「只有妳這麼覺得！」

「武真是太太太太壞了，不幫奶油責備金槍魚就算了，居然幫金槍魚責備奶油！」

武沒好氣地問：「你是要我責備金槍魚什麼？」

「當然是問他為什麼要聞起來像秋刀魚啊！」奶油煩躁地搖著尾巴。

武嘆了一口氣：「好好好，下次我會幫妳罵金槍魚的。」

「真的？」見武點頭，奶油拼命在武的腳邊來回磨蹭，「奶油最喜歡武了！奶油超喜歡武……」

佳佳在浴室待了快兩個小時，武好幾度到浴室門口，想敲門問她還好嗎，卻幾度都在手碰到門前停了下來，不行啊，這樣不就等於告訴佳佳自己在門口偷聽了嗎？她肯定會懷疑自己的動機吧！

好不容易終於等到佳佳出來，武偷偷留意佳佳的表情，卻看不出什麼異常。

「對不起，我不小心洗太久了……」

「沒關係。」武停頓了一下，不知道怎麼開口，他和佳佳對上眼，突然覺得現在的氣氛有些尷尬，他暗自希望佳佳沒有察覺到這詭異的氛圍。

「其實……如果……我是說如果……」武抓了抓頭髮，「如果妳有什麼難過的事……」

「嗯？」

「不，沒什麼……」武在內心嘆了一口氣，終究還是說不出口，「我去洗澡了。」

「喔。」佳佳疑惑地看著武。

武直直地走進浴室，將門關上，雖然武帶了手電筒進去，他還是覺得浴室太黑了，他會怕，所以又出來抓了奶油進去陪他，奶油碰到濕濕的地板，瘋狂地刨著門，吵著要出去。

「不行。」武想起奶油稍早一直要進浴室的情況：「妳不是喜歡待在浴室嗎？」

「奶油不要濕濕的。」奶油跳到放置衣物的架子上，縮在那裡不敢動。

武將奶粉罐撈滿整整一桶的水，自頭上澆下，第一桶水讓他冷得打了個哆嗦，第二桶水他就習慣了。他隨便洗了洗，換上了在衣櫃中找到的替換衣物，不到十分鐘就抓著奶油離開浴室，但這幾分鐘，他聽見無數次奶油抱怨：「水噴過來了啦！」

洗完澡，武發現佳佳已經在地上鋪了一處棲身處，躺下睡著了。

「真奇怪，為什麼不去房間睡呢？」武輕聲嘀咕，現在可是全世界的東西都能隨他們任意取用，更何況只是借用一張床睡一晚。

雖然這樣嘀咕，武並沒有吵醒佳佳，而是在上樓前，悄悄地把所有門窗都巡視了一遍，但他發現，佳佳早就都巡視過，並且妥善關好了。

「晚安。」他對佳佳輕聲說。

來到房間以後，武才了解到佳佳為什麼要睡沙發了。

世界荒廢了快要十個月。

一進入房間，他就連打了幾下噴嚏。

雖然肉眼看不太出來，但這些靜置了半年的床鋪，確實佈滿了塵埃，想到要睡在這些床上面，武心裡起了些疙瘩，為了不要明天趕路時皮膚發癢抓個不停，武決定到樓下客廳和佳佳一起睡。

他拿了一塊抹布把沙發擦過，眼角餘光卻瞥見佳佳怪異的狀態。

她用童軍繩綁住自己一隻手的手腕，繩子的另一端和桌腳綁在一起，只留下夠半夜翻身的長度。

真奇怪啊，這個女孩子，這樣不會妨礙逃生嗎？武想起奶油說過的話，在好奇心的驅使下，他慢慢靠過去，想聞看看奶油指的奇怪味道是什麼……

慢慢地……

慢慢靠過去……

「你在幹什麼？」佳佳一張眼，就看見武幾乎快親到自己了。

武尷尬一愣，眼角瞥見一旁的奶油，連忙抓起奶油，躺到沙發上，「妳在這裡啊，奶油，我到處都找不到妳呢！」

幸好佳佳沒有要追究的意思，她什麼也沒說，並且很快地又進入夢鄉，好像剛剛什麼事也沒發生。

武疲倦地翻來覆去，想睡又睡不著，他忍不住羨慕起佳佳，不愧是在外面流浪過的人，在這種情況下也睡得著。

他闔上眼睛，聽著變弱的雨滴聲，想起剛剛聞到的淡淡沐浴乳香，嘴角勾起一抹微笑，她應該是用了屋主留下的沐浴乳吧？

隔天起床時，武沒看到佳佳，不禁失望了一下，還以為佳佳已經先離開了。不過他注意到門窗沒有被開過的痕跡，他猜想著佳佳會不會在樓上，所以就逕自繞過正在抗議肚子餓的奶油，上樓查看。

果然，佳佳趴在陽台上，一臉凝重。

「作惡夢了？」武來到她身邊，好奇地往下一看，那裡站著一個奇怪的東西，正確來說，應該是一隻殭屍，牠穿著破爛的西裝跟皮鞋，身體的皮膚是灰色的，並且像樹皮一樣粗糙，尤其臉部的皮膚潰爛得十分嚴重，都快分不出五官了。

那隻詭異的殭屍，正目不轉睛地望著他們。

「又是牠……」佳佳抱著頭，靠著陽台牆壁滑坐在地上。

「那是什麼？」武可以感覺得出來，牠和一般殭屍不太一樣，牠不像其他殭屍漫無目的地遊盪，而是很專心地注視著這裡。

「我不知道。」佳佳崩潰地說，「牠就是個跟蹤狂，一直跟著我，牠的動作雖然很遲緩，但不管我逃到哪裡，牠總是能找到我，我都快瘋了！」

會找尋特定人的殭屍，武還是第一次聽過，據他所知，殭屍一旦被拉開距離，就會在原地遊蕩，等待其他刺激出現。

「真奇怪啊……」武仔細觀察了一下那隻殭屍，牠只是站在那裡發呆，甚至連嗚嗚叫都不會，「妳欠牠多少錢？」

佳佳瞪了武一眼。

「開玩笑的。」武尷尬地笑了一下，看來這不是個消除緊張的好方法，「我是說，妳有做什麼被牠纏上的事嗎？」

佳佳搖搖頭。

「妳再好好想一想……」

「我完全沒有頭緒……我甚至不知道自己是在哪裡被牠纏上的。」佳佳依舊搖頭。

「不然妳乾脆和我們一起走吧，多一個人幫妳注意牠，妳也會比較安心吧？」武利用機會邀約。

佳佳為難地看著武，武也感到自己好像在趁火打劫，於是改口：「不然至少，暫時同行一陣子，妳說呢？」

他懇求：「我前天才離開避難所，拜託了，至少不要現在丟下我一個。」

佳佳又看了那隻殭屍一眼，終於勉為其難同意了他的請求。

在他們離開房子的時候，武看見佳佳快步跑過門口，輕易地就繞過那隻詭異的殭屍，殭屍緩緩將身體轉向她，拖著沉重的腳步，遲緩地朝她的方向一步步走過去，或許連蝸牛都爬得比牠快。

這樣的殭屍，武不覺得有什麼好恐怖的，他也輕易地就繞過殭屍，追上佳佳，很快就把那隻殭屍的事情拋諸腦後。

牠看起來沒有多大威脅，是佳佳把牠想得過度可怕了吧？

Chapter 5

鱷魚

在佳佳加入隊伍後，蒐集補給變得更加容易，佳佳把自己在收集食物中累積的寶貴經驗，大方地跟武分享，加上有靈巧的奶油可以發揮貓咪的優勢，引開殭屍注意，武跟佳佳輕易就能潛進店裡尋找補給。

不過，收集物資的過程雖然很順利，得到的物資卻是少得可憐，因為他們鎖定的都是小型便利商店。

在搜尋了三間便利商店後，武和佳佳只找到一包洋芋片和一小包豆干做早餐，奶油則淪落到要吃狗飼料，這是他們在便利商店架上唯一找到的寵物食品。

「狗飼料，沒問題吧？」佳佳擔心地察看包裝，上頭標榜著「專為挑嘴寶貝設計」。

「雖然貓的營養需求比狗高，但是短期間應該還好……」武不確定地回答，把飼料倒進關東煮紙碗中，遞給奶油。

奶油驚豔地稱呼狗飼料為「美味的異國料理」，武則懊惱地表示「不曉得能去哪找獸醫」。

吃完早餐後，乾扁的肚皮讓他們不得不考慮挑戰大型超市。

大型超市中，由於殭屍數量多，進去收集補給的人少，剩下的食物也較多，但也因為殭屍太多了，很難把殭屍完全引開，牠們常常會被障礙物卡住，待在原地，加上賣場佔地遼闊，光線通常來自燈光，少了電力的現在顯得特別昏暗，到處都暗藏危險。

佳佳提及了自己曾跟夥伴到大賣場收集物資的經驗，但是當武問及那些夥伴時，佳佳卻忽然閉嘴，什麼也不肯講了，只告訴他：「有奶油的話，情況一定會比較容易。」

他們鎖定了一間只有一層樓的五金百貨，規模還沒有到賣場大小，動線比較簡單，加上附近巷道殭屍密度也沒這麼高，能提供躲藏的房子也多。

他們都知道，總有一天，便利商店的資源會被拿光，他們不得不進入賣場收集補給，作為暖身練習，這裡是個很適合的場所。

他們找到一棟安全的房子，事先安排好退路，以防遇上危險時，陷入無處可躲的窘境。

由於店內殭屍太多了，他們一次只能引開局部殭屍，靠著躲躲藏藏，一步步前進，深入賣場。

為了不吸引殭屍注意，他們選擇了提籃而不是推車，雖然推車能阻饒殭屍的進攻，但在寂靜的賣場中，推車的聲音顯得特別引人注目。

他們分成了兩路行動，但保持在可以支援的距離內。

正如他們所猜想的，架上依舊留有許多的物資可供取用。

這次，武記取了教訓，率先衝去找衛生紙。

大部分的人都是拿抽取式衛生紙，所以架面上剩下的大多是平板衛生紙或餐巾紙，但武卻偏好捲筒衛生紙，他一次就拿了三袋，放到籃子中，壓縮到奶油的活動空間。

「好耶！」奶油亮出爪子歡呼，「奶油喜歡把衛生紙抓爛。」

「這不是要給妳玩的。」

「那泥為什麼要拿？」

「因為！」武鄭重咳了兩聲，「當你受傷的時候可以用捲筒衛生紙包紮，但是當你上廁所的時候，你沒辦法用紗布擦屁股，懂嗎？」

奶油不懂武的話，倒是很好奇，「為什麼要擦屁股？」

武不知道怎麼跟貓解釋這個問題，因為貓不需要擦屁股，就順口回答了奶油：「因為我不會用貓砂。」

「奶油教泥。」奶油站了起來，將兩隻前腳靠在武身上，一臉驕傲地說：「奶油真是心胸寬大啊，下次泥就可以告訴大家泥會用貓砂。」

武假裝很興奮地跟奶油道謝：「謝謝妳喔，這聽起來真是太棒了！」

武在腦海中想像出這個畫面：他終於到達了N1實驗室，和排成一排的科學家們輪流握手，並自我介紹：「你好，我叫武，我會用貓砂。」

佳佳剛好在隔壁排，聽見武的話，她忍不住笑了出聲，武從購物架的縫隙中看見了她，一方面因為逗她開心而高興，一方面因為自己出糗了而感到尷尬。

奶油則是很興奮地告訴武，她要教N1實驗室的每一個人都用貓砂。

武沿路還拿了一把瑞士刀，以及一些電池，以備不時之需，之後順利抵達寵物用品區，在奶油的指揮下，用不同口味的罐頭塞滿背包，他還拿了一包貓飼料，以防在罐頭吃光時還能撐上幾天。

在繞過轉角的時候，武用了佳佳教他的一個小技巧，將一小面鏡子放在掌心，察看另一邊的情形，武看見那裡有幾隻殭屍在遊蕩著。

並不是全部的殭屍都被引到角落，有的殭屍還待在原地，有的則是被促銷產品的架子卡住過不去，武拿起東西朝遠處一扔，讓殭屍往聲音處移動，然後繞過殭屍去跟佳佳會合。

佳佳不只把書包和手中的提籃裝滿，手中還拿著一把圓鍬，是剛剛經過園藝區拿的。

「我們走吧。」

他們躲躲藏藏，回到入口附近。

就在這個時候，他們聽見入口處傳來吵鬧的聲音，一群人喧嘩著走了進來，三男兩女，年紀大概都二十出頭，每個人手中都拿著殺傷力十足的武器，把任何看不順眼的東西都敲壞，一點也不怕引來殭屍的注意。

「這裡的酒櫃還沒被翻過耶！太讚了！」有個長髮女孩大聲嚷嚷著。

佳佳倒抽了一口氣，拉著武，轉身躲到架子後，沒讓他們看到。

「妳認識他們？」武納悶。

佳佳為難地點點頭。

「那太好了，我們可以找他們一起去台北……」武正準備揮手向他們呼喊時，佳佳忽然摀住了武的嘴，把他拉下來。

「不！你根本就不了解，他們是怎麼樣的人……」佳佳咬牙切齒地說。

「他們是怎麼樣的人？」

「他們……」佳佳回想起自己的過去。

「我曾經……待過一座避難所……那時我和其中一個避難所的同伴，阿傑，收集完物資，正準備回去時，路上，遇到了鱷魚他們……」

「阿傑，男的嗎？」

「怎麼了？」

「呃、不……沒什麼……然後呢？」

「他們表明想用蠻力直接搶我們手中的物資，阿傑掩護我逃走了，但是之後，我發現了阿傑的屍體，他被一根鐵棍從嘴刺進去、貫穿喉嚨而死，他的表情非常驚恐，我一輩子也無法忘記那個畫面……阿傑是被他們活活殺死的，他們就是這樣殘忍的人……」

佳佳探出頭去，要武也看一下。

「你看見最前面那個男的嗎？臉上有圖騰刺青的，他是隊伍的領導，他叫鱷魚；旁邊那個胖胖的男生，他們叫他胖子；留龐克頭的那個就直接叫龐克；高的那個女孩子叫 Apple，另一個短髮的女生是 Lily。」

鱷魚一行人在櫃檯後面，翻找著看起來很昂貴的酒。

「這瓶怎麼樣？」胖子拿起一瓶包裝感覺很高級的紅酒。

「那個不是上次喝過了嗎？」Apple 皺起眉頭，她的打扮十分火辣，濃妝豔抹，穿著低胸短上衣和迷你裙，踩著十公分高的高跟鞋。

「有嗎？」

「就是大家都公認難喝得要死的那次啊！」Apple 從胖子手中搶來，向後直接扔了出去，完全不擔心酒瓶碎裂的聲音會引來殭屍。

他們繼續大聲討論著，好像他們只是在參加一場派對，並隨興把他們認為不合格的酒亂扔。

「我看……我們還是低調一點比較好吧？等一下把殭屍引來怎麼辦？」Lily 怯弱地說，她也穿了裙子，不過是顏色樸素、長度到膝蓋的保守款式，並且搭上了行動方便的球鞋。

「有什麼關係，反正殭屍又不多。」Apple 兩手一攤。

「話說你們不覺得奇怪嗎？以這種大型超市來說，殭屍數量確實有點少吶……」龐克左右巡視，「好像被人刻意引開了一樣……」

沒錯，門口的殭屍都被奶油引開了啊！武在心裡回答龐克的問題，不過他開始擔心殭屍會被他們吸引過來，堵在門口，這樣就不好離開了啊。

「這不是很好嗎？不用跟殭屍搏鬥啊。」胖子用袖子擦掉額頭上的汗。

「可是，也許殭屍只是躲在裡面……」Lily 不安地提醒大家。

「不然妳去確認看看啊！」Apple不耐煩地回答Lily，「我們只是拿點酒，又沒有要進去，食物不是還夠嗎？」

「食物還夠？」胖子詫異，顯然他不這麼認同。

「吃吃吃，你就只知道吃，世界末日了，只有你還會變胖！」Apple露出了厭惡的表情，胖子也立刻不客氣的反擊。

「臭婊子，妳說什麼？還不是靠那臭鮑魚，鱷魚才答應收留妳！」

他們繼續用各種低俗歧視的語言辱罵對方，龐克和Lily似乎習以為常了，也沒有勸架。

他們之中，唯一沒有說話的就是鱷魚，他的表情很嚴肅，也沒有參與其他人的行動，而是坐在櫃檯上，低頭不曉得在沉思些什麼。

忽然間，鱷魚看向武和佳佳這邊，武嚇了一跳，躲回架子後，但他很快地發現，原來是有一隻殭屍，朝鱷魚衝了過去。

鱷魚不慌不忙地跳下櫃台，拿起一把屠刀，他先是朝殭屍的肚子一踢，然後揪著殭屍的頭髮，踩著殭屍的背，沿著牠的脊髓過去，往頸部用力一砍，接著一踢，把殭屍的頭直接踢飛出去。

殭屍的頭滾落到武面前，牠面對著武，嘴巴還一張一闔的，大約過了半分鐘，才終於不再動了。

武默默地抬起頭，視線移到佳佳身上，佳佳知道武想說什麼。

「別被他們騙了，這做起來才沒有看上去那麼容易，他們就擅長這個！」

也是，武想起避難所前輩的金玉良言。

「遇到殭屍，能跑就跑，跑不過就躲，絕對不要試圖和殭屍起衝突，第一擊根本沒辦法給牠們造成傷害，第二擊無法阻止牠們後退，即使第三擊力道大到能把牠們的脖子打斷，牠們也只會搖晃幾下，然後頂著搖搖欲墜的頭朝你衝過來……」

「如果是真的，那未免也太可怕了吧。」武嚥了下口水，感到手心在冒汗。

鱷魚一行人在櫃檯的吵鬧聲，把店內深處的殭屍吸引了過來，武和佳佳專注在觀察他們的一舉一動，都沒有注意到殭屍來到了身後。

就在此時，奶油大叫了一聲：「快逃武！」

武感到不對勁，一轉過去，便看見一隻殭屍朝自己撲過來，情況緊急，他只來得及用手臂擋住自己——

碰！

佳佳握緊圓鍬，往殭屍用力一敲，殭屍撞上一旁的架子，架子上的東西鏗鏘鏗鏘全掉到地上，發出很大的聲響，足以吸引賣場內所有殭屍的注意。

「快逃！」

他們三步併作兩步，往門口衝去，鱷魚一行人看見他們都大吃了一驚。

「妳、妳不是那時的……」胖子揉了揉眼睛，不敢置信地說，「不會吧，怎麼可能……」

但很快的，他們就因為陷入殭屍的包圍網中，轉移了注意力。

殭屍們一擁而上，鱷魚一行人用手中的推車去撞殭屍，減緩殭屍的速度。

「還愣著做什麼！別礙路！」鱷魚粗魯地推開同伴，搶先衝出門口。

踩著十公分高跟鞋的Apple被鱷魚這樣一推，跌倒扭傷了腳，她著急地伸手，對著離她最近的龐克叫救命，但是龐克一回頭，看見殭屍爭先恐後地跑過來時，他只是猶豫地看了Apple一眼，選擇放棄她，向門口逃去。

Apple恐慌地爬向胖子求救：「拜託，救救我，我答應你，我願意跟你做愛，只要救救我……」但胖子比龐克更絕，他連回頭猶豫一下都沒有，直接跟在龐克身後離開。

「Lily……Lily……我們是好姊妹對吧？別拋下我啊……」Apple轉向跟Lily求救。

Lily再三猶豫，最後決定趁隙逃出去，她咬著下唇，喃喃自語地說著：「對不起。」掉頭就跑，但是忽然間，她想起了過往的事……

在她被劈腿的男朋友拋棄時，她一個人坐在滂沱大雨的街角，一邊喝著酒一邊哭泣，那個時候，為她撐了一把傘的人，是Apple。

Apple雖然說話毒了點，但卻陪伴她度過最難熬的那段時光，還幫她做了量身大改造，又幫她拓展了社交圈，如果沒有Apple，她真不敢想像自己會變得怎麼樣。

想到這裡，她在跑了兩、三步後，最終還是折了回來，拉上Apple，她撐著Apple往門口走去，但殭屍抓住了Apple的腳踝，其他殭屍追上了她們。

就在這個時候，Apple突然輕聲對Lily說了一句：「對不起……」

「咦？」Lily還沒意會過來，Apple用力把Lily推去撞身後的殭屍，Lily壓在殭屍身上，其他殭屍全部全部衝向她，而Apple則在殭屍鬆手後，一拐一拐地逃了出去。

「為什麼……為什麼……」Lily的眼淚湧了出來，不敢相信自己被Apple背叛了。

殭屍們大口啃咬Lily，她雖痛，但沒有叫出聲，只是不解地望著Apple的背影。

Apple嘴巴壞了點，心卻是善良的……應該是這樣才對啊，為什麼……為什麼她會把自己推向殭屍？

就在這個時候，Apple回過頭，虧欠的眼神說明了一切：得有人在這裡拖住殭屍腳步，不然逃出這扇門也沒用。

瘋狂爭食的殭屍們，把她壓進殭屍群內，他們的手指插進她的眼睛，戳進她的鼻孔，拉開她的嘴，硬生生將她的臉撕開來，一直到斷氣的那一秒，Lily都還努力說服自己：Apple只是去拿武器，她最後一定會折回來救自己，一定。

在武跟佳佳逃出五金百貨賣場後，他們發現前方停著三輛機車，這三輛機車在他們進去賣場前還沒有出現，可以推斷一定是鱷魚他們騎來的，難怪他們敢這樣有恃無恐製造噪音，武明白了，他們不只身手了得，也來得及逃跑。

三輛機車的鑰匙都還插在上面，大概是沒想到世界都變成這個樣子了還有偷車賊。

「騎這個！」武把奶油放進機車坐墊下，籃子因為太大，武便把捲筒衛生紙拿出來，掛在前方，其他物資隨意堆在腳踏墊上，他發動機車，卻發現佳佳面露難色站在原地。

「我、我不會騎機車……」佳佳慌張地說。

武恍然大悟，「快！上來，我載妳！」武把背包轉到胸口前方，但當他看見鱷魚他們追出來後，卻連忙下車。

「你要做什麼？」佳佳也看見鱷魚他們了，著急地問。

「給我一點時間。」武拿出口袋中的瑞士刀，把其他兩輛機車輪胎刺破。

「站住！」看見他在動自己的機車，鱷魚立刻大叫，但他被殭屍纏住，一時過不去。龐克身手俐落，鑽過殭屍的攻擊，追了過來。

在武發動機車準備逃跑的那一刻，龐克抓住他了！

「別逃！」龐克一把將武從機車上拉下來，佳佳也摔了下來，他們好不容易收集到的物資撒得到處都是。

龐克和武扭打在一起，佳佳撿起圓鍬，用力往龐克頭上一敲，幫助武脫逃。

武扶起倒下的機車，地上的物資都來不及撿，確定佳佳坐上來後，他用力轉動油門，機車暴衝出去，佳佳差點就要摔下去，嚇得緊緊抱住武，因此弄掉了圓鍬。

鱷魚在此時追了上來，他才剛抓到機車後座，就被暴衝出去的機車被狠狠甩掉。

「快！我們追！」鱷魚騎上機車。

龐克也扶著頭騎上另一輛機車。

「別丟下我們啊！」胖子和 Apple 一邊跑過來，一邊驚慌地大喊。

鱷魚跟龐克自顧自地發動機車要離開，卻在此時發現輪胎扁掉了。

憤恨的鱷魚踹了機車兩腳，對著武和佳佳越來越小的身影咒罵：「我絕對會逮到你們，並且要你們付出十倍代價！給我等著！」

胖子和 Apple 氣喘吁吁地趕了上來，殭屍也追了出來，一行人匆匆地跑進了附近了小巷中，尋找躲藏之處。

在機車暴衝出去後，武的前方出現了幾隻殭屍。

「小心！」佳佳害怕得大叫，她閉緊眼睛，把臉埋在武背後。

武左拐右彎，有時加速，有時緊急煞車，路上障礙物多，武好幾度差點摔車，還要用腳去蹬地輔助，好不容易才穩住了車身。

就在他以為終於可以鬆了一口氣時，前方，不知道什麼時候出現了一個黑色物體，武差點就要撞上去，緊急閃了過去。

當武和那個黑色物體擦身而過時，那一剎那，武看見了，牠就是早上在樓下和他們對看的那隻殭屍！可能嗎？那隻動作遲緩的殭屍？

武調整了下後照鏡，想確認一下，希望是自己看錯了，但是後照鏡的倒影無法有效判斷。

「武！」佳佳顯然也注意了，武可以感覺到她抓自己抓得更緊了。

「別擔心，我們現在有機車了。」

沒錯，就算是真的是那隻殭屍也無所謂了，他要在日落之前盡可能走遠一點，讓牠再也無法找到他們！

「抓好，我要加速了！」武告訴佳佳。

隨著他們的機車急駛而過，殭屍緩緩轉過了頭，踏著沉重的步伐，往他們的方向挪動腳步……

Chapter 6

救贖之夜

在出發不久後，武怕奶油悶壞，一來到沒有殭屍的地方，武就立刻停下車，把奶油從車廂中放出來，捲筒衛生紙只剩下一袋還掛在腳踏墊上方，因此有很多空間可以讓奶油窩在那裡。

他們順便確認了剩餘的物資：武除了腳踏墊上的捲筒衛生紙、背到前方的背包中有一堆貓罐頭、口袋中還有一把瑞士刀外，除此之外就沒有東西了；佳佳的書包雖然塞的鼓鼓的，但是佳佳也無奈地表示：「裡面沒有食物。」

「但是……」

「都是些生活用品罷了。」她把書包轉到身後。

值得慶幸的是，鱷魚他們在車廂內有幾瓶水跟一些乾糧，狀況還不至於到很危急的地步。

有了機車做代步工具，他們很迅速地離開了嘉義。

雖然花了兩天時間才離開嘉義，但是照這個速度看來，武樂觀地想著：今天應該可以到達台中，或是更遠的地方，明天就能抵達N1實驗室，完成父親的遺願！

只不過，當他們實際上路後，武才發現一切沒有想像中順利。

道路毀損不通、殭屍堵塞通道、受到殭屍追擊、收集補給……有許多原因一直迫使他們改變路線，有時他們甚至要逆向往南走，才能找到一條通往北方的路。

為了提升效率，他們沿路上沒有再把時間耗費在大型超市，而是繼續從小型便利商店或者雜貨店尋找物資，保持吃不飽餓不死的狀態，專心趕路，但即便如此，他們還是花了一整天的時間，才終於抵達台中。

又餓又累的他們將機車停下，經過討論後，他們決定冒險去大型賣場進行大量補給，接著找尋落腳處好好休息一晚，這樣一來，往後幾天只需要專心趕路，不用再擔心糧食問題。

就在這個時候，他們注意到電線桿上貼著一張奇怪的傳單。

「武，你看這個。」佳佳提醒了武。

不過武還沒來得及好好看看上面寫了什麼，因為一旁出現了幾隻殭屍，他們慌慌張張地騎上機車逃跑。

「上面寫了什麼？」武好奇的問。

「什麼提供食物……安全的避難所……之類的。」

這些內容引起了武的興趣，他煩惱著該怎麼避開殭屍，繞回去再看一次，但佳佳隨即發現一旁的電線桿又出現了同樣的傳單。

「那裡還有一張！」

但太遲了，武已經騎過頭了。

「沒關係，那邊也有……」佳佳又指著另一邊。

很快的，他們發現，幾乎到處都可以看到這張傳單，甚至連牆壁上都被人用噴漆寫了同樣的訊息：

我們提供新鮮美味的餐點、舒適的睡床、熱水澡，我們隨時敞開雙手歡迎您的到來。

與神同在是您遠離殭屍威脅的最佳方法。最安全的避難處，聖思德教堂。

訊息底下還用箭頭標了前進方向。

「聖思德教堂！」武訝異地大叫。

「你知道在哪嗎？」

武點頭，「我姑姑家在那附近，過年的時候我們會去她家拜年，所以我恰巧知道位置。」

「所以……要過去看看嗎？」佳佳盯著傳單，天下沒有白吃的午餐，她感到些許不安。

「機車也快沒油了，與其繼續在市區繞來繞去，不如就過去看看吧！」武提議。

他們抵達台中後不久，油表就開始閃爍，武沒把握這台機車還可以再撐幾公里，但他確定的是，台中的殭屍比他預料的還要多，他一點也不想在這裡失去代步工具。

他們在即將抵達教會時，在附近遇見了教會的巡守人員。

這些巡守人員一手拿著自製的盾牌，一手拿著球棒，仔細一看還可以發現球棒末端釘滿了釘子，使球棒更具殺傷力。

知道他們要前往教堂後，巡守人員很熱心地歡迎他們，放他們通行，還拿起無線電通知教會有人要來。

聖路德教堂位於一座小公園旁，是一座仿西式教堂的建築。尖塔式的屋頂上，掛著一個大大的十字架，紅磚外表也讓教堂看上去更具風采。

武用很緩慢的速度騎著機車，一邊觀察四周狀況。

「武，你有沒有聽到什麼？」佳佳不安地問。

那聽起來很明顯就是殭屍的叫聲，武早就注意到了，他只是不想承認，除此之外，他還注意到空氣中充滿著一股淡淡的屍臭味。

他們越接近教堂，惡臭就越強烈，殭屍呻吟也越大聲，要不是剛剛遇到那些巡守人員，他們都要懷疑教會早就被殭屍攻陷了。

終於，他們抵達了教堂，武將機車停在公園一角，他把背包中的罐頭倒進機車車廂中，只留了幾個下來，好空出位置讓奶油躲進背包內，吩咐好奶油不要說話後，他和佳佳用走的來到教堂門口。

門口已經有一位穿著神父袍的人在等他們了。

「年輕朋友，歡迎你們，我是張振亞神父。」神父面帶微笑地說，不疾不徐的聲音充滿了安撫人心的力量。

但是武跟佳佳被眼前的景象嚇呆了，以至於根本就沒在聽神父說什麼，更別提自我介紹了。

在圍牆內側，一個又一個的鐵籠貼著牆壁而放，和圍牆一起把教會包圍起來，每個鐵籠內都有一至兩隻殭屍，牠們有的斷手斷腳，有的肚破腸流，看上去模樣非常駭人。

「這、這個……」武指著籠子，手微微顫抖。

「請不要介意，我們安全防護做得很好，不會有問題的。」神父笑著解釋，「殭屍圍牆可以干擾外面殭屍的判斷力，你們知道的，就和大雨一樣，只要不弄出太大騷動就沒問題。」

「真的嗎？」武狐疑地看向佳佳。

「我不知道呀……」佳佳露出不敢置信的表情，「我從沒看過有人這樣做……」應該說，也不會有人想冒險在一堆殭屍中生活。

「你們遠道而來想必一定很疲憊了吧？我們這裡有熱騰騰的晚餐、柔軟舒適的被窩，你們還可以洗個熱水澡。」

「真的可以嗎？」佳佳驚訝地打斷了神父的話，她還以為傳單只是在誇大。

「如果妳願意的話，當然，好好放鬆疲憊的身心吧。」神父露出和煦的笑容。

奶油因為好奇外頭發生了什麼事，從背包中探出了頭。神父也看見了，他哇了一聲，「可愛的小東西。」

「她是奶油。」武給奶油做了介紹。

「這裡的人也都很喜歡小動物，大家會很高興能和你的貓咪做朋友。」神父笑道：「你們很幸運，明天恰巧是一個月一次的救贖之夜，你們剛好趕得及參加。」

武和佳佳對看了一眼，之後一起把目光移向神父。

「救贖之夜？」

「那是在月圓夜實施的儀式，我們何不一塊享受晚餐，邊吃邊講呢？」

「但是明天的話……」武為難的表示，「我們還要趕路去台北……恐怕……」

「我們有車子。」神父指向一旁，那裡有一台嶄新的紅色休旅車，「救贖之夜過後，我們有很多空閒時間，可以載你去台北。」

武看著那台紅色的休旅車，這顯然是個很誘人的提議，在這裡有得吃，有得喝，有熱水澡，又不用擔心殭屍攻擊，然後有人還會開車送他去台北。

「快進來休息吧，在晚餐開動之前，你們可以和其他年輕人聊聊，交個朋友。」神父一手搭在門上，伸出另一手邀約他們。

「有、有其他年輕人？」武瞪大眼睛，跟著神父走到門前。

「當然，他們都是要留下來參加救贖之夜的。」神父笑著拉開了門。

教堂內部就和武對教堂的既定印象差不多，前面是講台，旁邊有一台鋼琴，下方則是一張張長椅，就和神父說的一樣，他看見幾名年輕男女在聊天。

武正要跟著神父進去時，佳佳卻拉住了他的袖子，叫住他。

「武！」

「怎麼了？」武見佳佳面有難色，便轉頭對神父說：「不好意思，可以讓我們單獨談一下嗎？」

「當然，懷疑是好事，但我相信你們最後會和其他睿智的年輕人一樣，推開這扇門，成為我們的一份子，我可愛的朋友們。」他慈藹地笑著，先行進入。

武和佳佳來到圍牆邊，但又不敢太靠近殭屍。奶油摀著鼻子，忍不住抱怨：「好臭、好臭喔！」

「怎麼了？」武問佳佳。

「很奇怪啊！」

「奇怪？」武納悶，「哪裡奇怪？」

「哪有避難所這麼歡迎別人進來的，又不是物資多到用不完，至少也會說要檢查一下吧？」

武想了下也是，他在嘉義的避難所，收人之前的確會檢查。

「會不會因為他們是神職人員，所以……強調慈悲跟愛？」

佳佳瞪著他，「你想太多了，你對人應該要多點戒心。」

「妳救我的時候也沒那麼多戒心。」

「那不一樣！」

「哪裡不一樣？」

佳佳噘起嘴，「既然如此，我看我們就在這裡分道揚鑣好了。」

「妳、妳有必要這麼賭氣嗎？」

「我沒有在賭氣！」佳佳抗議，「我本來就沒有打算和你同行，反正你現在跟奶油搭配得很好了，收集食物也不是什麼難題，既然他們有心要載你去台北，我們在這裡分道揚鑣不是很好嗎？」

「不好，一點都不好，哪裡好了？」武煩躁地抓了抓頭髮，不曉得該怎麼說服她。「妳不是也很想洗熱水澡嗎？」

「現在還是可以洗熱水澡啊！只要找到有瓦斯跟熱水器的房子就好了！」只是佳佳很少這麼做，熱水器的聲音也可能引來殭屍，只有在她確定環境很安全時，她才會這麼做。

「不然這樣吧，至少今晚，就一晚，我們在這裡過一晚，至少觀察一下狀況再說，胡亂臆測對人家也不公平吧？搞不好人家真的只是想幫助我們。」

「是呀是呀。」佳佳敷衍地回答。

「而且妳看，現在都傍晚了，台中是大都會區，根本沒什麼偏僻的角落，到處都是殭屍，我們很難在晚上之前找到安全處。」

「哦？」佳佳抬高音調，「所以你都不覺得那個救贖之夜聽起來很可疑嗎？」

「我們也可以不要參加啊。」

「那我們現在就走啊，不要留下來，不然他們會一直說服你，最後你就會覺得參與看看也沒什麼關係！」

就在兩人僵持不下的時候，他們的肚子同時發出了咕嚕咕嚕的叫聲，他們都卸下了自己的武裝狀態，尷尬地看了對方一眼。

「走啦，吃飯啦！」武摀著肚子笑了幾聲。

佳佳也不好意思再堅持下去，於是別開了臉，不好意思地說：「就、就一晚喔！」她強調。

「知道了啦。」武拉著佳佳，推開了教會的門。

教會內大約有七、八位神職人員，他們很好辨認，全都穿著神職人員的長袍，他們稱自己叫做「使者」，而負責管理所有使者的是一位被稱作「大媽」的中年胖婦人，她熱情地歡迎武跟佳佳的到來。

大家看見武跟佳佳，都開始竊竊私語起來。

武急著想融入他們，但大媽把武跟佳佳叫了過來，說是要帶他們去房間放行李，她帶著武跟佳佳從教堂的側門出去，進入側邊另一棟房子，來到房間放行李。

在這裡大家都一樣睡通鋪，所以也沒什麼好抱怨的，一樓有兩間很大的房間，分別是男生和女生的通鋪。當使者提著兩袋床墊和被單交給他們時，武還以為是洗過曬過的回收床被，直到聽見對方說是從附近寢具店拿來的，他才發現手中拿的居然是全新的床被。

在讓他們自由活動之前，大媽順便跟他們介紹了一下環境，特地叮嚀他們：「二樓以上是禁止進入的區域，除此之外沒有限制，但是……」她看著武懷中的奶油，「小心別讓那隻貓踩壞了菜園的菜啊。」

「菜園？」武狐疑。

大媽走到旁邊的窗戶，指著窗戶，「喏，就是外面那片。」

天色已經暗了，武只好打開窗戶查看，奶油忽然玩興大起，趁機往下跳，幸好武一把抱住她，「好險好險。」他希望大媽沒有看見這一幕，還好，大媽正在跟佳佳講話。

佳佳站在樓梯口，好奇地往上看，詢問大媽：「我可以問問樓上有什麼嗎？」上面一片黑漆漆的，她什麼也看不到。

「二樓……也沒什麼啦，就是神父的房間，其他房間被拿來當倉庫，我們清空的家具都搬到樓上放。」大媽爽朗地回答。

認識完環境後，武放下背包，和奶油來到入口處的交誼廳。

除了神職人員外，從外面進來這裡的人大約有二十幾個，各個年齡層都有。

武還認識了一對年輕夫妻，才二十歲，因為男方姓楊，大家都稱他們叫小楊夫婦。他們告訴武，他們在歐洲度蜜月的時候，剛好遇到疫情爆發，差點就無法回到台灣。他們一路躲藏，甚至偷渡到別的國家，用盡各種管道，才總算擠上回台灣的飛機。本來以為終於能安全度日，沒想到才過多久，台灣也跟著淪陷。

「應該說我們比別人先偷跑累積經驗，所以才能活到現在嗎？」他們自嘲。

武還認識了一些年紀和他差不多的男孩，他們之中有幾個人是高中生，有的則是在疫情失控時還是高中生，但現在算算應該要畢業了。

簡單地自我介紹後，大家很快地熟絡了起來。

「和可愛的女孩單獨旅行的感覺如何？」有個少年跳到武身旁，用手臂勾住他脖子。

「真令人羨慕啊，你這傢伙！」

「你們有在交往嗎？」

「快說！幾壘了？」

「X！有沒有用保險套啦？」

男孩們的辛辣追問，讓武感覺好像回到了以往的高中生活。

面對這些令人尷尬的問題，武哈哈大笑了起來，即便到了世界末日，男孩子的話題，一如繼往。

這些男孩們還神秘兮兮的帶武去教堂看「名人」。

「X！那不是之前很紅很出名的網路美女白白嗎？」武眨了眨眼睛，還以為是自己看錯。

即使沒化妝，白白依舊很漂亮，還增添了點清純的感覺，她正坐在教堂的長椅上看書，感覺格外有氣質。

「聽說她現在單身啊。」在男孩們的鼓吹下，武被推到了白白前面，最後他靠著奶油，成功和白白搭上話，並且越談越高興，只是當白白問起：「奶油會不會什麼特殊把戲？」時，武頓了一下，最後還是決定告訴她：

「吃飯、睡覺、呼嚕嚕。」

很快就到了晚餐時間。

大家聚集到教堂，晚餐是自助式的，大家合作搬來一張長桌，上頭放了美味的玉米濃湯，以及當季的新鮮蔬菜，主食則用馬鈴薯代替白飯，武和佳佳差點以為自己在參加夏令營，過往的苦日子只是噩夢一場。

神父帶著大家做了禱告，並向大家保證：「參與了救贖之夜的人，將永不再懼怕殭屍的侵犯。」

在大家開始享用熱騰騰的美食時，神父來到武跟佳佳身旁坐下，和他們閒話家常。不過，武對他隱瞞了奶油的事，只說父親死前叫他去台北投靠他的同事。

「既然你不趕時間，何不留下來和我們一起參與救贖之夜？」神父再度邀約。

「救贖之夜到底是什麼？」武狐疑。

「我沒有辦法明確說出儀式內容跟過程。」神父語帶神秘地說，「不過，你們也可以選擇在一旁參觀儀式，等下一次月圓之夜再參加……只是這樣一來，你們還要再忍受整整一個月的恐懼折磨。」

「謝謝您，我們會好好考慮的。」佳佳官腔回覆。

等神父離開後，武也偷偷詢問了其他人對救贖之夜的看法，大部分的人都跟他一樣，對救贖之夜感到好奇，甚至有人說：「如果真的有方法擺脫現在的困境，那麼就是試看看也沒損失啊。」

武向佳佳表示自己的意見：「不如我們也留下來看看吧，妳難道不好奇是什麼嗎？」

不過，佳佳看起來仍然不是很樂意。

晚餐過後，武提到了洗澡的事，一位女性使者找了一套換洗衣物給他。

「我以前在服飾店工作過，我想這件大小應該很合身。」她把折得整整齊齊的衣物遞給了武，但武不好意思收下。

「有熱水澡就很好了。」武連忙婉拒。

「不要緊的，這是收集物資時從服飾店拿來的。」

她甚至還給了奶油找了一套龍貓裝，不過因為太小件，所以只好作罷。

奶油顯然鬆了一口氣，在前往浴室的路上，奶油趴在武的肩膀上，告訴武：「奶油最喜歡裸裸裸裸裸體亂跑了。」

「這樣說很像變態啊。」武提醒奶油。

浴室是位在教堂後方，風格看起來跟教堂不同，應該是後來增建的，武進去洗澡時，就讓奶油待在外面的草地上玩，但他不忘叮嚀奶油：「不能去咬菜園的蔬菜喔。」

武滿足地洗了個熱水澡，出來時，看見奶油在草地上享受。

那裡有一整排的貓薄荷，本來是要種來驅蚊蟲用的，現在卻成了奶油的最愛，奶油在那裡磨來磨去，最後仰躺在地打滾，露出肚皮，並把頭藏在貓薄荷之間，玩得不亦樂乎。

武想讓奶油再玩一下，便在附近的椅子上坐了下來。

說也奇怪，他一整天都忙著逃生跟趕路，幾乎沒有時間好好思索事情，現在一鬆懈下來，反倒一些令他不安的想法都浮了出來。

好笑的是，他已經習慣了這裡的恐怖味道，和殭屍的聲音，因此能夠不受打擾的思考事情。

遇見鱷魚一行人那時，要是沒有被殭屍追著跑，他是不是就有機會，停下來，大家好好把話聊開，說不定他們會是比誰都要來的可靠的同伴，可是結果卻是，他把他們的機車輪胎刺破，以防他們追過來，反而結仇了。

剛洗完澡的佳佳，正要走回房間，看見一個人坐在那裡發呆的武。

「怎麼了？一臉憂鬱的樣子，跟奶油吵架了？」她換上了合身的短袖上衣和牛仔褲，看起來煞為好看。

武苦笑地搖搖頭，「我只是在想……」

「嗯？」

「我……」武其實不太想說自己的憂慮，他不想表現出自己脆弱的一面，不過，強烈的罪惡感又逼得他不得不找一個宣洩的出口。

「我刺破了另外兩台機車輪胎，這樣做會不會斷了他們的後路……」儘管沒有人責備他，武還是盡力為自己辯解，「只是……我當時也想不到更好的方法……」

佳佳走到武身旁坐下。

「你沒有做錯，在那種情況下，只能這樣做了。」佳佳安慰武，「你還不了解他們是怎樣的人，他們以殺戮為樂，我曾經看過他們抓活人去餵他們的寵物殭屍……被他們抓到的話，先別說我們會怎樣，奶油肯定會被他們煮來吃掉。」

武投以不敢相信的眼神。

「所以囉，99% 的人都會相同的事。」

「所以還是有那剩下 1% 啊！」武懊惱。

「那 1% 只是沒想到可以這樣做。」

武笑了幾聲，但馬上又恢復陰沉的表情。

「……其實，我很擔心……真的是因為在那種情況下嗎？」武害怕地說出了自己內心最深處的恐懼，「還是說，我其實就是個『只顧自己逃跑』的混帳……」

佳佳對他搖了搖頭。

「相信我，我待過兩個避難所，又換過四次隊友，我能看得出來，你只是還不知道怎麼面對這個世界，但你不是這樣的人。」

武先是訝異了下佳佳的經歷，隨即又反駁，「可是也許，我永遠都無法適應這個世界，也許哪天遇上危機時，我會連妳、連奶油都丟下，只顧自己能得救……」光是想到這個可能，就讓武全身顫抖。

「不會。」不知道為什麼，佳佳回答得莫名篤定，「你那天追著奶油跑進有殭屍的屋子裡，我都看見了，那才是真正的你，那才是你的本性。」

武想起來了，好像確實有那麼一回事，但被佳佳這樣一誇，武倒不好意思了起來，他搔了搔臉，「但我那時不知道房子裡面有殭屍啊。」

「但是呢，會擔心這個問題的人，是不會丟下別人不管的。」佳佳笑著解釋，「沒良心的人才不會花時間擔心這個。」

聽了佳佳的話，武緊皺的眉頭舒緩了不少。

「我反倒覺得你不需要去擔心鱷魚他們，他們可是殭屍屠夫耶，他們的生存技巧比你想的還要優秀。」

想起鱷魚俐落的身手，武忽然感到內心的陰霾一掃而空，輕鬆不少。

武感到不好意思別過頭去，但輕聲地對佳佳說了句：「謝謝妳。」

佳佳聽見了，她微笑著起身伸了個懶腰。

「那我先回去睡覺囉？」

「晚安。」武目送佳佳離開，但她才沒走幾步，武忽然又叫住她：「吶，佳佳？」

「嗯？」

「妳之前說了，不打算跟我同行，妳現在還是這樣想嗎？」

佳佳的表情很為難，但還是「嗯」了一聲。

「為什麼？」武追問。

佳佳沒有回答。

「好吧……」武也不打算為難她，「那至少，妳可以告訴我，妳打算什麼時候離開？」

她聳聳肩，答案出乎武的意料之外，「我也不確定，就……盡量多陪你走一些路囉。」

「到底是多久？」武想知道確切答案。

「我也不知道……我也不知道啊……」佳佳感覺很無奈。

「什麼嘛！這種莫名其妙的答案！」武不能接受，「那妳為什麼不乾脆跟我一起走就好了？」

「每個人……都有自己想要的生活方式嘛……」佳佳像洩了氣的皮球，雙肩都垂了下來，武覺得她看起來比剛剛的自己還要沮喪，忽然間覺得自己的口氣可能強硬了點，於是深吸了一口氣，和緩情緒。

「也就是說，哪天妳忽然有了什麼想法，就會選擇離開？」

「呃……大致上沒錯。」佳佳情緒也和緩了下來。

「好吧。」武假裝妥協，「至少妳離開前，可以告知我一聲吧？」這樣一來，他就還有機會說服她，就像今天這樣。

「我盡量……不，」忽然間，佳佳又改口了，「好吧，我答應你，我不會不告而別的。」她歪著頭對武微笑。

兩人伸出手，打了勾勾，做了約定。

晚上，佳佳在床上翻來覆去，最後再也按耐不住焦燥的心情，偷偷爬起來，溜出了房間，來到樓梯前。

雖然二樓禁止上去，但是如果不確認一下那隻奇怪的跟蹤狂有沒有跟來，她怎麼也睡不著，雖然最簡單的方法就是走出去和那隻殭屍面對面確認，但她實在沒有那樣的勇氣。

她趁著四周沒人注意，偷偷溜上了二樓，為了不造成別人的困擾，她沒有去探究旁邊的房間有什麼，而是直接走到走廊盡頭凸出的小陽台上。

她不敢開手電筒，怕別人會發現她在二樓。幸好明天是月圓夜，現在月亮又大又圓，月光也比以往還要來得亮，她瞇起眼睛，任何一個微小的動靜都不放過，至少在她視線能看到的範圍內，沒有看見那隻可疑的殭屍。

她鬆了一口氣，正準備回房間時，卻聽見樓上傳來奇怪的聲音……

茲嘎茲嘎的怪聲音。

她抬頭一看，上方是一塊通往閣樓的木門。

是殭屍嗎？佳佳豎起耳朵聆聽，不、應該不是……她也說不上來為什麼，但就她的經驗來判斷，那不是殭屍……

還是不要多管閒事吧，在佳佳這樣想而準備下樓的時候，那個聲音又出現了。

那到底是什麼？

怎麼辦？要去看看嗎？她猶豫了下，畢竟自己一個人去她會怕，還是要找武一起？她正準備要下樓時，卻又停下腳步。

等等啊……

說起來，她違反規定在先，找武陪她查看，好像也不太對吧？

禁不住好奇心，佳佳決定自己去看看就好，她拿起一旁的鐵勾，偷偷拉開了閣樓的木板，樓梯垂了下來。

鼓起勇氣，她走上樓梯。

閣樓到處都是灰塵，在月光透進來的那一小塊區域中，有個穿著黑長袍的人被牢牢綁在椅子上，那個人的眼睛被蒙住，嘴巴也被布條摀了起來。

對方一聽見佳佳的腳步聲，立刻嗚嗚叫了起來。

「你還好嗎？」佳佳立刻上前拉掉了他眼睛和嘴巴的布條。

對方是個頭髮有些灰白但面容慈藹的老年人，不過他看上去很虛弱。

「我……我是……張振亞神父……」他用乾裂的嘴唇吐出一個又一個沙啞的詞，好像很長一段時間都沒喝到水了。

雖然很可憐他的處境，但讓佳佳感到震驚的是，「如果你是張振亞神父，那樓下那個神父到底是……」

「既然被妳發現，那就沒辦法了呢……」

一個熟識的聲音從佳佳後方傳來。

佳佳一轉過身，就看見冒牌的張神父朝自己揮下沉甸甸的鐵鉤。

張神父見狀，立即用全身的力量一蹬，撞開佳佳，他被鐵鉤打中，血流得滿地都是。

「神、神父！」佳佳嚇得大叫。

「快、快逃……孩子……」

在冒牌的神父把鐵鉤從張神父的身體拔出來的時候，佳佳連滾帶爬地逃向樓梯。

不能讓她下去！冒牌神父連忙朝她扔出鐵鉤，不偏不倚打中佳佳的後腦勺。

佳佳立刻昏了過去。

隔天，才清晨時分，武就清醒了。

他想翻身，卻感到全身肌肉痠痛。真是奇怪，平常慌慌張張的時候沒怎樣，一有空閒休息，反而所有痠痛都出現了。

他拉來被單，繼續賴床，享受著好久不見的滿足感，回憶著上次吃到熱騰騰的食物，洗熱水澡，是多久之前的事了呢？

奶油跳到武的身上，吵著要吃早餐，武本來還不想起來，但又怕奶油開口嚇到大家，只好起床開罐頭「封口」。

餵過奶油之後，武睡意全消，於是便躡手躡腳地離開房間。

「唷！你起來了？怎麼不再睡一下？」有個使者訝異地對武說道，武才發現原來除了那些自發性組成的巡守人員和使者外，其他人都還在溫暖的被窩中。

這裡並沒有規定幾點起床，也沒有給大家分配義務性工作，所以大部分的人都是睡到自然醒。

這裡的福利未免也太好了吧，武心想。

「我習慣這個時間起床。」武悠悠地回答。

為了感謝他們的幫助，武很熱心地幫忙他們，從打掃到洗菜、切菜、準備早餐，度過了一個充實的早晨。

然而，大家一個個都起來吃早餐了，武卻一直沒看到佳佳的身影。

真奇怪？她還沒起床嗎？

可能是和自己一樣，全身的疲憊感襲來，所以特別想休息吧！武猜想。

「這傢伙，昨天還說不想待在這裡，吵著要離開，今天倒是睡得不省人事啊！」武想著等佳佳起床，一定要好好地揶揄她一下。

沒有絲毫起疑，武和其他男孩們愉快地聊天打鬧，消磨了一個上午，奶油也很悠閒地趴在網美白的腿上，陪她看書，讓男孩們氣得牙癢癢。

一直等到午餐都吃完了，武終於忍不住發了牢騷。

不是說好要討論行程嗎？再睡下去就要晚上了！

武一邊想著女生是不是都這樣，一邊來到女生的通鋪前，正好遇到一個要進去的女生，連忙攔住她，請她幫忙進去找人，但女生走出來後卻告訴他，「大家都起床了，裡面沒半個人。」

直到此時，武才發現事有蹊蹺。

只是剛好錯過對方嗎？

武把屋內屋外到處都找了一遍，連浴室都去了，但不管在哪裡都沒有看見佳佳。

武著急地向大家打聽佳佳的消息，但也都沒有人看到她。

佳佳到底去哪了？武默默來到樓梯口，要說他唯一沒有找過的地方，就只剩樓上了。她會在樓上嗎？武不禁猜測，決定偷偷上樓看一看，但他才剛踏上樓梯，一旁就隨即傳來張神父的聲音。

「二樓是禁止上去的。」張神父走了過來。

「呃，對不起……我剛好在找人……」武連忙下來並道歉。

「如果你說的是那個女孩……她已經離開了。」

「離開了？」武詫異，還以為是自己聽錯。

「就在清晨，就在你起床前不久，我看見她離開了。」張神父補充，「她好像很不喜歡這裡，真可惜，不過神向來不會勉強任何人。」

武征住了。

「她……她離開了？」

「越艱難的時候越要保持信念，孩子。」神父拍了拍他的肩，「既然她都丟下你一個人走了，你何不留下來參觀救贖之夜，我明天開車載你去台北。」

武沒有說話，而是默默走到客廳，癱坐在沙發椅上。

她離開了？武還是無法相信，神父說看到她出去，但她也有可能只是去附近一下……

對、對啊！武連忙坐起身。

就算神父看到了什麼，也不代表她離開了啊！

說不定佳佳只是暫時出去一趟，但是遭遇了什麼麻煩，所以回不來。

武重新回到女生的房間前。

要確認佳佳是不是離開了的最好方法，就是看看佳佳的書包是不是還留在這裡。

見四下無人，武偷偷打開了一條縫，並祈禱沒有女生剛好在換衣服，不然他肯定會被當成色狼……不、其實他心裡還是期待有女生在裡面換衣服的。

武甩了甩頭，丟掉那些不正經的想法。

雖然說就算佳佳只是暫時出去，也可能帶上書包隨行，這個確認不代表保證，但是至少……

就在那裡！武看見了！佳佳的書包就放在牆邊！

她果然還在附近是嗎？

「不輸鬼！」忽然間，大媽出現在武身後，狠狠地揪著武的耳朵。

「痛！痛痛痛！」武連叫了幾聲，大媽才鬆手。

「你是來偷看女生換衣服的？還是來偷東西的？」

「不不不，妳誤會了！我是來拿那個的。」慌亂中，武指向佳佳的書包，靈機一動，「她曾經說過，如果她離開了，裡面的東西就留給我。」

「那你也應該請人幫你拿，不是自己進來啊。」大媽瞇起眼睛打量武，但最後還是一邊碎碎念，一邊拿起佳佳的書包塞到武手中。

「我想說大家都有事在忙，還是別麻煩妳們……不好意思，謝謝！謝謝！」武拿到書包後，用最快的速度離開現場，就怕大媽起疑，把書包拿了回去。

來到沒人的地方，武立刻打開了書包……

裡面裝了滿滿的女性生理用品，武立刻就把書包闔上，不好意思再去探究裡面還有什麼其他東西。

難怪她不肯告訴他裡面裝了什麼，的確是有點尷尬……

不過，大致上可以確認了。

如果她要離開，沒理由把好不容易收集到的生活必需品丟下，畢竟蒐集補給可不是什麼好玩的事！

若不是她離開得很匆忙，那就是她出事了，然而武更相信後者，因為——

她向自己保證過的……

如果他的推測無誤，如果佳佳真的遇上了什麼麻煩，現在肯定非常需要他的幫忙！

武三步併作兩步，衝到白白身旁，把奶油從白白身邊「借」了回來。

奶油不想離開白白舒適的大腿，出爪想勾在白白身上，卻反而意外地把人家的裙子掀了起來，還把她的絲襪抓破，白白氣得拿手中的書丟武，武連忙抱著奶油大叫：「對不起！」慌張逃離現場。

奶油趴在武的肩頭上，好奇地用貓掌去拍打武後腦杓被書打到而腫起來的地方，絲毫不覺得自己該負什麼責任，武在奶油身邊低聲拜託：「奶油，去找佳佳，她一定還在這附近，找到她，然後告訴我她在哪裡……」

鮮少人知道，貓具有第二個「鼻子」，犁鼻器，位於口腔頂部和鼻孔之間，能夠清楚辨識味道對象的資訊。

「去吧，奶油，就靠妳了。」

武把奶油放在地上，奶油慵懶地打了個大大的哈欠，到處聞聞嗅嗅後，打開上唇，露出猙獰的表情和牙齒，一溜煙消失不見。

在奶油尋找佳佳下落的時候，其他男孩拿了啤酒過來安慰心神不寧的他。

「失戀是人生必經之路，你現在是個男人了。」

「歡迎加入去死去死團。」

「其實你剛剛是故意的吧？做得好啊，我早就知道你養貓的目的不單純了。」

另一方面，大媽撞見了奶油跑上二樓，她隨即向神父反應，但神父卻一點也不擔心地表示：「不用擔心，就算貓發現了什麼……難道貓還會說：『哦……她在樓上，她被綁住了。』不成？」

「哦……她在樓上，她被綁住了。」奶油一邊用腳抓了抓脖子，一邊告訴武。

奶油是在晚餐的時候回來的，當時武用開罐頭餵貓的理由，在沒有引起任何人懷疑的狀況下，抱著奶油來到通鋪。

這裡現在只有他們兩個，奶油可以光明正大地說話。

武不能理解的是，如果她明明在樓上，神父為什麼要說她離開了？而且，佳佳又為什麼會被綁住？

「快、帶我去佳佳那裡！」武著急著抓上手電筒，跟著奶油，慌張地衝出房間，大步跑上樓梯。

但忽然間，武感到一陣暈眩，就好像蹲了很久突然站起身時襲來的暈眩感，他忍不住扶著把手，穩住身體，然後才再往上走，他在二樓追問著奶油：「是哪一間房間？」

奶油抬頭對他說：「上上上上上面。」

「閣樓嗎？」武看見了那塊不一樣的區域，他拿著手電筒在附近搜尋，找到了那根帶血的鐵鉤，鐵鉤上的血已經乾掉變成暗紅色的，乍看之下不一定知道這是什麼，但光想到這可能是血跡，就讓武難受不已。

「佳佳，妳等我，我馬上就來。」武沒有絲毫猶豫，拉下閣樓的木板，踏上樓梯。

但在他走到第三階時，那陣暈眩感又出現了……

這次，暈眩感沒有退去，反而越來越嚴重，武直接在階梯上坐了下來，他用雙手抱著頭，感覺整個世界都在旋轉。

「怎麼了……我……這是……怎麼了……」眼前的景象糊成一片，武的意識越來越模糊。

在他昏迷之前，他想起了今天的晚餐。

「喂！這是怎麼一回事！你們倒是說啊！」

「快點放開我們啊！」

武被吵鬧聲吵醒，睜開了眼睛，頭還有點昏。

「都這種時候了，只剩你還在睡，睡美人。」小楊調侃了武一下。

「這種時候……」武逐漸清醒了過來，發現自己在教堂，四周都點滿了白色蠟燭，氣氛格外詭異。

這裡不只有他，所有來到教堂的二十幾個人都在，每個人的雙手都被反綁在身後，綁得十分牢固，無法動彈，他們用了十分粗厚的麻繩，只是稍微轉動手腕，就能讓人感到疼痛。

使者們將他們圍在中間，手中拿著磨得鋒利的大刀，冷眼看著他們。

神父從前方走了出來。

「歡迎大家的蒞臨，接下來，救贖之夜就要正式展開了呢！」神父紳士地對大家一鞠躬。

「喂！我只說要參觀，我沒有要參加，快點放我走！」有人發出了抗議。

「嘖嘖！那可不行呢！」神父伸出了食指，搖了搖，「汝等眾人是如此地愚昧，不知道自己在做什麼，總是做出錯誤的決定，我只好負責當黑臉，強迫你們參加，但請相信我，這一切都是為了你們好……」

「你們到底想做什麼！」有人站起身想找他們理論，卻重心不穩狠狠摔了一跤。

武這才注意到，為了怕他們逃跑，大家的腳都被綁在一起了，每三到五人綁成一排，使他們無法自由行動。

「你問到重點了！」神父眼睛一亮。

「我要對你們進行救贖，使你們免於殭屍的恐懼威脅！」神父敞開雙手，笑著公布解答，「要不被牠們攻擊的最好方法……就是成為牠們的一．份．子！」

大家譁然。

「你說什麼傻話！」

「開什麼玩笑！」

「我們無冤無仇，你為什麼要這樣做？」

「為什麼？」神父的表情很詫異，好像不能理解他們的不明白，其他使者也抱著肚子大笑起來。

「這是個道德敗壞的社會，神正是為了懲罰眾人，才降下這些災難的啊！」神父感慨，「你們看看，自從疫情爆發後，人們一致團結對外，再也不會為了搶資源開戰，大家也互相提供資源，協助逃生……啊，多麼美麗的人性啊！」

「他瘋了……」

武聽見身旁的人紛紛竊竊私語。

「他精神失常了……」

神父毫不理會這些言論，只是自顧自地說：「神要創造一個全新的世界，只有毀滅，才能重獲新生，只有這樣，這個腐敗的世界才有辦法重生……但是你們這群螻蟻，卻不懂的神的用意，一直苟活……一直苟活……還攻擊神的完美傑作，實在是……嘖嘖，真的是太讓人火大了……」他搖了搖頭，一副很無奈的模樣，「時間看上去也差不多了，那麼，我們趕緊開始吧。」神父雙手拍擊，大媽隨即從後方布幕走了出來。

她手中拿著一個特製的大夾子，有點像園藝用的大剪刀，夾著一隻殭屍的後頸，就這樣拎著過來。

那是一個綁著雙馬尾的小女孩，如果還活著的話，看上去應該是八歲左右，正是活潑可愛的年紀，但是現在的她，已經成了殭屍，四肢也被砍斷，失去了行動能力。

「很榮幸為你們介紹……牠是小妹妹，我們的招牌明星！」神父的態度一反剛才，變得瘋瘋癲癲的，他一邊哼著登登登的出場配樂，一邊拍手。

「小妹妹啊，有什麼話想講的嗎？」神父握著拳頭，當作麥克風，遞到小妹妹面前，小妹妹張著大口想咬他，但是脖子被夾住，無法得逞。

「嗯……小妹妹今天也很有精神呢，哦，一定是因為知道今天有好料的，對吧？」神父使了下眼色，使者隨意抓了一個女生上前。

「放開我！放開我！」無論那個女生怎麼大叫，她硬是被拉到了大媽面前，大媽像是在替犯人蓋烙印那樣，將小妹妹直接壓向她——

「放心吧，小妹妹牠呢，正在換牙，牙齒數量不多，所以不會掉肉的喔，只會有一點點痛而已……」神父在一旁解釋。

「啊——」在小妹妹咬住她的時候，女生發出了悽慘無比的叫聲。

小妹妹緊咬著女生的手臂，當大媽把小妹妹拉開時，還可以看到血肉被長拉成細細的一條線，然後斷掉，小妹妹很滿足地咀嚼著口中那口肉，女生的手臂則鮮血直流。

「喔，說錯了，其實還是會掉一點點肉喔！」

大家臉色鐵青地看著這一幕。

「我……我被咬了……我被咬了……」女生突睜著大眼，眼神裡盡是恐懼，「不要！救救我！救救我！」她趴在神父面前，失去理智地大叫，「我不想變殭屍啊……」

「帶她去住單人套房。」

在神父一聲令下，女生被使者拖了出去。

那些使者從鐵籠中放出了一隻身軀已經爛到無法行動的殭屍，殺了牠，然後把那個女生關了進去。隔壁的殭屍紛紛把手伸了過來，籠子很小，女生找不到地方躲，被兩旁的殭屍抓得遍體鱗傷。

大家雖然看不到這個畫面，但每個人都知道那絕對不會只是單純的套房。

「好了，下一個換誰呢？」神父微笑，一一打量著大家。

「你們這樣還配當神職人員嗎？」人群中，有個勇敢的人怒嗆他們，「既然這麼想要救贖，你們就自己去給殭屍咬啊，別拖人下水！」

「你以為我們和那些平庸的神職人員同樣等級？」其中一名使者脫去了長袍，隨手扔到一旁，毫不介意自己穿著吊嘎和四角褲在大家面前亂晃，「我們才是真正的神職人員啊！」

「我們才是被神所挑中的特別存在！」另一個女使者狂熱地表示：「神父答應我們了，只要幫忙把你們這些癌細胞從地球除去，神就會允許我們進入下一個紀元！」

「是的……畢竟，在一無所有的新紀元中，還是需要一些良善的人類來繁衍生息呢……」神父笑得很燦爛，眼睛都瞇成了一條線，一旁所有的使者都跟著嘿嘿嘿笑了起來。

「你們瘋了，你們全都瘋了！」

奶油在這個時候偷偷跑到武的身後，看見奶油，武大喜。

「快……奶油，把繩子抓破，做得到嗎？」

奶油開始努力地用前腳刨繩子。

「對……就是這樣！奶油，就是這樣……」

「你！」忽然間，神父指著武，「就是你了！」

武嚇了一大跳，在他不知所措的時候，使者揪起他身後的老先生，武才發現他指的原來不是自己。

有一個使者從人群空隙中看見了奶油的屁股，他側過頭，拉長脖子，想確認那是什麼……

噗——

忽然間，小楊後退了一步，擋住了那個空隙，並且放了一個響屁，那位使者立刻一臉厭惡地別開了臉，並且大大地後退了一步。

「哈哈……謝謝你……」武尷尬地跟小楊道謝，犧牲形象，還真是難為他了。

其他人也注意到了，紛紛互相使了眼色，挪動位置，不動聲色地把武圍了起來，奶油也加快了刨繩子的動作。

「嗯……速度似乎有點慢呢……」神父的話讓武猛然抬起頭，還以為他發現了奶油在刨繩子的事。

「一次帶上一排好了。」神父這次直接讓使者帶上三個腳被綁在一起的人。

「加把勁啊，奶油……」武額頭上留下了豆大的汗珠。

奶油已經很盡力了，可是速度仍然不夠快，這樣下去，肯定來不及在輪到自己之前抓斷繩子，更別提替其他人鬆綁了。

有沒有什麼東西可以割斷繩子的？鋒利的小刀之類的……

對了！他不是有瑞士刀嗎？

「奶油，瑞士刀！在我背包裡，去拿來，快！」武低聲催促。

聽見武的話，奶油立刻一溜煙跑到通鋪前。

殘酷的是，門被關上了。

奶油在房間前刨門，發出哀怨的叫聲，不過，已經沒有任何人會來幫她開門了。

神父顯然很滿意一次一排的速度，讓使者又帶上幾個被綁在一起的人，不過這次，大家合力撞倒了使者，開始反抗，現場發生一些混亂場面，其他人見狀，也紛紛起身加入戰局……

同時間，奶油仔細觀察著門把，門把是一條橫槓，下壓往內推就可以打開門。

於是奶油奮力一跳，抱著門把掛在上面，想用自己的體重壓下門把，試了兩三次後，終於成功把門打開，她立刻鑽進房間，將頭塞到武的背包中，把瑞士刀叼了出來，吃力地叼著沉甸甸的瑞士刀跑回教堂。

因為手腳都被綁住的關係，反抗很快就被鎮壓，為了懲罰起頭的人，神父讓使者直接把他們關進外面的鐵籠內，他特別挑了教堂正門口看過去能看到的鐵籠，讓大家都知道他們的下場。

當大家注意力放在那些被生吞活剝的人身上時，奶油把瑞士刀交給了武。

「妳真棒！」武誇獎奶油，從瑞士刀中挑出了最鋒利的一支刀開始鋸繩索，速度果然比奶油的爪子快多了。

「好了，讓我們繼續吧！」神父讓使者關上了門，笑容可掬地對大家宣布。

這次，使者抓了小楊的妻子和其他兩個人上前。

「放開她！」一見到自己的妻子被抓，小楊怒氣沖沖地衝了上去，忘了腳上還綁有繩子，重重跌了一跤。

由於小楊的離位，一位眼尖的使者發現了武正在試著割斷繩索，他立刻往武身後補了一腳，把武踩在地上，瑞士刀也飛了出去。

「怎麼了？」神父注意到了騷動。

兩個使者半拉半拖地把武壓到神父面前，強迫他跪著，並向神父報告了他們剛剛看到的事。

「既然這樣，就先拿你開刀吧。」神父露出了大大的笑容，但武現在看到他的笑容就想吐。

「說實話，在樓上找到你的時候，倒是滿令我吃驚的，怎麼說呢……我明明都已經那樣告訴你了，你居然還找到那裡去……就好像……你有情報似的？」神父抬起武的下巴，輕輕拍了拍他的臉頰，好像在教訓小弟一般。

武則是憤恨的盯著他看，就是這個人，就是他把佳佳……

「你為什麼要綁架她？」武怒吼。

「我綁架她？」神父先是一愣，接著哈哈大笑，「你是不是搞錯了什麼？是她自己跑過來，我只是把她綁起來而已。」

武聽不太懂神父的話，他回頭掃視了下其他人，「那麼，她為什麼沒有被帶到這裡？」

經武這樣一說，大家才發現……

是啊，為什麼呢？

神父沉默了幾秒後，爆出更大的笑聲，笑到眼淚都出來了。

「原來……」神父抹掉眼淚，「什麼啊，原來你不知道？」

「知道……什麼？」

「我還以為你一定知道呢，你們不是情侶嗎？看來她挺不信任你的喔！」神父用憐憫的眼神看著武。

武一臉莫名其妙。

「就是啊……那女孩她……」

「……她？」武嚥了下口水。

「她啊……」

「她？」

「她呢……」

在武轉注地聆聽著神父想說的話時，忽然間，神父對武做了個鬼臉，「不告訴你！」

神父轉過身，彈了下手指說：「動手！」大媽立刻提著小妹妹上前。

「等等！給我說清楚啊你！」武對神父的背影大吼，他掙扎著，但是兩旁的人抓得太緊了，武只能被迫看著殭屍張著黃黃的牙齒，朝自己過來。

武聽見身後的女生發出尖叫，他不甘心地閉上眼睛，就在他以為自己即將完蛋了的時候……

「哇啊啊啊啊！」小楊忽然推開其他人，猛衝過來，掄起拳頭就給神父一拳——

神父挨了一擊，撞到大媽身上，小妹妹直接咬住神父的肩膀，他發出淒厲的慘叫。

一旁的使者嚇壞了，但也有幾個人反應很快，拿起武器上前，拉開了小妹妹，把牠打死。

小楊接著撞開了抓著武的人，一刀割斷武的繩索。

原來是奶油撿起了瑞士刀，交到小楊手中，讓小楊得以在千鈞一髮之際，用瑞士刀劃開繩索，衝上前救人！

小楊的反應很快，他早就想好了下一步要怎麼做，當他出拳打了神父後，立刻就回過身幫大家割斷繩索，他的動作十分俐落，力道又穩健，幾乎是一刀就能割斷繩子，並且，小楊先從年輕力壯的男性開始解放，大家一獲得行動能力，便立刻拿起能充當武器的東西加入戰局，他們的抵抗也為小楊爭取更多時間。

使者們的注意力放在神父身上不過短短一分鐘不到的時間，小楊已經解放了大部分被綁的人，很快的，所有人都脫離了束縛。

十幾個人把人數相對較少的使者團團圍住，使者們紛紛舉手投降。

在大家跟使者們發生激烈衝突時，武一心掛念著佳佳，從教堂側門跑了出去，他衝上禁止進入的二樓，卻到處都找不到那個開閣樓的鐵鉤，他只好試著用跳的，卻只能勉強碰到閣樓木板的把手。

他停下來喘了一口氣，看著長長走廊上的數間房間，武忽然想起大媽的話：他們把多餘的家具都搬到裡面了。

「對了！搬張椅子就可以了！」

武隨便開了一扇離他最近的門，進入一間簡單樸素的房間，裡面沒什麼灰塵，好像每天都有人在使用，武推測這應該是神父的房間。

武搬了椅子放在閣樓入口正下方，用力拉開了閣樓木板，他太心急，一心求快，被木板和降下來的樓梯打到，連人帶椅摔倒在地。

「唔、好痛……」他摀著鼻子，爬到了閣樓上，在窗戶旁看見被五花大綁的佳佳。

她倒在地上，昏了過去，前方還有一隻穿著神父袍的殭屍，殭屍因為被繩子綁著，只有一定的距離可以動，無法攻擊佳佳。

「佳佳！」武拉掉她嘴裡的布條，拍了拍她的臉。

「唔……」佳佳皺著眉頭，緩緩睜開眼睛，「唔……我的頭……」她感到頭十分疼痛，還沒意識到發生了什麼事。

「佳佳，妳還認得我嗎？」

「武？」佳佳環視四周，「發生……什麼事了？」當她看向殭屍那邊時，殭屍忽然撲了過來，讓她嚇了一大跳。

「沒事，牠過不來的。」武安撫佳佳，「詳細事情等我們出去後再說，妳等等，我這就替妳鬆綁。」

在武替佳佳鬆綁繩子的時候，佳佳看著那隻殭屍，慢慢想起了事情經過。

「好了。」解開繩子後，武拉上佳佳的手，「我們快走吧！」

但是武卻發現佳佳停下腳步，回頭看著那隻殭屍。

「怎麼了？」武問。

「不，沒什麼……」

在武下樓後，佳佳轉過身，深深地一鞠躬，然後才追上武。

教堂內，大家把使者綁了起來，卻到處不見神父的蹤影。

就在大家四處尋找神父的下落時，門口傳來汽車引擎的聲音，刺眼的車燈照了進來。

「去死！你們全都去死吧！」一反先前端莊穩重的態度，神父失去理智，瞋恨地大叫，「既然害我被咬到……就讓你們全部嚐嚐被生吞活剝的痛苦吧！哈哈哈哈！」

幾個人立刻拿起武器上前，想要把他也抓起來，卻沒想到神父踩下油門往圍欄撞去，撞壞鐵籠，放出裡面的殭屍，在殭屍衝向他之前，他又立刻倒車，把後面一排的籠子也撞壞。

「還沒！還沒呢！」神父開著車沿著圍牆，四處猛撞，很快的，殭屍們全都跑了出來。

在附近目睹這一切的人們紛紛躲回教堂中，殭屍也跟著追了上去。

「快！擋住門！」

「殭屍要進來了！」

教堂內的人，立刻把所有門窗都關了起來，教堂內陷入一片漆黑，只有窗戶還透進稀薄的光線。在門窗都關上之前，有幾隻殭屍跑了進來，大家不得不拿起手邊可以當武器的東西，為了生存，摸黑和殭屍奮戰。

神父還在外面大鬧，偶爾車燈會透過玻璃照進教堂，為大家提供短暫幾秒的光亮。

殭屍撞破窗戶，咬傷了擋著窗戶的人。

「快撐不住了！快來幫忙擋啊！」

大家艱困地一面和殭屍奮戰，一面合力把可以移動的東西推去擋門窗，不斷有人被殭屍咬到，但即便淌著血，大家還是繼續奮戰。

教堂的窗戶太多，大家沒辦法全部都顧及到，殭屍一隻又一隻鑽了進來。

大家無暇顧及被綁住的使者們，他們連抵抗的能力都沒有，只能逃給殭屍追，慘叫聲此起彼落。

「這裡不能再待了！」黑暗中，有人大叫。

「外面殭屍太多，闖不出去的！」

「守住！守住！死也要守住！」

撞毀了大部分的鐵籠後，神父對殭屍入侵教堂的速度感到很不滿意，於是他將油門踩到底，直接撞進教堂。

教堂入口被撞出一個大洞，殭屍大舉湧入。

看見這個畫面，神父哈哈大笑起來，但是他的處境也沒有好到哪裡去，殭屍襲擊了他的車子，牠們鑽入車內，把他拖了出來，但一直到他斷氣的那秒，他都不停哈哈大笑。

隨著殭屍越來越多，同伴越來越少，大家的態度開始從「死守圍城」轉變為「殺出重圍」。

「在繼續待下去會全軍覆沒的！」

「讓我們殺出一條血路！」小楊帶頭大喊。

「殺出一條血路！吼啊啊啊啊——」

不分男女老幼，紛紛拿起武器，聚攏到殭屍數量較少的側門，使出渾身力氣，殺了出去。

許多被咬傷的人，知道自己已經沒救了，主動殿後，替其他人爭取時間。

小楊負責當先鋒，在前方開闢道路。

殭屍追了出來，殿後的人一個個遭遇不測，眼看就要擋不住了……

小楊知道，現在最好的方法就是分散逃生，殭屍數量一旦被分散，就比較好甩掉。

只是，他知道，像他這樣身強體壯的人有很大的機率可以存活，但像她妻子那樣，體能沒那麼好的人，恐怕便是拖住殭屍腳步、提升別人存活率的祭品了。

當然，他的妻子會跟著他，所以出事的只會是其他人，只要把後面的拖油瓶丟掉，他們就有更大的機率可以存活……

但是，他不會這樣做。

或許以前的他會，那個還沒結婚前、血氣方剛的他。

他認為自己不算是自私的人，只是他也沒有博愛到哪去，通常也是以自己的利益角度在看事情，所以當他知道女朋友懷孕了的時候，他因為不想那麼早成家，拼命說服女朋友墮胎，一開始女方當然也是反對，但他用了許多奉子成婚而後悔的案例，最終說服了她。

在手術前，他媽媽知道了這件事，一邊罵著：「夭壽喔！」一邊說服了他們結婚，把孩子生下，說自己可以幫他們照顧孩子，鼓勵他們繼續念書，甚至最後還祭出了出錢讓他們去歐洲度蜜月的交換條件，於是，他們結婚了。

沒想到到了歐洲，卻遇上疫情爆發，他們開始逃亡，過程中，妻子因為懷孕，肚子越來越大，行動也越來越不方便，而且一直孕吐，他覺得妻子很麻煩，不斷發牢騷說：「看吧，要是當時聽我的，墮胎就沒事了。」只是每當他這麼說了之後，看見妻子哀傷的表情，他就覺得良心不安。

慢慢的，他變了，在照顧妻子的過程中，他逐漸學到了責任，為了讓孕吐的妻子補足營養，他冒險進行更多次資源補給，他也曾忍辱下跪，在語言不通的環境裡，懇求別人讓他和家人躲在車子內，好通過邊界，而他一開始會動手殺殭屍的契機，也正是為了保護家人。

甚至，他開始期待這個小生命出生了。

為了讓這個小生命活在一個令人安心的世界，他發誓一定要帶他們回到台灣，他想讓孩子誕生在一個可以盡情嚎啕大哭，而不需要擔心引來殭屍的世界。

在一次驚險的逃生過程中，他的妻子受了重傷，面臨生死交關的危機。

他和其他幾名自願幫忙的勇士，冒險進入醫院。醫院一向是殭屍數量最多的地方，沒有例外。不懂英文的他，在這些人的幫助下，順利找到了能幫助妻子的藥物和醫療器材，但在回程途中，他們被殭屍團團包圍了。

大家告訴他：「他的妻子跟孩子還需要他」，一路掩護著他逃走，明明一句外文也不懂的他，不知怎麼的，卻聽懂了他們的意思。

最後，只有他一個人成功活著回來。

那晚，他多想盡情大哭，用力地哭，可是他不能，因為外面還有殭屍。

雖然孩子後來還是沒救回來，但他的妻子總算成功保住一命，只是自從那次之後，她的身體就變得很虛弱。

只要想到這樣的她，成為別人計畫的犧牲品，他就無法接受，所以——

小楊瞥了一眼身後跟著自己逃出來的人，他也不會這樣對待他們，他們每一個人也都是某人重要的人。

「可惡！」小楊咬緊下唇，他該怎麼辦？

必須想個法子引開殭屍才行！

他們跑到了外面的街道，小楊認出了這裡。

他和妻子很早就抵達了教堂，平時白天無聊，便加入了大家自發性組成的巡守隊，在外面巡邏時，他們偶爾會進入附近店家找物資。

對了，如果是那個的話……或許可以引開殭屍！

「我去引開殭屍！」小楊大聲的對身後的人交代，「一旦殭屍被引開，你們就立刻往反方向跑！」

「等等！你要去哪！」他的妻子想拉住他，但小楊給了她一個深情的吻，「放心，我一定會平安回來和妳會合。」

說完，小楊一個人脫離了隊伍，鑽入一旁巷弄中。

武和佳佳才剛下樓，就看見外面有殭屍衝了進來。雖然不知道發生了什麼事，但他們連忙轉身衝回二樓。

因為閣樓沒有出口，他們並不打算往上跑。

「這裡！」武帶著佳佳跟奶油躲進了神父的房間。

他們推來桌子堵著門，又從窗戶爬到外面的屋簷上。

他們看見了外面的慘況，鐵籠被撞得歪七扭八，裡面的殭屍全都跑到外面遊蕩。

「到底……發生了什麼事……」佳佳皺著眉頭，不敢相信。

武沿著屋簷來到轉角處，探頭過去，查看教堂的狀況。

他為那慘不忍睹的畫面感到震驚，以至於佳佳問他情況時，他一句話也答不出來，最後只能搖了搖頭。

忽然間，他們聽見神父房間的門被撞得砰砰作響，看來殭屍闖入只是時間問題。

必須要盡快離開這裡，越快越好！

他們的機車就停在這裡看過去，正前方的公園裡，只要跑出那個圍欄就可以看到了。

武估了距離，從這裡到圍欄處，大約有十公尺，圍牆雖然有點高，但被車子撞得歪七扭八的鐵籠可以當成斜坡，只要踩著鐵籠，就能爬過圍牆，要注意的只有不要被少數被困在鐵籠裡的殭屍抓到而已，但問題是……

雖然大部分的殭屍都往教堂那裡過去了，但是仍有幾隻殭屍在他們下方徘徊，只要一下到地面，牠們肯定會立刻追來，並且帶動其他殭屍跟上。

必須想個法子把殭屍引開才行，該怎麼做才好？

在武感到棘手的時候，忽然間，一陣劈劈啪啪的聲音，在附近不遠處響起。

「鞭炮……」

「有人在放鞭炮……」

武和佳佳往聲音方向看去，但是找不到地點，也看不到施放的人。

殭屍們也注意到了鞭炮聲，開始往聲音方向移動。

「就是現在！」武把握機會，他從屋簷垂盪而下，之後放手跳到地面，雖然減少了跳躍高度，儘管如此，他的腳底板還是感到一股如電流般通過的刺痛。

他在佳佳掛在屋簷上時，抱住了佳佳的腳，把她扶下來，接著他們用最快的速度衝過草坪，踩上鐵籠，跳過了圍牆。

但是他們沒想到，有個不速之客，早就在圍牆的另一頭等待他們了。

擋在他們面前的，是那隻早就應該被他們在嘉義甩開的跟蹤狂殭屍。

武瞬間感到雞皮疙瘩爬滿全身。

佳佳則像是被盯上的獵物般，完全無法動彈，縮緊身子，僵在原地。

武率先回過神來，牽著佳佳的手，保持著五公尺以上的距離，從旁邊繞過了那隻殭屍，奔向前方的機車。

武不忘回頭看牠一眼，牠和其他的殭屍不一樣，牠沒有往鞭炮聲的方向走，而是轉過身朝他們過來，不知道是不是錯覺，武覺得牠的動作比之前流暢不少。

跑到機車旁邊後，武才發現自己把機車鑰匙遺留在通鋪內的背包中。

在他急得不知如何是好時，奶油叼著鑰匙跳到了機車上。

「做得好啊！奶油！」武讚揚地從奶油口中接過鑰匙，雖然不知道是什麼時候拿的，但做得真是太好了！

武立刻發動機車，確定佳佳和奶油都坐穩後，揚長而去。

Chapter 7

真相大白

機車的車燈不斷吸引殭屍追著他們而來。

機車的油快沒了，但為了甩掉殭屍，他們還是不得不加快速度。

他們在遠離市區的偏僻地區找到一間蓋到一半的房子，房子只處於上完水泥的狀態就停工了，整個外表灰矇矇的，非常不起眼，甚至連上樓的樓梯也沒有，不過，這也正是他們看中這裡做為落腳處的原因。

沒有樓梯，就代表殭屍也上不來。

他們把兩條童軍繩接在一起，一頭做了個套環，其他地方每隔一段距離打上一個結——這些結有助於攀爬。

武把套環的那頭交給奶油，讓奶油上去找了個突出的鋼條套上，之後奶油靈巧地跳下來，跳到武身上。

「奶油好——厲害——」奶油自誇：「奶油會套圈圈！」

「真是太厲害了！」武不忘誇讚奶油一番。

「真的很厲害呢！小奶油！」佳佳也誇獎奶油，但奶油卻轉過來對佳佳吐舌頭。

武用力拉了拉，確定安全無虞後，率先爬了上去，並在佳佳攀爬時幫忙拉了一把。

眼前，除了幾個空酒瓶跟裝了檳榔渣及菸蒂的免洗杯外，就沒別的東西了。

在鬆懈下來後，兩人靠著牆坐在地上，沉默了幾分鐘，之後，互相講述了自己在教堂發生的經過。

「我真不懂……」武感到又憤怒，又懊悔，又恐懼，事實上他已經搞不清楚自己的感覺了，「究竟當時我中了什麼邪？會想留下來？」

「不只你。」佳佳安慰他：「在這種時候，大家都希望有個避風港，即便是看上去很可疑，大家也會說服自己相信。」

「但是……」武抱著頭，崩潰的表示：「我明明應該跟大家一起對抗神父和使者，但是我卻……我卻一個人，一聲不吭離開了！」

「你沒有。」佳佳把手搭在他手臂上，「你是為了救我啊。」

「但結果是……」武搖頭，「我把大家丟下了……我又只顧著自己逃了……」

「武！就算你當時在場，也改變不了什麼的，僅僅只是多一個人，並不能阻止殭屍闖入。」

「妳懂什麼！」武一揮，甩開她的手，「至少我可以盡上一份力！至少我不會感到懊悔！至少……至少……」武別過頭，失落地說：「至少我不會感到自己背叛了大家。」

佳佳的表情有些受傷，但仍耐心地表示：「大家才不希望你陪葬，他們肯定會為你還活著感到高興。」

「那也要他們還活著才能想事情！」

「他們在這個世界能活到今天，危機處理能力都遠超出你的想像，肯定沒事的。」

「整個教堂滿滿的都是殭屍！妳要他們做什麼狗屁處理！」武怒吼：「妳怎麼這麼冷血？為什麼妳可以說得這樣事不關己啊！」

武的怒吼震耳欲聾，佳佳緊張地對他比了個「噓」的手勢，連說了幾次：「小聲點……」慌張地起身查看周遭狀況。

「怎樣！別人的事都無所謂！妳只在乎自己會不會遇上那隻跟蹤狂！」武回想起神父的話，不覺芒刺在背，「妳到底有什麼事瞞著我？妳他媽的瞞著我什麼事？」

佳佳對武氣急敗壞的模樣感到有些懼怕，她後退了幾步，進入警戒狀態，別過臉不去正視武。

這讓武更激動了，他想摔地上的酒瓶來出氣，最後因為不想誤傷到佳佳而作罷。

「說話啊！X！妳說話啊！妳到底在隱瞞什麼！為什麼不肯告訴我！」武繼續朝她大聲嘶吼。

「我……我不知道你在說什麼……」

「別再裝了！」武拿手電筒往下方一照，「什麼都沒有的話，牠為什麼要追到樓下來？」

武壓根沒想到，佳佳會對關於「牠」起那麼強烈的反應，佳佳幾乎是當下立刻抬起頭，臉色鐵青地看著武，但她很快地把視線移開，裝作一點也不在乎。

要說什麼也沒有……鬼才相信！她就這麼不信任自己嗎？武感到更加難受。

「過來看啊！」武用命令的口氣要求她：「過來看著牠，然後告訴我妳什麼也沒瞞著我！」

「不……不要……」佳佳小聲地吐出兩個字反駁。

見她僵在那不動，武上前想拉她。

「不要過來！」佳佳防衛性地伸出雙手想阻擋他。

「那妳自己過來啊！」武斥喝，「給我過來啊！」

佳佳厭惡地看了武一眼，轉身就跑，想要盡可能地遠離武，但武沒幾步就追上了她，並且抱住她。

「放開我！你快放開我！」佳佳死命掙扎。

武緊緊著抓著她的手腕，硬是將她拉到了外牆邊，把手電筒塞到她手中。

佳佳雙手顫抖，差點就要拿不穩手電筒，害怕地往下一照——

但是底下什麼都沒有。

甚至沒有一隻普通的殭屍。

佳佳立即意識到她被騙了，她怒視著武。

「妳還要堅持什麼也沒有瞞我？」武不客氣地回嗆。

「你！」佳佳氣得眼淚奪眶而出，「你差勁！」她把手電筒硬塞回武手中，轉身走到角落窩著。

「我差勁？是誰瞞著……」武本來還想繼續跟佳佳理論，但當他看見佳佳的眼淚時，話忽然梗在了喉嚨中，怎樣也說不出來。

他默默走到另一側角落躺下，背對著佳佳。

「我差勁？」武抓起奶油，「吶，說啊，奶油，我很差勁嗎？」

奶油掙脫武的懷抱，從他臉上踩過去。

隔天早上，奶油醒了。

她跳到武身上，吵著要武起來餵她，但因為太晚睡的關係，武根本起不來，他用手把奶油推開，翻過身，繼續賴床。

奶油坐在一旁看著他，突然感到屁股有點癢，一回頭，發現有隻跳蚤在咬自己，她看了看武，再看了看跳蚤，再看了看武，最後用貓掌把跳蚤黏起來，扔到武身上，過了幾秒鐘，武立刻摀著屁股，大叫：「唉唷！」坐起來，只見奶油一臉囂張地說：「好東西要跟好朋友分享！」

武翻了白眼，無奈地給奶油開了罐頭。

他們的行李，無論是他的背包、瑞士刀，還是佳佳的東西，都留在教堂了，只剩下車廂裡的一堆貓罐頭以及半瓶水。

武在貓罐頭上面倒了一些水，想讓奶油多攝取一些水分，但他不知道奶油早已經想出破解方法，她用貓掌來回推動罐頭，再突然擋住，使上層的水因慣性作用飛濺出來，來回幾次後，上頭的水便所剩無幾，奶油把整罐貓罐頭舔光，飽到翻肚，躺在一旁發懶，連臉都懶得洗。

武則頹坐在地上，想著昨晚的事。

昨晚他翻來覆去，也不知道是什麼時候睡著的，從疲憊的程度來看，他應該只睡了四個小時不到，雖然睡的過程不怎麼舒服，但至少腦袋清醒了些。

佳佳沒做錯什麼，她只是想安慰自己，真正差勁的是他，他根本只是在遷怒，不但對佳佳飆髒話，還動手動腳的，真是糟糕透頂了！

佳佳果然沒說錯，「真差勁啊我……」武用手撐著額頭，很想回到昨天賞自己一巴掌。

果然還是應該要跟佳佳道個歉比較好？

武往佳佳那裡看去，她早就起床了，站在牆那往外看。

「吶，佳佳……那個啊……」武正猶豫著要怎麼說比較好，一走近，卻看見佳佳的身體微微顫抖，表情僵硬警戒，當她看見身旁的武時，還嚇到跳了起來。

要說能讓佳佳如此戒慎恐懼的，就只有一個東西了——

武上前一步，看見那位不討喜的跟蹤狂殭屍。

牠總是能精準地找到他們！旁邊沒有其他殭屍，就只有牠。

在清晨的陽光下，他們能輕易地看清牠的模樣。

牠又變得更醜了，頭髮掉了一大半，眼眶裂開，眼球搖搖欲墜，牠的手和腳好像比之前看到的大了一些，手指頭和腳趾頭變得更加細長尖銳，把皮鞋都撐破了，即使變成這個樣子，他們還是知道，這就是一直跟著他們的那隻殭屍無誤。

「這種生活究竟要到什麼時候啊……」佳佳雙手摀著臉，開始啜泣。

武默默地捏緊拳頭，下了決定。

「我去解決牠！」抱持著將功贖罪的想法，他說。

「咦？等、等等……」佳佳看見武放下繩索，準備下去，意識到他是認真的，連忙上前抓住他的手，「殭屍哪有你想的那麼好對付！」

「我受夠一直逃跑了！」武堅持。

「你真的知道自己在說什麼嗎？你有殺過殭屍嗎？」

「沒問題的。」在垂盪下去之前，武又往牠查看了下，「牠比其他的殭屍遲鈍，附近也沒有其他殭屍會干擾，作為新手，牠是很好的練習對象。」

「可是……」佳佳為難地看著武，或許武說的對，牠還比其他的殭屍好對付，加上現在是大白天，是對付殭屍最安全的時間，也許只是自己把牠看得過度恐怖了，但是……

「我不要再逃了！」武強調，「我不想要總是在逃跑呀！」

「赤手空拳的別說什麼對付殭屍這種大話！」佳佳也激動了起來，但武知道她只是著急。

「不然妳想一直逃，直到被牠吃掉為止嗎？」

「當然那樣也……」她的表情很為難。

「所以……」武輕輕地抓起她的手，放在一旁，緊張之餘，武努力擠出一絲看來輕鬆的笑容，「等我帶好消息回來。」

武雖然平安垂降到地面，但過程有點失敗，他搓揉著發紅的掌心，覺得自己好像有稍微抓到訣竅。

奇怪的是，武發現自己明明就在殭屍不遠處，殭屍卻連轉頭都沒有，只是一味地盯著上面看。

由於這裡本來就是興建中的工地，因此附近放有許多廢棄的建材，武覺得鐵條太重了，不適合初學者用來和殭屍搏鬥，木棒又太脆弱了，也許無法給殭屍致命一擊，武一邊觀察那隻殭屍，一邊尋找適合的武器，最後他找了一片粗木板，抓準時機，朝殭屍衝了過去，用力往殭屍的頭一打。

木板經歷了許多風吹雨打的日子，內部結構早就腐爛鬆動，被武這樣一敲，立刻碎裂。

殭屍的身體因為那一擊搖晃了下，武擔心殭屍會轉過來抓他，轉身就跑，但他卻被地上的雜物絆到，踉踉蹌蹌地跌倒在地。

「武！」佳佳秉住氣。

慘了！他居然背對著敵人！

這麼近的距離，就連要擺脫殭屍逃跑都是件難事。

武著急翻過身，準備應付殭屍的攻擊。

但是，奇怪的事情發生了。

殭屍仍舊動也不動，抬頭望著佳佳那邊，好像當他不存在。

「真奇怪吶……」武納悶地看著殭屍，慢慢爬起身，殭屍好像不會攻擊他耶？

武先是在旁邊做出搞怪的動作，見殭屍真的對他毫無反應，便再往前一點嚐試，一直來到了殭屍正前方，他很快地發現，無論他對殭屍扮鬼臉，還是揮手，甚至是撿地上的木塊來丟牠，殭屍都毫無反應。

「到底怎麼一回事？」武納悶。

發現武在調查那隻殭屍，佳佳緊張地對武搖頭警告：「不要！」

「別擔心。」武安撫佳佳，「妳在那裡看就好。」

武開始冒險對殭屍上下其手，不過殭屍依舊動也不動，甚至當他敲開殭屍的嘴，大膽地把手指頭放進去，殭屍也不會咬他。

「好奇怪啊……為什麼呢？」武將手指頭抽回來，看了看，「我的肉有那麼難吃嗎？」

佳佳在一旁乾著急，奶油倒是很感興趣，她一溜煙跑到武身上表示：「奶油也要玩。」

「好好好，乖喔。」武抱著奶油，哄著她。

殭屍還是站在原地，不過稍微有了變化，牠緩緩轉過頭，看向武這邊。

等等……牠該不會對奶油有反應吧？

為了驗證自己的想法，武抱著奶油，繞著殭屍走來走去，結果和他猜的一樣，奶油在哪裡，殭屍的頭就跟著轉到哪裡。

「奶油，他對妳有反應耶！」

好奇怪啊，牠想吃奶油嗎？看到牠這麼覬覦奶油，武故意繞到牠正後方，原本想讓遲緩的牠費力轉身，卻突然聽見啪的一聲，殭屍的頭一百八十度扭轉了過來。

「噁……」在武為這一幕感到噁心時，殭屍忽然發出一聲刺耳的尖叫，撲了上來。

由於剛剛殭屍完全沒有任何反應，武一時放鬆了戒心，沒注意到自己站得離殭屍太近了，他根本沒料到殭屍可以為了奶油可以做到這種地步。

事出突然，他措手不及，被殭屍壓倒在地。

「武！」佳佳尖叫。

武想推開殭屍，但殭屍的力氣很大，為了想咬武身後的奶油，對武一撞再撞，武連喘氣都不能。

牠有一顆眼球受不了衝擊掉了出來，就這樣不偏不倚地掉進武張大的嘴裡，武連忙轉頭吐掉那顆眼球。

「奶油！快過來這裡！」佳佳靈機一動，對著樓下大喊。

奶油慌慌張張地從武身下中竄出，逃到二樓，無視佳佳伸出的雙手，躲到角落炸毛，尾巴膨得像一棵聖誕樹。

奶油一離開，武成功踢開殭屍。

殭屍滾了幾圈，在原地掙扎著想爬起來。

「你沒事吧，武？」佳佳擔憂地問。

「咳、咳咳……」武咳了幾下，大口吸取好不容易獲得的寶貴空氣，想到那顆眼球，武連吐了幾口口水，異常反胃。

「奶油……奶油還好嗎？」武著急地詢問佳佳。

佳佳想抱起奶油，但奶油哈氣警告佳佳別靠近她，佳佳只好仔細地觀察了下奶油，告訴武：「沒有，她看起來沒受傷，只是嚇到了。」

聽見佳佳的話，武才鬆了一口氣。

他餘悸猶存爬起身，感到自己全身的骨頭都快散了，身上雖然多了幾處皮肉傷，還好都只是普通的擦傷。

武真是想不明白，殭屍不是背對著自己的嗎？那牠到底是怎麼出力的？

算了，怎樣都好，他只想趕快解決這隻殭屍。

這次，他不會再這麼大意了！

武抱來一根很粗很沉重的鐵條，一而再、再而三，朝殭屍的頭用力地打、狠狠地敲，每當殭屍稍微撐起身體，就會被武一棍打趴，就這樣不斷的重複倒下與爬起，直到殭屍沒有任何反應，武還不肯罷手。

一直打到精疲力竭後，武才喘著氣，停止動作。

牠死了嗎？

武又盯著殭屍觀察了下，確定牠完全沒有任何動靜了，才把鐵條隨手一扔，用袖子抹掉額頭的汗水，挺直腰桿。

他隨即意識到……他殺了一隻殭屍？

武不敢相信，自己真的殺了一隻殭屍？

他殺了一隻殭屍耶！

「妳們看到了嗎？」武雙手比向那隻殭屍，表情很是驕傲。

在這之後，武協助佳佳爬繩索下來，並親自上去抱了奶油下來。

原本還在發抖的奶油，看見殭屍躺在那裡動也不動，忽然間不怕了，起了好奇心，跑到殭屍旁邊，飛快地出拳打了打殭屍，又馬上後退觀察殭屍反應。

「要是有手機可以錄影就好了呢……」看見奶油逗趣的模樣，佳佳忍不住說道。

殭屍在這時卻突然大力抽搐了一下，奶油嚇得炸毛哈氣，就在她要轉身逃跑時，殭屍一把抓住了她的尾巴。

「奶油！」武用最快的速度衝了過去，手腳並用把殭屍的頭推開，一方面得阻止殭屍吃奶油，另一方面還要把牠抓著奶油的手撥掉。

「武！用這個！」佳佳在附近找到一個鐵橇，迅速地扔給了武。

已經沒有時間讓他猶豫了，武一拾起鐵橇，就立刻往殭屍空洞的眼窩捅進去，殭屍大力抽搐起來，奶油趁機逃到機車下方躲藏。殭屍力氣大到武幾乎招架不住，武差點就要鬆開手，可是一想到佳佳跟奶油還在他身後，他就死命握著鐵橇，說什麼也不肯放，殭屍不斷大力抽動，武用力扭動鐵撬，往更深入推進……

在一連串劇烈的抽搐後，殭屍終於停止不動。

牠死了嗎？這次武沒有把握。

直到佳佳把手搭上他的肩，告訴他：「可以了。」武才緩緩鬆開手。

武很想躺在地上大字形喘氣，但他一秒鐘也不想多留，他叫上了奶油和佳佳，立刻發動機車離開。

當他們離那隻殭屍夠遠了之後，武想起自己要跟佳佳道歉的事，支支吾吾地開口了：「佳、佳佳……那個……關於昨晚的事，我……」

「沒關係。」

「呃？」武懷疑她真的知道自己在指什麼嗎？「可是……」

「我能理解的……」此刻，她的聲音聽起來無比溫柔療癒，「棲身的避難所，短短幾天接連出事，你只是需要時間平復情緒罷了。」她懂，因為這條路，她也走過。

「謝謝妳。」武低語，沒有讓她聽見，為自己當初遇上的是佳佳而不是其他人感到慶幸。

解決了那隻奇怪的殭屍後，他們的運氣似乎好了起來，做什麼事都順暢多了。

由於他們搜尋資源的技巧進步，他們成功從大賣場中獲得豐富的補給，而且也拿了兩個背包來裝物品，這次豐收大大了增加他們的信心，他們可以盡情地吃到飽，而不用顧慮下一餐是否會挨餓。

他們甚至從一間寵物用品店裡，找到幾箱未拆封的貓罐頭，多到機車車廂放不下，必須放到腳踏墊上面，其中一箱還是價格昂貴的主食罐，讓武心情好到開始哼歌，都忘了機車後面還有殭屍在追。

當然，他們也沒有忘記要收集汽油，凡是經過加油站，或是看到撞毀的汽車跟機車，在情況允許下，他們都會停下來查看，根據佳佳之前的經驗，毀壞的車子，有殘留汽油的機率也比較高，他們用賣場找來的軟水管，先把汽油吸出來，再把水管塞進白色塑膠桶中汲取汽油。

大部分的油箱蓋都被打了開來，代表已經先被別人取走汽油了，不過他們也遇過取完汽油後，卻闔上油箱蓋的車子，在武被騙了幾次後，他懊惱地把那種油箱稱做惡作劇油箱。

在沿路不斷的努力下，他們收集到一定程度的汽油，抵達台北絕對夠用。

一切眼看都進行得非常順利。

佳佳在擺脫了跟蹤狂殭屍的陰霾後，看起來也比平常還要開心，光今天一天，武看見她笑的次數，比過去幾天加起來都還要多，讓武不禁想著自己應該早點動手才對。

沿路上，他們還在郊區看見一棵結實累累的芒果樹，樹枝末段因為太重而垂了下來，熟透了的芒果看起來十分誘人，武讓佳佳踩著自己的肩膀上去，成功摘到幾顆又大又美的芒果。

水果的保存期限短，賣場裡的水果大多都腐爛發霉了，避難所能種的水果又有限，所以成了很稀有的東西。

一想到今晚可以嚐到芒果那酸酸甜甜的滋味，倆人都不約而同地笑了。

當晚，他們落腳苗栗。

佳佳帶著武來到位於郊區、一間有庭院的別墅，有圍牆和自動鐵門做屏障，看起來十分安全。

他們先確認了庭院四周，確定沒有躲藏殭屍，之後推開鐵門，把機車牽了進來。

「哇塞，妳是怎麼知道這裡的？」雖然庭園荒廢了許久，雜草叢生，但武可以想像得出來，這裡原先是多麼漂亮。

「我之前住過這裡。」佳佳帶著武繞過大門，往屋子後方走過去，武試著偷偷拉了一下大門，是鎖著的，只好作罷跟上佳佳。

他們來到一扇窗戶旁，佳佳貼在窗戶旁邊的牆上，武也學她在窗戶另一側貼著牆站，佳佳緩緩把手伸過去，拉開窗戶……

一片葉子飄了下來。

武莫名其妙地看著那片葉子，佳佳撿起了它，端詳了一下並解釋：「這是我離開前放的，這樣我就能確定除了我之外，是不是還有人進入過屋子。」

「葉子不會很容易誤判嗎？」

「放葉子比較不會引人注意，如果你放的是乒乓球，那麼有心人士會把乒乓球夾回去，偽裝成他們不在，然後趁你進來時把你洗劫一空。」

「妳遇過嗎？」這種事，要不是親身遇過，武實在不覺得可以靠想像得知。

佳佳笑而不語，從一旁草叢中摸出一個藍色塑膠水桶，倒放在窗戶下當墊腳石，開窗爬了進去。

「那貼著牆開窗呢？」武在她之後，邊爬上窗戶邊問。

「這樣才不會一開窗就忽然被殭屍撲到身上啊。」

在武之後，奶油伶俐地跳進屋子內。

為了保險起見，他們又把每個角落都檢查了一遍，之後才開始整理他們今天拿到的補給。

武將衛生紙的外袋扯開，將六個捲筒衛生紙拿出排排放好，奶油坐在一旁，看著武拿出一卷又一卷衛生紙，好奇地問：「泥有幾個屁股？」

「一個。」武搔了搔臉頰，「就一個。」武看著身後另外一袋捲筒衛生紙，一時順利，就不小心拿太多了，「這算是我第一次逃難……妳就別要求太高了。」

他接著把貓罐頭依品牌跟大小疊成幾座高高的罐頭塔，奶油穿梭在罐頭塔之間，顯得非常高興，當她走到另一端時，又折了回來，決定再走一次。

武拿出了三罐一組的玉米罐頭，感動地打開易開罐，將其中一罐遞給佳佳，兩人一起爬到二樓的斜屋簷上邊吃邊賞月，月亮又圓又大，加上沒有光害，滿天星斗清晰可見，十分美麗。

奶油一看見武在吃玉米罐頭，就立刻丟下只舔了幾口的貓罐頭，跑來武這裡湊熱鬧。

「妳做什麼啦？」武拼命閃躲奶油，不讓她搶自己的玉米罐頭。

「泥的看起來比較好吃。」

「錯覺啦！」為了防止奶油，武站起身，兩三下把剩下的玉米全塞進口中，把臉頰塞得鼓鼓的，得意地把空罐子給奶油看。

佳佳一邊和武分享早上摘採的新鮮芒果，一邊聊天，他們從家庭聊到學校生活，無一不談。

「……真的？其實我也是O型的！真是太巧了！」

「才怪，你一定是AB型的。」

「這麼不相信我？」

「誰剛剛騙我他是獅子座的？」

武尷尬一笑，「好吧，至少妳猜對了一半，我是A型的。」

「不可能！」

「真的啦……」但武很快便注意到，佳佳那句根本不是在對他說，而是對著自動鐵門外，一個行跡詭異的黑影說。

那個黑影……難道說……

不、不會的……

「不可能啊！」武慌慌張張拿出手電筒往鐵門方向一照——

一直跟著他們的那隻殭屍，正站在那裡！

天色那麼暗，武希望是自己看錯了。

彷彿是查覺到光源，對方仰頭望向他們，頭上還插著一把鐵橇……

瞬間，一陣寒意自武腳底冒上來，雖然牠的目標不是自己，但武確切地感受到佳佳指的那種恐懼。

最恐怖的，並非牠曾做了什麼，而是你不知道牠打算什麼時候做什麼！

武不明白，他早上明明殺掉牠了！

佳佳摀著嘴巴，阻止自己失控大叫。

那隻殭屍的動作很沉重，像是身上綁了二十公斤的沙包，行動緩慢地貼著牆走，彷彿是在找隙縫要鑽進來。

牠還把自己的頭扭了回來，不過沒有辦法完全回到之前的狀態，看上去仍是歪歪的。

「牠……為……為什麼……」武喃喃自語，牠的動作雖然遲緩，但和之前相比，牠進步很多，牠在改變，牠和其他的殭屍不一樣……

是突變種嗎？

奶油倒是壓根忘了早上的事，想跑過去看個仔細，武連忙抓住她，差點要從二樓摔下去。

就在此時，武的腦中突然閃過一個想法，突變種之所以對奶油有反應，卻對自己沒反應，會不會是因為牠只吃被病毒感染了的生物？

可是，不對呀……武回頭一想，突變種對佳佳也有反應不是嗎？

武感覺又回到了原點，難道他的推論錯了嗎？

但要是沒有錯的話……

武想起了在教堂時神父說的話……

還是說，她……不、不會吧？難道她……

武回頭看著佳佳，一副難以置信的表情。

「佳佳，妳該不會……」

佳佳眼眶泛紅，看著武，眼看瞞不住了，她默默低下了頭。

「其實，我……」她說不下去，但武了解她的意思。

「可是……」武不明白，「怎麼會？」

「怎麼會？」佳佳苦笑，「在這種世界，這不是很正常的嗎？」

武征在原地，不知道該做什麼反應。

「所以……你還要我跟你同行嗎？」佳佳擠出一絲苦笑，看著武，但武閃避了她的視線。

「我……」武很想說自己不介意，但他自己也迷惘了。

看見他猶豫不決，佳佳也不打算再為難他，她其實異常地冷靜，她早就在腦海中預想過這一幕，也有了心理準備。

於是她起身，從屋簷爬回房間。

「等等、我不是那個意思……」武慌慌張張地叫住她，「我……」

「這裡，有熱水澡喔。」佳佳對武一笑，就好像什麼事也沒發生那樣，「我先洗，不介意吧？」

說完，她逕自下樓，武的手還掛在半空中。

這一次，武一樣在浴室門外，一樣聽到她在哭，也一樣沒有敲門。

佳佳在洗完澡之後，把自己關在另一間房間裡，並鎖上房門。

武沒有去找她談話，因為他也不知道該說些什麼。

他回到剛剛的房間，爬上屋簷，用手電筒觀察了那隻突變種的動靜。

牠的動作和之前相比又更加流暢了，但還沒到一般殭屍那樣靈敏。

明天！明天他一定要再試著殺了牠，否則總有一天，牠會變得比其他殭屍都還要來得危險！這次他會把牠的頭砍下來，讓牠再也沒有爬起來的可能！

武在房間衣櫃中找到替換的衣服和乾淨的床單，他把舊的床單替換掉，又把房間簡易打掃了下，然後洗了澡，上床睡覺。

明明是躺在柔軟無比的床上，武卻久久不能入眠。

當晚，奶油沒有和武一起睡，她堅持睡在罐頭塔中間。

還不到清晨，佳佳就醒了，或者該說她幾乎沒有睡，雖然早就做出決定，但她考慮了很久，才決定行動。

為了他們好，她應該要盡速離開他們，越快越好！

現在天色還沒亮，正是行動的好時機。

考慮過後，她決定把所有物資都留給武，讓武跟奶油可以省下找食物的時間，專心趕路，於是她只在背包中放入了私人物品。

洗漱完畢後，佳佳躡手躡腳地爬到斜屋簷上，想確認突變種的位置，視線很暗，她不能確認得很仔細，但是大致上沒看到什麼可疑的東西。

她怕推鐵門的聲音太大，會引來突變種或是其他殭屍注意，最後決定從斜屋簷跳到圍牆上，再翻出去外面道路。

在她準備要跳向圍牆時，她聽見了一陣奇怪的聲音，有點像是兩個石頭互相敲打、摩擦，然後是小碎石落地的聲音。

那是什麼呢？這個聲音引起了佳佳的好奇，但是當佳佳想仔細聽清楚時，聲音就停止了。

她搖搖頭，告訴自己算了，還是趕快出發要緊。

她用力一蹬向圍欄跳去，距離比她預料的還要遠，她差點就要掉下去，她伸長手，成功抓住了圍欄邊緣。

「呼……」

就在這個時候，那個聲音又出現了。

聲音來自建築物背側，也就是武和奶油的房間那裡。

是他們在做什麼嗎？還是有什麼東西呢？

按耐不住好奇心，一方面也是擔心他們的危險，佳佳沒有爬上圍牆，而是鬆手落在庭院內，撥開草叢，往聲音方向走去。

一抬頭，她看見一個極為恐怖的畫面——

突變種在爬牆！

牠用強而有力的指頭，刺進牆壁，四肢並用，把自己固定在牆上，不斷有小碎石落在地上，這就是聲音來源的真相。

「噢！不……」

突變種像蜘蛛一般，沿著牆，一步一步，慢慢爬向武跟奶油所在的房間……

「武——」佳佳著急地大叫，她撿了一個石頭往上扔，卻扔不到預期的高度。

突變種並沒有改變目標，和佳佳比起來，奶油離他更近。

「武！快醒醒！快醒醒啊！」佳佳一邊扔石頭，一邊喊，希望能叫醒武。

房間內的武聽見了佳佳的叫喊，睡眼惺忪地睜開眼睛，但他只是緊皺了下眉頭，翻過身繼續睡，沒去理會那些叫喊是什麼意思。

他一直在想佳佳的事，直到半小時前才剛睡著，昨天又睡不到幾個小時，根本無法思考事情，甚至他還出現了「如果是殭屍闖了進來，那就讓牠們吃掉自己吧」這種消極的想法，他實在是對這種日子感到疲憊厭倦了，就這樣在睡夢中死去，好像也不錯。

佳佳在試了幾次都叫不醒武後，著急地衝向後方窗戶，打算直接進去叫人，一拉窗戶才想起，昨晚入睡前他們把門窗全都鎖上了。

很快的，突變種已經來到了武的房間下方。

奶油聽到了奇怪的聲音，拼命地喵喵叫、踩武、咬武，武先是把她推開，之後乾脆用棉被蓋住自己，不理會奶油的騷擾。

「武！」佳佳拿盆栽砸破玻璃，著急地從窗戶爬進去，被銳利的玻璃碎片劃出幾道傷口，在她衝上二樓前，她先到廚房中，抽了一把剁骨用的刀。

當突變種來到窗戶外時，奶油終於把武弄醒了。

武想把奶油抓來，告訴她別再吵了，卻迎面和窗外的突變種對上眼。

啪啦！

突變種一頭撞了進來。

武連忙抱住奶油，翻身滾到床底下，同時拉上棉被蓋住自己，好遮擋飛射的玻璃碎片。

他聽見突變種從窗戶爬進來，跳到地上的聲音。

武用被子裹住自己，緩緩地向門口爬去，他能聽見自己心臟緊張得撲通撲通跳，只能祈求突變種不會對一團正在移動的棉被感興趣。

突變種查覺到奶油的位置，朝武揮爪一抓，尖銳的爪子穿透棉被，刺進地面，把被子釘住，爪子則落在武食指和中指之間，只要再差個幾公分，被釘在地上的就會是他的手了。

在武試著把被釘住的棉被扯破時，奶油跑了出來，在門口刨門，突變種也立即轉換目標，往奶油一抓，但她跳了起來，突變種沒抓到她，而是把門撞破一個洞，當突變種把手抽回來後，奶油隨即從那個洞鑽出去。

「奶油！」武著急地大叫。

突變種一頭撞開了門，追著奶油跑出去，武也焦急地追到走廊上。

「佳佳！快起來！快逃啊！」武不忘拍打對面房門，想叫醒佳佳，他用力地拍門，並轉動門把，卻訝異地發現房門沒鎖。

突變種抓起牆上的掛畫，扔向奶油，剛好砸在奶油前面，奶油受了驚嚇，嚇得往回跑，從突變種兩腳之間鑽了過去，突變種因為想彎下腰追著奶油過去，而在地上跌得四腳朝天。

牠的行動能力雖然比之前好了，但仍顯得遲鈍笨重。

「過來這裡，奶油！」武一把抱起奶油，開了佳佳的房門就躲了進去。

一進去，武才發現，佳佳早就離開了，他看見打開的窗戶，頓時了解了什麼。

就在這時，武身後的門被突變種撞開，武被撞倒在床上，奶油則是鑽到桌子下躲了起來。

武甩了甩頭，努力要讓自己腦袋可以清晰一些。

突變種拖著腳步，走進了房間，在突變種把手伸向奶油躲藏的桌子時，佳佳拿著剁骨刀追了進來。

「用力……要用力……」佳佳不斷告誡自己。

那是前輩在教她攻擊殭屍時說過的話，頭骨不是那麼輕易隨便就能刺穿的東西，半吊子的她，每次攻擊殭屍都要同伴幫忙補刀，才能順利殺死殭屍。

「用力！要用力！」佳佳毫不畏懼地衝到突變種身旁，使盡吃奶的力氣，一刀刺下，刀從突變種右掌穿過，把突變種釘在木桌上。

突變種一聲嘶吼，把桌上的物品揮掃得到處都是，牠想抓佳佳，佳佳連忙後退，直到背抵上身後的武。

「武！」

「佳佳！」武不明白，「妳怎麼這麼狼狽？」

「等等再說，快走！」

他們來不及帶走地上的補給，武只來得及抓住空背包，讓奶油躲進去，和佳佳慌慌張張衝下樓。

突變種追到走廊，但右手拖著的桌子被門口卡住，牠狂暴地往前掙扎，桌子上的刀也越來越鬆動，最後刀「咚」的一聲掉在地上。

一獲得自由，突變種立刻從樓上一躍而下。

只要再晚個一秒，武和佳佳就會被突變種壓扁，但他們正好在此時彎進客廳。

「快！牠追來了！」

他們從大門口逃了出去，武用力甩上大門，突變種迎頭撞上大門，大門的玻璃被撞得粉碎，只剩下鏤空的花紋造型，突變種把手從花紋的縫隙中伸出，想抓他們。

武跑去牽車，佳佳則直接跑到鐵門前，用力推開足夠機車通過的空隙。

「快過來！」武對佳佳大叫。

佳佳趕緊坐上機車後座，武卻發現機車此刻居然發不動！

突變種瘋狂推擠大門，把門撐開了一個縫，硬是鑽了出來。

佳佳害怕地抱緊武，要他快點，可是機車怎麼樣都發不動。

「快啊！拜託了！拜託……」武頻頻從後照鏡查看突變種的動靜，心裡也很著急，一直按壓引擎鈕，但機車偏偏就發動不起來。

正當突變種卯足全力衝向他們之時，機車忽然發動了！

「抓穩！」武右手一轉油門，機車急衝出去，讓突變種撲了個空，機車擦撞到鐵門，把右邊的後照鏡都撞掉了。

佳佳回頭查看，突變種不甘心想追上來，但牠顯然還沒適應自己身體的新形態，追了幾步之後，很快就被遠遠地甩在後面，不見蹤影。

情緒放鬆下來後，佳佳的恐懼感一時全湧現了出來，她雖然很害怕，但忍著不敢哭。

「吶，佳佳。」忽然間，武開口了。

佳佳沒有回答他，她怕一開口就會崩潰大哭。

「妳聽我說。」武繞過一隻普通殭屍，來到大馬路上，他瞥了下油錶，慶幸自己昨天進屋前把油箱補滿。

「我父親呢，他是大學教授，教什麼科系我忘了，因為大學科系太多了，很多名稱都很像，但我知道他是病毒方面的權威，他常常熬夜加班，在實驗室中過夜，好幾天不回家是家常便飯。」武稍作停頓，「而我母親，她在舅舅開的紡織廠當會計，在柬埔寨那邊的會計辭職後，她過去那邊支援，並說每三個月可以回來看我一次，不過她每次都被工作耽擱，過去兩年，她只回來過三次，疫情爆發到現在，我想她應該凶多吉少……」

「我……我很抱歉聽見這個消息……」

「不，沒關係，是我自己要說的。」武輕輕帶過，「反正我習慣一個人了。」

奶油從背包中探出頭，並說：「泥不是一個人，泥還有奶油，奶油陪泥。」

「是啊，我還有妳，奶油。」武欣慰地笑了，若不是要注意路況，武真想空出一隻手去摸摸奶油的頭。

「我很宅，有空就關在房間中上網，養狗的人至少還會出門蹓一下狗，養貓，就連這點精力都省了，只需要動手把貓從電腦鍵盤上抓下來就好了。」武笑，「當我帶著奶油從避難所逃出來後，我才發現我什麼都不會……我很後悔，也常常在想，要是那時答應同學邀約，參加童軍社就好了，至少現在我會知道怎麼野外求生……」武深深嘆了一口氣，「我答應過爸爸，要把奶油帶到 N1 實驗室，但老實說，在內心深處，我並不覺得自己做得到……」武的聲音挺起來很感傷，「我一直覺得，幸好我遇見的是妳……各方面意義上都是……所以，妳……妳要不要……」

佳佳聽出了武的意思。

「你確定嗎？」佳佳提醒武，「跟我在一起，會被那隻突變種追殺。」

「不管如何牠都會追過來。」武想起剛剛的突襲，「牠不會忘記奶油有多麼美味可口的！」

「奶油早就知道自己是多麼優秀了。」奶油探出頭讚美自己，她的話把武跟佳佳都逗笑了。

「你真的確定嗎？」佳佳希望武別忘記這點，「我隨時都可能變成殭屍……」

「如果我們盡早抵達 N1 實驗室的話，也許來得及製造出血清，救妳一命。」

「但是我可能會攻擊你啊……」

武本來想從後照鏡看一下佳佳，但一邊撞掉了，另一邊撞歪了，伸手去調意圖又太明顯了，所以只好打消主意。

過去幾天，他每天早上都會賴床，起不來。雖然疲憊也是原因之一，但其實最主要的原因，他早上起不來，是因為他夜裡睡不安穩，他常常在做惡夢，敏俊也好，李大哥也好，教堂的人也好，他常常夢到他們臨死前，尖叫著求助的畫面。

雖然他沒有跟任何人說。

雖然他沒有表現出來。

但他一直很後悔，一直耿耿於懷，一直很內疚。

他當時應該要帶著李大哥一起逃的，那怕李大哥只剩不到一分鐘能活，他也應該要帶上李大哥的。

他再也不想丟下任何人了，武暗自下定決心，沒錯，他再也不要丟下任何人！

「吶。」武又開口叫了佳佳一聲，「妳知道嗎？其實我練過田徑。」

「嗯？」佳佳不太懂。本來聽見武的沉默，她還以為武猶豫了，沒想到會得到這種莫名其妙的答案。

「我練過田徑，我跑得很快，所以……」武停頓了一下，繼續說道：「如果妳變成殭屍，我一定會飛速抱著奶油逃跑……我是說，就算妳變成殭屍，也抓不到我的啦……所以，在那之前……」

佳佳聽出了武的意思，但沒有打斷他，她眼眶泛著淚聽完。

「陪我走下去，好嗎？」

武的話，讓佳佳終於忍不住哭了出來，武靜靜地讓她哭了一陣子。

「你真的練過田徑嗎？」佳佳用手背抹掉眼淚。

「當然囉！」武高興地笑了，雖然是國小時的事，但也不算說謊吧？

「既然這樣……那我就大發慈悲，再陪你走一段路好了。」她抿了下嘴，淘氣地說。

Chapter 8
活下去的代價

機車一路往北前進。

他們全都飢腸轆轆，但都決定暫時忍住飢餓，以前往N1實驗室為優先，儘管他們的屁股又麻又痛，太陽也很毒辣，但除了上廁所外，沒有人想要停下來休息，就連奶油也一樣。他們都有共識，那隻突變種現在會爬牆了，他們今天就得抵達N1實驗室，否則到了夜裡，他們將沒有躲藏之處。

因為天剛亮就出發的緣故，還沒中午，他們就抵達了新竹。

越接近中午，氣溫越高，酷熱的天氣讓他們不得不跟現實低頭。

「不行了……武，我們得去找水喝，這樣下去會中暑的。」佳佳將一隻手放在額頭上，阻擋刺眼的陽光。

「妳說得對。」武也熱得頭昏眼花，見附近沒有殭屍，武把機車停在樹陰下，「讓我們來看看車廂中有什麼。」他希望自己昨天有記得放瓶水在裡面。

沒想到機車坐墊一掀開來，裡面只有滿滿的貓罐頭。

「好耶！」奶油歡呼。

「為什麼我們老是剩下一堆貓罐頭？」武不解，他期盼地看向佳佳，「妳的背包中有帶什麼吃的嗎？」但佳佳搖了搖頭。

這一看，武才注意到佳佳身上的傷痕有多嚴重，她的衣服也被刮得破破爛爛。

「不處理不行啊。」武對佳佳的慘況感到十分震驚，現在視線有多清晰，佳佳看起來就有多慘。

既然已經到了新竹，應該有時間讓他們耽擱一下才對。

在武的堅持下，他們去了藥局，處理佳佳的傷口，武也趁機蒐集了一些常備藥品，並讓奶油嗑了一罐罐頭做早餐。

在給佳佳清洗傷口時，武發現水塔中還有剩餘的水可用。由於找不到其他飲用水，又發現廚房還有剩餘的瓦斯可以用，便煮了一鍋水起來，放涼後裝瓶。

武也在廚房找到了兩把水果刀，並把其中一把交給了佳佳。水果刀大小適中，還有刀殼，放進口袋當防身工具正好，雖然他其實更想找像是球棒或圓鍬那種武器，不過防身武器一向很難找，因為這是大家逃難時一定會帶上的東西。

武又在屋子裡繞了繞，唯一找到能派上用場的東西只有灰色的硬塑膠水管，他很好奇水管對殭屍的殺傷力能有多少，但他還是勉強帶上了水管。走在路上，手中沒拿著什麼武器，感覺很不踏實。他跟佳佳借了條繩子，把水管綁起來掛在身上。

武在藥局門口看見附近有一間服飾店，在佳佳處理完傷口後，武提議去找套合身的衣服來替換，雖然佳佳表示：「不如把找衣服的時間省下來找食物吧。」畢竟不是破在什麼尷尬的位置。

但是，武仍然堅持要她去換衣服。

她不是男生，她不會懂的，武硬著頭皮心想，那個位置……非常不妙啊……要是他們這樣走到 N1 實驗室，大家肯定會懷疑自己對她做了什麼不該做的事。

佳佳在更衣室試衣服的時候，武抱著奶油，坐在靠外面的椅子上把風。

微風和煦地撫過他的臉，武正感到有些睡意，奶油突然抬起尾巴，放了一個很臭的屁，然後大叫著：「好臭喔。」跑掉。

武才剛閉上眼睛就被奶油的屁臭醒，連忙捏著鼻子站起來大叫：「奶油！」

奶油從假人模特兒的裙子內跑了出來，又溜到試衣間去探險，玩得不亦樂乎。當她經過一面裂掉的連身鏡時，忽然停下腳步，張開嘴，表情很訝異，一隻腳還舉在半空中，她回頭看了一下自己的身體，再看了看鏡中的自己。

「看吧，我就說妳不是三花貓。」武走到奶油身後，滿意地笑著，還以為奶油終於知道自己是一隻白底橘貓，卻聽見奶油興奮地說：「奶油真是太美了！奶油怎麼這麼美！」奶油轉到另一邊，繼續欣賞鏡中的自己，陶醉地對武說：「這邊也好美，泥看看奶油的條紋，哦，奶油好漂亮！」奶油尾巴直豎，不時微微抖動。

「妳也滿自戀的嘛。」

「奶油覺得奶油現在超喜歡奶油的。」

「但是我才是那個最喜歡奶油的人。」

武摸了摸奶油的頭。

「喔……」奶油沮喪地看著自己迷人的肉球。

「別擔心，妳可以排第二。」武安慰奶油。

聽見武的話，奶油立即歡呼表示：「奶油是第二喜歡奶油的奶油。」

就在這個時候，佳佳從一旁的試衣間走出，打斷了他們的話。

「這樣好看嗎？」她有些不好意思地問。

那是件開口稍大的衣服，在靠近肩膀的地方，隱約能看見從感染的傷口擴散而出的蜿蜒黑色線條……

「……再試試別件吧？」猶豫了一下，武回答。

武本來還在納悶神父怎麼會知道她被感染了的事，現在他知道了，應該是在綑綁她的時候，無意間從開口看見的吧。

「哎？是嗎？」佳佳一臉疑惑地照了鏡子，頓時明白了武的意思，她表情失落，若有所思撫摸那些黑色線條，接著轉身去挑選其他衣服。

看她這個模樣，武心裡也不好受，不過他很快又振作起來。

沒問題的，都已經到新竹了，只要穿過桃園，馬上就能抵達台北，現在時間還早，今天就能抵達N1實驗室。

「我好了……」這次，佳佳穿了件優雅的收腰長裙，「這樣呢？」她低頭看了下自己的球鞋，皺起眉，「這樣搭會不會看起來很怪啊？」

佳佳感慨地想著，要是有多餘時間可以去一趟鞋店就好了，就算這種時候不方便穿高跟鞋，挑雙漂亮的涼鞋也好。

武正想回答她「不會啊，這樣很適合妳」的時候，奶油卻突然往佳佳那裡衝了過去，跳起來，伸爪一抓，長裙立刻變成一條條、宛若彩帶的存在。

「奶油！」霎時，武不知道該上前抓調皮的奶油，還是先把眼睛遮起來好，最後他慌慌張張地轉過身，大叫：「再去、再去換一件衣服啊！」佳佳也著急地抓了幾件衣服衝進更衣室。

由於是自己的貓闖禍了，武心虛地幫奶油說了幾句好話：「奶油只是想提醒妳，穿裙子不方便行動。」

「可我一開始就是穿著學校制服的短裙行動啊。」

武想也對，為難地看了下奶油，卻看見奶油踩在另一件相同材質的衣服上，邊抓邊回頭看著武說：「奶油喜歡抓抓。」

武連忙昧著良心轉移話題：「對、對了！妳在外面待了那麼久，怎麼沒想過要來服飾店換衣服？」

「有啊。」

「那怎麼……」

「……因為……我被咬了……都是血……臨時找不到替換衣物，所以……」她越講越小聲，稍不注意便會漏聽。

「呃，對不起。」武發現自己提錯話題了，誰也不希望想起這種事。

「不，沒關係。」

武抓了抓頭，不知道該說什麼好，於是轉身搜索了下服飾店，想找到更好的武器替換掉塑膠水管，但是方便帶著走、又能拿來攻擊殭屍的，找來找去，只有幾把雨傘了。

他將每把傘都打開來端詳，最後仍舊選了塑膠水管，那些傘已經壞了，甚至不能拿來遮雨。

在佳佳換好衣服後，他們前往藏匿機車的地點。

一群不速之客從旁邊的小巷子衝了出來，擋住了他們的去路。

是鱷魚他們。

他們一直埋伏在旁邊的巷子中，耐心等著武跟佳佳出現。

「好久不見了啊。」鱷魚對著佳佳，露出一抹意味深長的微笑，看見他們手中的危險武器，佳佳跟武不敢掉以輕心。

「妳撐得還挺久的嘛！」龐克揶揄，「居然還沒有……」

「閉嘴！」佳佳憤怒地打量著他們四個，意外發現：「嗯……少了一個人？」

「我們正巧有事要找妳談談呢！」鱷魚揮舞著手中的刀，發出咻咻咻的聲音，看來十分嚇人：「因為你們的關係，我們折損了一個同伴，你們該怎麼賠好？」

佳佳警戒地看著他們，雖然沒看到事情經過，但根據她對他們的了解，這件事絕對沒有那麼簡單，他們肯定是想藉機勒索什麼吧……無意間，她和 Apple 對上了眼，但 Apple 立刻別開視線。

「你們到底想做什麼！」懶得臆測他們的想法，佳佳決定開門見山地問。

「我們想做什麼？」鱷魚露出了狡詐的笑容，和他的同伴們用眼神交流了下，大家也都笑了，「果然，還是賣給『毒蠍』好了！」

「你！」佳佳握緊拳頭，氣到不知道說什麼好。

「不過，這種危險的女人，他們會要嗎？」龐克用讓人不舒服的視線，上下打量著佳佳。

武雖然不知道他們口中的「毒蠍」是誰，但從他們的對話聽來，武可以想像到一些很糟糕的畫面。

「喂！你們太過分了吧！」武出聲制止。

武本來還因為偷走他們的機車，對他們感到有些虧欠，雖然他們是小混混，但如果有機會的話，他想試著跟他們和解，畢竟現在活人不多了。

不過現在，武真心覺得他們是人渣。

武的發言，引起大家的注意。

「唷！上次那個才死沒多久，馬上就交了新男友啊，打開大腿換來的？」鱷魚嘲諷，他走到武面前，從口袋中摸出一把保險套，扯開武的衣領就扔進去，「拿去，算我打賞給你們……」但他話才說到一半，奶油就跳到他頭上，對他又咬又抓，搞得他像是頭髮著火般，慌張地鬆開武，急著要把奶油弄下來。

「快來幫我把這隻該死的貓弄下來！快啊！」

「別動！」胖子拿著木棍往鱷魚的頭揮去，奶油機靈地跳開，木棍直接打中鱷魚的腦袋，鱷魚翻倒在地上，抱著頭，大聲連罵髒話。

武拉了拉上衣，抖落卡在衣服中的保險套，奶油跳到武身上，緊緊地趴在武的胸口上。

「做得好，奶油。」武用手指撓了撓奶油的下巴，奶油驕傲地抬起頭，挺直胸膛。

胖子則因為闖了禍，心虛地縮著肩膀。

鱷魚摸到頭上的黏膩液體，看了下沾血的手掌，氣到發抖，指著佳佳跟武大叫：「給我打死他們！連那隻貓一起打死，不要放過！」

其他三人紛紛舉起手中的刀跟棍，向他們逼近。

佳佳跟武轉身想逃，卻發現身後的路是充滿垃圾、陰暗又窄小的巷弄，彷彿還可以聽見殭屍的叫聲，誰知道裡面暗藏著多少危機。

武和佳佳對視了一眼，雙方表情都顯得為難。

「看你們往哪裡去！」鱷魚扶著頭坐在地上，幸災樂禍地說，但他才剛說完就被一根貓毛嗆到，對著路旁拼命呸口水。

武回頭看了看不懷好意的那群人……若是沿著來時的路往回逃，一定很快就會被他們追上，只有鑽進小巷弄中，才有把他們甩掉的可能，可是……武的視線落到了佳佳身上……

佳佳看出他的想法，點頭回答：「我準備好了。」

「我們衝吧！」武從身後抽出水管，並要奶油爬到他背包上抓穩，和這些人比起來，殭屍可愛多了。

「哈哈哈！」看見武拿出水管，龐克忍不住笑了出來，「你想用那個跟我們對抗嗎？」他揮舞著鋒利的西瓜刀，刀身切開空氣，產生咻咻聲。

不過他沒想到，武不是朝著他們衝來，而是大喊著「啊呀呀呀呀——」朝小巷弄內鑽。

「追！不要放過他們！」鱷魚對著他們的背影嗆聲，一行人追了上去。

武沿路用水管敲擊車身和鐵門，並且拉開嗓子嘶吼大叫，不斷把殭屍引過來，利用身後追來的殭屍，把鱷魚一行人隔開，即使如此，他們偶爾還是會在巷子裡相遇。

鱷魚一行人手中拿著鋒利的武器，又身經百戰，可以輕而易舉地斬掉殭屍的手腳，並給予殭屍致命一擊，然而，一邊追人、一邊注意周遭狀況，還要與殭屍搏鬥，實在是很耗費體力的事，時間一久，鱷魚一行人也逐漸感到疲憊起來。

「這裡！」武帶著佳佳在巷子裡繞來繞去。

他們前方有時只有零星幾隻殭屍，有時則是一堆殭屍，武有時選擇帶佳佳轉道，有時則是硬著頭皮往前衝。

武知道水管硬度不夠，不能與殭屍正面交鋒，所以大多是用水管頂開殭屍，或是從側邊打擊牠們，把牠們推開，著重在爭取逃跑時間。

一連推開幾隻殭屍後，武感到雙手手臂開始發麻，不聽使喚，可是為了生存，武還是使上全力往下一隻殭屍攻擊，他十分清楚，哪怕是一次偷懶，都有可能讓自己永遠走不出這裡。

外面大馬路上，還有房屋內的殭屍都追了過來，殭屍越來越多，能逃的巷弄也越來越少，佳佳注意到，有些地方他們已經走過好幾次，身後追趕他們的殭屍，也從一隻、兩隻……變成一群，殭屍追著他們鑽入巷子，把整條小巷塞滿，使他們重回到巷子時，不得不改變方向往另一個地方逃。

佳佳開始擔心他們被殭屍困住了——殭屍完全握有主控權，控制他們的路徑。

不過，奇怪的是，他們還沒有被抓到。

不像在大街上，殭屍大軍能夠如蝗蟲過境般湧來，擠得水洩不通的巷子，障礙物多，加上殭屍自己的推擠干擾，反倒降低了追擊的速度。

佳佳不知道武是不是故意的，因為就算他們淪落到被殭屍包抄，身旁總是會適時出現一條還沒被殭屍堵塞的巷弄可以進入，並且總是不會遇上死胡同，同時，佳佳還驚訝地發現，殭屍逐漸被聚攏在一起……

「……妳……妳還可以跑嗎？」武喘著氣問佳佳。

「可以。」深吸了一口氣，佳佳回答。

「好……很好……再一下……就可以了！」武繼續鑽入另一條巷子內，推開前方殭屍逃竄。

即使他們採取的是避開與殭屍搏鬥的策略，但偶爾還是出現特別難纏的殭屍。殭屍的衝勁十分強大，武必須抱著打出全壘打的心態打擊，才能稍稍阻緩殭屍的攻勢。

忽然間，他聽見啪啦一聲——水管斷成了兩截。

「煩耶！」武把水管向後一扔，身後的殭屍踩到水管滑了一跤，拖倒幾隻殭屍。

武隨手撿起路邊的拖把、垃圾桶、以及任何可以拖延殭屍的東西，朝後方的殭屍扔擲，減緩牠們的速度。

佳佳跟著武，從兩棟房子之間的防火巷穿過，不幸的是，一隻殭屍冒了出來，堵在防火巷出口。

「嘖！」武眼看手中沒有武器，後方又有追兵，沒時間讓他抽出口袋中的水果刀應戰，他索性衝上前，彎下腰，從殭屍肚子撞過去。他們從倒下的殭屍身上踩過去，幸運地沒被殭屍抓住他們的腳。

當他們跑出防火巷時，鱷魚他們人正好在巷子另一端。

「在那裡！快追！」鱷魚一行人追上了武跟佳佳。

武和佳佳又拐了一個彎，這次，他們看起來陷入了絕境——後方有鱷魚他們，正前方和右邊兩條通道又塞滿了殭屍，無路可去……

佳佳不禁卻步了，前方壅塞的大批殭屍，和百貨公司周年慶的人潮一樣瘋狂，不可能穿過去的。

「別擔心。」武回過頭抓上她的手，彎入左邊的巷子內。

鱷魚一行人本來打算追上去，但湧過來的大批殭屍把路口蓋掉了，殭屍的數量太多，只憑他們四個人根本應付不來，逼得他們必須往回跑，尋找逃生的路。

「沒關係……那邊……那邊是死巷子……哈……哈哈……」胖子想起了前方的情況，忍不住笑了，「他們死定了……呼……呼……」

鱷魚一行人改從另一條殭屍數量比較少的巷子，一路殺出重圍。

附近道路上的殭屍都追過來了，現在外面大馬路那裡反倒是安全的，只要能逃到那裡，他們的車就停在附近，能立刻開車逃離這個是非之地。

弔詭的是，雖然他們亟欲想向外移動，卻像被困在八卦陣裡一樣，左拐右彎，總是被數量龐大的殭屍阻擋，無法順利脫困。

他們拐進了一條巷子，巷子前方已被一堆殭屍堵住，他們轉過身，身後的一群殭屍也追了上來。

「我們……我們被困在……殭屍迷宮了……」胖子恐慌地說。

「冷靜一點！」鱷魚斥喝，用力敲了下胖子的頭，「自亂陣腳，像話嗎！看清楚我們在哪裡！」

鱷魚爬上一旁的浪板，他的目標是隔壁的五層透天厝，房子外表還很新，看來是疫情爆發前才剛蓋好的。像他們這種，靠自己在外面討生活的人，怎麼可能毫無準備就追著人進巷弄，剛剛只是一時迷失了方向，找不到退路罷了。其實他們早就在透天厝頂樓掛了一條繩梯，只要站在這塊浪板上，就能勾到繩梯。

鱷魚順著繩梯向上爬，龐克在他之後爬上繩梯，然後是 Apple，最後才是胖子。

當胖子爬上繩梯後，他們忽然感覺繩梯重重向下一沉，隨後他們想起來，繩梯的另一端是綁在頂樓曬衣桿上的，即便曬衣竿有固定在鐵架上，看來還是沒辦法一次承受四個人的重量。

鱷魚和龐克的速度很快，鱷魚沒幾下就爬到了頂樓，還回頭拉了龐克一把。

Apple 現在雖然不穿高跟鞋了，但她的速度沒有這麼快，她隱約感到繩梯還在向下沉，焦急地對著底下的胖子破口大罵：「下去啊！你這隻死肥豬，等我上去了你再上來！」

「X！死婆娘，這麼想下去，自己下去墊底啦！」

「X的，自己吃那麼肥拖累別人還有臉講，要不是你在這裡干擾，我早就爬到頂樓，你現在也爬到一半了！」

在他們顧著爭吵的時候，殭屍也爭先恐後地爬上浪板，抓住繩梯，在劇烈搖晃下，曬衣桿終於承受不住重量而斷裂，Apple 和胖子都緊抓著繩梯尖叫——

繩梯向下墜了一段距離，幸好，曬衣桿被雜物和牆壁卡住，Apple 和胖子像是在玩高空彈跳般，在半空中重重彈了下，這陣晃動甩掉了不少殭屍，但是現在繩梯底部垂到了地面，殭屍可以更輕易地抓住繩梯。

「下去！你下去！」Apple 用腳狠狠往胖子的臉踹去，胖子則試圖抓住她的腳，想把她從繩梯上扯下。

「X的！誰要跟你陪葬啊！」Apple 抽出一把精緻的小匕首，開始切繩子，「你不下去，就別怪我狠！」

「臭婆娘！妳、妳在幹什麼！不、不要啊！喂、鱷魚！龐克！」胖子一邊大叫求救，一邊往上爬，想抓住 Apple 的腳，但 Apple 不斷用腳去採他的手，讓他無法得逞。

Apple 好不容易割斷了繩子，讓殭屍都跟著繩梯一起摔落，但胖子在緊急時刻抓住了繩梯最後一節，沒有跟著摔下去。

「你還不死心！下去！給老娘下去！跟你說繩子撐不住我們！你聽不懂人話是不是！」Apple 拼命狠踹，胖子連說話的機會也沒有，最後 Apple 用小匕首往胖子的手一刺，胖子才在慘叫中鬆了手，從三層樓高摔落地面。

由於有殭屍做墊背，胖子幾乎是毫髮無傷。

殭屍立刻蜂擁而上，把他壓在最底下，開始啃咬。

「啊——」胖子痛得不斷發出慘叫，但他仍抱著強烈的求生意志推開殭屍，往前衝。

「我、我才……我才不要死在這裡……」

沒錯，他的人生好不容易才開始，怎麼可以就這樣結束！

他因為身材的緣故，求學時期一直是被霸凌的對象，出社會後，不只女同事，連男同事都當他是工具人，大家總要把不喜歡的事推給他，或是把錯賴到他頭上，只有在他們需要他的時候，才會來噓寒問暖一下。

這樣的他，卻因為這場疫情的緣故，而成為英雄，大家依賴起他壯碩的身材，甚至連公司最漂亮的女同事都願意委身於他，以換取他的庇護。

在他加入鱷魚他們之後，他愛上用暴力讓人屈服，他喜歡看別人跪著懇求自己的樣子，他終於感到自己被別人放在眼裡了。

這是他的時代，他好不容易才迎來了自己的時代，他說什麼也不想就這樣結束，他一定要活下去，不只如此，他還要給那個叫Apple的女人好看，讓她知道什麼叫做後悔！

「呼……呼呼……」胖子拖著疲累的身軀，不死心往前跑，沿路上不斷有殭屍纏上他，咬傷他，他用力地甩開殭屍繼續逃。

「我……我好不容易……才進入這個世界……屬於我的世界啊！」他含淚大叫，「我怎麼可以就這樣死掉！大家好不容易才尊重我……我……一定要那個女人……讓那個女人付出代價！」他不小心被地上的坑洞絆倒，重重摔了一跤。

他努力把自己撐起，但又再度跌倒。

他已經沒有體力了。

躺在地上，他看見迎面走來的第一隻殭屍，那看起來好像是他拋棄的那位女同事。

「為什麼……為什麼妳會在這……」他轉頭，正在咬他右手的那個，看起來好像是曾跪下求自己，卻被自己從二樓踢下的人，「你怎麼、你怎麼也在……」

緊接著，他發現聚上來吃著自己的殭屍，全部都長得似曾相識……

「你、居然是你……」

「你也來了……」

「還有妳啊！」

為什麼他害過的人，全部都在這裡了呢？在他的眼前陷入一片黑暗之前，他好像了解了什麼……

原來他內心的委屈，從來也沒能得到一絲補償。

Apple順利爬上了屋頂。

鱷魚和龐克原本正在談話，一看見她上來，龐克便轉問她：「胖子勒？」

「這個……」Apple為難地別開了臉，「殭屍抓住了他的腳，咬了他，所以我把繩子割斷，讓他跟殭屍一起掉下去了……畢竟，要是讓他爬上來，變成殭屍，害到大家，那可就不好了……」Apple裝作很失落地低下頭，「雖然他老是用難聽的話罵我，但是，他畢竟還是同伴啊……我……」她啜泣了起來。

鱷魚走上前，一把攬住她，輕推著她往另一邊走去，並安慰她：「妳做的可是正確的決定，不需要為了這個難過，大家都知道被殭屍咬到就沒救了……」經過龐克身旁時，鱷魚對龐克眨了下眼。

龐克想起了剛才鱷魚對他說的話……

「那個女人，不殺掉不行啊……」鱷魚嘖了兩聲，「否則遲早有一天，她會像背叛胖子那樣設計我們。」

對於暗算同伴這種事，龐克是躊躇的，為了斬斷他的猶豫，鱷魚又告訴他：「那個女人的腳被殭屍抓傷了，就在五金百貨那時候，她已經被感染了，沒救了。殺了她，才是對曾經身為同伴的她，最大的憐憫。」

龐克不禁往Apple的腳看去，不過她現在改穿黑絲襪跟球鞋了，龐克什麼也看不到。

Apple正擺著一副委屈的表情，用撒嬌的聲音問著鱷魚：「你會不會覺得人家是個心狠手辣的黑寡婦？」

「怎麼會呢？」鱷魚輕拍了一下她的翹臀，「是身材火辣的黑寡婦才對。」

武和佳佳坐在地上，大口喘氣。

武開了一瓶水，一口氣喝了半罐。

就在剛才，他們跑進死巷，正當佳佳以為沒救了的時候，武卻忽然開了某棟房子的後門，帶她躲了進去。一進去，佳佳才發現他們回到了剛剛的藥局，她很訝異地看著武，但武告訴她等等再說，把門鎖上後，武帶著她到樓上，最頂樓堆滿了雜物，他們靠著鐵梯爬上了屋頂。

藥局的後門為他們爭取了十分鐘的時間，當殭屍闖進來時，他們已經不在那裡了。

他們從隔壁的房子回到地面，接著躲進對面的房屋中，從後門出來再立即鑽入附近不遠處的另一棟房屋，持續幾次後，終於甩開了大部分的殭屍。

沿路只剩下零星幾隻殭屍，武和佳佳很輕易地躲過牠們。

他們發現一間空空如也的便利商店，疑似是有人為了收集食物，把殭屍都引走了，便偷偷溜了進去，躲在裡面的倉庫休息。

「你知道那扇門就是藥局的後門？」想起剛剛的事，佳佳還感到很不可思議。

「妳以為我只是在隨便亂繞，是嗎？」

「哎，不是嗎？」佳佳很吃驚。

「當然不是啦！」難得有一件自豪的事情，武不禁自豪了起來，「我曾經玩過類似的電玩遊戲：在通道上放炸彈，把對手炸光就贏了的遊戲。很多人都會先丟幾顆炸彈，逼對手往特定地點逃，最後再封了他們的退路，和這個情況有些相似，對吧？」

「所以……」佳佳沒聽過這樣的遊戲，但她知道他的意思，「你是故意引誘殭屍進入特定巷子的？」

「當然囉，反正只要我們跑過去，牠們就會追上來……」武滿意地解釋：「只要善加利用這個特性，就能輕易地清空一條巷子做通道，或是塞滿一條巷子做路障。」

「可是你對這附近的巷弄熟嗎？」佳佳想起稍早找藥局的狀況，武看起來明明就是第一次來到這裡啊。

「我在找地方停放機車時，就有大略觀察了附近的巷子，在找藥局和服飾店時，又在腦海中的地圖中做了更詳細的補強，剩下的部分……就只好邊跑邊在腦中補齊了。」武自豪地點了點頭，「我對自己的方向感可是很有自信呢，同學都戲稱我叫 GPS。」

佳佳也笑了起來。

「你變得出色了呢，武。」佳佳把頭髮撥到耳後，誇獎了他：「真的很厲害呢！」

「人總要進步的嘛，哈哈……」

佳佳的眼神中帶有憧憬，武不好意思地告訴她實話。

過程沒有佳佳想的那麼神奇，當他在試圖引開殭屍時，並不如想像中順利，導致他們跑了許多冤枉路修正，沿途還遇到不少驚險時刻，只是在安全脫逃後，那些驚險畫面現在都成了刺激的冒險回憶。

畢竟他也是邊跑邊在腦海中繪製地圖的，有失誤也是在所難免。

不過，他難得可以在佳佳面前當一次英雄，就讓他在佳佳面前當一次英雄吧！

在他們要前往機車停放處時，路上，他們發現了胖子的屍體。

他們都為此停下了腳步默哀。

佳佳怕武意志消沉，開口安慰他：「這不是我們的錯，是他們自己……」

令她意外的，武看起來比想像中的冷靜。

「是啊……」武也只能安慰自己：「是他們自己要追我們的，他們拿著刀，難道我們不跑嗎？」

武閉上眼睛，說自己一點也不感到內疚，這句話是想騙誰呢？但現在不是失落的時候，路還要走下去，他們還沒到達終點。

來到了機車旁，他們看見令人沮喪的一幕。

機車的輪胎被刺破，輪胎完全扁了下去。

「這一定是鱷魚他們做的。」佳佳搖頭。

「看來只能用走的了。」武把車廂中的貓罐頭放入背包中。

武用手擋著陽光，往遠方看去，路延伸到地平線那端，光看就覺得累，「走吧，趁時間還早。」

少了機車的速度優勢，他們只能躲躲藏藏，一路避開殭屍前進。

他們沒有放棄再找一輛機車代步，不過他們也不敢刻意花時間找車，只有在順路經過疑似可用的機車旁時，才停下查看，只是很可惜，結果都不盡理想。

同樣的，他們也只有在經過便利商店時，才會進去搜尋食物，他們的速度無法再更慢了，以至於他們還得邊走邊吃，才能節省時間。

走在路上，武想起自己一直想問佳佳的問題：「鱷魚他們指的毒蠍是誰？」

佳佳正巧在想別的事情，愣了一下才意會過來。

「藥頭。」

「啊？」武一開始還以為自己是聽錯了，直到佳佳又回答了一次：「藥頭。」佳佳說明，「他們的據點在中部深山內，那裡人煙稀少，也沒什麼殭屍，現在沒有警察會抓他了，他在那裡種植了一大片大麻，不過他好像也有販售其他毒品。」

「都這種時候了，誰會想要吸毒？」武不解。

「就是這種時候，大家才會想要逃避現實。」佳佳反應倒是很平淡，「現在錢不管用了，所以大家都拿食物跟他換毒品，他靠著提供食物與毒品，吸收了很多手下，現在他不缺食物了，所以，想要毒品就得提供他更感興趣的東西……」

「女人……之類的？」

佳佳點點頭。

「女人也是他用來提升手下忠誠的工具……他們會餵女孩吃毒，讓她們自願留下。要是被賣到那裡去，在死之前，可能都會被徹底玩弄……」

怪不得佳佳會那麼激動了，武心想。

「不過，妳是怎麼知道這些事的？」

「哦……我過去的夥伴中，有個人染了毒癮，我們曾經陪他去買過一次。」

「妳那時……呃，有平安離開嗎？」武忽然擔心了起來。

「嗯……他們對客戶倒是蠻老實的。」

武鬆了一口氣。

「下次有空，把妳和過去夥伴的事，說給我聽聽吧。」武對鱷魚提到的「上次那個男友」無論如何也想打聽清楚。

不過佳佳忽然又不說話了。

又來了，武想起之前提到她同伴時，佳佳也都是這樣帶過，什麼也不講。

「吶，佳佳？」武一轉過身，卻發現佳佳不曉得在看什麼，十分專注。

「再不走就要來不及了喔！」武提醒她，但也好奇地往佳佳看的方向看去。

巷子內，武看見一所國中。

佳佳露出高興的微笑，告訴他：「也許我們可以找到腳踏車呢！」

他們從學校側邊攀圍牆進入校園，好避開校門口的幾隻殭屍，來到腳踏車棚的位置。

放眼望去，這裡停了上百輛的腳踏車。

「我們有很大機率在這裡找到一台能用的腳踏車。」

「妳真聰明，佳佳！」武忍不住讚嘆，明明他國中時也騎腳踏車上學，武不明白自己怎麼老是在大街上找腳踏車。

他們躲在轉角處觀察狀況，看見有兩隻殭屍在腳踏車棚閒晃。

「說不定又要麻煩奶油了……」佳佳開始尋找附近能引開殭屍的東西，但結果令人失望。

「不。」武否定佳佳的建議，「交給我吧。」

「哎？」這真是個爛主意，佳佳提醒他，「牠們不是突變種，牠們會攻擊你的。」

「相信我吧。」武抽出口袋中的水果刀，「這次我不會再失手了。」

剛剛成功脫逃的事，給了武很大的信心，他剛剛面對的可是一整群的殭屍，現在區區兩隻算得了什麼！

「剛剛是因為……現在是白天，如果是晚上，我們早就被殭屍啃得連骨頭都不剩了！」佳佳擔心武因為剛剛的事得意忘形起來。

「白天？哦……妳指的是視線嗎？的確現在晚上沒有路燈，挺麻煩的……」

「不！」佳佳打斷他的話，搖了搖頭，「你沒注意到嗎？晚上的殭屍，無論是速度、攻擊力、還是爆發力，都比白天的殭屍要來得恐怖！」

「有嗎？」武試著回想過去遇到殭屍的狀況，但為什麼他感覺，白天晚上都差不多？

「不過，現在是白天對吧？」

「呃……是沒錯啦……」

「那就不用擔心了啊。」

「你還是沒聽懂我的意思啊。」佳佳嘆了口氣，「我是說……」

「我懂我懂，妳想說殭屍的實力不只這樣，要我別小看牠們對吧？」武露出得意的笑容，「所以才要挑牠們正弱的現在下手啊！」

「可是……」

「佳佳！」這次，換武打斷了她的話，「想在這個世界生存，就要學會怎麼殺殭屍。」

佳佳為難地看著他，其實她也知道武說的也對。

「那好吧。」看見武異常堅持，佳佳也只好妥協，但她不忘叮嚀：「要是出了什麼事，你就往我這裡跑。」

她拿出童軍繩解釋：「我會在地上拉起繩子，把牠們絆倒。」

武用腳踏車做掩護，偷偷摸摸來到其中一隻殭屍背後，佳佳緊張到都忘了要呼吸。

武握緊水果刀，等待時機。

他感到十分緊張，真的，他身上的幾億個細胞都在告訴他「我們準備好要逃跑了」，但武知道，自己必須學著和殭屍對抗。

這次，他一定要親自解決這兩隻殭屍。

他在腦海中模擬突襲殭屍的過程，準備一鼓作氣，解決殭屍。

他不確定該怎麼拿捏力道，人類的頭骨有多硬？他應該要用多大的力氣，才可以順利刺進殭屍的頭？他想起佳佳叮嚀的：「儘管用力就對了」，又回想之前攻擊突變種的經驗：「力氣永遠也不嫌小」，既然如此，那好吧……

武悄悄來到殭屍身後，一手夾住牠脖子，另一手迅速地使盡吃奶的力氣，用刀刺進殭屍的頭！

原以為殭屍會劇烈掙扎，就像當初突變種那樣，武做好了和牠抗爭的心理準備，沒想到殭屍卻連抽搐也沒有，便直接倒下，他不免愣了一下。

武攤開手掌，從剛剛的手感看來，要刺進殭屍的腦袋，也許不需要那麼用力？

武決定放鬆力道，把體力留著等一下騎腳踏車用，好應付路上狀況。

另一隻殭屍受到聲音吸引，轉了過來，武還來不及躲起來，眼見殭屍朝自己衝過來，武毫不猶豫，舉起刀子對準牠的頭一捅——

但是這一次，他刺得又太淺了，殭屍沒死，抓住了他，往他身上咬。

武掄起拳頭，朝殭屍下顎一揍，防止牠咬到自己，一抓到機會，武立刻把殭屍頭上的刀向前一推，了結牠。

殭屍攤在武身上，武用力將牠推到一旁。

殺死了兩隻殭屍，他感到全身癱軟。

他把水果刀從殭屍腦袋抽出來，用牠們的衣服將刀擦拭乾淨後收好。

看著那兩隻倒在地上動也不動的殭屍，武還有點不敢相信是自己做的。

他轉身對佳佳招手，現在他們可以安心尋找腳踏車了！

武在幾百輛腳踏車之間來回走動，想找到一台適合的腳踏車。

武對腳踏車的外型倒不怎麼在乎，他考量的是騎車時不可能讓奶油趴在肩上，背包中又都是貓罐頭，所以他得找個有籃子的腳踏車，好把奶油放到籃子中。

這個過程不是很順利，多數的腳踏車狀況都不是很好，有的壞掉了、有的上鎖了、有的沒有籃子……並且，幾乎所有的腳踏車都有輪胎沒氣的問題，但這個問題倒好解決，因為在角落就有一台打氣機，學校的財產被固定在地上，想帶走也沒辦法。

繞來繞去，武看中一台有籃子的紅色腳踏車，雖然高度有點低，但有個籃子。

「這台怎麼樣？」他問奶油。

奶油卻將頭別了過去：「那個籃子會燙。」

「是嗎？」武摸了下籃子，是鐵製的，在太陽的曝曬下的確會變燙，「好吧。」他只好把這台腳踏車列為第二順位，繼續尋找一台有塑膠籃子的腳踏車。

最後，武找到一台老舊的淑女車，車身原本應該是粉紅色的，但是掉漆的情況很嚴重，現在已經不知道可以用什麼顏色形容它了，它的籃子是塑膠材質，裡面積滿了落葉，車頭有點歪。

「先將就這一台吧。」武把籃子清空，把奶油放進籃子中，「路上要是有看到更好的腳踏車我們再換。」

他跟奶油保證。

佳佳也牽著她的腳踏車過來，那是一台近乎全新的白色摺疊車，前面還有一個綠色的保冰袋！

「哇！妳在哪裡找到的？」武驚訝不已。

「它有上鎖，所以還在，但是鎖被日曬雨淋弄壞了，我用石頭敲幾下就開了。」佳佳笑著解釋。

奶油從籃子中冒出頭。

「奶油喜歡那台車。」奶油用貓掌對著佳佳的腳踏車揮了揮，回頭對武說，「純白色的，和奶油的毛色多搭啊，泥看看……」

「看不出來。」

「泥說路上要換車。」

「我不是那個意思，我們不能搶別人的車。」

佳佳看了下武找到的淑女車，露出擔心的神色，那台車看起來隨時會解體。

「既然奶油喜歡，不然這樣吧，這台給你，我再去找一台。」

「不用啦。」武不好意思起來，「奶油的話聽聽就好。」

「沒關係，我找車很快的，你等我一下，我馬上就好。」她將車交給武，轉身去找另一台腳踏車。

武將奶油抓起，塞到保冰袋當中，奶油剛好可以填滿整個保冰袋。

「妳看看妳，人家對妳這麼好，妳卻老對她抱有敵意！」武忍不住對奶油發起牢騷。

「奶油覺得她很臭啊。」奶油委屈地說。

「這正是我指的。」

「讓你們久等了！」佳佳騎了一輛銀灰色的腳踏車，在他們面前停下，這輛腳踏車有個歪掉的籃子，後方還有載人的鐵架。

他們給輪胎充飽氣後，踩上腳踏車離去。

由於腳踏車沒有機車的速度優勢，殭屍又跑得飛快，他們必須要卯足全力，拼命踩踏板，才能把殭屍甩掉，除此之外，大多時候，佳佳看起來都十分輕鬆，好像早就習慣了這種生活，但武很久沒騎腳踏車了，尤其他還背著沉重的背包，他可以感覺到大腿緊繃的肌肉在抗議，上一次有這種感覺是在體育課跑 1,600 公尺的時候，他幾乎能肯定明天大腿會嚴重肌肉痠痛。

看見他如此疲憊，佳佳提議要他把裝滿貓罐頭的背包放到自己的腳踏車籃子內，但武否決了佳佳的提議，畢竟這些是奶油的罐頭，他不好意思麻煩別人幫忙，而且，他尤其不想讓佳佳覺得自己很孱弱。

「不然我幫你載奶油吧？」佳佳又提議，幸好奶油堅持只要武這個車伕，讓武省了推辭的麻煩。

太陽很大，奶油四腳朝天躺在保冰袋中，伸出毛茸茸的貓掌，遮著眼睛，十分虛弱地表示：「奶油快融化了，快替奶油撐一把有蕾絲花邊的小洋傘啊。」

「我上哪去找有蕾絲花邊的小洋傘給妳啊！」武滿頭大汗哀號，說歸說，他還是隨手在地上撿了一頂鴨舌帽，順勢戴到奶油頭上，幫奶油防曬。

鱷魚開著車，準備返回他們在新竹的據點——位於山腳下的一間豪華別墅。

但是在這之前，他們先去了趟「倉庫」拿補給品。

鱷魚把車停在一間不起眼的民房前，這裡就是他們的倉庫。

他們會把賣場收集來的大量的物資，放在接近他們據點的普通民房內，這樣一來，就不需要整天都在冒著生命危險找物資。

鱷魚照慣例負責在外面把風，其他人則負責進去搬運物資。

在Apple進去後，鱷魚把龐克攔了下來，小聲對他說：「等一下就殺了這個女人。」

「殺了……Apple？」龐克愣住了，雖然剛剛鱷魚就有跟他提及了這件事，但他沒想到這麼快就要動手，他還沒做好心理準備。

他雖然曾經因為逞兇鬥狠誤殺過人，也在世界淪陷後奮勇殺殭屍，但他從來沒有計畫性殺過人，也從未對自己的同伴下手過。

「你對我是忠心的嗎？」鱷魚問。

「當、當然！」龐克幾乎是立刻搶著回答，就怕晚了一秒會遭懷疑。

「那麼，」鱷魚握著一把小刀，逕直伸到龐克胸前，「向我證明吧。」

龐克皺起眉頭，凝視著銀亮鋒利的刀身。

他和鱷魚雖然沒有血緣關係，但他一直把鱷魚當成家人看。

如果不是鱷魚，他到現在還被販毒集團控制著。

在父親經商失敗後，母親把他丟給年邁的外公外婆照顧，從此沒再出現過，即使是外公去世那時，母親也沒來參加喪禮。

勤勞刻苦的他，一邊幫外婆擺攤，一邊認真念書，本來都已經推甄上國立大學了，卻為了籌措外婆的醫藥費，鋌而走險販毒，數次進出警局，學業也就此荒廢。在外婆去世後，他無法擺脫販毒集團的控制，只能一直在他們的壓榨下求生存，最後是藉著鱷魚跟販毒集團為了搶奪地盤跟客源起衝突時，他才趁機擺脫了販毒集團。

連高中學歷都沒有的他，有案底，想重新來過不是那麼簡單，他靠著打零工過活，在哪都備受歧視，對生活心灰意冷的他再度踏上不歸路。這次，他加入了鱷魚他們，成為鱷魚忠心耿耿的手下之一，靠著詐騙、販毒、暴力討債等非法手段，賺進大把大把的鈔票，開始過起奢華糜爛的日子。

如果不是鱷魚，他到現在還活在地獄裡。

只有鱷魚，是他絕對不會背叛的人。

所以，如果鱷魚要他殺了自己的同伴……

龐克雙手顫抖地接下了那把刀。

「是的，這就對了……」鱷魚露出滿意的微笑，推了他一把。

龐克戰戰兢兢地走進倉庫，不斷說服自己：比起把她賣給毒蠍，或者眼睜睜放任她變成殭屍，或許殺了她，才真的是曾為同伴的他，所能給予的最好幫助。

一進入堆滿了物資的屋內，Apple 就立刻叫上了他：「龐克，快來幫我搬這個啊……重死了！」她忍不住抱怨：「你們剛剛在外面說什麼？拖這麼久……」

「沒什麼啦，鱷魚叫我幫他拿包菸。」龐克拿著小刀，默默地走到 Apple 身後。

Apple 專心搬著箱子，現在正是下手的好時機。

「真羨慕鱷魚，只要在外面把風就好了。」Apple 碎碎念。

龐克正要下手時，Apple 忽然回過頭，嚇得龐克連忙地把刀藏到身後。

「喏，這個重的給你搬，我要去那邊找件衣服換，全身都是汗臭味，噁心死了！」Apple 說著，轉身往廚房走。

看來只好等待下一個機會了，龐克一邊想著，一邊彎下身去抱箱子，箱子還真的很重，他走了兩步，決定把箱子放在一旁桌上，打開來看看裡面到底裝了什麼，就在這個時候，一條繩子勒上了他脖子——

「唔……唔……」他著急地想抓掉自己脖子上的繩子。

「去死！去死！」Apple 殺紅了眼，咬牙切齒地說：「別以為我不知道你們在想什麼！你們想殺了我是吧！」

Apple 一腳踩住龐克的背，好把繩子收得更緊。

龐克無法出聲求救，瘋狂扭動身體，想把 Apple 甩掉，他的指尖也因為抓繩子而出血，但 Apple 這邊也是拚了命在拉繩子，她知道只要一鬆手，等等死的就是自己。

龐克的臉漲紅了起來，就在他感到意識逐漸變得模糊時，他想起了自己口袋中的小刀，連忙從口袋中抽出刀，往身後用力一劃——

「啊——」Apple 的腹部被劃了一刀，她痛得鬆開手。

龐克趁機撞開了她，著急地吸進幾口新鮮空氣。

Apple 倒在地上，看見她的防身小匕首掉在前方不遠處。

「可惡……」Apple 努力往匕首爬過去。

就差一步之遙了……在她要將匕首撿起來的時候，龐克一腳踩住她的手，用力地扭了下，Apple 發出痛苦的哀嚎。

龐克踢飛了她的匕首。

「呸！本來想讓妳死得痛快點，妳自找的！」他抓著 Apple 的頭髮，把她拎起，拿起刀準備往她胸口捅，他本來以為會看見一雙憤怒的眼睛，甚至做好了被吐口水的心理準備，沒想到卻看見她哭得淅瀝嘩啦的，把妝都弄花了。

不知不覺中，龐克感到自己的憤怒漸漸消散。

「你們憑什麼決定我是死是活！」Apple 淚眼婆娑地喊。她受夠了人們老是把自己的看法隨意加諸在她身上了！雖然亮麗的外表讓她容易獲得比一般女孩子更多的特殊待遇，但也讓她飽受許多外界批評，無論她做了什麼，她的努力跟才華總是被埋在「花瓶」稱號下，即使她靠著實力爭取到外商公司的工作，背後也被人謠傳是靠著跟公司高層睡覺換來的。現在他們甚至還變本加厲，隨意就決定她的生死，她真的受夠了！

「可是妳……妳被感染了……」這種話，龐克自己也說得心虛起來。

「我寧願變成殭屍，也好過痛苦地被殺死啊！」

「囉……囉嗦！」龐克再度舉起小刀，「我會俐落一點，減少妳的痛苦，這是我現在唯一能為妳做的。」

龐克把冰涼的刀放在她脖子上，準備一刀劃開。

Apple 閉上眼睛，不停啜泣，全身顫抖。

龐克用力吸了幾口氣，鼓吹自己動手，但實際上卻是站在那裡，看著 Apple 的眼淚一滴滴落在刀上……

「可惡！可惡啊！」龐克咬牙，對自己怒吼。

靜靜等待了一陣子，Apple 睜開眼睛想知道發生了什麼事，忽然間她看見一陣光影閃過，從左邊落下——下一秒，一陣劇烈的刺痛從耳邊爆出，她的眼角隱約看見血濺了出來，直到她看見一隻血淋淋的耳朵掉在地上，她才意識到發生了什麼事。

Apple 痛得慘叫。

「妳走！」龐克狠狠地扔掉了刀，放開她。

Apple 倒在地上，摀著耳朵打滾、啜泣。

「滾！不要再讓我看到妳！」

顧不得疼痛，Apple 慌慌張張摀著滿是鮮血的側臉，連滾帶爬從屋子後門逃了出去。

整理好自己的情緒後，龐克撿起了匕首，拎著那隻耳朵，出去跟鱷魚交差。

「我已經照你說的殺了她，並把她的屍體扔到房子後面高高的草叢內了。」龐克將那隻沾血的小刀和血肉模糊的耳朵交給鱷魚。

鱷魚剛剛在門口聽見了Apple的慘叫聲，對龐克的說詞不疑有他，補給完物資後，和龐克回到了山區的豪華別墅。

Apple躲到了附近的民宅，用醫藥箱中的紗布壓著耳朵止血，現在的她，滿滿的仇恨蓋過了恐懼，她只想復仇，她絕對要報仇！

她把殭屍成群地引了過去，並放殭屍跑進別墅。

她曾在那間別墅住過，對於別墅的出入口和容易被攻破的地方，都一清二楚。

她在遠處冷眼看著別墅被殭屍攻陷，強迫自己哈哈大笑了幾聲，趕在殭屍追過來之前，轉身離開現場。

殭屍的闖入很突然，雖然鱷魚和龐克並不是沒有做好逃生準備，但所有預留的逃生通道，不是被人毀壞了，就是殭屍早已入侵，甚至連外面那台車子也被人刺破了輪胎，他們被迫各自分頭逃命。

現在已經是傍晚，天色暗了下來，視線不良，殭屍數量不但多，也比白天更加難纏。

龐克在體力透支後，被湧上來的殭屍抓到，他躺在地上，看著殭屍把自己開腸剖肚，牠們挖出了他的內臟，津津有味地咀嚼著。

奇怪的是，殭屍明明還在啃咬他，他卻感覺不到疼痛。

這代表他要死了吧？

他死後，一定會下地獄吧？畢竟他做了那麼多壞事。

龐克不是良心抹滅的人，雖然做壞事讓他感到良心不安，但諷刺的是，無惡不作時的他，賺錢比花錢還容易，他呼風喚雨，要什麼有什麼，出入有百萬名車代步，上酒店小姐隨意叫，昂貴名酒隨意點，極度風光，而奉公守法、努力工作時的他，卻只能過著吃不飽餓不死的日子。

這樣天差地遠的生活，讓他甚至開始懷疑，大家口中說的「有錢買不到快樂」，只是窮人給自己找的說詞罷了。

龐克的意識逐漸變得恍惚，內心異常平靜，只是靜靜地想著自己還有什麼未完成的願望……

他吃遍了所有的美食，交過許多漂亮的女朋友，時常出國到各地旅遊……

要說遺願的話……

外婆，他好想再見到外婆一面啊！

眼淚從兩側落下，他放聲大哭。

不是說死亡時會看到親人來接自己嗎？為什麼外婆沒有來接他呢？

他不知道金錢能不能買到快樂、權勢能不能帶來幸福，但他明白了，有種遺憾，一直都在。

鱷魚摀著傷口，一拐一拐地從小巷弄內走出。

殭屍的攻勢來得又快又猛，他在從別墅逃出來的過程中，不幸被殭屍咬傷了。

偏偏別墅離市區還有一段距離，路上又沒有什麼建築物可供躲藏，他只好跑進樹林內，努力甩開殭屍，才終於成功抵達市區。

多虧了身上的傷，殭屍總是能循著血腥味找到他，以至於他連個喘息的空間都沒有，一路躲藏逃竄，眼看天就要黑了，他還沒找到避難的地方。

不快點找到躲藏處不行啊。

憑他這樣的狀態，是不可能在外面存活到天亮的。

「……呼呼……痛、痛啊……」鱷魚虛弱地靠在牆上哀號。

他倚著牆壁，緩緩坐下，掀開衣服查看腹部的傷口，傷口已經發黑腫脹，許多黑色紋路從傷口向外蔓延而出，並且範圍還在迅速擴大……

「好奇怪啊……」

為什麼佳佳和 Apple 被咬到那麼多天都沒什麼事，他卻惡化得這麼快？

他想起來有些人被咬到馬上就發作變成了殭屍，有些人被咬後，都死亡幾小時了還沒變殭屍。是傷口大小的關係嗎？還是傷口位置的緣故？還是有其他什麼原因？

他的五官因為傷口疼痛而皺成一團，綜合客觀的情況來判斷，他知道自己只能再活幾個小時不到。

「連天亮……都撐不到……嗎……」他喘著氣，吃力地說完一句話。

他對這個世界還有留戀，他還不想死啊！

不行！他得想個辦法！他不能就這麼死掉！

可是，他從來沒聽過有人被殭屍咬到後還沒事的……

「快想啊！你不是一向最機靈的嘛！」

他出生在一個家教甚嚴的家庭。

高壓的教育，讓他在上國中後，終於忍不住反彈。

吃喝嫖賭、偷拐搶騙、翹課打架……他樣樣都來，不學無術，進出警局是家常便飯。他的父母甚至氣到指著他的鼻子大罵要跟他斷絕親子關係，他也因此甩上家門離家出走。

靠著他的聰明機智，他收了幾個小弟，幹起非法勾當。

然而，和其他人不同的是，他很滿意這樣的生活，他喜歡這種自由的感覺，想做什麼就做什麼。

所以，他怎麼可以就這樣死掉！他還沒有玩夠啊！

就在這個時候，他的身旁，出現了一隻奇怪的殭屍……

牠的頭有點歪斜，還插著一根鐵橇，樣子雖然和之前看起來有點不同，但鱷魚想起來了，他見過這隻殭屍。

他對這隻殭屍記憶猶新，就在他們的機車被偷走的那天，他們狼狽地逃進一旁巷弄中，就是在那時，他們撞見了那隻殭屍，牠不像一般殭屍追著他們跑，而是逆向往佳佳離開的方向走去。

當他們之後在追蹤佳佳時，偶爾還會遇上幾次這隻詭異的殭屍。

為什麼呢？

他們彷彿有相同的目的地……

他盯著眼前的突變種看，忽然間靈光一閃，好像理出了什麼頭緒……

鱷魚站起身大笑，看來老天還沒有完全放棄他嘛！

「你來得真是時候啊。」

雖然一切都還只是他的猜測，但是要證實，只有一個方法了。

面對突變種，鱷魚像看見美味佳餚般，用舌頭舔了舔嘴唇。

「來吧！」

「呼……呼呼……呼……」沉浸在復仇快感中的Apple，在逃跑的過程中，被自己引來的殭屍纏上，腹部的傷讓她沒辦法跑得太快，無法甩掉殭屍。

也因為少了左外耳，加上包上了很厚的止血紗布，她無法周詳身旁狀況，她的盲點成了很大的危機，時常要等到殭屍撲出來，她才會急急忙忙地閃躲。

很快的，她的身上，除了原先的傷口，還出現了大大小小的咬傷跟爪痕，不過她倒是不怎麼在乎，反正她早就被感染了，不差那幾個傷口。

最讓她害怕的，反而是幾天前被殭屍抓傷的左腳，她感到自己正逐漸喪失左腳的控制權，她幾乎是拖著左腳在逃亡。

她鑽進一棟改建成學生宿舍的透天厝，甩掉從側邊樓梯撲上來咬住自己的殭屍，跑過長廊，從後門逃走，她不忘重重甩上後門，把殭屍關在房子裡面。

她不知道那扇門可以撐多久，但這幾分鐘緩衝時間，讓她順利逃進了一條看似安全的小巷中。

在確定附近沒有殭屍後，她喘著氣，沿著牆壁坐下。

她腹部的傷口因為激烈的跑動而滲出鮮血，疼痛難耐。比起這個，她左腳的狀況更為嚴重，整隻腳又麻又痛，這種痛不比牙痛好多少，忍不了，但也無能為力。

Apple 著急地扯破了自己的絲襪，只見黑色的紋路爬滿了整個小腿，她的小腿看起來就跟那些殭屍沒什麼兩樣。

紋路一路向上爬升，隱沒至絲襪內，她可以透過疼痛，感受出紋路攀爬的高度，病毒肯定蔓延開來了。

「怎麼會……昨天、昨天不是……還只到腳踝嗎？」又渴又累的她，抱著自己的頭，哭了起來。

她不明白自己怎麼會落得這樣的下場。

疫情爆發後，她在逃難時，被一個胖男人強姦了，從此，她的世界失去色彩，她的心靈蒙上一層陰影，開始過起自甘墮落的生活。很快地她發現，只要靠著臉蛋跟性服務，男人什麼都願意給她。在這個世界，她感到自己成了宛若女王般的存在，帶上虛偽和傲慢的面具，將自己的痛苦隱藏起來。

只不過，每當她看見胖子，她內心就有一部份在隱隱作痛，無法控制自己使用最惡劣最尖酸最歧視最刻薄的話去攻擊胖子。

好想……好像回到原本的世界啊……即便那個世界不完美，充滿著中傷自己的人，但她還是好想回到原本的世界，過著原本單純美好的生活。

哭著哭著，忽然間，她發現身邊有東西靠近。

忽然間，她發現身邊有東西靠近。

是殭屍嗎？她緊張地轉頭一看，因為看見了那個人而愣住……

雖然對方已經變得面目全非，她還是一眼就認了出來，那是變成殭屍的龐克。

龐克的肚子被開了一個大洞，內臟幾乎都不見了，只剩一節腸子還掛在外面，隨著他顛簸的腳步晃動。

「你……」雖然知道一切都是自己的緣故，也知道自己是蓄意的，但她還是因此感到內疚。

原本走路搖搖晃晃的龐克，在接近 Apple 的時候，速度突然變得飛快，在距離只有三步之遙時，更是直接挑起來撲向她。

「不要啊——」Apple 來不及起身逃跑，只好用手抵住龐克，不讓他咬上自己。

龐克的動作很狂暴，就好像他有意要為自己報仇一樣。Apple 眼看就要撐不住了，在龐克即將咬到她的時候，忽然間，後方有一隻手伸了過來，一把抓住龐克的頭，並用力扭斷了他的脖子。

Apple 作夢也想不到，那個救了她的人，居然是鱷魚！

這還是第一次，她這麼高興見到鱷魚。

她慌慌張張地爬過去，抱著鱷魚的腳，哭泣地說：「我發誓我不會再背叛你了，永遠也不會了……帶我走吧……拜託……拜託了……」

Apple哭泣的聲音蓋過了咀嚼聲，直到一隻手腕掉在地上，她才感到不對勁而抬起頭……

眼前，鱷魚滿臉是血，正津津有味地咀嚼著龐克的臉，她被這驚悚的一幕，嚇得連連後退幾步。

鱷魚不斷喃喃自語：「好餓……好餓啊……這也不是……」他扔掉了龐克的屍體，抬起頭，看向Apple，一副欲求不滿的模樣。

「別、別過來……別過來啊！」Apple轉身，想逃離這個精神不正常的鱷魚，但鱷魚一伸手就揪住了她的頭髮，拉住她，從她脖子狠狠咬下一大塊肉來，頓時鮮血直噴。

Apple的慘叫聲迴盪在夜空中。沒多久，四周就只剩下鱷魚沙啞的自言自語：「好餓啊……好餓啊……」

武和佳佳終究沒來得及在晚上之前抵達台北。

事實上，他們就連桃園也沒能抵達。

騎腳踏車已經夠慢了，騎著腳踏車甩掉殭屍更是費時，更不用提那些繞道改路的經過了，他們進度還沒有增加多少，就到了差不多要找過夜處的時間了。

看著橘紅的晚霞，他們陷入了兩難，不知是該連夜趕路好，還是先找個地方住一晚？

最後，他們選擇了一間遠離市區的寢具店，作為今晚的休息處。

佳佳看得出來，武已經撐到臨界點了。

昨晚兩個人都沒什麼睡，今天又受到鱷魚他們的騷擾，光是逃跑就耗光了他們的體力，她很清楚這樣下去武會撐不住的，尤其他沿路上又停下來，攻擊了幾隻落單的殭屍。

所以，即使佳佳很害怕突變種會追過來，她仍舊贊同，今晚先找地方休息，明天再趕路。

寢具店有兩層樓，門口有一攤燒過的痕跡，這是他們挑中這裡休息的原因，佳佳告訴武：「這代表裡面的殭屍多半已經被人解決，在門口疊成堆燒掉了。」

「燒掉？火光不是會引起殭屍注意嗎？」武感到疑惑，在避難所時，前輩都告訴大家要用埋的，要是不小心引起火災的話，現在可沒有消防隊能救援。

「嗯……但是，用埋的太費力了嘛……」佳佳努力絞盡腦汁想回答，她從來沒思考過這個問題，武倒是發現她為小事困擾的樣子還蠻可愛的。

「不過，放心吧，大家燒之前都會注意周遭狀況的，要是真的引來殭屍的話……頂多棄點逃跑，再重新找地方住嘛。」

佳佳這樣一講，武便明白了，因為這裡不是他們的永久避難所。

佳佳繼續說：「而且，用燒的省事多了，惱人的屍臭味啊、麻煩的傳染病啊……啊！還可以確保牠們死透了呢！」

死透了？對啊！武恍然想起自己殺了突變種那時，怎麼沒想到要把牠燒掉？不過算了，火也不是隨隨便便就能弄到的東西，往好處想，至少他現在會殺殭屍了，他不再是之前只能任人魚肉的新手了，想到這裡，武朝大門走去的腳步也不禁輕盈了起來。

不過，有一點他感到很奇怪啊，有些殭屍的頭骨比較軟，很輕易就能刺穿，有些殭屍的頭卻很硬，很難刺進去，好不容易刺進去後，還要又鑽又推的，才能殺死，為什麼會有這種差別？難道殭屍也有骨質疏鬆症嗎？

在武要推門進去之前，佳佳又把他攔了下來，她貼在一旁牆壁上，並示意武到另一側站好。

「可能會有遊蕩進去的殭屍……」佳佳沒有出聲，武透過唇語揣測她的意思。

她輕輕推開門，朝著角落連扔了幾顆石頭，確定裡面沒有動靜，才和武探頭探腦地溜了進去。

天色已經暗下來了，佳佳和武不敢大意，背對著背，靠著手電筒的光，把一樓巡視過一遍，但是接著，他們還有二樓要檢查。

雖然武覺得，剛好遊蕩進來的殭屍，要剛好爬上二樓的機會很低，但是小心駛得萬年船，他決定讓奶油上二樓查看——奶油可以無聲地爬上樓梯，是最佳偵查員。

「拜託妳了。」

奶油輕悄悄地溜上二樓，不一會兒就將二樓都繞過一遍，她一邊跑下樓梯，一邊直豎尾巴抖音：「安安安安安安安安全！」

在上去二樓之前，他們把一樓的門窗都檢查過一遍，確實關上鎖好。

在二樓眾多精美的床中，奶油賴在一個罩著粉紅色蚊帳的床上面，武壓了一下床鋪，發現是水床，一時玩興大起，忽然便跳到水床上，讓奶油彈飛起來。

奶油感到非常開心，纏著武要再玩一次。

「佳佳，妳快來！是水床耶，超舒服的！」武拍了拍床，招手要佳佳過來看看。

佳佳本來還有些躊躇，只敢坐在床緣，但她隨後發現床鋪看起來非常乾淨，也許是因為蚊帳幫忙擋住了灰塵的關係，讓她滿意地伸了個懶腰躺下。

「真的，好舒服哇……」她滿足地笑了。

武決定把床讓給她，自己抱著奶油去另一張罩著藍色蚊帳的床上睡，走近一看才發現那張床髒到不行，疑似被習慣很差的人用過，床單和棉被亂成一團，充滿著酒味，用手電筒一照，還可以隱約看見飲料沾染的痕跡。

他默默地從蚊帳內退出來，回到佳佳那裡，在她身邊躺下。

注意到身旁的動靜，佳佳睜開眼睛。

「不介意我睡這裡吧？」他嘻皮笑臉地對佳佳說。

佳佳微笑。

「這句話，應該是我問你才對吧？」她坐起身，「睡在我旁邊，你不怕嗎？」

武愣了一下，他倒是差點忘了這件事，畢竟她乍看之下和一般人無異。

「佳佳。」

「嗯？」

「那個……妳被咬到，是多久以前的事？」武希望這樣說不會傷到她，他想不出更委婉的問法了。

「大概是……和你相遇前的一個禮拜吧？」佳佳聳聳肩，幸好，她看起來不怎麼在意。

「哎——可以撐這麼久嗎？」話剛說完，武連忙摀住嘴，這樣的說法，就好像在期盼她快點變殭屍啊。

「我也不知道耶……」佳佳嘆了一口氣，「但是，在我認識的人之中，最久有被咬到一個月後還沒變成殭屍的。」

「這樣不是很好嗎！」武興奮地坐起身，「有一個月的話，妳一定能撐到解藥做出來！」

「可是那個人……」

「噓！」武打斷她的話，「沒有可是！」

「但是……」

「沒有什麼但是！」武順勢躺了下來，「現在，睡覺！」他拍拍床鋪，要她快躺下，「睡飽了才有體力趕路，就是這樣！」

武閉上眼睛，表明了不肯再聽佳佳說任何理由。

說起來，他和佳佳相遇……已經是第五天了吧？武仔細數著那些日子。

才五天……嗎？

說也奇怪，明明是前幾天的事，但現在回想起來，怎麼好像過了幾個月一樣？

武還記得父親去世的時候他有多麼痛苦，但現在回想起來，也像很久以前的事了……

等等！

武赫然想起來，避難所淪陷，好像是在他遇見佳佳的前一天啊。

也就是說，今天是父親去世的第六天了？

第六天……時間過那麼快的嗎？

所以明天……頭七？

武忽然感到鼻頭一酸，眼眶泛淚。

原來痛苦一直都在，他只是沒有餘力難過。

「喵？泥某某了？」奶油趴在武胸前，舔了舔他眼角的淚。

佳佳也往武看過去，武假裝打了一個哈欠，藉著揉眼睛擦掉了眼淚，並強迫自己轉移注意力，他看見佳佳還坐著，好像不打算睡覺。

「妳在擔心突變種嗎？這妳就不用擔心了，奶油會負責守夜，對吧，奶油？」武將奶油抱了過來，摸了摸，

「要是半夜出了什麼事，妳就咬我，把我叫醒，好嗎？」

「奶油只是隻貓，好弱小的貓，泥怎麼能期待奶油熬夜。」

「妳在說什麼啊！貓本來就是夜行性動物啊！」

「好壞的武，逼奶油上大夜班，不給貓咪休息。」奶油抗議，「奶油趕路也很累啊。」

「妳明明都躺在保冰袋中，是在累什麼啊！瞧，我的腳、我的腳都快抬不起來了……」武指著自己的大腿

給奶油看。

「奶油坐車屁股也很痛啊！哦……好自私的武，都不懂得體諒可憐的奶油。」

見奶油一副愛理不理的模樣，武決定改採利誘方式，「明早給妳兩個貓罐頭當早餐怎麼樣？」

奶油顯然很滿意這個條件，不再出聲抗議。

「睡吧，明天還要早起趕路呢。」武忍著強烈的飢餓感，找了個舒服的姿勢躺下，今天一天都沒什麼吃，只靠便利商店找到的、少得可憐的食物果腹，但是偏偏今天又耗了大量體力，身心俱疲的他現在只想好好睡上一覺。

他在心裡暗自發誓，等他到了N1實驗室，他不但要吃到撐、吃到吐，還要每天睡到中午十二點才起床。

武翻過身，背對佳佳而睡，好避免尷尬。

說不害怕是騙人的，其實武也想過要把佳佳五花大綁，這樣就不用擔心她變成殭屍了，但最後武打消了這個想法，他不想讓佳佳覺得自己看她的眼光不一樣了。

隨著武的睡意越來越強烈，他心裡對佳佳的恐懼也逐漸變成「等她變成殭屍後再說」。

佳佳也背對著武入睡，但在這之前，她把自己的手和床腳綁在一起，並把水果刀放在枕頭旁，這樣一來，不但能防止自己異變後傷人，而且要是突變種突然來襲，她還能迅速割斷繩子逃命。

在武睡著後，奶油掀開武的上衣，鑽了進去，從領口探出頭來，不斷地磨蹭著武的脖子，心想：武是多麼的幸運啊！奶油這麼體貼，肯幫他守夜，他肯定是前輩子燒了好香吧！

想著想著，奶油睡著了，而且睡得比誰都香沉，完全忘了守夜這件事，甚至隔天還是被武叫醒的。

所幸這晚，什麼事也沒有發生。

Chapter 9

追擊！突變種！

早上，武是睡到自然醒的，畢竟前一天真的太累了。

武帶著濃濃的睡意，翻過身，發現佳佳背對著自己，還在睡。

真是難得，這還是第一次，他比佳佳早起，武緊接著發現自己上衣內，把自己塞成一團的奶油，他起身坐直，拉開衣服，讓奶油從衣服內滑下來。

奶油在床上滾了兩圈，起身打了一個大大的哈欠。

「噓。」武叮嚀奶油別吵醒佳佳。

雖然奶油偷懶，但武還是依約開了兩個罐頭給奶油。

奶油沒注意到兩個罐頭是相同口味的，這邊也舔幾口，那邊也舔幾口，兩罐各吃了一半，就飽得在一旁曬肚皮，偶爾抬起腳來舔一舔。

「太陽看起來有點大啊……」不知道現在幾點了呢……武打開窗戶一看，赫然發現太陽已經來到了頭頂正上方。

那不就表示要中午了嗎！武大吃一驚。

確定突變種沒有追來後，武快步來到佳佳前方。

「吶，佳佳，快起床啊！」武催促，「我們睡過頭了，妳不會相信的，現在已經是中……妳怎麼了？」

佳佳微喘著氣，聽見武的聲音，她努力睜開眼睛，但她眼神迷茫，看起來好像神智不清的樣子。

「武……」她的聲音沙啞，整個人看起來非常虛弱。

「妳怎麼了？發生什麼事了？」武替她解開繩子，無意中碰到她的手，感到她的體溫異常的高，於是又伸手摸了下她的額頭。

「妳發燒了。」怪不得她今天睡不醒。

「武……你自己走吧，我不行了……」她連說話都感到吃力。

「妳別想那麼多，只是普通的感冒罷了，一定是昨天太操勞的緣故，這種小病，吃個藥就會好了。」武皺起眉頭，一把撈起放在床角的背包，開始翻找，「我記得我在藥局有拿到感冒藥，嗯……放到哪裡去了？」

「武，你聽我說……」雖然武看起來根本沒在聽，只是自顧自地把背包中的東西全倒出來，在一堆貓罐頭中翻找著藥品，但佳佳還是繼續說，「你還記得，昨晚我提到的、那個被咬到後，過一個月都還沒發病的人嗎？」

「夠了，不要說了。」

「他剛開始……也是出現感冒症狀……」

「我說夠了！不要說了！」

「這是前兆啊！」

武停下了動作，佳佳總算滿意地露出了個微笑。

「我不會怪你的，時間不早了，你快帶著奶油走吧……」

「……適應症：緩解感冒之各種症狀，鼻塞、咽喉痛、發燒、頭痛、畏寒……，成人或十二歲以上，每次一碇，一天三次……」武低著頭，手上拿著一個綠色的小盒子，默默唸出了藥品說明。

「怎麼你就不明白呢！」佳佳感到很生氣，但她卻沒有力氣去表現出來。

面對她的說詞，武只是遞出了水和藥，要她吃下去。

佳佳剛吞下藥，武就著急地追問，隨後他尷尬地抓了抓頭：「對喔……藥效哪有那麼快。」

「不。」佳佳感到好氣又好笑：「好多了呢，真的哦。」

「好一點沒？」

聽見她的回答，武寬心地笑了。

兩人稍作休息後，便來到一樓庭院裡，把他們藏在草叢內的腳踏車牽了出來，他們用櫃檯的抹布，把卡在腳踏車上的屑屑拍乾淨。

看見佳佳虛弱的樣子，武不知道她的狀態能不能騎腳踏車。

「我載妳吧。」武說著，準備把奶油躺的保冰袋移到佳佳的腳踏車上，保冰袋是靠魔鬼氈固定在腳踏車上，方便拆卸，不是問題。

佳佳的腳踏車後面有個可以載人的鐵架，只要再找件衣物包起來，就是個完美舒適的坐墊了。

然而佳佳婉拒了武的提議。

「不用了，我可以的。」為了讓武安心，佳佳努力提起精神，「多虧了你的藥，我現在好多了。」

她知道武現在有多處肌肉痠痛，剛剛下樓梯時，她聽見武因為痠痛倒抽了一口氣。

兩人騎上腳踏車，在炎熱的酷暑下繼續趕路，扣除掉那些逃給殭屍追的時候，其餘的時間，武盡量放慢速度，好讓佳佳的負擔小一些。

這速度讓武擔憂，若佳佳的病真的是變異的前兆，那麼他們更應該加快腳步抵達N1實驗室，可是……

武回頭看了下佳佳，她的臉色有些潮紅，不知道是被太陽曬的，還是發病的關係。

考慮到佳佳的身體狀況，他們無法再更快了！

在武為此煩惱的時候，身後，安靜的馬路上，傳來了車子的引擎聲。

遠處，因為熱氣而看起來扭曲的馬路上，隱約可以看見有車正往這裡來。

他們不敢貿然上前，躲到房子轉角處，觀察情形。

車子的聲音越來越大，終於來到了他們能看清楚的位置，那是一輛救護車，和一輛黑色的休旅車。

車子從他們眼前駛過，並沒有注意到他們。

因為擔心車聲引來殭屍，即使已經看不見車子了，武還是在原地觀察了一陣子，才放心走出來。

要是他們也有車就方便多了，武感慨地牽起丟在路旁的腳踏車，回過頭卻發現佳佳靠在牆上，一臉猶豫的樣子。

或許是藥生效了的緣故，佳佳明顯比剛剛有精神多了，讓武安心不少。

「怎麼了？」武問。

「武，我果然，還是不去了吧……」

「事到如今，妳怎麼還說這種話？」

「你說過，N1 實驗室是官方機構，對吧？」

「怎麼了嗎？」

「那麼，要是看見感染者，你認為他們會怎麼做？」

「那當然是……」說到一半，武頓住了。

歡迎他們的到來，然後熱心地為佳佳診治？仔細想想，這個想法就像海市蜃樓般夢幻，比較有可能的情況是，佳佳會被抓起來進行不人道的實驗，或者，她一到達，就立即被持槍的士兵……

「開槍打死，對吧？」佳佳代替武，說出了他內心不敢想的事。

武傻住了，但是只有一瞬間，他立即強迫自己恢復志氣滿滿的樣子。

他絕對不能露出「沒救了」的表情，只有現在，唯獨對喪失了求生意志的佳佳，他絕對不可以露出那樣的表情！

「我……我不會讓那種事發生的。」

「你又能怎麼做啊……」佳佳對武的不切實際搖了搖頭。

武欲言又止，閉上了嘴。

現在只能走一步算一步了，但武不打算這樣告訴她，佳佳已經出現放棄的念頭，他不能讓她繼續擴大這個念頭。

他看見佳佳一隻手放在腹部，不禁猜測是不是因為空腹吃藥的緣故，導致她胃不舒服，說起來，他們到現在什麼也沒吃，武的肚子也餓得咕嚕咕嚕叫起來，武把手掌放在眼睛上方，擋著刺眼的陽光，忽然想到——

何不先收集補給，飽餐一頓，到時天氣應該也不那麼熱了。

體力足夠的話，在天涼的時候，前進速度也能更快。

而且，他相信，只要吃了東西，補足營養，佳佳也一定能恢復健康。

在武的提議下，他們來到一間大型超市。

他們把腳踏車藏在附近，徒步到附近巷弄內尋找安全休息的地方。

武向佳佳表示：「等一下找到休息的地方後，妳先睡一下，等我回來，我自己去找食物就可以了……」

「我也要一起去。」佳佳立刻駁回了他的提議。

「我會帶上奶油，放心吧，沒什麼好危險的。」武自信地說，他現在不但會殺殭屍，也累積了一些收集物資的經驗，只要不是特殊狀況，他覺得已經沒什麼難得倒自己了，「我們連騎腳踏車都可以甩掉殭屍。」雖然也是費了很大一番力氣，並且利用地形逃過了幾次驚險的時刻。他真不懂，如果是這個程度的話，世界當初是怎麼淪陷的？

「我們能像現在這樣自由行動，單純只是運氣好而已。」佳佳對毫無危機意識的他叮嚀，「你沒遇過真正可怕的時刻。」

經過了一年多，現在的殭屍無論是攻擊力還是攻擊速度，都沒有疫情剛爆發的那幾個月來得恐怖，大家都發現了這一點，並且開始議論紛紛，推測原因，但不管怎麼樣，和人類相比，殭屍在數量及力量上，仍舊是具有壓倒性優勢的一方，不容小覷。

「也許下次有機會妳再講給我聽吧。」武笑，「我不知道妳指的情況有多糟糕，但現在是現在啊，小姐，現在就是這麼『輕鬆』。」武刻意強調了後面兩個字。

「別開玩笑了，我可是很認真在跟你談事情耶！」

這個時候，在他們前方出現了一隻殭屍，殭屍蹲著，背對他們。

看見武掏出水果刀，佳佳拉住了他，「不，我們繞過去吧。」

「為什麼啊？就一隻不是嗎？」對於剛學會殺殭屍的武來說，可是躍躍欲試，恨不得多一點練習的機會。

聽見他們的聲音，殭屍搖搖晃晃地站了起來，轉過身，一跛一跛地朝他們走過來……

「妳看，牠有一隻腳爛到都只剩骨頭了，妳不會真認為牠能把我們逼到死胡同吧？」

殭屍好不容易走到他們面前，對他們發出尖銳的叫聲，他們大步往後退了幾步，很輕易地就拉開了距離。

「還是繞過去吧？不管多低調也好，只要被殭屍看到，騷動就會越演越大，其他殭屍會蜂擁而至的……」

「我們已經被看到啦！」武上前一刀了結了那隻殭屍，與此同時，旁邊雜草叢生的公園內，幾隻鳥忽然從樹上竄飛出去。

佳佳轉頭一看，一旁荒廢的小公園內，不合比例的、滿滿都是殭屍，牠們因為聽見剛才的殭屍叫聲，都往這裡看了過來……

「武！」

武也看見了這個恐怖的畫面，他臉色一僵，但他的反應很快，拉上佳佳就往回跑，殭屍們發出尖叫，追了過來！

武回頭估了下殭屍的數量，剛剛在公園看起來很多，但是殭屍的隊伍被拉得很長，最有威脅的只有離他們最近的十幾隻殭屍而已。

沒問題的，只要繞過兩條巷子，回到剛剛的超市，騎上腳踏車的話，這樣的數量還有機會甩掉，只要路上不再遇到什麼危機的話……

武想起這附近有個大排水溝，若是殭屍掉了下去，肯定無法輕易爬上來……但是，究竟要怎麼做，才能讓殭屍掉進大排水溝？總不能自己領頭跳下去吧？

不……應該有什麼方法的……

總之，先把殭屍引過去，具體作法等到了那裡再臨機應變就好！

沒錯，根本不需要逃！武自信地想，他們應該要積極地面對殭屍，只要勇敢面對，說穿了，殭屍只有長相比較可怕而已！

奶油跳上了一旁的屋簷，在屋簷上跟著他們一起移動。

殭屍的速度很快，逐漸追平與他們之間的距離。

武擔心佳佳體力撐不下去，回頭對佳佳說：「等等到了超市妳先走，我來引開他們……」

但是武的話才剛說完，幾隻殭屍就從一旁的防火巷冒出，切入他和佳佳之間，把他們分了開來，殭屍還差一點咬到武的手臂。

佳佳撞上衝出來的殭屍，跌到在地。

「佳佳！」武拔出水果刀，攻擊自己前方的殭屍，推開殭屍後，他又往第二隻攻擊，但是這一次刺偏了，殭屍把他壓在牆上，武伸手用力抵抗著，往殭屍的肚子一捅，手腳並用推開了那隻殭屍，在殭屍倒地時，朝頭部補了一刀。

佳佳這邊情況也不樂觀，殭屍轉過來，就要撲向她，她只好往回跑，武拉住了那隻想追上佳佳的殭屍，殺了牠。不斷有殭屍從防火巷鑽進來，擋在他們之間，導致他們根本沒辦法會合，光是應付殭屍就耗上全力。

面對前後夾攻，佳佳連忙伸手去拉一旁的鐵門，想逃進房子內，但鐵門也上鎖了，危急時刻，她看見鐵門旁有一扇窗戶，連忙用水果刀把紗窗割破一角，手從欄杆內伸進去，好不容易碰到了鐵門的鎖。

再一點……再一點就可以了……

佳佳努力拉長手臂，表情猙獰。

殭屍一個接一個從防火巷出來，數量超過武能應付的程度，武只能透過殭屍之間的縫隙，勉強看見佳佳的身影，但他也看見殭屍朝佳佳伸出了血淋淋的骯髒手臂。

這樣下去殭屍會抓到佳佳的！可是偏偏殭屍數量這麼多，他根本過不去！

可惡！可惡！

「沒完沒了啊！」武憤怒地大吼。

「武！」在佳佳終於轉開鐵門鎖的那一剎那，她用力大喊好蓋過殭屍的聲音，「你快逃！我沒事！」顧不得房子裡可能有殭屍，佳佳開了鐵門就衝進去。

在佳佳要把門關上的時候，有一隻殭屍把手卡了進來，佳佳無法關上門，只好用力擋著門，越來越多殭屍把手伸進來，要把門推開，佳佳一方面要小心不被牠們抓住，一方面還要吃力地頂著門，但是忽然間，她聽見身後傳來急促的喘息聲……

「不……會……吧……」她恐懼地回過頭，看見一隻衝過來的殭屍，來不及做任何思考，佳佳鬆開擋著鐵門的雙手，一個勁地從撲向自己的殭屍身旁鑽了過去，往房子內逃，她身後的殭屍們撞成一片，其他殭屍踩過牠們追了進來。

看見佳佳逃進房子後，武立刻轉身逃跑，他掛念著佳佳的安危，出了巷子後，不是往超市那邊跑，而是往房子的前門去。

武的空間概念很好，即使被殭屍追著到處逃，繞了一大圈才來到房屋前方，還是能順利在一整排房屋中找到佳佳逃進去的那間房子。只不過，當武好不容易突破殭屍的圍網，趕到的時候，房屋已經被殭屍佔領了，成群的殭屍在原地走來走去，四處聞聞嗅嗅，探頭探腦……

武想起他之前把奶油口中的壁虎拿去放生，不知道發生什麼事的奶油，一直守在弄丟壁虎的地方，翻翻找找，不肯放棄，於是，不用別人跟武解釋，他就懂了殭屍的行為意義。

殭屍看見武，便立刻追了過來，武後退幾步後，也轉身拔腿狂奔。

怎麼辦？要讓奶油到高處去找佳佳嗎？武很快地打消了這個想法，如果他們兩個都處於不斷移動的狀態下，無法待在定點，就沒什麼用了，說不定反倒還會跟奶油走失。況且，佳佳的求生經驗豐富，說不定她已經找到安全的躲藏處了，他要是帶著身後一堆殭屍去找她，反倒會給她添麻煩。

所以，最好的方法……果然還是先把殭屍甩掉，再來找佳佳嗎？

要快一點才行，武擔心地想，佳佳的體力不曉得能撐多久。

想到她因為體力不支被殭屍抓到，武的心情異常難受。

武跑過轉角，忽然間，一隻殭屍從二樓跳下，武從沒想過殭屍會有從天而降的一天，當他注意到時，已經來不及閃躲那團黑影了，就這樣被重重壓倒在地上。

他一時頭昏腦花，還沒意識到是殭屍掉在自己身上，只覺得渾身疼痛，爬也爬不起來，就連那隻殭屍翻過身，抱住他的腳，他都還沒回過神來……

奶油跳到武身上，出拳往殭屍的臉上打，殭屍張嘴反往她一咬，奶油姑且往後一跳閃躲，隨即立刻又上前，和殭屍一來一往攻擊了幾次，但奶油的力量遠遠無法阻止殭屍，殭屍終於逮到機會往武身上咬——

砰！

在武被咬到之前，有人對著殭屍的頭開了一槍，救了武一命。

稍早看見的黑色休旅車跟救護車在武面前停下。

「快上車，其他等等再說！」

黑色的休旅車後車門打了開來，有個看上去三、四十歲的男人，攙扶起他，半強迫地把他推進車內，奶油也跟著鑽了進去。

隨後，車子疾駛離去。

「小子，你沒事吧？」說話的是一個看上去約六、七十歲的獨臂老伯，他的右手已經不在了，現在正用十分嚴肅的表情看著武。

「不會是被殭屍嚇到尿褲子了吧？喂，記得等一下要清乾淨啊！」說話的駕駛，年紀和獨臂老伯差不多，不過他的髮量比較稀疏。

「你不要介意啊，我叔叔南仔只是比較愛開玩笑，尤其是開黃腔，他沒有惡意，習慣就好。」剛剛攙扶起武的壯年男子，現在坐在副駕駛座，跟武自我介紹：「你叫我阿旺就好了……」

武漸漸回過神來，忽然間，他意識到自己正坐在車上，整個人激動地趴在窗戶上。

「……哈……哈哈……」雖然在笑，但是武的表情是慌張的：「放我……放我下去……」武忽然大叫了起來，「放我下去呀！」

再這樣下去，他會完全追丟佳佳的！

「放我下去！」武著急地要開門，但是門上的暗釦已經鎖下去了。

「冷靜點！後面有一堆殭屍在追我們，你想死嗎？」阿旺喝止他。

「再走下去會弄丟她的……放我下去！」武著急地拍打玻璃，「我要去找她！」

「冷靜點……」獨臂阿伯感到事情不太對勁，抓住武的手，制止他：「和我們說說出了什麼事？」

就在這個時候，奶油嗅了嗅獨臂阿伯的手，說了句：「貓貓味……泥有貓貓味！」

這句話把大家嚇傻了，前座的兩個人回過頭來，想確認那個童稚且帶有台灣國語腔的話，到底是誰說的。

奶油又把頭塞到前面座位之間，對前座的人聞了聞：「貓貓味，泥也有貓貓味……泥也有……」

武想把奶油的嘴遮起來，但已經來不及了。

「怪、怪物啊！」

「快開窗，把牠丟出去啊！」

「等等！我可以解釋——」

在他們慌著要開窗、而武急著要為奶油辯解時，車子不曉得壓到了什麼，車身整個彈了起來，偏了位置，差點就要撞上路邊的電線桿，阿旺趕緊幫忙握住方向盤，車子才重新回到路中間。

奶油被他們的驚慌嚇到，縮成一團哈氣。

「都給我冷靜一點！」忽然間，獨臂阿伯大聲罵了一句，他一出聲，前座的人立刻停止了動作。

「貓不過就是開口說了句話，看你們慌成什麼樣子，像話嗎？」獨臂老伯中氣十足，說起話來非常有氣勢。

車上陷入一片寂靜。

武把奶油抱在懷中，頻頻看向窗外，看起來非常焦躁不安。

「相信你會給我們很好的解釋，嗯？」獨臂老伯看向武。

好不容易獲得了開口的機會，武慌慌張張地開口：「我、我會講的，我願意全都告訴你們，但是……」武硬著頭皮對他們作出請求，「可以……請你們先幫我找我的同伴嗎？」武害怕他們會出現激烈反彈，稍微停頓了一下，確認他們的反應，才繼續說了下去：「因為殭屍的緣故，我們走散了，她應該還在附近……」

多虧了奶油那一鬧，武現在腦袋清楚多了，他真不曉得自己剛剛為什麼想下車徒步尋找佳佳，不但速度比較慢，而且殭屍在後面追，這無疑是自殺行為。

「跟同伴走散了？」獨臂阿伯左手拄在窗邊，手夾著一根沒點燃的菸，若有所思。

武注意到前方兩人都朝後照鏡看，等待獨臂阿伯的回答，武立刻了解到，獨臂阿伯才是握有決策權的人。

南仔一臉起勁：「你那個同伴是帶把的還是有洞的？」

「女的。」武搖了搖頭，他才不想那樣說佳佳。

「我們去救她吧，大哥？」南仔替武說話，但不忘補充，「要是被殭屍這樣胡亂來，回頭生了個小殭屍更慘哪？」

「殭屍……會做那種事嗎？」武皺緊眉頭，嚥了口口水。

「別聽我叔叔亂講。」阿旺回頭，武的臉色就像石頭上的青苔一樣鐵青。

「什麼亂講！可信度就和貓會說話一樣高！」駕駛大叔抽空回過身，對奶油豎起大拇指，奶油也伸出貓掌回擊。

這也太奇怪了，武心想，他們剛剛還怕奶油怕得要死。

「隔壁阿珠被殭屍抓到，當晚就生了一隻小殭屍！」南仔一面模仿殭屍咬人的猙獰面目，一面和武說：「我親眼看到小殭屍咬破她肚皮出來的，哎唷喂呀，腸子掉滿地，嚇死人了，阿珠就這樣活生生被咬死……」

「都說幾次了，她本來就有孕在身。」阿旺無奈地用手扶著自己的額頭，「她明明就是被殭屍抓傷手，感染腹中胎兒，被你說的好像殭屍綁架她一樣……」

「又沒有大肚子，什麼懷孕，大家都嘛說沒有！」

「沒發現不代表沒有！」

駕駛大叔和阿旺開始爭執起來，武沒心情參與他們的往來爭吵，就在剛剛，車子又走了一段距離。每一分每一秒，都會讓他離佳佳越來越遠，而且，要是先被突變種找到佳佳的話，武連想都不敢想這件事……

「拜託了！」武對獨臂阿伯懇求。

獨臂阿伯沒有回答武，而是把菸移到副駕駛座旁，對副駕駛座的阿旺說：「先給我點根菸吧，阿旺。」

「不是說好要戒菸了嗎？爸。」雖然這樣說，阿旺還是打開了抽屜，拿出打火機，並替他點了菸。

「佩佩不在時，你就讓我享受下僅有的娛樂吧。」他吸了一口菸，開了半窗，對窗外吐出雲煙，即使如此，整個車子還是迅速佈滿了濃厚的菸味，連奶油都按住鼻子。

見他似乎沒有幫助自己的打算，武也不打算在這裡浪費時間。

「既然這樣的話……讓我下車吧。」

現在的話，還不算太遲，汽車需要的通行空間比機車大，容易因為各種問題改道，所以他們還不算離開太遠。

在武這麼說的時候，他看見一隻殭屍，動作誇張地從小巷子跑出來追車，他感到害怕，雖然車子已經把剛剛超市的殭屍甩掉了，但無論在哪裡都會有新的敵人出現。

「別急著送死，孩子。」獨臂阿伯不疾不徐回應武，「我也沒說不幫吧？」

「所以，你的意思是……你們願意幫我嗎？」武喜出望外，有了車子，就能更快把附近都找過一遍。

「畢竟你那裡有我們想要的東西，先賣你一點人情，也比較好談。」

「想要的東西？」這件事讓武感到不安起來。

「這事我們稍後再說……南仔，找另一條路繞回去，殭屍應該都被引到我們剛剛的移動路徑上了。」獨臂阿伯喚了前方駕駛大叔一聲，並將菸蒂隨手扔出窗外，關上窗，「說起來，你們走散這件事，我們也有責任。」

「責任？」武不明白他的意思，

「是我們把殭屍引過去那個公園的。」阿旺接著父親的話解釋：「我們要去那附近的大型超市收集補給，但裡面殭屍實在太多，不可能殺光，所以只好把牠們引到公園，沒想到你們會往那裡去，還真是對不起了。」

武還在想為什麼小公園會聚集一堆殭屍，現在他總算搞明白了。

畢竟人家也不是故意的，而且他們還答應幫自己找佳佳，武也不好意思生氣，不過他很好奇，「你們怎麼會知道我們往那裡去了？」

「嘛，後面的人說的啊！」阿旺大拇指向後指，武回頭看見了那台救護車。

「上面開車的是我大哥，阿德，車上還有他老婆孩子，我們收集物資時，他們負責待在車上把風……他們說看見有人帶著貓，在超市門口探頭探腦的，丟下腳踏車後，往殭屍那裡去了……」

在阿旺解釋的時候，後方的救護車閃了閃遠光燈，兩輛車緩緩停靠到路邊。

「怎麼了？」武很著急，擔心是車壞了。

「下來透透氣吧。」阿旺開了車門，對武說，「閃燈就是油不夠，要加油了。」

收集汽油，那不就代表會耗費很多時間嗎？正當武一臉不悅地想著，卻看見他們打開了後車箱，車廂裡就放了許多備用汽車油跟維修工具。

救護車上的人也下來了，武看見一個年紀和阿旺相仿的男子，還有一個三十多歲，身材修長的女性，她手中牽著一個小女孩。

阿旺不忘跟武介紹，「這位就是我大哥阿德，他是警察，就是他剛剛使用了為數不多的子彈救你一命。」武向阿德說了聲謝謝，阿旺又繼續跟武介紹：「這是我嫂子芳芳，還有他們四歲的小女兒，佩佩。」

武禮貌地跟眼前的女士點頭致意，佩佩一看到奶油，就立刻發出一聲尖叫，衝上前想抓奶油，奶油嚇到了，跑去躲在車底下。

「出來嘛！」佩佩趴在地上對車下的奶油說。

阿旺告訴武：「佩佩還以為這是她弄丟的那隻胖橘貓，現在的狀況下，走失的貓應該不可能找回來了吧？」這算問題嗎？雖然不解，武還是應了一聲：「嗯。」

佩佩抓住了奶油的尾巴，想把她拖出來，奶油發出了怒吼的警告聲。

「等等，妳不能這樣抓她！」武上前阻止佩佩。

南仔還在給車子補充汽油，獨臂阿伯正在和阿德討論接下來的行程，眼見他們還需要一些時間，武於是對佩佩說，「我來教妳怎麼跟貓咪相處吧。」

佳佳被殭屍左右夾擊，逃進一棟大樓中。

她沿途跑過長長的走廊，並盡量把周遭辦公室的門都帶上，以防裡面的殭屍跟著騷動追出來，在走廊盡頭，她拐彎逃到樓上。

一路往上跑了一陣子，她已感到十分疲憊，體力不支，也搞不清楚自己現在在第幾層樓了。

她不小心被階梯絆倒，跌了一跤。

「唔……」這樣繼續向上逃，到時候要是沒有路下來，她該怎麼辦？

眼看後方的殭屍已經追上來了，佳佳別無選擇，撐起自己繼續往上逃，但是樓梯上方也出現大量殭屍，佳佳只好轉向逃到走廊上。

逃到走廊盡頭，那裡卻只有停電的電梯，佳佳被逼得回頭，趕在殭屍淹過最後一間辦公室前，開門躲進去。

辦公室內有三隻殭屍，佳佳一鎖上門，就開始隔著辦公桌跟牠們追逐。

辦公室的門被外面殭屍撞得砰砰作響，隨時都可能被撞開。

佳佳好不容易逮到機會，打開落地窗的鎖，逃到外面的小陽台上，並趕緊把落地窗關上，三隻殭屍追著她，全部撞在玻璃上，趴在上面又敲又吼，玻璃開始出現裂痕，佳佳後退一步，背抵在欄杆上。

怎麼辦才好啊……佳佳低頭向下一看，地面看起來就像被轟炸過的地獄，坑坑疤疤的，到處都是壞掉的車子和擋路的廢棄物，路上還有幾隻看起來跟螞蟻一樣大的殭屍在遊蕩。

她沒有心情細數樓層，但從這個高度看來，就算不是十幾層樓，少說也有七、八樓高，光用看的，她腿就軟了。

為什麼會變成這樣阿……她沮喪地想著。

即便如此，她也不想放棄，佳佳打開背包，將僅有的兩條繩子末端綁在一起，串成一條，一端綁在自己身上，一端綁在欄杆上，繩子長度仍遠遠不夠降到地面，但是或許可以跳到下面的陽台，運氣好的話，那裡的落地窗沒有鎖上，辦公室也沒有殭屍，那麼她就還有希望能從別的樓層逃走。

佳佳爬到欄杆上，落地窗上自己的倒影，和窗後的殭屍身影重疊在一起，她的雙腳因為恐懼而不停顫抖，遲遲沒有勇氣跳下去。

她想不透，明明自己早就被殭屍咬到了，沒救了，為什麼還要掙扎到這個地步？

外頭的殭屍撞破門，朝陽台衝了過來，強大的衝擊力把落地窗撞得粉碎，佳佳嚇得回過頭查看，一時之間沒踩穩，向外摔了出去。

「啊——」

殭屍們為了抓她，也跟著爬上欄杆，跳了下去。

佳佳在空中重重彈了下，繩子撐住了她，高空的風比較大，把她吹得搖來搖去的，每次搖晃都讓她覺得完蛋了，繩子要斷掉了，要掉下去了。

原本綁在腹部的繩索，因為體重向下拉的緣故，上滑至胸口與腋下的位置，全身的體重都支撐在那裡，讓她感覺透不過氣。

她的身旁不斷有殭屍墜落，不時還會撞上她，她恐懼地閉上眼睛，直到有一隻殭屍恰巧抓住了她的腳，把她重重向下扯，佳佳頓時感到身體痛得像是被撕裂開來，顧不得高空搖晃有多可怕，她拼命亂踢，總算把殭屍踹了下去。

在殭屍雨下完之後，她才終於能好好檢視自己的處境，繩子還在搖晃，她說服自己不要往下看，而是專注在自己眼前的狀況就好。

她現在卡在兩個樓層之間，不上不下的位置。

這棟大樓的陽台是向外凸出的，她的繩子又是綁在最外圍的欄杆上，所以整個人是懸空在外的，加上她來不及把繩索每隔一段距離打上一個結，因此很難向上攀爬。

如此一來，只能試圖跳到下面的陽台了。

用搖晃的方式，等到最靠近陽台的時候，解開繩索，應該就能安全地落在陽台上了。

不過，這個方法最大的問題是，她現在全身的體重都掛在繩子上，繩子被拉得極度緊繃，打結處根本解不開，唯一的方法，只能用刀割斷繩子了。

佳佳吃力地從身後的背包取出水果刀。

即便如此，這還是一項很困難的任務，繩子是軟的，要在盪到最內側的那一剎那，一刀割斷繩子，是有難度的。這次的任務經不起失敗，只要一失敗，她就……佳佳忍不住瞥了一眼下方，嚇得直打哆嗦。

做吧！她在心裡告訴自己，沒有其他方法了，想活下去，就要掙扎到最後一刻！

佳佳努力地搖晃著身體，讓繩子擺盪起來，由於害怕，加上沒把握，她錯過了幾次跳過去的機會。

不過沒關係，只要再盪回來，這次一定……

在佳佳下決心，準備下手時，忽然一陣強風颳來，她被風吹得在高空中轉了幾圈，不只打亂了她的步調，為了抓穩繩子，她還不小心弄掉了手上的刀，眼睜睜地看著刀掉下去。

「怎麼……怎麼會……」她絕望地閉上眼睛，正想嚎啕大哭時，就在這個時候，她聽見了武的聲音——

「撐著點，佳佳，我現在就拉妳上來！」

佳佳抬頭一看，武從她上方的陽台探出身體，勾到了她的繩子，把她往回拉，在距離夠近的時候，武伸手拉了佳佳一把，將她拉上陽台，並解開她身上的繩子。

「武！」好不容易從恐懼感中解脫，佳佳忍不住哭了出來，但她怕引起殭屍注意，壓抑著沒有哭出聲音，只是拼命用手背抹掉眼淚。

她大概知道自己為什麼想一直掙扎著活下去了，唯有努力掙扎到最後一分的最後一秒，才能知道曙光是否會在最後一刻出現。

「哎，你不是說只要像白馬王子那樣，在女孩危機時出現，人家就會對你投懷送抱嗎？」南仔在旁邊起鬨。

「我才沒說過那種奇怪的話。」武慌慌張張地解釋，怕佳佳以為自己居心不良。

「但是你心裡有這樣想，對吧？」南仔又說。

佳佳的情緒平復了下來，停止哭泣，武連忙抓住機會對她解釋：「妳別聽他們亂說。」

「他們？」佳佳這才發現，除了武之外，他身後還站著三名男子。

「唷，妳好啊，可愛的小姑娘！」他們紛紛跟佳佳打了聲招呼。

這些人手裡都拿著武器，其中一人身上還帶著槍，佳佳也發現附近有幾隻倒下的殭屍，從武器上的血痕看來，這些殭屍是他們剛剛殺掉的。

佳佳疑惑地看向武。

武逐一跟佳佳介紹：「他們是一個熱心的大家庭呢，那對兄弟是阿德跟阿旺，另一個是他們的叔叔南仔，他們還有其他的家人在樓下，等等再跟妳介紹……」因為武急著把這個最棒的消息告訴她：「佳佳，妳一定不敢相信，妳聽了一定會很高興的，他們有車，他們說可以帶我們上台北，我們不用再四處躲藏了！」

武在下樓的過程中，把事情經過簡單扼要地告訴了佳佳。

他們一家人在疫情爆發後，在桃園各地成立避難區，進行醫療及物資救濟，並整合避難所資源，這次也是他們正要將補給送去觀音和新屋那一帶的避難所，才會在路上遇到他們。

阿旺擁有強健的體魄，在世界淪陷前，他是個消防隊員，曾在各種困難的條件下，巧妙利用身旁現有的工具，達成眼前的困難任務。他臨機應變的反應很強，隨手都能把身旁的垃圾變成武器，擊中大家不小心忽略的那隻殭屍。

阿德個性比較拘謹，不會漏掉任何一個小環節，只要是他下手殺死的殭屍，絕對不會出現失誤，讓殭屍有爬起來的機會。雖然阿德是唯一有帶槍的，但因為補充子彈不容易，武一路上沒看過他拿來用過，也因為這樣，武特別感激他願意將其中一顆子彈用在自己身上。

他們的叔叔南仔雖然在體能、速度，都比不上阿德、阿旺兩兄弟，但是他的人生閱歷很豐富，他說自己曾當過船員，跑遍世界各地，還曾英勇地和海盜奮戰。雖然大家都懷疑事情的真實性，但他的決斷能力果真不同凡響，可以迅速地擬訂可行的策略，即使中途不小心出現無法預料的錯誤，也總能在他的指揮下回到正軌。

「你還是老樣子，那麼容易就相信人。」雖然佳佳也認為他們不是什麼可疑人物，但她還是希望武凡事能多一點戒心，「要是我騙你我是總統，你恐怕也會信吧？」

「當然不會啊，總統要滿四十歲才可以當。」說著，武發現佳佳在瞪他，知道自己玩笑說過頭了，連忙修正：「我也是有在看狀況的，好嗎？」

在阿旺三人強而有力的庇護下，他們順利逃出大樓。

「快、快上車。」在獨臂阿伯催促下，大家分頭鑽入兩輛車中，由於救護車內堆滿了物資，無法再多塞一個人，所以佳佳和武都坐進了前面的黑色休旅車。

車子急速行駛離去，在巷子裡繞來繞去，當他們把殭屍都甩掉的時候，時間也差不多傍晚了。

獨臂阿伯觀望了下遠方的天色，最後讓南仔把車子開到河堤邊，大家都下車後，獨臂阿伯告訴他們：今晚就在這橋下宿營，明天再出發去台北。

這個舉動引發武的反彈，當大家開始分工合作搭帳篷、準備晚餐時，武追上獨臂阿伯，希望勸他改變主意。

獨臂阿伯正拿著一張地圖，要去找阿德討論明天的行徑路線。

「可以……請你們繼續趕路嗎？」雖然覺得自己這樣說很失禮，但武擔心佳佳的狀況，她不知道還可以撐多久，現在是分秒必爭的時刻。

「天黑不冒險，就是我們的規矩，你要是不同意，儘管離開沒關係，但我醜話說在前，別遇上什麼事才回頭找我們求救。」

「可、可是……」武還想再說點什麼，但就連佳佳都偷偷拉了他的衣袖，要他別再說下去。

看見武為難的樣子，獨臂阿伯停下腳步，重重說了句：「小子……我問你，你做過最大的犧牲，是什麼？」

「呃？」武忽然一愣，沒想到他會問這個。

他回憶起一些事情，他犧牲過什麼？

父親嗎？李大哥嗎？還是鱷魚他們？或是教堂的那些人……不，那些都不是他做出的犧牲，充其量只能說他捨棄了他們。

武這才想到，他或許失去了很多東西，但沒有做過什麼犧牲。

「為什麼問這個？」武低下頭，心虛地回答了獨臂阿伯的問題：「我……沒有……」

獨臂阿伯聽見了他的回答。

「我呢。」獨臂阿伯捏了捏自己空空如也的右手衣袖，「我這條手臂，是疫情失控當初，在逃出公寓的時候，為了救其他住戶，而被殭屍咬傷的。」

「你也被殭屍咬傷過？」武和佳佳都很詫異。

獨臂阿伯無奈地嘆了口氣：「病毒擴散得很快，馬上就沿著手臂向上竄。當時，我那個二兒子，阿煒，非常爭氣，考上了醫學系，好不容易念到第六年了，卻因為疫情失控，沒能繼續念下去。他看見我的手臂，決定死馬當活馬醫，當下連跟我討論也沒有，立刻用斧頭砍斷我感染的右手臂……」

聽到這裡，佳佳倒抽了一口氣。

武倒是失望了下，他本來還以為有什麼方法可以救佳佳，先別說佳佳肯定不會同意截肢，就算她願意好了，佳佳的傷在肩膀，究竟要怎麼下手？

獨臂阿伯繼續說道：「沒想到這招居然有用，但我當時疼死了，只顧著怒罵他，不過你們知道他說什麼嗎？」

武和佳佳搖了搖頭。

「他說：『事先知道的話，你還會同意嗎？』如果是你們，你們願意嗎？」獨臂阿伯並沒有真的等他們回答，「總之我是不願意，當時我正準備向阿德要槍，好轟了自己的腦袋。」

「我們兩個倒是很感謝阿燁呢。」忽然間，身旁傳來阿德的聲音。

武回頭一看，阿德和阿旺正在附近搭帳篷，並且把他們的對話都聽進去了。

「看呀，這兩個吝嗇的兔崽子，連一顆子彈都不願意給他爹呢。」獨臂阿伯對武跟佳佳說，武跟佳佳忍不住笑了出來。

「我的話，肯定會選擇截肢，只有這樣，我才能繼續待在芳芳和珮珮身旁保護她們。」阿德毫不猶豫地表示。

阿旺倒是表情為難地說：「我的話嘛……到時候再看看吧。」他對當時的畫面還餘悸猶存，阿燁無法一次俐落地砍斷父親的手臂，來來回回砍了好多下，那到底有多痛，阿旺不敢想像，更何況當時根本不能確定這方法有效。

不過，至少有一點他們兄弟的意見一致：「我們都很高興，你還在我們身旁。」

獨臂阿伯慈藹地看著他們，握著少了手臂的右肩，繼續說道：「這裡的傷口早就痊癒了。雖然每到夜裡，它都會隱隱作痛，但這至少是……阿燁在這世上活過的證明。」

「那麼說阿燁他……」武意識到了。

佳佳也低下頭，不發一語。

阿德想起了往事，神情哀傷：「為了讓我們有時間爬過圍牆，他一個人堵在通道口，即使全身都被殭屍啃食，還是努力擋下了殭屍，替我們爭取時間。」

「可惡！那傢伙，一個人，耍什麼帥啊！嘖！」想起那件事，阿旺依舊憤慨難平。

「所以……如果我剛沒聽錯的話，你好像說了你沒做過任何犧牲嘛，嗯？小子？」獨臂阿伯看向武。

武尷尬地低下頭，閉緊眼睛，以為要挨罵時，獨臂阿伯卻胡亂揉了揉他的頭髮，說：「這樣很好啊，不需要犧牲，再好不過了。」他說著，用手指捅了捅武的胸口，「好好珍惜擁有一切的自己，不要趕著去做什麼無謂的犧牲。」

武看了佳佳一眼，勉強點了下頭。

看見武欲言又止的模樣，阿旺幫忙安撫了下：「如果你是在擔心那隻突變種的話，那麼，你可以儘管放心，要是牠真的出現了，阿德會一槍打死牠，對吧？阿德。」槍無疑是現在最強大的武器了。

「突變種？」阿德納悶。

阿德並沒有聽到武在休旅車上講述事情經過，所以不知道突變種的事，他只有從父親口中聽到最簡單的版本，那就是他答應要送他們到台北，原因是：他們有一隻會說話的貓，也許能製造出疫苗。

「突變種聽說是一隻一直跟著他們、不斷進化、會爬牆，即使頭插了一刀也不會死的詭異殭屍……」阿旺替他們做了解釋。

「現在就連那種東西都出現了嗎？」阿德皺起眉頭，原本嚴肅的臉，顯得更為可怕，「不過，為什麼突變種要追你們？」

「呃，」武看了遠方的佳佳一眼，心虛地說：「牠……牠想吃奶油。」

雖然答應過要全盤托出，武終究還是對他們隱瞞了佳佳的事。

阿德看起來好像起疑了，武連忙轉移話題：「但是，讓你把子彈用在我們身上，果然還是不太好……哈哈……哈哈……」他強笑了幾聲。

「這和那沒有關係。」阿德解釋，「如果牠真的像你講的，是那麼危險的怪物，那麼就應該盡早處理掉，免得貽害人間。」

「這下安心多了吧！」阿旺拍了下武的肩。

「哈……哈哈，是啊，真是太好了！對了，我答應佩佩要帶奶油去找她玩呢，那麼，我先走了……」武拉著佳佳，隨便找了個藉口，趕緊離開現場。

武和佳佳幫忙芳芳在附近掛滿了一整串著空罐子，之後和大家圍著小小的營火，開始享用晚餐。

武本來以為自己從昨晚餓到現在，一定會吃很多，沒想到餓了一整天後，才吃個兩三口就飽了，比以前一餐的食量還少。

大家開心地聊著天，對彼此有了更多的認識，就連佩佩也發現奶油不是她弄丟的那隻胖橘貓，不過她還是很高興地抱著奶油玩親親，奶油一臉臭臉，但任憑她擺布。

有時不小心講到高興處，說得太大聲，大家還會互相提醒注意音量。

「不過，真的沒問題嗎？」武不太安心地問。

「沒問題的。」阿旺拍胸掛保證，「牠們沒什麼智慧，沒有什麼特殊原因的話，殭屍不會剛好晃上河堤斜坡，看看底下是不是躲有活人。」

儘管如此，武還是在心裡提醒自己要警戒周遭，說起來今天會發生那樣的事故，就是因為自己太自滿了，還以為自己已經適應了這個世界，因此，即便武和佳佳把背包放進各自的帳篷內，卻還是把水果刀帶在身上，以防萬一。

在分配完站崗與巡邏的班次後，完餐時間便結束了，大家散了開來，做自己想做的事。

他們很好心地讓武排了第一班，這樣他就不用睡到一半爬起來值班，佳佳因為生病的關係、芳芳因為要顧孩子的關係，都沒有列入排班，他們本來想把奶油也排一班巡邏，但因為武鄭重地表示：「還是不要太指望奶油比較好。」最後他們只好稍微延長了每個人的排班時間。

武站完崗，叫上阿旺交接，之後又把附近巡視了一遍，工作便告結束。

在他巡視完要回去的時候，他看見佳佳在草地上鋪了一張大紙板，坐在斜坡上，抬頭看著滿天星斗，身上只披著一件披肩。

草很長，天色又暗，她又在橋的另一側，若不是因為巡視的緣故，武還真的不會注意到佳佳坐在這裡。

少了光害，現在的滿天星斗，真的十分漂亮啊！

「怎麼了？」武來到佳佳身邊坐下，紙板不大，但還夠兩人坐在上面。

奶油跳到武的腿上縮成一團，用力呼嚕。

「還不睡？怎麼不在帳篷裡待著？」

「因為，我擔心自己要是……會傷害她們……」佳佳也說不準自己的身體狀況，他們畢竟是救了自己的恩人，她想避開可能的危機。

「妳還撐得下去嗎？」武不免擔憂起來，雖然佳佳看起來比早上好多了，但那或許只是藥效抑制住病徵而已，「明天要先送完物資才出發去台北，雖然說清晨就出發，但不知道抵達時都幾點了。」因為這樣，武一直在考慮是否要脫隊行動，雖然有可能會因此壯烈犧牲，但也有可能在日出前抵達 N1 實驗室。

他唯一沒有採取行動的理由，只是因為他擔心這又是個魯莽決定。

「我還好……反正研究人員晚上也要休息，晚幾個小時抵達，應該還不至於影響研究進度吧？」

「也許吧。」武擔憂地往她的領口看去，想確認些什麼，好讓自己安心下來。

但是！

他看見了！

不知道什麼時候，黑色的紋路，已經蔓延出了領口，雖然只有一點點，不特地注意不會發現，但果然，病毒還是擴散了！

「佳佳……」武嚥了一口口水，「妳的傷口……我可以看看嗎？」

「啊？」佳佳滿臉通紅，別過了頭，「這樣……不太好吧……」在男生面前拉下衣袖什麼的，好難為情啊，而且，這難看醜陋的傷，她真的不想讓武看見。

「放心好了，這裡沒有其他人會看到，我只是想確認下病毒擴散的狀況。」

「可、可是……」

「我只是稍微拉下妳的袖子，就稍微拉下一點，我發誓，我不會做什麼奇怪的事！」

佳佳面有難色地看著他。

最後，在武的纏磨下，佳佳輕輕地嗯了一聲，默許了他的行為。

雖然也覺得有些尷尬，武還是緩緩拉下她一邊袖子……

被咬傷的地方已經潰爛了，血肉模糊，從傷口向外延伸而出的黑色紋路，宛如蜘蛛網般，密密麻麻地佈滿了整個肩頭。

「很……噁心……對吧？」佳佳感到極為難堪，眼神帶著一絲羞憤。

武沒有回答她，光是要壓抑著不把晚餐吐出來，就耗了他大部分專注力。

忽然間，他的身後傳來童稚的聲音，是佩佩！

「媽媽，他們在那裡耶！」

一聽見佩佩的聲音，武臉色大變，連忙把佳佳的袖子拉上，並用自己的身體擋住佳佳。

佳佳驚恐地抓住胸前衣服，暗自祈禱她們沒有看見什麼。

武回過頭，驚見芳芳牽著佩佩站在橋下，芳芳先是摀著嘴，隨後慌慌張張帶著佩佩掉頭：「我們去那邊上廁所好了……」

「等、等等！」武追了上去想問清楚她看見了什麼，卻聽見佩佩詢問媽媽：「他們在做什麼啊？」

「他們……要生個弟弟或妹妹陪妳玩啊！」

「耶！這樣我就不是最小的了！」佩佩歡呼。

「哎？」武愣了一下，發現她們似乎往錯誤的方向誤會了，「誤會、一切都是誤會！」

在他即將追上芳芳與佩佩時，獨臂阿伯正巧巡視到這裡來，他看見芳芳的樣子有些奇怪，便上前詢問發生了什麼事。

武內心起了等等要挨罵的預感。

果然——

芳芳和他解釋完後，急急忙忙帶佩佩離開現場，而獨臂阿伯則往這裡走了過來。

「來。」獨臂阿伯勾著武的肩，來到佳佳身旁坐下。

佳佳已經把披肩披上，連同披肩緊緊抓著胸口的衣服，就怕感染的事會被發現。

聽了芳芳剛剛的說法，獨臂阿伯對佳佳的動作，完全不覺得有什麼奇怪，畢竟是被撞見了這種事情嘛。

他重重地嘆了一口氣，開始說教：「我知道，你們也到了可以為自己行為負責的年齡了，小倆口你情我願，也算不上什麼問題，但是這種事……怎麼也得找個隱密的地方吧？貓還在旁邊看呢……」

兩人不知該怎麼解釋，只得頻頻點頭保證：「是！對不起！下次不會再犯了……」

獨臂阿伯轉向武：「你也剛好在血氣方剛的年齡，我了解……但是呢，女朋友生病時，應該要先關心她，不是老想著做那檔事，要體貼一點……」

「是，對不起……」武連連道歉。

在獨臂阿伯說教完離開後，武和佳佳互相尷尬地笑了下。

算了，這種誤會至少比事情曝光要來的好。

不過，武看了下佳佳的披肩，感覺似乎不太可靠，這樣一直抓著披肩也不是辦法，而且，要是明天一早起來，病毒擴散到脖子處，就藏不住了。

「怎麼了？」看見武不知道在想什麼，佳佳納悶地問。

武想起剛剛幫忙搬東西時，好像有看到一條圍巾。

「我去幫妳要一條圍巾。」

在佳佳阻止自己之前，武起身，跑去找芳芳。

剛剛才發生那樣的事，現在見到她，武還感到有點不好意思，但他仍厚著臉皮開口，並成功借到圍巾。只是在他要回去找佳佳時，卻被聚在帳篷旁喝酒的南仔他們攔了下來。

「你們這樣等等還能值班嗎？」武很懷疑。

但他們卻信誓旦旦地說：「沒問題啦！我們每天都這樣喝啊，這種酒又不烈，喝不醉的啦，只能用來暖身體。」

說著，他們還給武倒了一杯，起鬨著要他喝下去，但武只喝了一口，就嗆得不停地咳。

「你不會沒喝過酒吧？」南仔瞇起眼睛打量他，「這樣可不行啊。」

「我當然喝過啊！」武不甘被看扁，立即反駁。

「你喝過那些啊？」南仔也感興趣了起來。

「果汁調酒……雞尾酒那些的……」武說得連自己都心虛了起來。

南仔拍了拍自己的腿，哈哈大笑。

「是男人就要喝這種的啦！」南仔拿起杯子，開始灌武喝酒，武喝了兩三口，又嗆得拼命地咳。

「好了，別惡整他了。」阿德幫武說了話，南仔才放下了酒杯，一臉因為失去了樂子而感到無聊的表情。

奶油好奇地湊上前，對著酒杯聞了聞，南仔立刻又興奮地說：「妳也想喝嗎？奶油，好貓！好貓咪！比主人還有種啊！」

「不行不行不行！貓咪不能喝酒！」武一把抓起奶油，抱在懷裡。

看見這個情景，阿旺不禁有感而發：「我們本來還打算跟你買奶油呢，看來是買不成了。」

「你們本來要買奶油？」武大吃一驚。

奶油覺得自己很受歡迎，挺直了胸膛。

「是啊。」阿旺笑，「我不是告訴過你，奶油和佩佩弄丟的那隻胖橘貓很像嗎？我們本來打算用一整箱食物跟你換奶油，還以為你一定會同意，畢竟大家都很需要食物，而且，現在這種狀況下，還要照顧寵物很不方便吧？」

幸好他們取消了原本的打算，武鬆了一口氣。

「就算奶油只是普通的貓，我也不會把她賣掉。」武篤定地說。

奶油覺得自己真是太受歡迎了，於是不只挺直了胸膛，還抬高了下巴。

「這樣啊，不過我們這邊也做好了要是你不肯賣的方案，嘿嘿嘿……」阿旺發出了邪惡的笑聲。

「是什麼？」武不自覺緊張了起來。

「就只好……把你帶到避難所生活了。」

「啊？」

「沒有人會拒絕到安穩的避難所去生活，而且這麼一來，佩佩也可以每天去找奶油玩了。」阿旺兩手一攤。

武笑了，「把我帶到避難所，你們就不擔心其實我是什麼可疑人物嗎？」

「說什麼呢，你這不是帶著一隻貓嗎？」南仔指著奶油。

「沒有人做壞事還堅持帶上貓的。」阿旺跟著起鬨。

這真是個奇怪的邏輯，但武很喜歡這個答案，這個社會還是有良善的人存在，他們跟佳佳一樣，在自己需要幫助時伸出了援手……

佳佳！

一陣帶著涼意的風吹了過來，武忽然想起佳佳還在等著圍巾。

「我還要給佳佳送圍巾，我先走了，晚安。」武站起身，卻看見南仔不停地竊笑。

武本來還感到莫名其妙，直到他轉身離去時，隱約聽見草莓等字，才恍然大悟，羞得想找地方鑽下去。

當武回到佳佳身旁時，她已經等到睡著了，武本來打算神不知鬼不覺地給她圍上圍巾，但他才一靠近，佳佳就立刻驚醒。

「武……你喝酒了？」佳佳聞到他身上濃濃的酒味。

「嗯，喝了幾口，被南仔他們拖住了。」武替佳佳圍上了圍巾，並將她的頭髮從圍巾內撥了出來。

「這樣就沒問題了。」

「謝謝。」佳佳把玩著自己的髮尾說道。

武笑著，順勢躺了下來，紙板不大，他的頭和腳都直接躺在草地上，但他也不太介意了，他只感到身體有點古怪……

明明才喝幾口酒，武卻感到自己全身發熱、頭昏腦花，好奇怪啊，他想，剛剛在帳篷旁聊天時，明明還沒什麼感覺的。

不知道是不是這個原因，躺在冰冰涼涼的草地上，反倒他覺得格外舒服。

他沒心情欣賞滿天繁星，只感到眼皮越來越沉重。

「吶，佳佳。」

「嗯？」

「明天我們就能抵達N1實驗室了……世界恢復之後，妳想做什麼？」他帶著濃濃的睡意問。

「這個嘛……」佳佳的視線落在奶油身上，露出了靦腆的笑容，「秘密。」

「說嘛。」武催促。

「不告訴你。」

「每次都這樣！」武哀號，「說一下又不會少塊肉！」

奶油倒是舉起手發表：「奶油想養一隻狗。」

武拍了拍奶油的頭，要她別鬧了，佳佳笑了出聲。

「那你呢？」佳佳反問。

「我嘛……」武打了一個酒嗝，眼皮微微闔上，又努力撐了開來，「有啊……我一直在想……」

「嗯？」佳佳轉過身看武。

「我……在想……」武靠了上去，在她耳邊呢喃了幾句話，佳佳一聽，立刻紅著臉把他推開。

「你、你在說醉話吧……哈哈……」佳佳不好意思地別過臉，武現在說話聲音都糊在一起，說話又那麼小聲，應該是自己聽錯了，她想。

「哈、哈哈……」武看著她，然後慢慢闔上眼睛，「吶，妳說好嗎？」

「這個嘛……」佳佳還在猶豫不知道怎麼回答，一轉過頭，卻發現武已經睡著了！

這樣也好，她鬆了口氣，笑著對武說了句：「晚安。」

畢竟，對現在的她而言，活著都是一種奢侈。

清晨，武被一陣喧嘩聲吵醒了。

武扶著頭坐起身，感到有些頭痛。

這就是宿醉嗎？武想著，發現自己身上蓋著佳佳的披肩。

「真是的，要是病情加重怎麼辦？」武想把披肩輕輕蓋在佳佳身上，卻發現佳佳早就醒了，想想也是，佳佳的警覺性一向比他高，不可能沒注意到那陣喧嘩聲。

吵鬧聲再度傳來，佳佳也坐起身，不安地看向聲音來源處。

發生什麼事了？是單純吵架嗎？還是殭屍闖了進來？但是昨天布置的那些空罐警報器都沒有響啊。

「妳在這裡等等，我去看一下。」武對佳佳說。

他納悶地朝聲音來源——帳篷的方向走去，想知道發生了什麼事。

一繞過帳篷，他便被芳芳攔了下來。

只見阿旺、阿德、南仔三人拿著武器，把一個行跡可疑的人圍在中間。

「叫你站在那別動！聽不懂人話是不是！」阿德凶狠地對著那個人破口大罵。

「鱷魚？」看清了前方的人影，武驚訝地大叫。

鱷魚的模樣很狼狽，衣服破破爛爛的，就連鞋子都弄丟了，全身髒兮兮的，還打著赤腳，但是沒看到什麼外傷。

阿旺警戒地問，「你認識他？」

「呃，姑且算是吧。」武抓了抓頭，「有些過節。」

見到鱷魚恍神的模樣，武猜他一定是頓時失去了所有同伴，只有自己存活，才會驚嚇過度，變成這樣。

現在他們人多勢眾，而對方只有一個人，如果要好好談談，化解恩怨的話，現在正是時候，人類不多了，僅存的人類應該要合作，而不是相互樹敵。

「能讓我跟他談談嗎？」武問。

「小心點，他看起來精神不太正常。」阿旺警告武。

武點了點頭。

「嘿，聽著！」武放低姿態，上前一步：「偷了你們的機車我很抱歉，但是……你也不需要做到……這樣吧……」

「這樣……怎樣？」鱷魚歪著頭，眼神空洞，神智顯得十分不正常。

「就是……搞得像深仇大恨這樣……」

「深……仇……大恨？」鱷魚瞪大著眼，眼睛爆凸，好像隨時會掉出來。

「失去了所有同伴，你現在一定很痛苦吧？」武試著安撫他，「但是，現在開始還不遲，我們可以當朋友，我們可以一起合作，克服眼前的困難……」

「好餓……好餓啊……」

武很快意識到，鱷魚根本沒在聽他說話，只是自顧自地重複說著：「好餓……好餓啊……」

於是武決定順著鱷魚的話說下去：「餓了？沒關係，我們這裡有食物……」武一邊說，一邊緩緩地走向鱷魚：「如果你願意放下先前的成見與敵意……」

「別過去！」

忽然間，武被拉了住，他回頭一看，佳佳神情凝重地說：「他已經……不是人類了。」

武茫然地揚起眉，轉過頭看著鱷魚。

「……我不是……人？我不是人了？」鱷魚失魂落魄的，身體又傳來另一波顫動，彷彿有什麼東西在攻擊他的心，讓他十分疼痛。

突然，他猛地抓住了自己的胸口，尖銳的指尖刺了進去，用力地向左右兩旁撕裂開來，露出血淋淋的肋骨，他們可以清楚地看見腫成兩倍大的心臟，正在撲通撲通的跳動……

芳芳發出了一聲尖叫，連忙把佩佩拉到身後，不讓她看見這血腥的一幕。

緊接著，鱷魚的身體開始抖動，他抱著自己，發出嗚嗚的痛苦聲，他的背部整個拱了起來，四肢也因為急速增生的細胞，變成原本的兩倍大，把衣服都撐破了，他趴在地上，手指和腳趾變得又尖又長，原本胸前的撕裂傷，也覆蓋上一層類似爬蟲類表皮的物質。

鱷魚的身影，逐漸和武腦海中突變種的身影重合在一起，雖然不知道他發生了什麼事，但武了解了，這個傢伙，如今是突變種了！

受到芳芳的尖叫聲吸引，突變種把頭轉向芳芳。

「快逃啊！」阿德大喊，但芳芳因為太過害怕，全身無法動彈，就在突變種要伸手攻擊芳芳時——

砰！

阿德對著突變種的腦袋開了一槍。

阿德精準地命中突變種的頭，鮮血濺到附近草地上。

令他們不敢置信的是，突變種受了這一擊，不但沒倒下，增生的細胞不斷侵蝕替換掉全身的皮膚，使牠的體型變得更加壯碩。

現在的他，已經看不出原本的人類外貌了，反而更像是一隻具有恐龍外皮的大猩猩。

牠轉過身，搖搖晃晃朝攻擊自己的阿德走去。

阿旺和南仔趁著牠還站不穩，拿著一根球棒和一把西瓜刀，衝上去，對牠又打又砍。

他們一邊閃躲著突變種的抓擊，一邊對牠攻擊，他們先對突變種的頭用力一砍，但頭部中了一刀的突變種仍在掙扎，於是他們決定把整顆頭砍下來。

就在刀揮下去的時候，突變種轉了過來，一口咬住了刀，南仔想把刀抽回來，突變種用力一甩，把刀連同南仔甩飛出去。

牠接著撲上前，把阿旺壓在身下，阿旺用球棒抵著牠，突變種的力氣很大，他的雙手不斷顫抖，就要撐不住了。

突變種口中滴下冒著煙的黃綠色黏液，阿旺側過頭閃過了滴下來的黏液，卻看見旁邊的草碰到黏液，立刻被灼燒成一片黑漆漆的樣子。

「喂喂，不要是強酸啊！」阿旺驚恐地說。

獨臂阿伯見狀，拿起了一隻鐵棒上前幫忙。

「爸！別過去！」阿德阻止了他，將槍口再度對準突變種。

由於雙方一直在掙扎亂動，阿德怕誤傷阿旺，花了一點時間才總算瞄準好，對突變種開槍，這次依舊精準地打中突變種的頭。

但是突變種仍然沒倒下，只是停下了動作，對空中四處張望，最後把頭轉向阿德，發出一聲怒吼！

突變種狂暴地衝向阿德，阿德對著來勢洶洶的對手，瞄準腦袋連續開了幾槍，但卻沒能絲毫阻擋突變種的猛烈攻勢，直到所有的子彈都射擊完畢後，阿德徒然按了幾下板機，低頭看著自己手中的槍，才剛想著糟糕了，突變種已經來到他前面，僅一擊，便將他整個人打飛出去。

阿德摔在乾枯的河床上，生死未卜。

「爸爸！」佩佩爆出一陣哭聲，想要跑過去找爸爸。

芳芳抱起佩佩，摀著她的嘴，趕在突變種循聲發現她們之前，躲到帳篷後面。芳芳著急地想確認阿德的安危，但又要保護佩佩，只能不安地頻頻探頭往阿德的方向察看。

「可惡！」阿旺爬起身，往阿德的方向看了一眼，「你等等，我馬上就來救你！」

阿旺想過去確認阿德的傷勢，突變種卻擋在他前方，阿旺拿起球棒反擊，在幾次來回攻擊後，突變種抓住了他的球棒，用力折斷。

在阿旺以為自己會遭遇跟阿德一樣的下場時，南仔拿刀從後方偷襲了突變種，慌亂之中，他沒有砍中突變種的脖子，但至少成功的轉移突變種的注意力。

獨臂阿伯也加入了戰局，並將另一根球棒扔給了阿旺，但即便他們三人互相掩護、合作對抗突變種，突變種看來還是在這場戰鬥中佔了上風。

武愣在原地，看著眼前的慘況，不對……不該是這樣的……得想個辦法……得想個辦法阻止牠！

「別光站在那裡看啊！」南仔吃力地對武喊，「快來……幫忙啊……小鬼！」

被點到名，武慌了手腳，他得上前幫忙才行，但是，就連他們幾個合力都無法對付的這隻突變種，他又能做什麼？

佳佳拿出口袋中的水果刀，拔掉刀殼，準備加入這場戰局。

武忽然清醒了過來。

「快、快、快走！」武撿起刀殼，把佳佳手上的水果刀收好，插回她的口袋，拉上佳佳就往外跑。

「武！你要做什麼？」

「牠是追著我們來的，只要我們離開，牠也會追過來！」武在南仔昨晚坐的位置附近，找到了車鑰匙，和佳佳跑過河堤，直奔向停在那裡的休旅車。

武開了車門，坐進駕駛座，奶油也趁機鑽到後座坐好，佳佳則坐到了副駕駛座上。

「你要開車嗎？」看見武將鑰匙插進去發動車子，佳佳吃驚地問。

「我們不可能跑得贏那種怪物吧？」

「可是你會開車嗎？」

「放心，我有好好看了他們是怎麼開車的！」武對佳佳豎起了大拇指。

「看……看了？」佳佳鐵青著臉，此時武剛好重重踩下油門，車子在瞬間向後急退，撞上了後方的救護車。

佳佳嚇得發出一聲尖叫。

武只是淡淡了說了句：「哦，排錯檔了。」然後把排檔推到D的位置。

車子再度爆衝出去，差點就要撞上停在路邊的廢棄車輛，武急忙轉動方向盤，從側邊擦撞過去。

在離開前，武不忘重重按了幾下喇叭，很快的，佳佳看見突變種從河堤那頭出現，追了上來。

武一路橫衝直撞進入市區，突變種如今已經成為一頭野獸，每一步都像獵豹一般，拉長了前後腳的間距，速度飛快。

阻塞的道路上什麼都有，從遊蕩的殭屍、到屍體與骨骸、廢棄的沙發、洗衣機、事故的汽機車、少了輪子的腳踏車、斷掉的刀、垃圾桶……武甚至還撞飛了一個在路上滾的金爐。

突變種狂暴地撞開沿路上的殭屍，急速拉近他們之間的距離。武別無選擇，只能緊緊地踩著油門，左轉右拐，東撞西撞，車子搖搖晃晃震個不停，他們被離心力甩來甩去，奶油也不斷彈飛到空中。

為了通過一條被堵得僅剩一公尺不到的路，武讓右側輪胎直接開上一旁較高的人行道，車身傾斜得很厲害，佳佳緊緊抓著門上把手，還以為車子隨時會翻覆。

突變種一開始被窄小的路卡住，但距離沒拉多遠，牠又立刻追了上來。

他們一路四處衝撞，繞路改道，為了不要偏離前進方向，武急轉彎進了一條小巷。

這一彎，武才發現自己下了錯誤的賭注。

巷子盡頭被人用廢棄的障礙物堵了起來，前方插滿木樁，上面釘住了許多殭屍。

武在車子撞上木樁前，緊急煞車停下。

障礙物上方，可以看見有幾個人探出頭來，竊竊私語。

看起來，這裡被圍起來當成避難所了。

車子後方，突變種因為追進巷子時，緊急甩尾，而跌倒在地，但牠很快又爬了起來，並且一步步逼近。

「武！」佳佳擔憂地看了看眼前的死路，又轉頭看了看後方逐步逼近的突變種，她完全慌了手腳，不知如何是好。

「可惡！」武憤恨地往方向盤一敲，喇叭忽然間叭的一聲，把前方的人嚇了一大跳，他們對著突變種指指點點，但除此之外，什麼也沒做。

突變種先是緩步向前，隨後快步前進，最後高速飛奔起來——

怎麼辦！究竟該怎麼辦才好！

武在腦中飛速思考所有可行的對策。

請前面的人開門，讓他們通過？不、來不及的！他甚至不確定那些障礙物是不是可以移動的。

直接撞過去，強行通過？

這個方法或許可行……武看著前方，木樁之間排得不是很緊密，還留有一些空隙，要是從斜方撞過去，應該可以將木樁對車身的傷害降至最低，將油門踩到底的話，要強行穿過也不是不可能，但是這只是他的推測，並且機會只有一次。

怎麼辦？要做嗎？

不過，武還有個顧慮。

他們一路製造的騷動，正把附近的殭屍往這裡引來，要是他一路撞進避難所，突變種肯定也會跟著追進來大鬧一場，到時候大批殭屍湧入，裡面的人不就……

武咬緊牙根，他不想害死這些人，但他也不能讓奶油和佳佳在這裡被突變種吃掉。

面對急速接近中的突變種，武「呿」了一聲，決定跟牠賭了！

「抓好了！」武大喊著，迅速把排檔推到R，並將油門直接踩到底，倒著向突變種撞了過去——

武稍微偏了角度，把突變種推去撞牆，車子因為撞上突變種，整個彈了起來，武不敢多做停留，調整角度急急後退，最後用一個完美的弧度退出巷子，他按了幾下喇叭，吸引其他殭屍追著他們遠離這裡。

佳佳差點以為自己要死了，連喘了幾口氣，虛脫在座位上。

「其實我的開車技術還不賴嘛。」武哈哈笑了幾聲，覺得自己越來越能掌握到訣竅了。

「哈……哈哈……」佳佳苦笑了下，車子此時剛好輾過一個磚頭，震了一下，她立刻「噁……」了一聲，連忙摀住自己的嘴，以免吐出來。

「我本來還打算，就這樣一路把牠引到N1實驗室，讓人拿機關槍掃射牠，就不信牠這樣還不死，倒是都忘了可以直接開車撞牠呢！」成功逃生，武心情輕鬆不少。

一路上，他們仍舊遇到大大小小的阻礙，但整體而言順利地往北前進。

武不時察看後照鏡，突變種雖然沒有再追上來，但只要牠還沒死，武就沒辦法完全放心，就在這個時候，佳佳忽然指著前方路口一棟大樓，大喊：「那裡！」

順著她手指的方向，武很輕易地就看見掛在大樓外牆的突變種，沒想到牠居然趕到前方，準備攔截他們！

要迴轉嗎？不行，這裡路況很糟，間距也沒寬到能讓他直接迴轉，那麼，只好加速通過了！

只要抓準加速的時機，就能避免突變種落在車頂上！

武保持著穩定的速率朝大樓駛去，在突變種放開手，跳下來的時候，武抓住時機，忽然踩下油門，加速通過，突變種撲了個空，但牠不死心，一落地，立刻回過身，拉長了手往車子一抓，牠尖銳的指尖刺進車身內，成功勾住車尾，車子頓時失控打滑，武抓緊方向盤，好不容易才穩住車身。

儘管被車子在地上拖著走，突變種怎麼也不肯放手，武不斷拖牠去撞擊地面的障礙物，阻止牠把另一隻手也搭上來。

為了甩掉牠，武緊急轉彎，想藉離心力把牠甩出去，突變種身體懸空飛了起來，手仍舊緊抓不放，牠撞上旁邊的建築物，彈了回來，順勢趴到車上，雙手指尖刺進車內，牢牢抓住車身。

鏮……鏮……鏮……他們聽見變種一步一步往車頂上移動，但卻找不到夠低的隧道把牠撞掉。

「該死的！」武咒罵一聲。

就在這個時候，他們看見了三鶯大橋，只要過了三鶯大橋，就離目的地不遠了。

武加重踩下油門，想要直接奔向 N1 實驗室。

車子開上三鶯大橋，來到大漢溪正上方，眼前筆直的道路上有幾隻殭屍，武直接撞上去，輾過牠們。

因為事故車擋道的緣故，路沒那麼寬敞，車子從障礙物之間硬擠了過去，車身震個不停，還發出了刮金屬時的尖銳刺耳聲。

就在這個時候，突變種一隻手直接插進車內，落在武跟佳佳之間，他們倆個都徒睜著大眼，驚悚地看著那隻手。

下一秒，突變種狠狠地將車頂整個扒起，對車內的他們發出一聲怒吼，如今牠完全看不出人樣了，牠的五官已經完全歪斜，兩隻眼睛一上一下，鼻子和嘴巴也好不到哪裡去。

車子失控撞上了前方廢棄的車輛，停了下來。

兩人因為這陣猛烈的震擊，一時頭昏眼花，無法做出任何反應。

突變種探進車內，往副駕駛座靠了過去，從牠嘴裡流出的粘黃液體，滴在佳佳髮尾上，把一撮頭髮燒掉。

「唔……」佳佳一睜開眼，就看見突變種整個臉貼在她正上方，嚇得她連忙想抽出口袋中的水果刀自保，不過突變種動作更快，牠用兩手抓著她，將佳佳從車內拖了出來。

「放開我！」佳佳雙腳拼命亂踢，想將突變種踢開。

武扶著暈眩的頭，抬起來，看見這危急的一幕。

武努力把自己的雙腿從變形的駕駛座抽出，爬上車頂，抽出水果刀。

「放開她！」在突變種把佳佳往自己嘴裡送時，武狠狠地把水果刀往牠眼睛一插。

突變種痛得發出怒吼，將佳佳扔到武身上，兩人跌在一起，滾落車下。

「快！躲進那輛車裡！」武拉了佳佳一把，躲進前方一輛紅色的車子裡，趕在突變種抓到他們之前，將車門關上，突變種一頭撞上車子，將車窗撞得粉碎，不死心又撞了第二次，把車門撞凹，車子被突變種推到橋邊，欄杆擋住了另一側車門，佳佳和武無處可逃。

突變種把頭從窗戶塞了進來，武不斷用腳去踢，阻止牠爬進來，整個車子劇烈搖晃。

但忽然間，突變種停下了動作，不再攻擊他們，武和佳佳一開始還不明白為什麼，直到突變種轉過身後，他們才發現，突變種的目標已經改成站在後方墨綠車車頂上的奶油了！

奶油不斷跳到突變種身上，踩踏牠，再跳回車頂，往復數次，終於成功引起突變種注意。

突變種開始在橋上瘋狂地追逐奶油，奶油的身體小，動作迅速，在車陣中來回穿梭，突變種四處亂攻擊，就連一般殭屍都難以倖免，只要是奶油經過的地方，連一隻活著的殭屍都不見。

由於突變種能把身體塞進車底，把車子頂開，奶油被逼得不得不一直逃竄，以至於連停下來喘口氣的時間都沒有。

突變種因為一直抓不到奶油，變得更加瘋狂暴躁，橋上原本就是一片狼藉，被突變種到處攻擊後，更是滿目瘡痍。

很快的，突變種就成了附近唯一活著的殭屍了。

奶油因為疲累了，速度明顯變慢，反觀突變種依舊暴力、迅速。

這樣下去，奶油會被突變種吃掉的！

「奶油！」武不顧危險衝了上去，「奶油！過來這裡！」

武一把抱住飛撲到自己懷中的奶油，突變種毫不減速撞了過來，武被撞飛出去，壓在一輛壞掉的腳踏車上面，他的腰剛好撞上突出的踏板，他感覺自己的身體好像斷成了兩截，一時之間，連起身都做不到。

「武！」佳佳搜尋周邊可以當作武器的東西，在路旁撿到一根鐵棍，看起來好像是路邊標誌的殘骸，末端有斷裂生鏽的痕跡，她靈機一動，到車子後車廂的工具籃裡找出膠帶，把水果刀緊緊固定在鐵棍前端，硬著頭皮上陣。

奶油躲在武身下、腳踏車和地面的空隙之間，在那縮著喘氣。

「嗚……啊……」武用力晃了晃頭，才剛恢復意識清醒，突變種就立刻用雙手重擊他胸口，想弄開武吃奶油。

武感到自己全身的骨頭都快碎了，幾乎失去了反抗的力氣，但一看見黃色黏液掛在牠張開的大嘴上，搖搖欲墜，武還是努力擠出力氣，往牠下顎一推，讓牠臉向上仰，以免那個噁心的液體滴到自己身上。

奶油趁機逃了出來，突變種想追上去，這次換武抓著不讓牠離開，突變種拼命用雙爪刨著兩旁地面，想往前爬，好幾度爪子差點從武臉上劃下去，武一邊閃躲，一邊用手臂從側邊推擋突變種的前肢，使牠的爪子偏移，氣急敗壞的突變種偶爾會重重地往武身上打，但武說什麼也不肯放手，拖著不讓牠前進。

武想抽出牠眼中的水果刀做第二次攻擊，這麼簡單的動作，如今卻成為一項困難的任務。

「武！」佳佳舉起鐵棍跑過來。

突變種聽見佳佳的聲音，忽然停止動作，抬起頭面向佳佳。

「別過來！」武出聲大叫，但已經太遲了，突變種雙腳用力一蹬，踹在武胸膛上，成功掙脫武的禁錮，往佳佳衝了過去。

佳佳害怕地舉起鐵棍，藉著突變種的衝擊力道，把刀狠狠刺進牠胸膛中，突變種絲毫不畏懼疼痛，努力挪動身體向前擠，刀越刺越深入，血一路沿著鐵棍流下……

佳佳努力想頂住突變種，卻被突變種的力量逼得不斷向後退，她的背抵在車上，反而讓自己陷入困境。

為什麼會這樣？應該已經刺進牠心臟了啊？為什麼牠還可以不斷往前？

眼看就要撐不住了，佳佳把鐵棍往旁邊一推，轉身往另一邊逃，突變種手一拍，打中了她，佳佳倒在地上，來不及逃跑，突變種一口咬住她右肩的傷口上，佳佳痛得大叫！

黃色黏液不斷從突變種口中噴濺出來，被灼燒的地方冒出陣陣白煙，佳佳的肩頭被硬生生扯下一塊肉來，頓時血流如注。

「佳佳！」武爬到突變種背上，拔出牠胸前那根鐵棍，架住突變種的脖子，踩著牠的背使勁往後拉，好不容易製造出一些空隙。

「快逃啊！佳佳！」武雙手緊緊抓住鐵棍兩側，不知道自己還可以撐多久，突變種不斷用手去抓鐵棍，想將武甩掉。

佳佳沒有照武說的逃走，而是忍著疼痛，上前拔出突變種眼中那把水果刀，往牠另一隻眼睛一刺，突變種立刻發出一聲恐怖刺耳的嘶吼聲，牠踉蹌地往後退了幾步，用力把武往後方車輛撞，武鬆開手，掉在地上，感到全身麻痺，連呼吸都不行。

突變種因為看不見，四處亂攻擊，像發瘋似地揮舞手臂，隨手抓起身旁的東西亂扔。

佳佳壓低身體向外逃，突變種失去了視覺，但牠嗅到了血的味道，循著味道，追上佳佳，並將沿途撿到的廢輪胎、石塊、以及那隻綁有水果刀的鐵棍，全部往佳佳身上扔，佳佳跌跌撞撞逃到了橋邊的車子後面，躲了起來。

武抬起頭，看見正往佳佳那裡走去的突變種，雖然武看不見車後的佳佳發生了什麼事，但他知道絕對不能讓突變種過去。

他忍著身體解體般的疼痛，把自己撐了起來，每一次的呼吸都令他感到疼痛。

他想找能拿來對付突變種的武器，但是放眼望去，只看見雨傘、木條等等能被突變種輕易折斷的東西，再不然就是廢棄的車子、腳踏車等無法拿來做攻擊的交通工具……

等等！武忽然想到……腳踏車？

對呀！那個重量跟大小，不是正好合適嗎！

武步履蹣跚，吃力地扛起腳踏車。

突變種在車子旁的窄小縫隙中，找到了佳佳，就在牠要對佳佳出手時，武大叫著「呀呀呀呀啊！」用起腳踏車當盾牌，直接抵上突變種，把牠壓在橋的邊緣，死命地想將牠推到橋下。

突變種想轉過身反抗，佳佳見狀，也立刻忍著傷口的疼痛，上前幫忙一起推。

突變種想將他們推開，雙手不斷拍打在腳踏車車輪上，但牠背對著他們，能做的動作有限，也降低了牠的抵抗力道，牠努力想站直身體將他們反推回去。

雙方僵持不下，但是在突變種的反抗下，腳踏車車身逐漸變形，看起來就快要被突變種折斷了。

「還差一點……嗚……就差一點了……」武吃力地說。

他們還需要更多助力，才能把突變種推下去。

「上啊！奶油！」隨著武一聲大喊，奶油從遠處加速狂奔過來，跳起身，奮力朝突變種後腦杓一踢，突變種頓時失去重心，向前一倒，連同腳踏車摔下橋去……

不！

還沒結束！

在突變種翻過去的那一剎那，牠把一隻手掛在橋的邊緣，還打算爬上來。

他們努力想要扳開突變種的手指，可是突變種的力氣很大，牠甚至把另一隻手也掛了上來。眼看突變種就要爬上來了，武二話不說，從突變種的眼睛中，抽出水果刀，往突變種的手指一捅再捅，將手指頭一一截斷，佳佳也撿起地上的鐵棍，用前端的水果刀攻擊，突變種的血濺得他們全身都是，在突變種斷了幾根手指後，牠終於不情願地鬆開了手，摔到橋底下。

這次，他們親眼見證了這一幕，突變種大字形地癱在河床的石頭上，牠試圖要爬起來，卻無法操控四肢，從這麼高的地方摔下去，把牠的骨頭都摔斷了，牠沒有辦法再站起來。

牠還活著，但也只是活著。

武癱坐在地上，忍不住想起避難所前輩說過的話……

「絕對不要試圖殺死殭屍，相信我，殭屍比你想的強壯多了。」

武的手又麻又痛，每一條肌肉都在跟他證明前輩是對的。

佳佳跪坐在地上，按著自己的肩膀。她的表情因為疼痛而皺成一團，被咬傷處鮮血淋漓，讓人看了頭皮發麻。

武抬起頭，深吸了幾口氣。

不行、這樣還不夠！牠可是突變種，不把牠徹底殺死不行！否則總有一天，牠還會再度進化，回來找他們，到時候可不是受傷了事這麼簡單。

要把牠徹底除掉！要徹底殺了牠！

武拖著疲憊的身體，來到休旅車旁，從後車廂提出一桶汽油，又到副駕駛座翻出了打火機。

他把汽油澆在突變種身上，隨便點燃了什麼東西，扔了下去──

在火球碰到突變種的那一剎那，瞬間燃起了熊熊的火勢，火焰之中，隱約還能看見突變種的身影伴隨著淒厲的慘叫聲掙扎抖動，沒過多久，那裡就只剩下一團黑壓壓的東西了。

親眼見證了突變種的下場後，武才轉過身確認佳佳的傷勢。

「妳還好嗎？」武很擔心，她的右肩可是被咬掉一塊肉。

「你快……快逃……」佳佳擠出全身的力氣，推了武一把。

就在他們剛剛和突變種磨耗時間的時候，原本在橋兩端的殭屍，受到吸引，已經走了過來，數量雖然不多，只有前後各兩隻而已，但對於精疲力竭的他們而言，也是個重大威脅。

武將佳佳扶到車上，抱著一絲車子或許還能動的希望，打算趕在殭屍過來以前開車離開，不幸的是車子撞壞了，怎麼也發不動。

「嘖！」武透過車子兩旁的後照鏡，看見殭屍已經來到附近不遠處了。

在這個距離，並且前後都有殭屍追擊的狀況下，很難順利帶著佳佳逃走，看來只能上了！

武拿起水果刀，佳佳知道他想做什麼，她虛弱地拉住武的衣角，對他搖頭。

武選擇裝作沒看到，帶著虛脫的身體下車，前後加起來一共有四隻殭屍，他在腦海中盤算著，看來會陷入一場苦戰了。

武原本打算請奶油幫忙引開殭屍，讓他可以一隻一隻分散對付，沒想到，神奇的事發生了！

在歷經和突變種的戰鬥之後，他發現自己可以看穿一般殭屍的動作了。

他終於了解為什麼佳佳會說牠們在陽光下比較遲鈍了，雖然他從未和夜間的殭屍搏鬥過，但拿牠們和突變種一比，差異就立刻顯現出來。

武善用橋上的障礙物，躲避殭屍的攻擊，並將牠們一一擊殺，不可思議的是，現在就連攻擊一般的殭屍，都不需要耗上那麼多力氣。

解決完殭屍之後，武趕緊替佳佳止血，車上沒有醫藥箱，他只好拿佳佳脖子上那條，沒有滅菌過的圍巾，替她包紮，加壓止血。

武自己也渾身是傷，已經分不清楚是一般擦傷還是突變種弄的傷了，但和佳佳的傷比起來，這些都只是小傷而已，比較嚴重的反而是看不見的地方，他全身上下疼痛不已，也不知道到底有沒有內傷，但他裝作沒事的樣子，不敢讓佳佳知道。

目標就近在眼前了，武攙扶著佳佳，繼續朝目標山區前進。

過了三鶯大橋後，殭屍數量急遽減少，偶爾他們會在路上遇到一隻殭屍，武只需要暫時把佳佳放下，對付牠們就好。

越往山區靠近，殭屍也越少，武不免鬆了一口氣。佳佳的狀況越來越嚴重了，黑色的線條向上蔓延到她臉部，向下蔓延至手腕，他們實在沒有多餘的時間可以浪費。

經過一個多小時的路程，武終於抵達了目標山區。

識別證上的地圖，有兩條通往 N1 實驗室的路，一個是車子能通行的康莊大道，另一個是雜草叢生的荒蕪捷徑。

佳佳的狀況不太樂觀，武被迫選擇了第二條路。

這條路的路況看起來很糟糕，簡直就像是留給拓荒者開墾的野地，現在還沒冬天，武擔心有蛇躲藏其中，但佳佳的狀況很糟糕，她其中一隻眼睛已經轉變成枯黃的白眼。

佳佳急促地喘氣著，像在做最後的掙扎，幸好她仍保有意識。

這太奇怪了，武不解，為什麼被突變種咬到，才經過短短一個多小時，就惡化到這個地步？

沒時間顧慮這麼多了，武硬著頭皮，撿了一根細長的樹枝，一邊撥打草叢開路，一邊撐著佳佳一路往前走。

只要到了N1實驗室，他們一定有辦法可以救佳佳！

「撐著點，只要過了這個斜坡，我們就到了！」武不斷給予佳佳希望，期待地撥開擋在前方的葉子……

只不過，在前面等待著他們的，卻是慘遭槍林彈雨襲擊後的廢棄大樓。

Chapter 10

N1 實驗室

「到底怎麼了……這裡……發生了什麼事？」

N1 實驗室，世界最棒最高級的實驗室之一，擁有最傑出的科學家、最頂級的設備、最多元的病毒樣本……怎麼可能會是眼前這棟滿目瘡痍的建築物！

他們躲在茂密的草叢後，武讓佳佳輕輕靠在樹幹上休息，偷偷觀察對面的情形，他看見三隻穿研究袍的殭屍在建築物門口遊蕩著。

「這一定是我搞錯了。」武不敢相信自己的眼睛，拿起地圖反覆研讀，但是無論怎麼看，N1 實驗室，的確就是這裡無誤。

「現在我們該怎麼辦？」佳佳努力假裝自己的情況還可以，不想讓武擔心。

「讓我想一下。」武看著來時的路，覺得回去不是個好主意，雖然現在天色還早，應該還來得及在傍晚之前找到住宿地，問題是佳佳的狀況很棘手，她不知道還可以撐多久。最好的證據就是，雖然她極力保持鎮定，但她其實已經虛弱到只能用氣音說話了。

武闔上地圖。

好吧，既然這裡是政府的研究機構，那麼無論是受到襲擊，還是自願離去，不管是什麼原因，他們在離開的時候，總會跟政府單位聯繫吧？

「佳佳，妳還可以走嗎？」面對佳佳納悶的神情，武解釋：「我想裡面應該有通訊裝置，可以讓我們跟外界求援，既然這裡是政府組織，應該可以連絡上政府單位。」

佳佳點頭：「就這樣做吧。」她試圖站起身，卻虛弱到差點摔倒，武連忙拉住她。

武攙扶著她，才走幾步路，就感到不對勁。

雖然佳佳刻意掩飾，但武發現她走路動作怪怪的，武再仔細觀察了下，注意到她似乎喪失了右腳的控制權。

該不會，病毒已經擴散到那裡了吧？

「我背妳。」武沒有詢問她的意見，直接就將她背了起來。

佳佳當然不樂意武這樣做，不過她沒什麼體力做出實質抵抗，而武又選擇忽略她細微的「放我下來」抗議聲。

「你難道不怕嗎？」佳佳也知道自己情況不樂觀，她虛弱的聲音中，隱含著自己氣急敗壞的心情。

「怕？」武認真地回答她，「會啊……當然啊，我怕死了……當然會怕啊！」

「那你還……」

「所以，妳這傢伙，死命也要給我撐下去啊！」

佳佳好一陣子都沒出聲，武覺得自己是不是說得有點過分了。

「吶，佳佳？」在他出聲之後，佳佳才輕輕地「嗯」了一聲，趴在武的背上哽咽地說：「……謝謝你……在人生的最後……能夠遇見你……真的是太好了……」

「別說什麼人生的最後……這種話啊……」這種話，聽著連武都想哭了。

武背著佳佳，從一處半開的圍網鑽了進去，除了剛剛那三隻殭屍外，外面沒有看到其他殭屍，他小心地避開殭屍，來到建築物入口。

背著一個人，無論是要跟殭屍一搏還是逃跑都不方便。武先讓奶油先進去裡面勘查狀況，確定安全後，才放心進去。

佳佳也不再要武放她下來，甚至強迫自己停止哭泣，怕聲音給他們帶來麻煩。

廢棄的大樓內，亂成一團，碎裂的玻璃、被亂扔的椅子、飲料罐……偶爾還可以見到屍體殘肢……

發電機一定是壞了，整棟建築物只剩下警示燈的橘紅燈光拚命閃爍，還有逃生指示的綠光還亮著。

武注意到這些屍塊，狀況似乎比馬路上看到的還要來得「新鮮」，所以他猜這裡是最近幾天才淪陷的。

他們的目的地在五樓，武在樓層簡介上看到，行政辦公的部門位於五樓，那裡應該會有求救管道。

多虧了奶油的偵查，他們得以順利避開殭屍抵達二樓。

當武來到二樓後，他發現實驗室的門都被電腦統一鎖上了，雖然實驗室裡的殭屍出不來，不過，公共空間到處都可看見四處遊蕩的殭屍，所以仍舊需要提高警覺。

實驗室的門是透明的強化玻璃，武不確定這些玻璃擋不擋得住殭屍的攻勢，所以他一路躲躲藏藏地前進，沒讓實驗室中的殭屍發現自己經過，就連奶油也有模有樣地在地上匍匐前進。

前往三樓的樓梯前方，聚集了五隻殭屍。

那些殭屍有的生前是警衛、有的是研究員、還有穿便服的，不知道是不是逃進來避難的一般民眾，牠們身上沒有多少外傷，但嘴角和衣服沾滿了鮮血，武從自己的經驗判斷，牠們是特別難應付的那種殭屍。

有些事情，不用別人說，隨著經驗累積，自然就會發現。當武殺了幾隻殭屍後，他發現殭屍雖然會有個體差異，但是普遍而言，剛異變的殭屍，肉體比較強健，無論是爆發力、攻擊力、還是速度上都需要用更多精力去對付。

另外，武也觀察到，那些嘴角留有進食痕跡的殭屍，外傷不但比一般殭屍少，也和剛異變的殭屍一樣難纏，讓武不禁猜測，有進食的殭屍不只能維持體能，甚至連修復外傷這種事都做得到。雖然武沒有機會把殭屍抓起來研究，證明自己的理論，但他還記得奶油被父親咬傷的地方，在一夜之間全好了這件事。

面對樓梯前的五隻殭屍，武衡量了下自己這邊的處境：陰暗的室內、剛淪陷不久的地區、嘴角的血痕、一次五隻……還真的是最糟糕的組合啊。

「只能拜託妳了，奶油。」

武一點也不想讓奶油冒險，好不容易才抵達N1實驗室，要是奶油出了什麼事，那麼他們至今為止的努力，就全都功虧一簣了，但是在沒其他方法的情況下，他也只能不斷叮嚀奶油小心一點。

在奶油把殭屍引開後，武把握機會，趁隙溜上三樓，他躲在樓梯轉角處，等待奶油回來會合。

此時，察覺到自己身體異樣的佳佳，忽然開口說話了：「把我……放……在……這裡吧……」

「別說傻話了。」但武還是暫時將佳佳放下，好看看她的狀況。

佳佳就快要失去意識了，她只能用虛弱的聲音，斷斷續續地說話，並且她的右半身看起來就跟其他殭屍沒什麼兩樣。

「不知道……阿德他們……有沒有怎樣……」

「如果妳擔心他們，那妳更應該好好撐下去。」武試著鼓勵她：「等事情結束後，我們再一起去找他們，跟他們說一句『對不起，擅自就開走你們的車』吧？」

佳佳露出了一個詭異的微笑，她現在只有左邊的嘴角能向上揚。

「武……」她輕輕闔上眼睛，用最後的力氣說道：「關於昨晚……的問題……答……答案……是……好喔……」

「啊？」昨晚的事？武起先是納悶，隨後他想起來了，自己昨晚好像的確說了什麼，但是關於內容，他卻一點也記不得。

「我說了什麼？」武問，不過佳佳已經失去意識。

「吶，佳佳！」武輕輕拍了拍她的臉頰，想將她叫醒，但佳佳毫無反應。

不要這樣啊！武咬緊下唇，難過地心想，不要在這種時候，丟了一個好喔，就沒有任何反應了！不要在這種時候，還留下一個懸念，這樣折磨他啊！

不要這樣！不要這樣啊！

「吶，佳佳……」武小聲地哭了起來，「不要在這種時候……離開我啊……」

甩掉了殭屍的奶油，在此時回來會合了，奶油走到佳佳身邊，對她嗅了嗅。

武連忙擦掉眼淚，不想被奶油發現自己在哭。他重新背起佳佳，對奶油說，「走吧，我們必須加緊腳步才行。」

都一起走到這裡了，怎麼可以在這個時候放棄！

一直到佳佳變成殭屍為止，他都會堅持帶上她前進。

即便他很害怕，他也願意要拿自己的命來賭，看是佳佳會先變成殭屍咬他一口，還是他會先找到解藥救她一命。

確認過樓梯上沒有殭屍後，武一路來到四樓。

他在四樓聽見一個奇怪且熟悉的聲音，聲音來自靠近樓梯的某間房間，那間房間看上去更像是雜物間，門是塑膠門和一般的喇叭鎖。

武本來不想插手管閒事，畢竟自己也在趕時間。他打算趁殭屍還沒注意到他之前，直接上五樓，但是他才剛走了幾階樓梯，就越想越不對勁，停下腳步。

他還在想這個聲音怎麼聽起來那麼熟悉，原來跟殭屍撞鐵門的聲音好相似啊……

如果是殭屍在攻擊活人的話，或許那個活人握有他想要的資訊。

去救他嗎？

不，還是先看看狀況再說吧。

來到那個發出奇怪聲音的小房間前，武把頭探進房間，房間很小，只有高處一個小小的通風氣窗能透光，即使現在是大白天，裡面仍顯得有些昏暗。

這裡看起來像是存放檔案的地方，武看見三四排鐵架，上面分門別類放滿了資料夾跟幾個箱子，最裡面，有兩隻殭屍正在撞擊一個鐵櫃，鐵櫃已經變形，無法再抵擋多久。

兩隻殭屍的話，他應該能應付得來。

武悄悄溜進實驗室，在確認過鐵架之間沒有躲藏其他殭屍後，才放心地把佳佳藏在角落，並不忘把門帶上，以免等等有殭屍遊蕩到附近，被聲音吸引進來，導致腹背受敵。

武的眼睛很快就適應了昏暗的環境，他掏出水果刀，拿起一旁的折疊式椅子當盾牌，放慢腳步，緩緩來到殭屍身後，對殭屍做出突襲。

殭屍馬上就注意到後方接近的武，轉向攻擊他，但武早就已經出手，把刀插進了一隻殭屍腦袋中，並用椅子頂住另一隻殭屍，迅速拔刀反擊。

和他預料的一樣，這兩隻殭屍，頭骨比外面的流浪殭屍還要硬得多，幸好武早就做好了心理準備，力道拿捏得恰當，兩隻殭屍都一刀俐落解決。

武用椅子推開了殭屍。

對付玩突變種的疲憊身體，好不容易才稍微舒緩了些，殺了這兩隻殭屍後，所有的疼痛又反撲了回來，甚至還比打倒突變種那時來得更痛了。他手扶著腰，站直身體，因為身體疼痛忍不住發出了呻吟。

就在這個時候，鐵櫃忽然被推了開來，有個黑影大叫著：「看我殺了你們這些殭屍——」，低頭就朝武猛衝過來。

武嚇了一跳，但他看慣了長相恐怖的殭屍迎面衝來的樣子，因此立刻就反應過來。他本來想默默閃開，但忽然想起佳佳人還在門口，他不能放這個黑影過去，要是對方把她當成殭屍，痛下毒手就糟了！

一時想不到別的辦法，武抓穩水果刀，就往黑影一捅——

但當武看見對方的長相後，便訝異地止住手中的動作，水果刀的刀尖頂著對方的脖子，差點就要釀出人命。

「小易！」

對方是武認識的一個兒時玩伴，一個和他年紀相仿的少年。

小易因為武的反擊，嚇得弄掉了手上的鐵橇。

「你……你知道我？」小易顯然忘了武。

「是我啊！我是武，我爸爸是陳文雄，我們在研討會上見過，你忘了嗎？」

小易的本名是劉易翔，武上次見到他是小學四年級的事。當時爸爸帶著他去參加學術研討交流會，武就是在那裡和小易認識的。年紀相仿的他們很快就成為朋友，玩在一起，雖然小易長大了，但沒什麼變，武不會認錯的。

小易覺得自己好像有那麼一點印象，不過比起這個，他更在乎自己脖子上的威脅。

「你、你可不可以先把這個移開。」

「啊，抱歉抱歉。」武連忙收起刀，「但你為什麼要攻擊我？」

「我以為你是殭屍。」

「你見過殭屍幫你殺殭屍的嗎？」武嘀咕，沒讓小易聽見。

小易看見前方倚著牆、坐在地上的佳佳。由於光線不佳，佳佳又側對著小易，小易並沒有注意到她的狀況。

「她是誰？」小易納悶地轉頭看著武，「你女朋友？」

武臉一紅，剛要解釋，奶油不知道從哪裡冒了出來，斯牙裂嘴地對小易哈氣表示：「武是奶油的！奶油的！」說著，奶油還假想了一個敵人，對著空氣揮貓拳。

小易先是瞪大了眼睛，然後露出恍然大悟的表情，「啊哈，腹語！」

武抓了抓腦袋，一邊上前扶起佳佳，一邊簡單扼要地跟小易說明事情經過。

「所以……你在找對外聯繫的管道？」小易絞盡腦汁想了想：「院長室吧？」

聽見那個「吧」，武用很不可思議的表情打量小易，怎麼他好像不是很肯定？

「電影不都這樣演嗎？機構首長的辦公室中，一定會有某處可以掀開來，裡面藏著個紅色的大按鈕，按下去後你會掉進一個通道，直通特種秘密部隊總部。」小易不忘補充：「紅色的大按鈕上方會有透明的玻璃，你知道的吧？」

「……沒有別的方法嗎？」

「呃……那你要不要乾脆跟我一起去媽媽的研究室？」小易解釋：「我媽媽曾經交代過，要是我們走散了的話，人在A棟大樓，就去她的研究室等她，人在B棟大樓，就去她的實驗室等她，她會來找我，跟我會合。」

如果武沒記錯的話，小易的媽媽是N1實驗室的研究人員之一，也就是說，她不只知道哪裡有安全的避難處，或許還能製作出血清拯救佳佳！想到這裡，武的精神振奮不少。

「你媽媽的研究室在哪？」

「就在六樓，不過，是靠B棟的位置……」小易露出傷腦筋的神情。

「B棟怎麼了嗎？」

「因為疫情爆發在B棟啊，當時大部分的人也都在B棟，所以那裡殭屍也比較多。」

這下武就明白了，難怪他背著佳佳還能跟奶油輕易避開殭屍，即便是他路上遇到殭屍最密集的地方，也只有剛剛樓梯前方那五隻，其餘地方殭屍都零零散散地分布在各處。

「就去那裡吧……事不宜遲，我們趕緊出發！」武背起佳佳，輕輕打開門，放奶油出去查看附近是否安全。

小易看見了佳佳恐怖的半張臉，對她是很警戒。

「她、她不是馬上就要變成那些東西了？」

「她不會的！」武帶著略為憤怒的口氣回答，「這裡有設備可以製造血清，她會得救的。」

「噢……可惜你來晚了……」小易嘆了一口氣，「全部都毀了……」

「這裡到底發生了什麼事？」

「這個嘛……」小易一時也不知從何說起。

「邊走邊講吧。」

看見奶油報平安後，武先小心翼翼地走出去，剛踏出第一步時，武痛得像是千萬根針扎在腳底，但是當他走動了幾步後，身體便慢慢習慣了，他隨後招手要小易跟上。

「其實我也只知道大概而已……」小易放低音量，一邊走上樓梯一邊解釋，「就在上個禮拜、不，又好像是上上禮拜啊，我記得是在我吃粽子當晚餐的前一天，嗯……到底是哪一天呢？啊，不管了，總之，研究人員宣稱研發出對抗病毒的解藥了。那時大部分的人都在餐廳吃晚餐，那天的晚餐有水餃跟煎餃，還有加熱過的冷凍三色豆，我本來想吃水餃，但是我想用油煎過的煎餃應該比較有飽足感，我一點也不想吃三色豆，可是我媽又叫人盯著我吃下去……」

才一上樓，他們就遇見兩隻殭屍，幸好殭屍背對著他們，他們還來得及沿著樓梯退回去，小易對這裡很熟，帶著他們前往另一條樓梯走。

「然後呢？」武讓小易接著繼續說。

「我剛說到哪了？」

「研究人員研發出解藥了。」武在心裡暗自慶幸著，還好，他不是決定聽完再出發。

「哦……對，那天吃晚餐吃到一半時，有一個美女研究員忽然衝進了餐廳，你知道嗎？她的迷你裙超短的，而且她每一件衣服都是迷你裙，大家注意的都是她的裙子有沒有因為跑步飛起來，根本沒有人注意到她手中的小瓶子，哈哈……」

他們沿著樓梯上了一層樓，來到五樓。

「在她告訴大家解藥研發出來後，引起了餐廳一陣騷動，她的聲音很小，前面又聚集了一堆人，我只好努力地從一片吵雜聲中去聽她在講什麼，害我都不記得到底最後我有沒有把三色豆吃下去了！」

確認樓梯間沒有殭屍後，他們順利地抵達六樓，開始往B棟方向前進。

「……當晚大家立即讓感染者施打解藥，你相信嗎？那個藥還真的有效，不管是失去意識的，還是剛被殭屍抓出一個淺淺傷口的，全都好轉了，大家都以為他們有一天會康復，但是……」

「失敗了，是嗎？」

「嗯……對啊……」小易顯得很無奈，「昨晚，在釋放他們之前，研究員把它們聚了起來，要檢測他們體內的病毒是不是全都消失了……」小易開始一人分飾多角，自導自演了起來，「先是碰的很大一聲，只見有個年輕人倒在地上抽動著，『唉？小弟，你沒事吧！』『他在抽動？』『發病？』『不可能啊！』『我們不是都打了針？』當大家的注意力都放在那個年輕人身上時，說時遲那時快，某個女孩毫無徵兆就發病變成了殭屍，直接撲向那個穿迷你裙的美女研究員，朝她白白嫩嫩的大腿一口咬下去！『啊——』美女研究員慘叫著，努力推開了殭屍，但是殭屍跳了起來，從脖子咬斷了她的頸動脈，血噴得到處都是……大家一時緊張，有的只顧著逃，有的合作把殭屍制伏，都忘了剛剛倒地抽動的那個年輕人，他變成殭屍，從身後攻擊眾人，殭屍的數量越來越多，守門的士兵為了控制疫情，開槍掃射，但是場面早就失控了，甚至有許多無辜的人，是因為被槍打傷，行動不便，才慘遭殭屍攻擊，而那些不小心被槍打死的人，只要沒被爆頭，最後都會成為殭屍的一份子。牠們在實驗室展開大屠殺後，追著半夜巡邏的人員，全跑出來了，那時大家都在睡覺，還有人正夢到殭屍在吃自己，連醒來的機會都沒有，就這樣在不知不覺中去世……」

「這不是知道得很詳細嘛？」武忍不住吐槽，怎麼連別人做了什麼夢他都知道？

「呃，好啦……其實我只知道解藥失敗了，總之，就是半夜時有人發病，導致情況失控……」小易有些不好意思地說，彷彿是為了扳回一成面子，他馬上又強調：「事情經過可能有點出入，但我想過程肯定是這樣沒錯！」

「肯定不是這樣吧。」武隨隨便便就能想出一堆疑點。

「你又知道了？」小易咕噥。

「當然啦，檢驗病毒只要採血化驗就好，讓他們繼續待在隔離處才是安全的，為什麼要把大家聚在一起？」

「好像……好像也是啊……」小易搔了搔自己的下巴，覺得武說的有道理，其實他也看過研究人員採血化驗，只是說故事時一時沒想到。

「是吧？而且那兩個人發病的時間點也未免太巧了，還一搭一唱的，又不是在說相聲……還有啊，士兵沒在第一時間對殭屍開槍，拖到情況失控，已經很可疑了，為什麼他們不求救？有對講機吧？」

「也許他被殭屍咬到脖子，無法說話？」小易試著為自己的故事找出合理解釋。

「就算他無法說話，光是打開對講機，別人也聽得出來這裡出事了，更何況不是還有監視器嗎？監視器到哪去了？」

被武這麼一說，小易才忽然想到，自己完全忘了監視器這件事。

「是啊……那疫情怎麼會失控呢？」小易雙手交叉放在胸前，很認真地思考這個傷腦筋的問題。

他們在此時經過另一條走廊連接處，那條走廊裡站著兩隻殭屍，牠們在原地搖擺身體，不時晃個幾步，武看準了牠們都背對了自己的時候，毫不猶豫，動作俐落地穿過路口，沒發出任何一絲會吸引殭屍的多餘聲音。

小易就沒那麼順利了，他很害怕，好不容易等到幾次機會，兩隻殭屍都背對著他，他還畏畏縮縮的，不敢貿然通過。

武好說歹說，甚至騙他這是最後一次機會，等等殭屍轉身就會走出來，小易依舊害怕得不肯動作，佳佳都從武背上滑下來不曉得幾次了，最後武只好威脅要把他丟下，小易才終於鼓起勇氣，踉蹌地跑過來。

武不禁想著，自己一開始在佳佳眼中，是不是也這副模樣。

「你怎麼能這麼鎮定地說著把人丟下什麼的……真冷血啊……」小易搖頭，表現出對武很失望的樣子。

「冷血……嗎？」武走到轉角處後，停下了腳步，他想起了自己在逃出教堂後，也對佳佳說過一樣的話。

但是，為什麼？他又不像佳佳在外面流浪了大半年，見多了生死別離的場景跟血腥殘酷的畫面，那麼，究竟是什麼時候，他也成了自己口中那種麻木不仁的人了？

不過，更可怕的果然還是，他對自己變得麻木不仁這件事感到麻木。

現在的話，就算有人告訴他，獨臂阿伯一家全遭突變種滅口了，他可能也只會回一句「我知道了」，為他們哀悼個幾分鐘，然後繼續前進，他依舊會失落，也會難過，只是不再能感受到那種撕心裂肺的痛楚。

「喂喂……」

忽然間，武聽見小易在叫他。

「我只是開玩笑，你別生氣啊……」說著，小易臉色突然鐵青起來，「還是說，你認真打算把我丟下？」

「別說傻話了，我是在想那個呢……」武連忙轉移話題，用眼色示意小易看過去，前面就是他們要找的那間研究室了，但是研究室門口有一隻殭屍在徘徊。

「這樣的話……讓奶油去引開牠吧！」小易提議，他很想知道奶油到底是怎麼引開殭屍的。

「不，我去吧。」武隨便找了個藉口搪塞，「奶油可以引開殭屍，但也可能惹上一堆殭屍，要是殭屍追著奶油回來就不好了。」

武輕輕放下佳佳，拿著水果刀上前迎擊，疲憊的他失去了埋伏或偷襲的耐性，他沒有刻意躲藏埋伏，也沒有從殭屍背後搞突襲，而是神情恍惚地直直走過去，用筋疲力竭的身軀對抗飢腸轆轆的殭屍。

殭屍正餓著肚子，急著要將人生吞活剝，而武卻因為疲憊與疼痛，身手變得遲鈍，這一戰他打得很辛苦，好幾次小易都在一旁替他捏了一把冷汗，最後他總算是將殭屍壓在身下，用刀狠狠刺進殭屍頭顱。

他坐在殭屍身上，對著已經斃命的殭屍，一刀又一刀往殭屍身上捅，血濺得他滿身都是，但他只是抽空用袖子抹了下臉，然後繼續動作。

為什麼？他為什麼要這樣做？武不能理解，但卻呆看著自己的手重複著機械性的行為。

他能感到自己內心深處藏著一絲黑暗，隨著他一刀刀下手，那絲黑暗開始無止盡的膨脹。

他想宣洩什麼嗎？

但是，他不是應該已經變得麻木不仁了？

如果是這樣，那麼，那股逐漸擴大的黑暗，又是什麼？

直到奶油把兩隻前腳放到武的背上，喵了一聲，武才停下手中的動作，沉沉地吐了口氣。

他扶著旁邊的牆壁站起身，與殭屍的一翻扭打，喚起了他身體深處的疼痛。他跛著腳走向小易，每一步都皺著眉頭發出呻吟。

「你也太誇張了吧，不知道的人還以為你出了什麼嚴重的車禍呢。」小易不覺得剛剛那番打鬥看起來有那麼嚴重，還以為武反應過度。

「不……」武必須暫時停下腳步，才能把力氣挪到說話上，「這些傷是早上被一隻怪物摔了兩次的緣故……」

「怪物？說到怪物……你知道N1實驗室也有個怪物傳說嗎？」

「嗯？」研究室近在眼前了，武決定直接攙扶佳佳走過去就好。

小易現在對佳佳比較放心了，於是協助武一左一右撐起佳佳，往研究室走，不過小易還是只敢站在佳佳狀況良好的左邊。

有小易的幫忙，武著實輕鬆不少。

「聽說在N1實驗室某處，有個秘密實驗室，裡面關著一隻怪物，據說那隻怪物是MO研究產物下的失敗品……」他們來到研究室門口，小易一邊給門上的鎖輸入密碼，一邊和武說：「而且啊，我還聽說，研究人員就是抽那隻怪物的體液來研發解藥的……」

門鎖開了，小易推了門就要進去，但武及時拉住了他。

這一間研究室特別不一樣，外面不是透明的，看不到裡面的狀況，誰知道在門上鎖前，裡面是不是有殭屍先進去了。

武脫下身旁殭屍的鞋子，開了個門縫，往最裡面的角落扔了過去，豎起耳朵仔細聆聽，確定沒有任何騷動後，才放心推門進去。

這裡看起來就像一般的辦公室，只是桌上多了一些實驗器材，還有許多裝著不明液體的試管。裡面沒有半個人。

武將佳佳放在辦公椅上，並將椅子轉向背對門口，又拉來椅背上的白色研究袍，蓋在佳佳身上，如果不是臉上的紋路，佳佳看起來就像睡著一般安詳。

不知道是不是錯覺，武覺得她臉上的黑色紋路看上去好像比剛剛消退了一點。

小易的媽媽還沒來，武開始擔心他們是不是在路上錯過彼此了。

「會不會她已經來過了，以為你去了B棟實驗室，出發去B棟找你了？」

「不會的。」小易拉開抽屜，摸出一包零食，打開來吃，並不忘遞到武面前，問他：「要不要來一些？」

「不了。」武不但不感到飢餓，反而有些反胃。

「別擔心，我媽媽也有想到這個問題，擔心我們在路上錯過對方，所以我們約好了，離開前必須留下記號，讓另一個人知道，自己來過這裡了。」

「什麼記號？」

「那就要看當下手邊有什麼材料了。」小易四處張望，想找個什麼東西來當例子，忽然間，他發現每個東西看起來都像是媽媽留給他的記號。

他默默地放下手上的零食。

「怎麼辦？每個東西看起來都很可疑啊！」小易指著桌上兩支交叉擺放的空試管，「這是剛好放成這樣，還是媽媽想用試管打個X，告訴我她來過了？」說著，小易又撿起了地上一張廢紙，紙上沾染了有色溶液，「這是媽媽不小心弄髒的，還是故意滴在這做記號的？」小易接著又發現一連串可疑的事物，慌慌張張地問：「會不會媽媽怕我沒注意到，所以留了不只一個記號？」小易驚慌到失去了理智，「你看，那裡還有一隻鞋子，實驗室中掉著一隻鞋子不是很不尋常嗎？」

「冷靜點，那是我剛剛扔進來的。」武拍了拍小易，安撫他：「她是你媽媽，你了解她的習慣模式，好好想一想，這間研究室有什麼不尋常的地方。」

「我不知道啊，媽媽怕我打擾她工作，所以我也很少進來啊！」

就在這個時候，門忽然被打了開來，兩人不約而同看了過去——

門口站著一位身材粗曠的軍人，手裡拿著一把步槍，用槍口對著房間掃視了一遍。

直覺告訴他，背對著自己的那張椅子暗藏著危險，但他的注意力馬上就被奶油拉了過去，他真不解啊……怎麼會有一隻肥貓在跟自己揮手，是他眼花了？還是他多想了？他不由得多看了奶油兩眼，才放下手中的槍。

柏盛一邊盯著奶油，一邊側過身，叫上門口的人。

「王博士，這裡。」

保護王博士是柏盛的責任，所以，雖然他看見了門口那隻死狀恐怖的殭屍，但他還是決定慎重地把研究室檢查了一遍，才叫上王博士。

聽見他的叫喚，有個看上去約三十出頭的年輕女性，繞過他走了進來，她戴著黑色的粗框眼鏡，頭髮有些凌亂，像是隨意紮起來似的，身上還穿著白色的研究袍。

「小易？」一看見小易，她立刻激動地衝上前抱住小易，喜極而泣。

「太好了，你沒事……別怕，媽媽來救你了，媽媽就在這裡……媽媽知道你是個堅強的孩子，肯定沒事的……」

「媽！」小易也高興地回抱住眼前的女子，「我差點以為錯過妳了！」

「可憐的孩子，你一定受驚嚇了對嗎？」王博士不斷撫摸小易的臉頰，心疼地看著他，「門口那隻殭屍是你殺的嗎？」

「呃，是他呢！」小易指向一旁的武，王博士這才注意到旁邊還站著一個人。

「這位是？」

「很榮幸見到您，王博士，我是陳文雄博士的兒子，陳武，我代替父親送疫苗過來。」武邊說邊瞄她胸前的識別證，他聽過這個名字，王雅鈴，是疫苗研究計畫的負責人，當初父親就是想和她取得聯繫，分享研究成果，真沒想到她就是小易的母親。

為了取得她的信任，武還把掛在脖子上，父親的識別證拿給她看。

「你就是陳博士的兒子？」王博士對於能在這裡巧遇武，感到非常訝異，「太好了，你還活著，真的太好了……」王博士並沒有詢問武關於陳文雄的事，雖然保養得宜，但她其實是年過五十歲的人了，見識過許多大風大浪，遍體麟傷的少年，拿著父親的識別證，獨自來到這裡，意味著什麼，她再清楚不過，不需要讓他去回憶那些不愉快的事。

「不過……你說的疫苗是？」

王博士困惑的神情，讓武了解了，原來父親他們終究沒有成功地把訊息傳出去……為了製造那個機台，他們起了無數次內鬨，損失了多少寶貴的性命啊，想到這裡，武不禁為避難所的前輩感到不值。

「等、等等，不會吧！」僅僅幾秒鐘，王博士立即意識到武指的是什麼，「哦……天啊！你指的疫苗該不會是……」

武默默點了點頭，並把奶油抱了起來。

「我真不敢相信，陳博士……他、他成功了？」

「這是我的愛貓，奶油，她現在是有抗體的貓咪了，而且還獲得了說話的能力。」武向王博士介紹了奶油，並把奶油遞到王博士面前，對奶油說：「說點什麼吧，奶油。」

由於現在是白天，研究室的窗戶又大又亮，奶油的瞳孔拉長成細細的一條線，加上王博士是從上方往下看，所以王博士只看到奶油用倒三角形的邪惡眼神問她說：「泥會用貓沙嗎？」

「奶油！」武連忙把奶油抱到懷中，免得她接下來問人家有幾個屁股。

王博士起先露出驚訝的神情，但很快就恢復鎮定。

一旁的柏盛乍看之下很冷靜，但他在奶油說話的時候，眼睛也忽然睜大了下，只是很快又恢復成什麼事也沒發生一樣。

「做得好，孩子。」王博士欣慰地把手搭在武的肩膀上，「你的父親，陳文雄博士，是人類的驕傲，而你，是他的驕傲。」

武低下頭，表情失落。

「可是……爸爸他已經……」

「我知道你很難過，這一路辛苦你了……」王博士給了武一個溫暖的擁抱，「跟我們一起走吧。」王博士憐憫地看著武，「我已經在情況失控的當下，啟動了防衛機制，將研究室的門鎖上，同時對外發布緊急求救訊號，我們只需要前往地下室的緊急避難處，等待救援到達就可以了，柏盛會保護我們，你不用再擔心受怕了。」

聽了王博士的話，柏盛倒是嗤笑了下，能把殭屍捅得面目全非的少年，哪裡需要他保護。

在王博士拉上小易，轉身要離去時，武著急地擋住了王博士的去路，大喊：「等等！」就這麼跟他們走了，佳佳怎麼辦？

「可以請妳幫個忙嗎？」武豁出去了，「請妳救救佳佳！」武走到椅子後方，把佳佳抱了過來，一面解釋

：「她算是我的救命恩人，沒有她，我一個人走不到這裡……」

一看見佳佳，柏盛立刻繃緊了神經，一個箭步擋在王博士前面，直接將槍口對向佳佳——

「把她放下！」柏盛叱喝。

「不！」武側過身護著佳佳，對王博士投以求救的眼光，「拜託了……」

「讓開！信不信我連你一起打死！」柏盛惡狠狠地威脅武。

王博士連忙伸手制止了柏盛，「先讓我看看她的狀況再說吧。」

「喂！我們的目的是要找小易吧，既然都找到人了，還耗在這裡做什麼！」柏盛不客氣地怒罵，但王博士沒有給予任何回應，而是指示武把佳佳放在一旁寬敞的研究桌上。

柏盛往門口吐了一口痰，表示自己的不爽。

王博士拿出手電筒，撥開佳佳的眼皮，檢測了下她的瞳孔反應，又輕輕將佳佳的頭髮撥到耳後，拉開衣物，察看她病毒擴散的情形。

武在一旁探頭探腦，不安地看著王博士動作，並且插話：「只要給奶油抽血，這裡的設備就能製作出血清，是吧？沒錯吧？對嗎？」

「她是什麼時候被咬傷的？」

「今、今早……」武說得有些心虛，「就在剛剛，大約兩三個小時前吧……」

在武這麼回答的同時，他看見佳佳身上，原本應該還要是血肉模糊的傷口，卻已經結痂了，想起殭屍的超強復原力，武頓時啞然，全身起了一陣雞皮疙瘩。

柏盛也看見了佳佳的狀況，「今早？」他悶哼了一聲，一臉就是不相信的樣子。

王博士倒是信了武的話：「每個人的發病時間跟發病狀況都不太一樣，和受傷的位置跟傷口嚴重程度也沒什麼關聯，只是……」王博士的態度不太樂觀，「她的情況很危急，就算是血清，也未必能救她一命。」

「就算機會渺茫，請至少試看看，拜託！」武繼續懇求。

王博士不禁猶豫了，如果可以，她當然很樂意多救一個人，但是先不說B棟被滿滿的殭屍佔據了這件事，王博士其實還有別的顧慮。

她們沒有做過試驗，不確定奶油體內的抗體強度如何，即便現在的醫學有辦法讓血液更快凝固，進行離心，但分離出來的血清裡面有太多東西，如果想純化，在沒有前例的狀況下，還必須先耗上許多時間做測試，才能找出他們要的抗體，但這個女孩肯定等不了這麼久，可是要是直接施打未經純化的血清，又要顧慮副作用跟過敏的問題，嚴重的話，一樣可能有性命危險。

「喂！」柏盛看見王博士在猶豫，怕她真的應允了，連忙用粗曠的聲音，表示反對，「要是真的過去B棟，搞下去就晚上了！有必要為了一個小女孩，讓我們全體置身於危險中嗎？」

武惡狠狠地瞪了柏盛一眼，怕王博士接受了柏盛的建議，連忙又說：「她的傷不是被普通的殭屍咬的，是一隻特別的突變種咬的，如果成功救回她，她的研究價值絕對比一般人高，一定能在往後的研究幫上什麼忙……」武不喜歡把佳佳說得好像實驗品一般，但眼下，只要能讓他們救她的意願大增，其他的事可以之後再說。

「突變種？什麼突變種？」一如武預料的，王博士顯得很感興趣。

「如果妳願意救她，我可以在之後有空時，把自己知道的部分詳細說給妳聽，但是對於突變種，有很多我不明瞭的事，只有佳佳一個人知道，放棄救她是個損失。」這招果然很厲害，武可以看見王博士猶豫的神情，和剛剛完全不一樣了。

柏盛一聽，更加惱怒，「現在都停電了還做什麼鬼研究！」

「這也不是問題，為了保護進行到一半的實驗，研究室都有儲備電力，我想想……昨天半夜出事的話，用到明天早上應該還不是問題……對吧？媽？」小易拉了拉王博士的衣袖，王博士正專注在自己的思緒中，一心二用讓她的話聽起來充滿著不確定性，「明天早上可能有點勉強，但是到晚上還可以。」

柏盛暴怒，「老子的職責是保護王博士的安危，不是製造血清拯救什麼小女孩，外面有一拖拉庫的殭屍在晃，你們以為我帶了整座彈藥庫在身上？」他不客氣地用力戳了下武的胸膛，「那個女孩或許對你來說很重要，但說白了，就只是變成殭屍的其中一人。」

武也生氣了，咬牙切齒地說，「如果不能救她，那我就不跟你們走了，我要留在這裡……奶油也是！」

「你小子是在威脅我嗎？」柏盛根本不在乎他跟那隻貓是不是想留在這裡等死，但是他了解王博士，王博士肯定不願意失去奶油。

「嗯，就是啊！」武強硬回答，「你是腦子進水，還是裝糊塗了，沒聽懂是嗎？」

「X！」柏盛憤怒地抓起桌上的試管砸碎，並將手中的殘骸往武身後的牆壁一扔，玻璃劃過武的臉頰，留下一道傷口，但武甚至沒有眨一下眼睛。

「有種你再說一次！」柏盛對武咆哮。

「要我說幾次都行！」武回嗆，「我他媽就是在威脅你這個腦袋裝屎的傢伙！」

「別衝動啊你們！」小易在一旁緩頰，但沒人理他。

柏盛發狂地扯起武的衣領，把武整個人拉到他面前。

武只能勉強用腳尖踩到地面。

「喂！乳臭未乾的狗屁小鬼！」柏盛的怒吼聲讓武幾乎要耳聾，口水噴濺到他臉上，「不過殺了幾隻殭屍就讓你得意忘形起來了？嗯？你上過戰場嗎？你體會過敵人永遠不可能休戰的壓力嗎？你經歷過彈盡糧絕、沒有援軍的狀況下，還得奮力殺出一條血路那種無力感嗎？你有陷入過相依為命的夥伴忽然變成殭屍，不得不親手殺了他的絕望嗎？你知道用槍掃射自己兄弟的感覺嗎？你知道拿刀捅自己親友的痛楚嗎？不！你什麼都不知道！你什麼都沒遇過！你什麼都不是！不要在那裡給我空談英雄救美的理想！救人要是那麼容易，今天世界就不會是這個樣子！」

「不要說得好像只有你遇過一樣啊！」武也不甘示弱，回揪住他的衣領，以武的力氣和狀態，沒辦法把身材強健的柏盛抓起來，但他仍死死地跩著柏盛的衣領，惡狠狠回瞪他。

柏盛的話，讓武想起了父親的事，原本應該已經淡忘的回憶，不知為何浮現在腦海中，歷歷在目，喚起武藏在心底的悲憤情緒。他想起了一直敦厚和善的父親，轉過頭就變成了那副駭人的模樣，他懂柏盛說的那種痛，他一邊希望有人能來阻止自己，一邊卻拿著石頭不斷往父親身上砸，一直到現在，他都還握著那顆丟不掉的石頭……

因為這股湧上來的情緒作祟，武才發現自己原來根本不是變得麻木了，他只是因為恐懼，所以選擇不去意識，好避免自己受傷。

柏盛從衣服被緊緊抓住的感覺，確切感受到武的憤怒，他可以從武的眼中看見那些無法言喻的痛楚。

忽然間，柏盛有些訝異地看著武。

他剛剛進來時，並沒有特別留意武的一舉一動，因此到現在才發現這件奇怪的事，雖然不是很明顯，但他感覺得出，武的目光有些混濁，眼白處還混雜有不少小血塊。

柏盛是上過戰場的人，打的對象正是殭屍，對勘傷有著豐富的經驗。在對抗殭屍的過程中，他和戰友們什麼樣的傷沒受過？儘管他不是醫生，但他可以憑一個人的外觀動作，判斷出受傷的地方與嚴重程度，柏盛帶著存疑的神情，將武從頭到腳打量了幾次，還將他左搖右晃了幾下……

柏盛每一個看似有意無意的動作，都帶出武最深處的疼痛，包括那些連武自己也沒注意到的地方，但武倔強地咬牙撐著，堅持不發出任何哀號，哪怕只是一聲抽氣聲，也像是在跟對方示弱，他只是微微拱起身體，減少動作帶來的疼痛感。

看見武微妙的神情變化，以及不自然的抗拒動作，柏盛可以篤定武身上的傷勢不尋常，那是跟死神拚搏過的人才會留下的痕跡，以往他總是能在戰場同伴身上看見，不盡快治療的話……

「喂！你受傷了啊……」柏盛放開武的衣領，怒氣消了不少，「你做了什麼？」

「這種小傷，休息一下就好了。」武用手背抹了一下臉頰上被玻璃劃傷的地方。

「我是說內傷。」

「好了好了！」王博士逮到機會，站到他們之間，阻止他們繼續吵下去，「我決定了，我們要去B棟實驗室，製造血清，救那個女孩。」

小易和武對看了一眼，都高興地笑了。

意外的，柏盛這次沒有出聲抗議，他是個臉上藏不住喜怒的人，但他卻沒露出什麼不高興的樣子。

只不過，武才高興沒幾秒鐘，王博士就打斷了他的美夢。

「但是，我有個條件……如果你不同意這個條件，恐怕我不能替你製造血清。」

「什麼條件？」武感到不安。

「她必須留在這裡。」王博士希望武不會像剛剛那樣激動。

「什麼？」武詫異，但他對王博士還是保持了基本禮貌，「可、可是這樣就不能在第一時間給她施打血清了啊……」

王博士接著解釋：「帶著她，我們的移動速度也會比較慢，況且柏盛的顧慮也不無道理，她是個不定時炸彈，我必須要確保小組的安全。」

「可是，留她一個人在這裡……」武還想說什麼，但王博士將手搭在他肩上，用溫柔卻堅定的聲音，安撫他的不安。

「她在這裡很安全，況且這裡離B棟很近，我們很快就會回來，她不會等太久的，我保證。」

「我……我知道了……」武垂下頭，雖然不樂意，但也只能勉為其難地接受，畢竟王博士是現在唯一可以救佳佳的人了。

來到B棟，殭屍的數量明顯增加，在柏盛的掩護下，一路上他們沒有遇到驚險的時刻，順利抵達實驗室。和A棟不一樣的是，B棟的實驗室，靠近走廊的那一側全是透明的玻璃，可以輕易看見實驗室內的狀況，而且玻璃下半部是霧面的，他們可以蹲下來遮掩自己。

研究室中，有五隻殭屍，站在那裡搖晃著身體，嘴裡發出的嗚嗚呻吟，好像在昭告天下牠們正飢餓著，在等待食物送上門。

王博士打開了門，柏盛原本要進去開槍，但王博士阻止了他。

「不能用槍，要是把其他殭屍引來，到時我們就不好出去了。」王博士叮嚀。

柏盛露出厭惡的表情，放下槍，掏出一把小刀，面對五隻殭屍，他也感到有些棘手，雖然他學過近身搏鬥，不過當時那些對手可沒想把他生吞活剝。

「交給我吧。」武摸了下腰間，確定水果刀還在。

武不想讓奶油冒險把殭屍引出來，佳佳命在旦夕，他比以往任何時候都不希望奶油在此時涉險，更何況要等奶油把殭屍甩掉，太費時了。

一想到他們必須盡可能的爭取時間，武努力提振精神，話一說完就溜進實驗室內。

「不可以，太危險了！」王博士想阻止武，但已經來不及了。

小易一把壓住準備偷跟進去的奶油，奶油只能趴在地上不悅地晃動尾巴。

「快去救他！」王博士輕聲催促柏盛，推了他一把。

「好好看清楚吧。」柏盛興致盎然地示意王博士看過去。

武利用實驗桌作掩護，往兩隻站在一塊的殭屍靠近，他先襲擊了其中一隻殭屍，再用牠當作盾牌，抵住另一隻殭屍，同時迅速地拔出水果刀攻擊，一下子就解決了兩隻殭屍，動作一氣呵成。

小易看得目不轉睛，一時疏忽，差點被奶油逮到機會逃跑。

王博士也不再那麼緊張。

另外三隻殭屍和武的距離比較遠，武有足夠的反應時間，他把椅子推向朝他直衝而來的那隻殭屍，絆倒殭屍後，趁機殺了牠。

接著武從桌子下鑽到另一側，並站在另一側等候，一等殭屍追著自己，從桌子下過來時，武就立刻把握機會，用刀刺穿牠的腦袋。

「還剩一隻。」武轉過身，猜想自己有能力正面迎擊了，沒想到眼前這隻殭屍卻不按牌理出牌，牠跳上研究桌，並且在只剩幾步之遠時，一股作氣跳過來，把武撞倒在地。

一時之間，武腦中只閃過這個念頭：完了！這次真的完了！

幸好，柏盛在千鈞一髮之際，將手中的小刀射向殭屍，小刀精準地命中殭屍後腦杓，救了武一命。

「小子，做得還不錯嘛！」柏盛揉了揉鼻子，他也是有練過的人，可不能讓這小子把鋒芒都占去了，「要不要加入我們？」柏盛從殭屍身上抽出刀，看也沒看，直接把小刀往後方投擲出去，正中另一隻殭屍的額頭，原來有一隻殭屍武沒有確實殺掉。

「不、不了……」武推開壓在自己身上的殭屍，癱軟在地上，奶油跑上前舔了舔他的鼻子。

在王博士給奶油抽血的時候，武負責抓穩奶油。柏盛把他們剛剛殺死的殭屍拉到門外丟著，並不忘叫上一旁發呆的小易幫忙，小易擔心殭屍會忽然爬起來攻擊自己，於是柏盛讓他負責抬腳。

還沒有做過實驗，確認奶油血液中的抗體濃度，王博士實在拿不定主意該抽多少血量，才能夠製造出足夠救活佳佳的血清，不過這個問題很快就獲得解決，武告訴王博士，這隻 5.42 公斤的貓，能抽的血量大概也就 50ml，王博士很快就給奶油抽足了整整 50ml 的血，但沒有告訴武這個令人擔憂的資訊。如果製造出來的血清量不足以救活佳佳，他們也沒有更好的辦法了。

「奶油好勇敢喔！」武不忘誇獎奶油，奶油掛在武的肩頭上撒嬌，「奶油好痛，揉揉。」

「好好好。」武寵溺地搓揉她，「這裡嗎？」

「喔喔……上去、再上去一點……再右邊一點……對對，就是這裡……好舒服……喔……」奶油瞇起眼睛，一臉享受。

「我扎的是另一邊。」王博士抽空瞥了一眼。

武揚了眉毛看著奶油，奶油想了一下，恍然大悟地說：「難怪奶油還是覺得好痛。」

在王博士著手製作血清時，陸續有殭屍遊蕩經過研究室，雖然門口放了幾隻殭屍干擾牠們的判斷，牠們還是注意到研究室中的人，紛紛貼到玻璃上，不斷拍打玻璃。

小易害怕地叫了聲：「媽……」

「不用擔心，這是經過特殊拉伸處理的有機玻璃，就憑這些數量的殭屍，還不足以把這面破璃打碎。」王博士連抬頭也沒有，不急不徐地回答。

奶油掙脫武的懷抱，跑了過去，像在閱兵般，抬起胸膛在殭屍前方走來走去，小易覺得很有趣，和奶油玩了起來。

柏盛順勢坐到另一張椅子，翹起腳，放在研究桌上，把握時機閉目養神，雖然擺出一副鬆懈的模樣，但他早就培養出敏銳的警覺性，只要一有不尋常的動靜，他就能立即做出反應。

武沒有去催促王博士，他知道血清製作有一定的步驟，自己再心急也無法加快速度。

他來到桌子的另一側，靠著桌子，席地而坐。在大家都沒看見的前提下，才終於卸下偽裝，仰著頭，張大了嘴，虛弱地喘著氣。

撐著點……他告訴自己的身體，拜託再撐一下……他感覺自己的身體好像漸漸失去控制，頭也開始昏眩起來，但是拜託啊，他用意志力強迫自己保持清醒，事情已經接近尾聲，至少也要撐到佳佳打完血清……

才剛析出粗糙的血清，忽然間，他們聽見一陣奇怪的聲音傳來，像是沉重的腳步聲，腳步聲走走停停，越來越大。

緊接著，他們看見令人毛骨悚然的一幕。

有個身形詭異的怪物，拖著沉重的步伐，從走廊那頭，一步一步走了過來……

牠的體型巨大，身長將近兩公尺，體型很壯碩，表皮看起來就像蠟油沿著蠟身流下後凝固一般，佈滿了大大小小的肉瘤，肉瘤一個疊著一個，彷彿還不停地在流動。牠的頭下陷到胸膛中，雙肩高高聳起，佈滿尖牙的嘴佔據了胸膛上半部，眼睛和鼻子成了幾個小黑洞。

牠在研究室前停下了腳步。

「那是……什麼……」小易用顫抖的手指著牠。

突變種。

武腦袋中冒出了這個想法，雖然長相不太一樣，但是鱷魚變成突變種後，也和一開始追著佳佳的那隻突變種長得不一樣，武直覺眼前的這隻怪物就是突變種無誤。

但是為什麼這裡會有突變種？武想起了小易的話，N1 實驗室的怪物，指的不會就是突變種吧？所以 N1 實驗室的科學家，早就已經在研究突變種了嗎？

王博士也注意到了，她先是訝異了一下，但隨即又低頭埋首在儀器間，她淡定的反應說明她早就知道這件事，也讓武更加確信自己的想法沒猜錯。

不過，從她剛剛對突變種感興趣的神情看來，她應該不知道自己口中的突變種指的就是這個怪物。

「喂、喂……」柏盛看見了王博士的反應，出聲要她給個回答。

「不要緊。」王博士緩緩說道，「牠對一般人沒有威脅性，牠只對有病毒反應的生物……」話說到一半，王博士忽然想到，奶油還站在門口呢。

對感染者有反應的怪物，會不會對奶油也有反應呢？

她恍然抬頭一看，小易就站在奶油身旁，並且因為自己的話，而對突變種降低了戒心。

「危險——」王博士著急地想上前把小易拉過來，腹部撞到桌角，差點跌倒。小易聽見身後的動靜，回頭一看，就在這個時候，突變種往玻璃猛烈出了一拳，僅一擊，就將玻璃撞出一個洞，連帶打死凝到牠的兩隻殭屍。

突變種將手從洞中伸進來，往小易和奶油身上抓，小易和奶油一時反應不及，僵在原地。

幸好，早在突變種發動攻擊時，柏盛也同時做出了反應，他跳過桌子，衝上前，一把撈起奶油，並將小易撲倒在地，突變種什麼也沒抓到。柏盛回過身，將奶油扔向武，武牢牢接住了奶油。

當突變種要把手抽出來時，手臂上那些沉甸甸的肉瘤卡在洞口上，讓牠伸不出來，試了幾次後，牠用力抽回了手，肉瘤一顆顆掉在地上，令人反胃，但牠手臂上的傷，很快地又被新增生的肉瘤覆蓋了過去。

突變種還打算做第二次攻擊。

柏盛讓小易壓低身體，逃到王博士身旁，自己則找了桌子做掩護，把槍口對準突變種，嚴陣以待。

奇怪的是，在突變種的拳頭碰到玻璃前，牠卻忽然停下了動作……

牠轉過頭，往走廊的另一頭看去。

接著，柏盛注意到有一顆殭屍的頭掉到地上，在突變種腳邊滾……這是怎麼一回事？這是剛剛突變種誤殺的礙事殭屍嗎？柏盛疑惑。

就在這個時候，突變種緩緩地轉過身，拖著沉重的腳步，往A棟的方向走去。

大家紛紛納悶地對看幾眼。

柏盛隱約看見盡頭那裡好像有什麼東西，連忙貼到玻璃上，想看得更清楚一些，但那個位置位於視線死角處，又被突變種的身影擋住，沒辦法看仔細。

牠要去哪裡？

忽然間，武腦中閃過一個念頭——

佳佳！

牠肯定是去找佳佳了！

武慌亂地轉過身，王博士已經把未經純化的粗糙血清倒進了試管中，催促著眾人：「快！我們快走！」

柏盛打開了門，用槍解決了門口的殭屍。

「走？」武不能理解現在的情形，「血清不是還沒完成嗎？這樣施打不會出事嗎？」

王博士不打算告訴武，血清本來就不可能完成。

「情況有變，我們必須要快點躲到避難處才行……」王博士一邊推著武向前，一邊解釋。

「那佳佳呢？」武甩掉王博士的手，怒視著她，「妳們打算丟下佳佳？」

「走不走啊！殭屍肯定都被槍聲引來了！」柏盛沒耐心地催促，但是王博士跟武看起來就像根本沒注意到身旁發生了什麼事。

「我很抱歉，但是我應該也說過，我必須要確保小組的安全，一開始會把她留在研究室，就是為了遇上危險時，隨時都能捨棄她，確保我們的安危。」王博士耐心地和武解釋，但這些話到武耳中，都變成了刺耳的贅言。

武後退了幾步，不敢置信地搖頭，看著她。

「看清楚狀況，孩子！那隻怪物隨時都有可能回來，你打算讓奶油陷入險境嗎？」王博士忍不住加重了語氣：「你打算辜負陳博士對你的期待嗎？世界上還有許多人像那個女孩一樣，在等待血清的人，你應該要看得更遠才對，難道你就忍心犧牲，只為了救那個女孩？」

武垂下了頭。

「……啊……是呀……」武說得很小聲，王博士沒聽見他說了什麼，還以為他終於明白了自己的一番苦心。

「那麼，我們快走吧……」

但武卻忽然抬起頭，衝著她大叫：「我說『嗯，是啊！我就是要救她！』」同時，武使盡全力，用頭往王博士的頭一撞。

王博士挨了一記頭槌，跌坐在地上，武趁機搶走了她手中的血清，轉身衝到走廊上。

他想起了獨臂老伯的提醒，要他別趕著去做無謂的犧牲，但是現在，他才不管那麼多！

「喂！小鬼，你做什麼！」柏盛將槍對準武，但王博士連忙摀著頭對柏盛大叫：「不、別開槍！」

就在柏盛猶豫的那短短一剎那時間，武已經做出了抉擇，為了避免與突變種正面交鋒，他決定從另一邊樓梯，繞過去A棟，雖然距離比較遠，但突變種的動作十分笨重，如果用跑的，他一定能趕在突變種之前找到佳佳！

奶油見狀，立刻追了上去，口中還碎唸著：「哪裡有武，哪裡就有奶油。」

武前方還有兩隻殭屍，但武忽然覺得自己不怕了，忽然間他什麼都不怕了，他知道自己沒有多餘的時間和殭屍打游擊戰，決定直接闖過去。

武因為暈眩失去平衡，反而閃過第一隻殭屍的撲擊，他用手臂從側方推開了第二隻殭屍，成功突破重圍。

在兩隻殭屍要追上去時，柏盛開槍打死了牠們。

「媽，妳還好嗎？」小易攙扶起王博士。

柏盛看向王博士，等待她做出指示。

「快，我們快追上去！」王博士著急地說著，他們不能在這個節骨眼失去奶油。

Chapter 11
清道夫

事情發生在佳佳出現徵兆的那晚，奶油鑽進武的衣服內，睡得又香又甜，忘了守夜這件事的時候。

在台灣的另一個地方，一處隱藏在地下的秘密設施中，戰士G正快步通過走廊，趕往狙擊手S的房間。

她輕敲了三下房門後，不等狙擊手S回應便直接打開房門，倒不是她不注重禮節，也不是因為兩人的交情已經熟到這個地步，她的目的就是來查房的，不搞突襲就失去意義了。

狙擊手S正靠在椅背上，拿著一塊潔淨柔軟的布，端詳一把剛保養好的槍，他的身旁，大大小小的槍隻被拆解開來，整齊有序地擺放在床上。

忽然看見戰士G，狙擊手S著實嚇了一跳，回頭往床上看了一眼，但很快又恢復鎮定。

看見他的反應，戰士G更加肯定自己的猜測。

「你果然是要去執行機密任務，對吧？」

「什麼機密任務？」狙擊手S還想裝蒜，「我只是單純在保養槍枝而已。」

戰士G檢視了下擺放在床上的槍械，「你以為我看不出來你是在保養槍械，還是在為了執行任務做準備嗎？」

「原來公主陛下一直在偷偷觀察我？真是榮幸！」狙擊手S放下手中的槍，露出一絲賊笑，往戰士G走了過去。

「誰、誰在注意你啊！」戰士G慌張地別過臉，雙手環抱在胸前，「因為我們認識很久才會知道罷了……」

「先別說這個了……」狙擊手S站在戰士G正前方，一手抵在她身旁，挑眉輕聲說：「大半夜來男人房裡，肯定做好相對應的覺悟了吧？」

她臉一紅，連忙轉身想走，但狙擊手S立即把另一隻手也抵上，將她困住，笑嘻嘻地問：「今晚妳想怎麼玩？我都奉陪喔！」

戰士G瞪了他一眼，蹲下身，打算從他手臂下鑽過去，但狙擊手S看穿了她的動作，和她一起蹲了下來，讓她完全沒有路可跑。

他們兩個靠得很近，甚至能感覺到彼此的氣息。

「你！」戰士G羞到極點，一把抓住狙擊手S的手臂，下一秒，狙擊手S的手就被翻了過來，擰到背側。

「啊！痛痛痛痛痛痛……殺人啦……」狙擊手S痛得不斷哀號，戰士G才放開了手，把他推出去。

狙擊手S誇張地倒在地上，雙腿夾著手臂，繼續呻吟：「痛死了……好像骨折了……痛啊……有沒有哪個好心人可以來扶我一下？」他緊閉雙眼，等著戰士G來攙扶自己，但卻一直等不到人，於是偷瞄了戰士G幾眼，又繼續嚷著：「有沒有什麼美麗善良大方好心溫柔優雅高貴的公主陛下可以來扶我一下？」

沒想到戰士G卻哼了一聲：「還有力氣哀號就代表沒事。」

「什麼嘛！妳把人家弄傷，都不需要來幫忙扶一下嗎？」狙擊手S沒好氣地爬起來，雖然戰士G有控制力道，但這一擊還真的有點痛。

「反正你肯定是想趁機偷吃豆腐吧！」戰士G下意識地摀著自己的胸口，對上次狙擊手S伸出鹹豬手想偷摸自己胸部的事還記憶猶新。

「唔……」狙擊手S像做錯事被發現的小孩一樣，一臉心虛，「什麼啊，最後不是沒摸到嗎……而且妳還把我過肩摔，二度傷害耶！」

「你活該！」

「對男人戒心這麼重的話，會嫁不出去喔。」

「不用你管！」

「我怎麼可能不管妳呢，果然，還是讓我好好幫幫妳吧……」狙擊手S帶著邪念的表情，朝戰士G的胸伸出了手……

「你這個……你這個……你這個……」

看到戰士G舉起因緊握而充血的拳頭，狙擊手S忽然大感不妙，默默地收回了手，「呃，哪個？」

「誰幫誰還不一定呢！」戰士G雙手抱拳，擠出甜美笑容說：「我也來幫忙矯正下你的豬哥德行吧！」

結束了這場鬧劇，狙擊手S繼續坐在椅子上保養他的槍械，沒有另一張椅子，於是戰士G只好坐在床緣，靠茶几的床頭處。

「那麼，說吧，任務內容是什麼？」

「啊？什麼任務？」

「別裝了，剛剛H都跟我說了。」

「什麼！」狙擊手S皺起眉，小聲地發著牢騷：「我上次才拿槍抵著他腦袋，警告他，他居然還敢踏進妳閨房……」

「我不是說過好幾次，叫你別再這麼做了嗎！」戰士G感到很頭疼，無奈地解釋，「事實上，是我剛好有點事去找他……」

「妳踏進了那個豬窩！」狙擊手S不敢置信，回過頭嘀咕了下，「不，這麼說還太汙辱豬了……」他神色緊張地追問，「駭客H那傢伙沒有趁機對妳做什麼奇怪的事吧？假借健康檢查的名義，要妳脫光衣服，拍裸照……之類的？」

「別一直扯開話題啊。」戰士G不耐煩地說，他明明平常不是會這樣說話的人，「到底是什麼機密任務？」

狙擊手S翻了下白眼，沒好氣地表示，「什麼嘛……妳自己不也常常出機密任務嗎？」

「我有嗎？」戰士G一臉莫名其妙，機密任務可不是想要就能接的任務，事實上，她還從未參與過任何機密任務。

「有啊，有一陣子，妳不知道在忙什麼，常常跑得不見人影，還耽誤到高層派來的工作，我時常還要掩護妳，妳居然忘了嗎？」

「唔……」戰士G也想起了那時的事，一臉尷尬，那大概是九個月之前，疫情剛爆發的時候。

「說！做什麼去了？」

「那是……有、有一點私人的……」

「我知道了！」狙擊手S打斷她的話，一手握拳敲了另一手手掌，搞得戰士G緊張兮兮了起來。

「肯定是為了買性感內衣誘惑我，對吧？」說著，狙擊手S對她眨了下眼，沒想到卻看見戰士G怒髮衝冠、一副想殺人的樣子，連忙轉移話題：「我說我說，妳要我說什麼我都招了！」

「那麼，到底是怎麼樣的任務？」

狙擊手S停頓了幾秒才開口：「妳還記得之前被剿滅的那個秘密實驗室嗎？」

「哦……你說那個啊。」戰士G想起了那個事件，那個是MO的秘密實驗室，詳細地點除了相關人員外，就連其他幹部都不知道位置，但是戰士G知道，因為她就是從那裡出來的，是少數成功的實驗體之一。

只是後來，秘密實驗室的地點外洩，有幾個國家聯手出兵，殲滅了秘密實驗室。

「那不是很久之前的事了嗎？」

「嗯。」狙擊手S應了聲，「當時，有兩名組織幹部帶著實驗產物逃走了，有傳言說他們後來逃到台灣，為了逃離追捕，吃下實驗產物，把自己變成實驗體大開殺戒，其中一人最後被捕獲送到N1實驗室做研究，另一個人則下落不明。」

「所以，你的任務就是帶回實驗體？」

「就是這樣。」狙擊手S兩手一攤，「聽說那是非常嬌貴的人工產物，很難培養，總之，如果帶不回來，至少也要銷毀，上層就是這樣交代的。」

「這不是很奇怪嗎？」戰士G若有所思地說，「為什麼不讓擅長近戰的我也一起去？多帶上一個人幫忙，活捉率更高吧？」戰士G反覆推敲著最近幾次任務表現，應該沒做出什麼讓人不放心的行為才對啊。

「我不知道。」狙擊手S聳聳肩，「但師父說了，讓我跟駭客H去。」

「你跟駭客H？」戰士G揚高語調，詫異的問。

「妳以為我想嗎？可以選的話，當然是要跟可愛的女孩子在一起才好啊！」狙擊手S趁戰士G毫無防備的時候，忽然上前把她壓在床上，「那些事就別提了……」他將槍枝的零件推到一旁，語帶挑逗地在她耳邊問：「想看看我的槍嗎？」

戰士G對他微笑，忽然膝蓋一頂，狙擊手S立刻摀著下面，痛得倒在一旁地上打滾。

「這也太奇怪了，你跟駭客H？」戰士G坐起身，十分不解，「你們一個是打電腦的，一個是躲在遠處用槍的，就你們兩個，是要怎麼抓實驗體？」

「還……還有……師父啊……」狙擊手S好不容易才感覺不那麼痛了，但還是緊緊地夾著自己雙腿，「師父也會去啊，他現在在總部開會，晚一點就會過來跟我們會合。」

「師父……」他的話讓戰士G忍不住猜測，「該不會，師父是故意不讓我去的……」

「怎麼可能啊。」狙擊手S癱坐在地上，眼神空洞，「他有什麼理由要怎樣做？」

「因為……」

戰士G只是默默地看著狙擊手S，沒有說下去。

因為，只要再出一次難度夠高的任務，她累積的功勳就足夠了，足夠讓狙擊手S從這世上消失，不復存在，這是她私下跟組織談好的條件，殺手W也知道這件事，因為她就是透過殺手W去和組織溝通的。

不過，狙擊手S是殺手W用盡心力栽培出來的學生，她也知道殺手W對於狙擊手S的喜愛更勝於自己，因此，他不願放手，刻意阻撓自己，也就說得過去了。

「因為？」狙擊手S看見她的猶豫。

「沒什麼……」她搖搖頭，「吶，帶我去吧！」

「不行。」狙擊手S想也沒想，立刻出聲反駁。

「你沒有權利阻止我。」

「想想吧，師父要是看到妳也跟來了，會怎麼說？」

「那我們就提前去，在師父來之前，把實驗體捕獲。」戰士G努力想說服他：「這可是能讓師父出馬的重要任務耶！要是我們在師父抵達之前，把實驗體捕獲，不但我們能獲得組織高層肯定，也能給師父添光不少。」

「機密任務，代表很棘手，懂嗎？」狙擊手S真不明白她的想法，要是可以的話，他才不想去。

「所以我才想去！我從沒出過機密任務，我要累積功勳啊。」機密任務可是最高等的任務，獎勵自然也非同小可。

「功勳？」狙擊手S質疑，「妳累積那麼多功動要做什麼？」世界變成這樣子之後，功勳早就沒什麼用了。

「組織給了我第二次生命，讓我重生，一無所有的我，只能用這種方式回報了啊。」

聽見她的話，狙擊手S的眼神不禁黯淡了下來，「……這樣嗎……」

戰士G因為最近的任務中，都沒有什麼表現而越發感到心急。上次的任務中，帶回來的疫苗，後來發現居然是失敗品，導致她的酬勞也跟著打了折扣。

世界變成這個樣子，任務數量急遽減少，這樣下去，她不知道還要再等多久，才可以實現目標。

她想起之前狙擊手S曾和她說過，只要她願意跟他撒嬌的話，他什麼也願意做。

為了達到目的，戰士G決定放下面子，放下身段，也放下尊嚴。

她在狙擊手雙腿之間跪了下來，靠上前，環抱住他的脖子，貼在他胸膛上，用撒嬌的語氣跟他說：「帶人家去嘛……好不好……只要你肯帶人家去，不管什麼我都會，答．應．你．哦！」她因為這個不符合自己行為的舉動而感到彆扭，羞紅了臉，但看在狙擊手S眼中，那是令他燃起慾望的嬌羞神情。

雖然理智上知道美人計要小心，喜歡的女孩子在跟自己撒嬌，狙擊手S還是開心得不得了。

「什麼都願意？」狙擊手S翻過身，把她壓在身下，在她耳邊輕輕吹了一口氣：「就算是做那種事？」

「嗯。」

「開著燈也可以？」

「嗯。」

「不蒙眼也可以？」

「嗯。」

「但是啊……」忽然間，狙擊手S露出為難的神情，「我對強迫女孩子做這種事沒什麼興趣耶……」

「我是自願的。」看見魚兒即將上鉤，戰士G著急地澄清。

「也就是說，妳很想跟我做愛囉？」狙擊手S故意逗弄她。

都到了這個地步，戰士G也只好硬著頭皮回答：「嗯。」

「我要聽妳親口說出來才相信。」狙擊手S使壞地逗著她，想看看她的反應。

「你！」戰士G滿臉通紅地瞪著他，但狙擊手S用一句：「怪了，妳剛剛不是還撒嬌著說很想跟我做嗎？」來堵上她的嘴。

「呃……是、是啊……」她心虛地別開了眼。

「讓我聽妳親口說一次啊。」

「我……我……」

面對狙擊手S熱切的眼神，她只好鼓起勇氣，一鼓作氣說出令人害臊的話。

「我好想、好想跟你做愛喔，S……」她羞答答地凝視著狙擊手S的雙眼說。

糟了！狙擊手S忽然間感到自己的慾望大爆發。他原本只是打算跟她玩玩，逗逗她，但是當自己心儀的女孩用嬌羞的神情和撒嬌的語氣說好想跟他做愛時，他立即懂了什麼叫玩火自焚。

不過幸好，他不是慾望一上來就被沖昏頭的男人。

他看著戰士G，不禁感到納悶。

好奇怪啊，為什麼她這麼堅持？甚至不惜用性作為代價利誘自己？

雖然不知道她的目的為何，或許自己可以利用這個機會，談到更多利益，不單只有做愛，他能爭取到更多東西，只不過在這之前，他應該先測試一下她的底線。

「我不要了，我有更想要的東西。」他想起自己在殺手W那裡吃過的悶虧，不禁宛然一笑。

戰士G覺得自己剛剛被整了，感到惱怒。

「那你想要什麼？」她想不出自己身上有什麼是他更想要的。

「我要和妳結婚。」

狙擊手S仔細地打量著她的臉，任何一絲細微的變化都不放過。

「結、結婚？」她顯得很震驚。

「是啊，要是我們結婚了，我們就可以每天做愛，一起洗澡，看妳穿性感睡衣誘惑我，吃妳裸身穿圍裙為我做的早餐，讓妳為我調領帶，還能在出門前跟妳索吻……我們什麼都能做，期限一直到天荒地老，怎麼樣，很棒吧？」光是想像，狙擊手S就幸福得藏不住笑意。

「你這個貪心的傢伙！」戰士G瞇起眼睛，覺得他在趁火打劫。

「剛剛誰說什麼都答應我的？要反悔了嗎？」

「唔……」戰士G捏緊拳頭，原本想跟平時一樣，一拳揮過去。

但她仔細想了想，其實對自己來說，無論她現在答應了狙擊手S什麼都沒差，反正只要任務結束，狙擊手S就會永遠從這世界被抹除掉了，為了達成這個目標，就給他一些甜頭吃也無所謂。

「……好哇……」她等了幾秒後，用有點不甘願的聲音回答，好讓自己的反應不會顯得奇怪。

「看吧，我就……什、什麼？」狙擊手S錯愕地瞪大了雙眼，這不是他預料的回答，她就這麼想參與機密任務，寧願沒有底線？

「可以帶我去了嗎？」

「呃……」狙擊手S忽然間也不知道要回什麼好，「那……我要先收訂金。」對他而言，如果她真的願意嫁給自己，那麼就算會被殺手W責怪，他也要帶上戰士G去參加這次任務，但他就怕口說無憑，她事後要賴，死不承認。

「訂金？」

「交易先收訂金，是常識呀。」

「這種事，要怎麼給訂金！」她抗議。

「看妳要做什麼都可以啊……對了！」狙擊手Ｓ忽然想起自己上次有帶回一個好東西，連忙到收納箱中翻找，拿出一件超性感的比基尼，「妳就穿這個跳艷舞給我看吧……」他才剛回過身，就被戰士Ｇ一把揪住衣領，戰士Ｇ將他拉向自己，吻了上去——

這是一個很生澀的吻啊……

在她要脫離狙擊手Ｓ時，狙擊手Ｓ化被動為主動，反吻了回去，他將她壓在地上，越吻越投入，他用舌尖輕輕挑逗著女孩，想和她一同沉浸在這個滋味美好的吻中，沒想到她不僅沒反抗，還發出一絲呻吟，令他的慾望更加一發不可收拾。

好吧，就這樣做了吧，反正這次任務結束之後他們就要結婚了，做下去也沒什麼關係吧！

他的手摸上女孩大腿內側，正準備進一步脫掉礙事的衣服，戰士Ｇ卻一手抓住了他的手腕——

「可以了吧？」她用手背抹掉兩人之間的絲狀口水，眼神浮動，不敢直視那雙動了情慾的眼睛，「說好只付訂金的。」

狙擊手Ｓ掃興地放開了她，對方若是沒有意願，他不會亂來的。

「可以帶我去了吧？」戰士Ｇ追問確認。

「啊……嗯啊。」都做到這個份上了，再變卦就是他的不對了。

「那我回去準備準備……」她起身，拍了拍衣服說道。離開前，她回頭看了狙擊手Ｓ一眼，露出一抹意味深長的微笑。

確定她走得夠遠了之後，狙擊手S雙手握拳，興奮得不能自己：「好耶！」她願意嫁給自己耶！不過，這樣算不算他強迫對方嫁給自己啊？這樣一想，戰士G好像有點可憐啊，說起來，女孩子都喜歡浪漫的求婚，這樣糊里糊塗答應嫁給自己，會不會成為她一生的遺憾？

「嗯……」狙擊手S雙手抱胸，認真地考慮著。

不然，等這次任務結束後，他先來個浪漫求婚，結婚的事不急。總之，先把她訂下來，其他的事都好說。

「等等去問問其他女生，作為浪漫求婚的參考吧。」狙擊手S哼著歌，興高采烈地沉浸在自己的幸福中。

在前往N1實驗室途中，戰士G和駭客H有說有笑的，駭客H學了幾手新把戲，變了一個又一個的魔術給她看，讓她感到很開心。

狙擊手S跟在他們身後，沒有去打擾他們的興致，但忍不住對著駭客H碎碎唸發牢騷：「他的工作不是待在基地就能做的嗎？說什麼從內部入侵比較容易，也不知道是真的假的……」

他真不明白，戰士G到底是欣賞駭客H哪一點？駭客H看到蟑螂可是跑得比誰都還快耶！不過，至少他可以用滑鼠扔中蟑螂，聽說他壞掉的滑鼠可以裝滿一整個垃圾子母車。

他們邊走邊討論捕捉實驗體的計畫，經過討論後，他們決定先照殺手W計畫的，盡可能地製造混亂，讓對方自顧不暇，沒有空來阻止他們，之後，戰士G趁機將實驗體引誘至特定地點，讓狙擊手S對牠開麻醉槍，接著他們就可以趁實驗體昏昏欲睡時，將牠帶走。

乍聽之下，這是個挺完美的作戰計畫，但是駭客H忽然回頭揶揄了狙擊手S一番：「聽說你曾經自爆，還因此差點被組織除名啊？小心點，拖油瓶，別拉下本大爺的戰功。」

自爆是組織內部的特殊說法，意思是在任務中做了拖累自己的行為，導致任務失敗，並不是真的引爆了什麼，而且，一般成員被除名又和幹部被除名有所不同，幹部知道太多組織機密，並且有加入敵對陣營的可能，因此幹部被除名，幾乎是死路一條，也只有非常嚴重的失誤，才會落得被除名的下場。

狙擊手S哼笑了一聲，搖了搖頭，他雖然不希望別人在戰士G面前提起自己的不堪表現，但是他的情緒控制得還不錯，沒有差到會直接跟對方吵起來。

戰士G倒是想起了一些往事。

他們三個裡面，算起來，執行任務數量最多的是她，任務達成率最高的是駭客H，但是殺手W曾告訴過她，就算是妳加上駭客H算上間接害死的總人數，再乘以三倍，都還遠不及狙擊手S所殺人數的一半。

「我覺得，你倒是先擔心自己吧。」戰士G用微小的音量和一旁的駭客H說，沒讓身後的狙擊手S聽見，「他的實力，我可以跟你保證，不用擔心。」

畢竟，十幾年來，只有狙擊手S一個人通過了殺手W的訓練，被殺手W收作徒弟，在他之前，有三個人發瘋，兩個人失蹤，七個人截肢，四個人腦死，十二個人被殺，一個人自殺，六個人死於動植物與氣候等大自然因素，還有兩個人要求退出，當然戰士G一直很納悶，以殺手W的個性，會這麼乾脆放他們走？

據說狙擊手S對訓練過程也很不滿意，但至少他撐過來了，而且他是唯一撐過全程的人。

儘管如此，以殺手W的高標準來看，他也只是剛好低分通過門檻而已。

她曾經問過狙擊手S是怎麼撐下來的，他說：「只要找到自己的星星，妳就不會在黑夜中迷失方向。」

「就憑他？」駭客H輕蔑地笑道：「聽說他是跪著懇求殺手W讓他加入組織的呢。」

「別亂說！」戰士G生氣了，口氣也嚴厲起來，「哪來那種毫無根據的說法！」

因為她憤怒的說話語氣，狙擊手S注意到他們好像在吵些什麼，但他只是不動聲色地聽著。

看見她生氣，駭客H連忙轉移話題：「話說，妳最近變漂亮了。」

「嗯？」說得她都有點不好意思了起來。

駭客H停下腳步，上下打量了她一下。

之前的她，瘦得就像是披著人皮的骷髏，現在多了一些肉，反倒更為好看，對男人也更具吸引力。

「我知道了！妳是不是變胖……」話還沒說完，狙擊手S忽然臉色大變，衝進他們之間，一手摀住駭客H的嘴，低聲在他耳邊警告：「女孩子最討厭別人說她變胖了，你想死嗎？」

「你們在說什麼？」面對戰士G的逼問，兩人連連搖頭。

「快說！」

在戰士G的追問下，狙擊手S遞上了她最喜歡的牌子的巧克力，這可是他找了很多店才找到的戰利品。

戰士G一邊高興地將巧克力放入嘴中，一邊煩惱地說：「怎麼辦，今天已經吃很多顆了，這樣下去會變胖的啊……可是，好好吃……」她雙手摀著臉頰，一臉幸福。

「怎麼會？胖這個字和妳扯不上關係啊。」狙擊手S笑，她好不容易才增胖了一點，現在仍然是太過削瘦，他還要再加把勁才行。

駭客H倒是在一旁默默看懂了一切。

就算是在組織內，八卦消息也比什麼都靈通，聽說狙擊手S很努力要把戰士G養胖，甚至開始學做料理，每天都親手為她調製超高熱量的食物，原來是真的啊？

抵達了N1實驗室，他們先跟幾名內應會合，由內應提供的資料中，駭客H駭進電腦中，把特定區域的監視器關掉，接著戰士G負責解決那些地區的守衛，戰士G很擅長讓人對她掉以輕心，輕鬆達成任務。

另一邊，狙擊手S則去了監控中心，負責處理那些坐在監視器前的人。

不出多久，這些危險的區域就再也沒有人提防了，駭客H打開了門上的鎖，放出了所有危險的東西，包括那些正在接受實驗測試的人，以及被抓來做研究的殭屍，現在正是夜深人靜的時候，駭客H打開了宿舍的門鎖，讓殭屍得以進去攻擊熟睡中的人，戰士G和狙擊手S則一路上不斷攻擊士兵及巡守人員，干擾他們的通報。

雖說N1實驗室是有軍隊協助防守的官方機構，但畢竟不是軍事重鎮，戰力有限，很快的，N1實驗室就陷入一片混亂。

當戰士G去找實驗體時，狙擊手S來到大樓頂和駭客H會合，他們兩人對看了一眼，同時別過頭嘆了一口氣。

終於抵達關押著實驗體的區域，戰士G卻發現實驗體不見了。

根據內應的說法，關押實驗體的地方除了電腦控鎖外，還有需要靠特殊鑰匙用人工開啟的鎖，並且實驗體還加上了束縛。

但是當戰士G抵達時，只看見兩扇被撞壞的門扉，研究室內的器材有被毀損過的痕跡，地上留下了金屬合金束縛的殘骸……實驗體肯定是趁機逃出去了。

這下糟了，她不知道實驗體究竟長的是什麼模樣，在這個宛若迷宮一般的N1實驗室，要是被其他有心人士先找到牠，就不好了。

她急忙連絡已經到達指定地點待命的駭客H跟狙擊手S，告訴他們現場狀況。

「沒問題，交給我吧！」駭客H把監視器的畫面接到了他的筆記型電腦上，儘管他用了三台電腦，但是幾百個畫面全擠在上面，每個畫面都只剩一個小小的格子，他們只得輪流放大每個畫面，搜尋實驗體的下落。

「唉唉……話說你知道那個東西到底長得什麼樣嗎？」駭客H忍不住對狙擊手S發起牢騷，畫面上每一隻殭屍都有可能是他們要找的實驗體啊！

說起來，組織根本沒告訴過他們那個實驗體會是什麼樣子，因為就連高層自己也不確定實驗體應該是怎麼樣子，據說會有個體差異。

「是要我們怎麼找啊……」

「這個！」忽然間，狙擊手S注意到其中一格監視器拍到了詭異的東西，連忙指著，要駭客H放大來看。

當駭客H放大畫面後，實驗體已經離開監視器畫面，他們連忙又開啟下一個畫面，終於看見了那隻怪物的完整身影。

「哈哈！肯定就是這一隻了！呼呼，還好，差點以為這次要被你們害到自爆……」駭客H立刻聯絡戰士G，告訴她實驗體的所在地。

一想到要讓戰士G去對付那種龐然大物，狙擊手S忽然感到很不安，雖然他知道戰士G的能耐，或許她用單手就能扛起這種龐然大物，但也許是時常和死神擦身而過累積的第六感使然，他總覺得事情不這麼單純。

仔細想想，師父為什麼沒讓她參加這次的任務？

「喂！」他叫了駭客H一聲，「你的實力應該可以駭進組織調閱機密文件吧？有辦法找到實驗體的資料嗎？」

「這對我來說，當然只是小事一件囉……但是，我為什麼要這麼做啊？」

「其實你是做不到吧？」狙擊手S故意激他。

「這麼簡單的事，對我來說根本是小菜一疊，我怎麼可能做不到！」

「那就做給我看看啊，給我個機會讓我佩服你佩服得五體投地。」

駭客H猶豫了一下，「你知道竊取機密資料是違反組織規定的吧？」

「有事我會負責。」

「被除名你要負責個屁？」

「到時再想辦法補救就是了。」

一旁幾名內應聽見了他們的爭執，偷偷來到狙擊手S身後，想要阻止狙擊手S。組織成員和幹部之間並非主從關係，因此他們也不會想要掩護狙擊手S，反而更想把他拉下來，這樣一來就空出了一個幹部的位置，而立功的他們或許就有向上爬的機會。

但是，狙擊手S就像身後長了眼睛一樣，當其中一名內應偷偷上前時，他連回頭也沒有，只是狠狠向後一敲，僅僅一擊，就把對方打暈。

「我可不是只會扣板機啊！」狙擊手S轉過身，瞪著剩下四名內應。

看見上一個人的下場，他們決定一起上前，但是狙擊手S不到一分鐘就把他們全都擺平了，之後他雙手互相拍了拍，說：「我媽說富家子容易被綁架，無論如何也得拿個黑帶才行。」

「你上次不是才說自己是孤兒的嗎？」駭客H頭皮發麻，這幾名內應同樣也有黑帶水準以上的實力啊，組織MO哪是這麼容易就能加入的？

狙擊手S沒有跟駭客H爭辯，而是把其中一名暈倒的人扔到他面前。

「給我查！」他惡狠狠地威脅駭客H，「不然這就是你等等的下場！」

「要是被組織發現，可能會被除名……」駭客H話還沒說完，狙擊手S忽然就往他臉上揍了一拳。

「好痛！你幹嘛打人啊！我又沒說我不做！」

「現在你可以告訴他們是我脅迫你做的。」

「本來就是啊！」駭客H哀號，「難怪你常常在自爆……好吧，就讓你見識下本大爺的實力！」駭客H雙手在鍵盤上飛速移動起來，不出多久，就調出了所有和實驗體相關的研究報告。

那些都是掃描的手稿，裡面寫滿了令人費解的文字。

「這是什麼？」狙擊手S皺著眉頭問。

「等等喔……」駭客H立刻進行電腦分析比對，「這是某個少數民族的語言，根據聯合國教科文組織最後一次的紀錄來看，世上只剩35人還在使用這種語言，當然這是世界滅亡前啦，現在應該是一個會用的人也沒有了，難怪組織高層那麼想抓到實驗體了……估計是那名研究員的母語……」

「這樣我哪看得懂。」狙擊手S問：「有辦法破解嗎？」

「一般人的話，可能不行吧。」駭客H哈哈大笑了起來，「但是你問的是本大爺我啊！」他的手指繼續飛快地敲打著電腦鍵盤，他先將能收集到的所有此語言的文件進行分析，確定了文法結構，並找到了此語言的字典，再透過此語言的英文翻譯文件，盡可能地擴充更新字典中的字庫……只不過，在做了一連串努力後，電腦螢幕上，卻出現了一堆語句不順暢的翻譯，看完之後，更令人一頭霧水了。

「不要在關鍵時刻就派不上用場啊你！」狙擊手S抱怨。

「怪我囉？」駭客H也抱怨，「我可以設計一個翻譯軟體，做出更好的精準翻譯，但是今天完成不了，你要求快就只能這樣！不然你自己來啊。」

「好，我自己來！」狙擊手S推開駭客H，坐到了電腦前。

「你又看得懂了？」駭客H質疑。

「當然不懂。」狙擊手S瞥了一眼電腦上的文法結構，跟阿拉伯語有些相似啊，估計是同一個語系的語言，既然如此……

「那你……」

「現在開始學給你看！」

狙擊手S拿來其中一台電腦，一邊查看另外兩台上的文法及字典，一邊打起文件。

狙擊手S打字速度很快，他同時翻譯起所有文件，像是在拼拼圖一般，先是打上了隻字片語，隨後，那些語詞逐漸變成一句合理的句子，句子又形成了段落，最後出現結構完整的文章。

「喂喂……你不會真的學起來了吧？」要不是親眼看到，駭客H還不敢相信，「學一門語言哪有這麼快。」

狙擊手S很專注地在眼前的工作上，並沒有回答他的問題。

其實狙擊手S並沒有真的把這種語言學起來，他只是做了翻譯，大腦是一種很神奇的東西，即便不懂一門語言，只要對相同語系的語言掌握夠深入，在有字典幫助的情況下，就能透過相似的文法結構做出八九不離十的翻譯。

不過，翻譯是件很耗費時間的工作，要不是駭客H幫他整理文法結構，弄了字典，還有那份翻譯得很爛的文件，狙擊手S也無法在短短幾分鐘內完成這項任務，而且，值得慶幸的是，研究記錄就事論事，不太用到什麼俚語。

隨著文件越來越完整，狙擊手S的臉色也越來越難看，到了最後，文件還沒全部翻譯完，狙擊手S雙手已經停了下來，不需要再翻譯了，他看懂內容了。

狙擊手S立刻戴上耳機麥克風跟戰士G聯絡。

「快啊……快啊……」狙擊手S著急地不斷碎念，一等他聽見戰士G的聲音，便立刻強勢地打斷了她的話：「任務取消，妳快點回來，讓我來對付實驗體就好……」

「搞什麼啊你！」他的說法讓戰士G覺得很不開心，「我們不是都談好了？」

「我不做這筆買賣了，可以了吧！」

「不行！」她生氣了，「你都收了訂金了，怎麼可以說話不算話？這次的任務對我來說很重要啊！你知道世界變成這樣，現在要累積功勳有多困難嗎？」

「訂金……」狙擊手S露出為難的表情，「看妳要什麼，我都退給妳就是了，功勳的部分之後我也會幫妳的。總之妳先回來，事情不是妳想的那樣，妳聽我說，那個實驗體，牠是清道夫，牠……」狙擊手S話還沒說完，戰士G直接切斷了通訊。

看見狙擊手S被女孩子掛電話，駭客H竊笑起來。

「你們談了什麼買賣？什麼訂金？」駭客H對他們的對話感到很有興趣。

狙擊手S不理他，又嘗試和戰士G聯繫了幾次，但她就是不肯接。

「喂！」狙擊手S臉色蒼白，轉身跟駭客H確認：「我記得關押實驗體的那間研究室，是不是有自我銷毀功能？」

「確實，好像為了防止實驗體脫逃，有設計銷毀機制……」駭客H想了想後回答，「到底發生什麼事了？」

「我要去救戰士G！」狙擊手S開始整頓裝備，如果要方便行動，裝備當然是越輕越好，但是麻煩的是，他不確定對付那種怪物要帶上多少武器才夠。

「她才不需要你救。」駭客H不瞭解事態有多嚴重。

「沒時間跟你解釋了，她要被實驗體吃掉了！」狙擊手S咬著牙說。

「吃掉？」駭客H想起了剛剛看到的機密文件，恍然大悟，「你是說，戰士G她……她就是……」

「普通的女孩子會有那種力氣嗎？」狙擊手S口氣惡劣地回答。

「好吧。」駭客H勉強接受了這個答案，這樣他就理解了為什麼戰士G沒有參加這次的任務了。

「要是我找不到對付實驗體的方法，我會設法把牠引回關押牠的那間研究室，到時候就麻煩你了。」

「你不會是要我把你一同殺死吧？」駭客H詫異地大叫，「你知道幹部之間私鬥是違反組織紀律，會受罰的吧？」

「別傻了，你現在把我炸死可是將功贖罪啊，你可是竊取了組織機密耶。」

「好像也是啊……」駭客H想了想，覺得有道理，沒有注意到他話中推卸責任的意味。

「我去解決那隻怪物，你就待在這裡繼續嘗試跟她連絡，可以的話讓她趕快回來。」狙擊手S交代完，剛走沒幾步，忽然又想到了什麼，走了回來，指著駭客H的鼻子威脅：「你要是以為我死了，就可以對她做什麼的話，我告訴你，我做鬼也會回來找你！」

駭客H連連點頭，目送他離去，大家都說狙擊手S對戰士G很執著，現在他總算知道指的是什麼了。

戰士G抵達駭客H告訴她的地點，但是實驗體已經不在那裡了。

她本來想詢問一下實驗體的所在地，但是想了想，還是決定作罷，實驗體應該還在附近沒走遠才對，她稍微搜尋了一下，很快的，一繞過轉角，便看見她要找的目標站在遠處的某間實驗室前方，實驗體正在攻擊玻璃，垂涎著對面的一隻胖橘貓。

「嘿！大個子！」戰士G輕鬆地解決了幾隻普通殭屍，拔下其中一隻殭屍的頭扔向牠。

被殭屍的頭打中，實驗體慢慢回過身，看著她。

「不要只會欺負小貓咪，來找個和你同樣都是實驗體，旗鼓相當的對手玩玩吧！」她一邊輕鬆地解決掉一般的普通殭屍，一邊伸出手對實驗體勾了勾手指，實驗體轉身朝她而去，她倒退了幾步，確定實驗體追上來之後，立刻朝計畫的位置過去。

狙擊手S在走廊上狂奔，腦中整理著剛剛得到的資訊：

清道夫。

最初，組織為了戰爭需求，研發出一種新的病毒，代號為Z，也就是造成世界變成現在這副模樣的喪屍病毒。原先的目的是為了製造出戰鬥力強化的戰士，但是唯一一個成功的實驗體，就只有戰士G一個人。

在研究Z病毒的過程中，無意間，他們發現了專吃Z病毒的產物。那是一種全新研發出來的人工產物，他們將它命名為「清道夫」，意思也就是清理病毒者。

這麼強大的武器，卻有一個最致命的弱點，清道夫只能活在培養基上，而且即便一直餵食Z病毒，仍舊會逐漸崩壞死去，幾乎無法用在人體上。

在世界被喪屍占領後，組織又重新重視起清道夫。科學家發現清道夫可以跟Z病毒結合，產生新形態的清道夫病毒，把人體內的Z病毒吃掉。要感染清道夫病毒最簡單的方法，就是吃掉牠的核心，也就是心臟。

儘管科學家不段嘗試，實驗卻一直沒能成功，他們只製造出一堆想捕食「感染了Z病毒生物」的怪物。

感染了清道夫病毒的個體，會陷入極度的飢餓中，越好的食物品質，可以讓牠們的身體撐得更久，維持得更好。對牠們而言，最好的食物是像戰士G這種「基因可以跟Z病毒完美結合」的生物，其次是感染了Z病毒卻還沒變成殭屍的人。牠們不吃殭屍，殭屍不算生物，而且殭屍是基因沒有成功和Z病毒結合的失敗產物。

難怪殺手W沒讓戰士G參加這次的行動，狙擊手S懊悔不已，讓戰士G去對付那隻實驗體，就好像肉包子打狗，他怎麼會讓這麼愚蠢的事發生？

他必須要盡快趕到戰士G身邊才行！

狙擊手S在轉角處，和武一頭撞上對方，兩個人都跌坐在地。

「痛……痛啊……」當狙擊手S看見眼前的武，訝異地瞪大眼睛。

為什麼？這個少年不是應該已經死在那場車禍了嗎？他還記得殭屍啃食武小腿的畫面。

武現在的心思都在佳佳身上，摀著額頭，搖搖晃晃地爬起身，大叫：「抱歉！抱歉！」繼續往前跑。

狙擊手S當機立斷，立刻舉起槍，往武的後腦補了一槍，但他沒想到武的身旁忽然冒出了一隻殭屍往武撲去，武的身體很虛弱，無法跟上腦袋想做的迴避動作……

完了，會被撲倒——

武腦海中剛冒出這個想法，就聽見一聲槍響，他的眼角餘光瞥見殭屍的頭中了一槍，跌在地上滾了幾圈。

「嘖！」狙擊手S見狀，又對武開了第二槍，但武剛剛在閃躲殭屍時，不小心失去平衡，踉蹌地往前跌去，武連忙用手去撐地面以免跌倒，而從武正前方冒出來的那隻殭屍，代替武挨了第二槍。

狙擊手S沒想到第二槍也會失誤，不死心又追開了一槍，武已經逼近轉角處，這是最後的機會了，但他沒想到，武因為看見轉角衝過來的殭屍，緊急停了下來，於是他又再次失手，幫武打死了轉角衝出來的殭屍。

「謝啦！」武對身後揮揮手，頭也不回地跑過轉角，消失在狙擊手S的視線範圍中。

「……運氣也太好了吧？」狙擊手S大感詭異地看了下手中的槍，不敢相信自己連續失手三次，儘管他很想追上去，但他還是打消了這個想法，比起任務有沒有確實完成，他更在乎戰士G的安危。

戰士G一邊引誘著實驗體往預計的地點前進，一邊心裡祈禱著狙擊手S沒有因為追過來，離開自己的崗位，否則她就算成功把實驗體引過去也沒用。

實驗體步伐緩慢，走走停停的，她可以從容地解決殭屍，還不會被追上。

在走過一條走廊後，她一回頭，卻發現實驗體的動作越來越快，戰士G不由得加緊腳步。忽然間，實驗體像一隻氣勢洶洶的鬥牛，朝她猛衝而來，戰士G一連閃了幾次，還要同時對付煩人的殭屍，幾乎沒有辦法繼續前進，在她差點被牠的爪子劃破喉嚨後，她決定迎面給實驗體一拳，稍微制止下牠的氣勢。

不過她沒料到，自己的拳頭居然會有不起作用的時候，實驗體的肉瘤是軟的，緩衝了她的力道，讓她覺得沒有打到實體的感覺，更糟糕的是，肉瘤像流沙一般，吸住了她的手，她的手陷在裡面，抽不回來，她用腳去蹬實驗體，反而讓腳也陷了進去。

在她掙扎的時候，實驗體將她拔了出來，牠抓著她的雙臂，將她高高拎起。

少了施力點，戰士G一時之間，無法做出有效的抵抗。

實驗體用力一捏，折斷了她一隻手的手臂，戰士G咬牙悶哼了一聲，表情因疼痛而皺成一團。

「想想妳的初衷，想想妳為什麼在這裡！」她不斷告誡自己，好讓自己保持冷靜，要是慌張起來，錯失反擊機會就糟了。

「只要這次任務結束，一切就結束了啊！」

在她好不容易感到自己撐過來的時候，實驗體又毫無預警，硬生生折斷了她另一隻手臂，這次她沒忍住，哀號了一聲。

狙擊手S恰巧看見了這令他心疼的一幕。

眼看牠將戰士G往嘴裡送，狙擊手S連忙將發明家F特製、號稱無論什麼防彈背心都能打穿，就連白堊紀時期的霸王龍都能昏睡上三天的強力麻醉槍，對準實驗體。

「拜託這有用啊！」他對著實驗體，開了一槍——

子彈雖然是射準的，但他實在不知道這樣算不算打中，因為看上去也像是麻醉槍的子彈被肉瘤卡住，然後被增生的肉瘤埋沒進去。

看見實驗體的動作沒有絲毫受到影響，狙擊手S又試了一次，仍舊是同樣的狀況。

「拜託誰去告訴發明家F，這玩意一點用也沒有啊！」眼看實驗體就要吃掉戰士G了，狙擊手S氣沖沖地把槍扔掉，往實驗體衝過去，順手拉來了掛在牆上的滅火器。

他從實驗體身旁的空隙鑽了過來，把滅火器的噴嘴塞進實驗體口中，

拉！拉！壓——

狙擊手S用力壓下開關，大量噴霧瞬間灌入實驗體體內，受襲的實驗體鬆開手，狙擊手S連忙扔掉滅火器，空出雙手，上前一步，接住掉下來的女孩。

他單膝著地，從戰士G身上拿來耳機戴上，趕在實驗體反應過來之前，抱起女孩往前逃。

實驗體穿過了煙霧，追了上去。

狙擊手S想打開身旁實驗室的門躲進去，但每一間都是上鎖的，他邊逃邊呼叫駭客H：「開門！開門！把實驗室的門打開！」

「你要開哪一間？」

「你自己看著辦啊！」

不到五秒鐘的時間，所有實驗室的鎖同時打了開，殭屍們從實驗室衝了出來。

迎面湧上一堆殭屍，狙擊手S連忙轉身躲進最近的一間實驗室內，他用背抵著門，讓戰士G斜靠在自己身上，空出一隻手開槍攻擊實驗室內的殭屍，同時不忘急迫的對駭客H大喊：「鎖上！鎖上！把門都鎖上啊！」

在他解決最後一隻殭屍的同時，實驗室的門也都鎖了起來。

他抱著女孩躲到實驗桌後方，不至於讓別人在走廊上就能透過窗戶看見他們的身影。

「S……」雙手無法動彈的戰士G，輕輕地把頭靠在狙擊手S身上，她雖然逞強著沒說，但其實在剛剛要

被吃掉的那時候，她是感到害怕的。

狙擊手S用簡單的一句：「沒事，我來了。」取代所有的責備，緊緊地攬了下懷中的女孩。

「可能會有點痛，妳忍耐一下。」狙擊手S沿著她的手臂摸下來，將她斷掉的兩隻手，推回正常的模樣。

普通人骨折時是不能這樣動的，但戰士G不一樣，她的身體正在進行高速修復，不快點把骨折處弄回來的話，一旦傷口痊癒，受傷的狀態被固定下來，到時反而還得把手打斷重弄。

狙擊手S找了堅硬的東西來固定她的手臂，他脫下自己的上衣，露出令許多女性傾心的精壯結實腹肌，將衣服撕成一條條的，用來包紮她的手臂。

戰士G因為疼痛，從頭到尾表情都皺成一團。

狙擊手S邊包紮，邊跟她解釋事情經過：「……那隻實驗體，是刻意培育出來打算對抗Z病毒的失敗品，牠會一直獵食感染了Z病毒的生物……」

「我是牠的食物？」戰士G聽懂了狙擊手S的意思，但還是難以置信，「所以，師父不是為了阻止我累積功動，才不讓我參與的？」

「他為什麼要阻止妳累積功動？」狙擊手S納悶，學生表現良好，不是老師的驕傲嗎？

在狙擊手S包紮得差不多的同時，實驗體也來到了他們所處的研究室外，並停下腳步。

雖然不知道牠是怎樣進行追蹤的，不過牠破門而入看來只是時間早晚的問題。

「聽好了。」狙擊手S對戰士G交代，「等一下，我會想辦法解決牠，妳只管往駭客H那裡逃……」

「逃？」戰士G搖頭反駁，「那你打算怎麼做？我都看見了，槍對牠沒效吧？」

「雖然還不清楚……但大概有個譜，總之，妳先逃吧，只要等到師父來，總會有辦法的。」

「不行！」戰士G不甘心地說。

「妳都這樣子了，還堅持什麼？」

「這種程度的傷，我只要休息一下，馬上就能痊癒了。」

「多久？」

「唔……」戰士G一時之間也答不上來，就算身體修復的速度比常人快，再怎麼說，雙手都骨折的話，可能都要耗上幾個小時，或者可能要兩三天也說不定……不管怎麼說，已經比別人動輒耗上幾個月快太多了！

實驗體用一拳將玻璃打出了個洞。他們的緩衝時間所剩不多了。

「牠想吃的是妳啊！妳要是死了，至今累積的功勳不就全都白費了？」狙擊手S提醒她。

「你一個人對付牠，也很危險啊！」戰士G擔心地說。

「我不會有事的，牠對我不起反應。」

戰士G仍舊搖頭，她不想丟下狙擊手S逃跑。

實驗體又一拳，玻璃破洞更大了，看上去，只要牠再一拳，就能進來了。

狙擊手S著急了起來，於是對她提了折衷方案：「這樣吧……妳現在看起來就跟企鵝一樣……」狙擊手S對她雙手一攤，上下打量了她一下，「企鵝是沒有戰鬥能力的，不如我先拖住牠，為妳增取復原的緩衝時間，等妳雙手能動了，再回來幫我。」

戰士G看起來仍在猶豫，但就在這個時候，實驗體側過身，直接撞進實驗室中。

「沒時間猶豫了，小姐！」狙擊手S立即拉上戰士G，衝到另一邊的門，一手壓下寫著PUSH的按鈕，將她推出打開的門外。

「快走！」他催促。

戰士G往前跑了幾步，擔憂地回頭看了狙擊手S一眼。

「跑啊！」狙擊手S衝著她大吼。

戰士G不甘心地咬著牙，別過頭，往前狂衝。

實驗體追到走廊上，但是狙擊手S擋住了牠的去路。

「我不會讓你過去的，也不會拖到讓她有機會回來找你，我要在這裡，就在這裡，把你銷毀！」狙擊手S對實驗體發下狂語，絲毫不擔心自己做不到，或者應該說，已經沒有別的選擇了，他無論如何也得做到才行。

實驗體看見了戰士G的背影，迅速地追了上來，根本沒注意到中間還有個狙擊手S。

狙擊手仍試著對牠開了幾槍，發現槍真的對牠沒有用後，狙擊手S立刻掏出了戰鬥用小刀做攻擊。受到攻擊，實驗體停止追逐，轉而攻擊襲擊自己的狙擊手S。

狙擊手S用後空翻閃過了牠的拳頭，並立刻從另一側上前繼續攻擊，然後又是一躲……看似雜亂的攻擊動作，其實是他一步步在做測試。

他同時善用實驗體的拳頭，藉著牠的攻擊，去解決周遭的殭屍，好替自己省下一些體力。

試了幾次之後，他發現，從某個角度，刀可以有效地切進實驗體的肉瘤，對實驗體造成傷害！

發現了這點，狙擊手S感覺勝利在握。

太好了，他總算不用跟實驗體一起陪葬了！

狙擊手S沒有戰士G的力量，也不像她擁有超乎常人的耐力與體力，他卻比戰士G更善於利用手邊工具來達成目的。

他擅長用槍，不代表他在其他方面就是弱勢，殺手W早就跟他提點過了：「敵人一旦知道你是狙擊手，就會想用近身戰來牽制你。你擅長狙擊，你就要更擅長近身搏鬥，必須要能盡速壓制住偷襲自己的敵人，才不至於丟失你的目標。」不過，那還只是殺手W對一般人的要求，對於天賦異稟的狙擊手S，殺手W一向提出更高難度的標準，「我要你一邊戰鬥，一邊狙擊一公里外的目標。」尤其當他每通過一次殺手W的考驗時，殺手W就會無限上綱增加難度，不但狙擊的目標距離越來越遠，狙擊的同時要牽制的對手也越來越多。

和當時的狀況相比，現在的對手只有一個，他可以全心專注在牠身上，反而更有利於戰鬥。

而且，他現在手中拿的，可是更靈活的小刀啊！

相對於槍，子彈只要射出，就無法再改變行徑軌跡了，但是刀不一樣，握在手中的刀，甚至能在攻擊的當下，臨時變換路徑。

抓到訣竅後，狙擊手S又試了幾次，用身體記住手感，之後，他靠著一個俐落的滾地動作，繞到實驗體正後方，迅速往牠的膝蓋背側與腳跟處劃了幾道夠深的傷口，並補上一腳，成功讓實驗體跌倒在地，爬不起來，狙擊手S又立刻向前劃破牠手臂關節，使牠喪失行動能力。

接下來，只要挖出這傢伙的核心，一切就結束了。

「你知道我跟她最大的差異在哪裡嗎？」狙擊手S起身走向實驗體，「她沒有下過地獄……但是我有！」

狙擊手S對著實驗體捅下手中的刀——

刀沒有如他預料的刺進實驗體體內，而是被硬生生折成兩斷。

怎麼回事？狙擊手S這才發現，實驗體的胸窩處，在那團肉瘤之下，還有一排尖牙擋在那裡，保護核心。

更慘的是，由於清道夫病毒，是讓清道夫和Z病毒做結合而產生的新型病毒，因此實驗體也具有強健的再生能力，雖然被小刀劃傷了關節處，但對這種龐然大物而言，這只是花上一分鐘就能復原的小傷。

糟了，靠得太近了！

在狙擊手S意識到自己和實驗體靠太近的同時，實驗體一把抓住他的腳踝，往旁邊牆壁一甩，就這麼剛好，他的頭撞上了突出的柱子，摔在地上，狙擊手S倒臥在地上，眼前一片漆黑，頭昏眼花，感覺到灼熱的液體從頭上緩緩流下……

實驗體沒有戀戰，牠左右看了一下，接著往戰士G逃走的方向，緩緩挪動腳步。

狙擊手S努力把自己撐起來，他滿臉是血，血濺入眼睛內，讓原本就糊成一片的視線，變得更加模糊，只能隱約看見實驗體漸行漸遠的身影。

該怎麼辦才好？

這樣下去，戰士G會被吃掉的，一旦鎖定了目標，牠可以追到天涯海角。

不湊巧的是，在他這麼虛弱的時候，有一隻殭屍循著血跡味過來，發現了他。

聽見殭屍噁心的喘息聲，狙擊手S回頭一看，感到棘手……但忽然間，他內心浮現一個噁心恐怖的想法。

好吧，就這麼幹吧！

狙擊手S一邊扶著頭，一邊倚著牆站起來，他想著女孩的笑容，那給了他無比的勇氣。

「對不起啊，師父。」他想起了殺手W的告誡，喃喃自語，「雖然世界上有三十億個女人，但是我的黃詩巧就只有那麼一個，以前沒有，以後也不會有，無論找到多少個同名同姓的黃詩巧，她們都不是我的那個女孩……」

面對朝自己衝過來的殭屍，他既不逃跑，也不反抗，而是主動把左手肘塞進殭屍嘴中——

「給我咬下去啊！」狙擊手S還嫌牠動作太慢，幫了牠一把，他從殭屍頭頂用力一槌，左手肘立刻見血。

「唔……」他忍著痛，把槍抵在緊咬著他不放的殭屍頭上，開了一槍，然後一腳踹開殭屍。

他抬起手一看，黑色紋路開始從傷口處向外蔓延出去，速度很快，照這個樣子看來，他可能連十分鐘都撐不過。

「撐下去！撐下去！撐下去！」他脫下殭屍身上的衣服，用衣服綁緊自己的手臂，減緩血液流動，成功使擴散速度變慢。

「妳等我，我馬上就過去……」

他才剛跑了幾步路，忽然一陣暈眩襲來，一時身體不穩，差點跌倒，他單膝著地，用手去扶牆壁，穩住身體，然後用力甩了甩頭。

「她是……她是我……」狙擊手S咬牙撐著，「她是我一路用命保護到現在的女孩，休想……給我碰她一根寒毛！」他深深吸了一口氣，著急地往實驗體的方向追了過去。

雖然狙擊手S要自己往駭客H所在的頂樓逃跑，但是戰士G仍舊放不下心，她在逃跑時特地繞了路到對面大樓，想在前往頂樓之前，再確認一下狙擊手S的狀況，但是還沒等她抵達預定的位置，途中，她就看見滿臉是血的狙擊手S，在走廊上奔跑的身影……

當狙擊手S來到實驗體身後一段距離後，實驗體立刻受到吸引，回過身要抓他。

狙擊手S引誘著實驗體，往原先關押牠的研究室前進。

反正自己都變成這個樣子，已經沒救了，不如就這樣一路把實驗體引回去，讓駭客H啟動銷毀機制。

他的身體很笨重，不聽使喚，只好保持著一定的距離，不敢靠實驗體太近，甚至稍微拉遠一點距離也好，至少在抵達研究室前，不能被抓到，否則現在的他是沒力氣掙脫的。

他沒有料到，當他繞過一個ㄇ字型轉角，來到走廊另一端時，實驗體會直接從中間的研究室一路撞過來。

牠為了吃自己，居然這麼瘋狂！

當牠撞破兩道有機玻璃，朝自己伸出手時，狙擊手S看穿了牠的動作。用這麼衰弱的身體，他沒辦法閃避實驗體的動作做出反擊，只好趴倒在地，讓實驗體在自己背上刮出一條長長的刮痕。

實驗體一時煞不住車，直接撞上走廊另一側的玻璃，從高樓摔了出去。

實驗體在掉下去的同時，一把抓住狙擊手S的腳踝，將他一同拖了出去。

狙擊手S完全知道牠會這麼做，但他抽不回自己逐漸麻木的雙腳，事情發生在一瞬間，他連要爬動挪移位置都來不及，只能眼睜睜看著這一切發生。

就在這個時候，有人抓住了他的手！

他抬頭一看，是戰士G。

他不是叫她逃走了嗎？為什麼又趕了回來呢？

「放手啊！」狙擊手S痛苦地悶哼了一聲。

實驗體還抓著他的腳，在半空中晃啊晃的，他擔心等等實驗體會沿著自己爬上去，攻擊戰士G。

「唔……」戰士G死命咬牙忍著疼痛，離剛剛骨折才過沒幾分鐘，光是要抓住狙擊手S，就足夠她痛得掉眼淚了，更別提使力把他拉上來。

為什麼偏偏在這種關鍵時刻，她沒有足夠的力氣把他拉上來啊！

「已經可以了……放手吧……」狙擊手S有氣無力地說著。

「不、不行！」這個時候，戰士G看見掉在附近不遠處的耳機麥克風，就掛在某個突出窗框的上，她一邊穩住重心，一邊伸手試圖去抓耳機麥克風，「你再等我一下……只要能勾到耳機……就能叫H來幫忙了，他一定有辦法救我們兩個……」

「不要到了最後一刻，還在我面前叫著駭客H那傢伙啊。」狙擊手S無奈地表示：「放手啊，我已經沒救了……」

「你在說什麼啊……」戰士G本來只是隨意低頭一看，但是忽然間，她看見了黑色的紋路，從脖子蔓延到了狙擊手S的臉頰上。

她很訝異，無法置信，還以為自己看錯了，緊接著她看到狙擊手S被咬傷的手臂，她愣住了，這代表什麼，她再清楚不過。

就算病毒是他們組織研發的，但其實他們自己也沒有解藥，被殭屍咬到一樣沒有救。

她茫然了，眼淚就像轉開的水龍頭，不停湧出，淚珠一顆又一顆掉了下來。

感受到溫熱的淚珠滴在自己身上，狙擊手S緩緩抬起頭一看……

「別哭啊，詩巧……妳不是一直希望我死的嗎？」他依依不捨地看了戰士G最後一眼，手腕一扭，掙脫了她。

Chapter 12
抗體

武一路跑到王博士的研究室外，完好無缺的門，說明還沒有被任何人闖進來。

武正慌張著不知道電子門鎖的密碼是什麼，一整排研究室的門鎖卻突然都解開了，武感到詭異，瞇起眼睛，但是當他發現盡頭那間研究室有殭屍跑出來後，他立刻開門躲進了研究室，並將門反鎖好。

「佳佳！」

武衝到佳佳身邊，注意到侵蝕她的那些黑色紋路都消失了，但是她也沒了呼吸心跳。

「佳佳！妳、妳等我，我現在就幫妳注射血清……」武慌忙地拿出血清，在櫃子和儀器附近翻找空針筒。

但奇怪的是，他一根空針筒都找不到，只找到裝著奇怪藥劑的針筒，五顏六色的，就算是把裡面的藥劑倒掉，武也不敢重複使用，誰知道裡面裝的是什麼，說不定只要有一點點殘餘的藥劑，本來能救活的佳佳也被他害死。

「在哪裡？到底在哪裡？」為什麼這裡連一隻空針筒都找不到？

在武專注地找針筒的同時，佳佳忽然睜開了眼，坐起身，慢慢轉過頭，凝視著武的背影……

奶油注意到了！

但是她覺得「那個女人坐起來了坐起來了坐起來了啊喵喵喵喵喵」這句話太長了，所以改成「喵喵喵喵喵」，想提醒武，但武只是把奶油撥開：「別亂了。」然後繼續尋找針筒。

奶油於是跳上桌，狠狠地咬了武的手一口，痛得武哀哀大叫：「奶油！妳在做什麼！妳不是好久以前就……佳、佳佳？」武終於注意到了佳佳。

佳佳的樣子看起來有點怪異，她的臉色異常慘白，有點像恐怖片中的驚悚畫面，武後退了一步，手摸到桌上的剪刀……

「武？」佳佳虛弱地叫了他一聲。

聽見她的聲音，武為難的神情露出了一絲笑容。

「……太好了。」武上前，緊緊地抱住佳佳，不斷喃喃自語：「太好了……太好了，真的，太好了……」

「這裡……是哪裡？」佳佳覺得武的反應不太對勁，連忙追問他：「怎麼了？發生什麼事了嗎？」

她的話提醒了武。

「對了！」武放開佳佳，很快地抹了下濕潤的眼眶：「妳還能走嗎？」

「我想應該沒問題……怎麼了？」

武不放心地牽著她走了幾步，佳佳雖然還感到有點頭暈，但是身體舒服多了，眼前的景象也恢復正常了。

「這裡不能再待了……」武拉著佳佳，邊跑邊解釋，「突變種就要來了！」

「也太慢了吧……」

駭客H趴在頂樓欄杆上，瞥了一眼身旁倒下的內應，情緒躁動不安。

「狙擊手S，戰士G，殺手W……拜託你們誰來都好啊……」這個時候，他不想一個人待在這裡啊，誰知道什麼時候殭屍會闖過來，就算在這裡陪他的是那個總是莫名其妙找他碴的狙擊手S也好，至少人家還有黑帶實力。

他無聊地趴在欄杆上，打著哈欠，看見對面大樓走廊上，有個士兵拿槍掃射前方的殭屍，士兵一路往後退，沒有注意到身後逼近的危機，一頭栽進後方的殭屍群內，他的手和腳拼命在空中揮舞著掙扎，不一會，就淹沒在殭屍群中，再也看不見。

「爽！」駭客H拍手大笑，對於那些可憐的被害者，他給予了這樣的評論：「這是個弱肉強食的世界，適者生存。」

接著，他看見武和佳佳在走廊上奔跑的身影，奶油因為剛好被牆壁擋住，他沒看見。由於殭屍全跑出了實驗室，導致他們的身後追著許多殭屍。

武牽住佳佳的手，這個畫面讓駭客H感到非常不舒服，他暗自罵了一聲髒話。

「……可惡啊，就只會在那裡卿卿我我，都什麼時候了還在那裡卿卿我我……」他忍不住想起自己之前多次跟女同學告白，卻都慘被拒絕的經驗，那些女生現在大概都變成殭屍了吧？不然應該也進了殭屍的胃才對……活該！誰叫她們要拒絕他，不然現在她們就能和他一起過著安全的生活了，他內心升起一股報復的爽快感，不過，當他的視線又回到武跟佳佳身上時，那股憤恨的感覺又回來了。

駭客H越看越覺得武面熟，他好像在哪裡看過這個少年啊……

啊！駭客H想起來了！他就是殺手W之前要他找的照片中，那個病毒學家陳文雄的兒子——陳武！但是，他不是應該已經被狙擊手S殺掉了才對嗎？

「S那傢伙又失敗啦？」駭客H笑，「也是啦，畢竟他不像本大爺是因為實力才受到組織招攬，如果沒有殺手W，我就不信他夠格加入MO。」

駭客H是少數由組織高層直接招攬進來的成員，不像其他大多數成員，是用類似師徒制的方式進入組織，他比狙擊手S和戰士G都還要早成為MO的成員，也比他們都要早當上幹部。

當時他駭進了多家銀行系統，把錢匯到自己帳戶內，成了億萬富翁，就連外商銀行也受害，因此惹上多項官司，就在這個時候，組織MO看中了他的實力，他因為不想吃牢飯，便接受組織招攬，之後因為表現良好，順利成為組織幹部。

「真是太礙眼了……真想找個方法阻止他們……」駭客H自言自語。

對了！駭客H拿出一把組織給他的槍，這是發明家F改造過的槍，彈夾從8發子彈擴充到11發，當初發明家F教過他如何用槍，但他從沒有實戰機會，不如就拿他們兩個練習吧？

「那個狙擊手S都做得到的事，本大爺怎麼可能做不到呢！」駭客H想起狙擊手S用槍時一派輕鬆的模樣，他相信自己一定能做得比他更好。

說起來，那個狙擊手S總是莫名其妙一直找他麻煩，有夠討厭的，要是他在這裡成功解決這兩人，不就等於給了狙擊手S一個下馬威？看他以後還敢不敢找自己麻煩！想到這裡，駭客H忍不住笑了出聲。

他將手臂打直，放在圍牆上以避免手臂晃動，瞄準對面走廊的兩人。

「先打男的好呢……還是女的好呢……嘛，看他們誰倒楣吧……」他把槍口對準他們前方不遠處，還剩一點……還剩一點……好興奮啊！他的手指放在板機上，當武拉著佳佳跑到那裡時，他抓準時機，扣下板機——

碰！

子彈急速飛出，打中武的小腿，武立刻慘叫一聲，跌倒在地。

駭客H沒料到槍的後座力和聲響是如此巨大，嚇得閉起眼睛。

「什麼嘛……」他沒好氣地看了下槍，手指頭感到麻木，還以為自己失準了，但是當他發現自己打中目標後，他忍不住歡呼：「喔耶！我是神射手！」

他等不及要看看，當那個女孩丟下他逃跑，殭屍又追上來後，那個男孩的表情會有多絕望？

武抱著腳，在地上打滾。

「武！」佳佳還搞不清楚到底發生了什麼事，只看見武的腳滿滿都是血，她想要先止血，但是手邊根本沒有工具可用，況且，後方的殭屍追上來了。

武看了成群的殭屍一眼，推了佳佳一把，忍著痛對她說：「妳快走！」

「不！」佳佳試圖攙扶起武，但武推開了她。

「快啊！快走！帶著奶油一起走！」

佳佳不打算跟武爭辯，試著攙扶他第二次，但武又推開了她，見她還打算試第三次，武著急了，抓住她要她好好聽著：「妳跟奶油是我最重要的人，我不要妳們陪葬！快走！」

「不要！」佳佳哭著搖頭。

「走！」武大叫，推開她不讓她靠近自己。

「不行。」佳佳慌張地四處張望，想找尋可以幫得上忙的東西。即使這裡只有滿地碎玻璃，她也不想放棄。

最初和武相遇的時候，她其實沒有打算救武的。

在這個弱肉強食的世界，她遇過好人，也被避難所驅趕過，還曾經為了生存，跟著同伴躲到別人的據點裡，趁機打劫其他碩果僅存的人類。對嘗盡了人情冷暖的她來說，武只是陌生人，是死是活都跟她無關。

救武，只是因為臨時起了一個念頭：反正自己都被咬傷，沒救了，不如用這條苟延殘喘的命多救一個人。

但是現在，在他們一起經歷了那麼多之後，一切都不一樣了，他們有了共同的情感，她不想要再次陷入那種懊悔的情緒中——她在駛離校園的校車車窗外，和徒步到學校來找她的父親擦身而過，那是她最後一次見到自己重要的人。

沒有更好的選擇，佳佳撿起地上的碎玻璃，擋在武前方。

「妳、妳在做什麼！」武緊張地斥喝。

「我只剩你了啊！」佳佳大叫，殭屍來到距離他們十公尺不到的地方，她的呼吸因為緊張而越來越急促。奶油也是，明明都嚇到炸毛了，還裝作若無其事，在武旁邊趴下。

「真是的！妳們……嗚啊……」武努力想爬起來，好抓著她們一起逃，就在這個時候，他聽見一聲渾厚有力的嗓音——

「趴下！」

「哎？」佳佳還沒搞清狀況，武在同一時間，抓住佳佳的手臂，將她拉到自己懷裡。一等他們趴倒，柏盛立刻將槍口對準衝過來的殭屍，毫不留情地掃射，沒出幾秒鐘，眼前十幾隻殭屍就全倒地不起了。

「媽！那裡有人！」眼尖的小易指著對面大樓頂樓。

駭客H正好在此時把槍口對準小易，開了一槍，很顯然他射得一點也不準，剛剛打中武只是個意外，他不只這一槍沒打中，接下來的幾槍也都只打中牆壁。

王博士抽出隨身手槍，她其實是個不敢用槍的人，帶槍只是為了以防萬一，但是為了保護兒子，她豁出去對著駭客H連開了幾槍反擊，駭客H蹲下身，躲在圍牆後，王博士打不中他。

「快！後面又有一群殭屍來了，走！」柏盛檢視了自己所剩不多的子彈後，催促他們。

王博士顯然對佳佳出現在這裡感到很訝異，她看上去不但精神變好了，感覺整個人都跟剛剛不一樣了。情況危急，她決定先將疑惑放到一邊，「快，跟我來！」

佳佳雖然不認識他們，但她也決定晚點再來詢問發生了什麼事，眼前還是先逃跑比較重要，她和小易合作把武撐起來，跟著王博士，柏盛則在後面墊底。

駭客H將頭探出圍牆，正好看見他們跑過轉角，身影消失不見，他的嘴角勾起一抹微笑。就讓他們帶著那個男孩逃跑吧！這可不是一般的子彈，他已經被感染了，最好帶到新的避難所去……

由於駭客H放出了研究室裡的殭屍，面對數量龐大的敵人，子彈永遠也嫌不夠，為了節省每一顆救命子彈，柏盛只能在非不得已的時候才開槍。

他們被殭屍逼得偏離了原本的路線，只好改從另一側下樓。

兩隻殭屍從上方樓梯扶手直接跳下，掉在小易前方，小易緊急停下，害得佳佳差點跟著跌倒。在殭屍要咬上小易前，柏盛解決完後方的殭屍，右手立刻從腰間掏出一把小型手槍，他的手從小易的頭旁邊伸了過來，對殭屍開了兩槍，兩顆子彈從殭屍的額頭正前方穿入，將殭屍推下樓梯。

突如其來的兩聲槍響，讓小易頓時耳邊嗡嗡作響，連自己的說話聲都聽不到。

柏盛抓住小易的手臂，把他從地上拉起，王博士衝上來抱住小易，仔細搓揉他的臉頰，「還好你沒事……」剛剛的場景快把她嚇死了。

奶油跑過來在武的傷口上聞了聞，佳佳注意到武的傷口很嚴重，褲子完全都被血浸透，而且他的精神狀況很差。

「你還好嗎？」佳佳摸了下武的額頭，他的體溫似乎有點高，不停地冒冷汗，但武還是點頭應好。

「他需要止血。」佳佳擔憂地說。

「先等我們到達安全的地方再說！」柏盛催促眾人。

在彈藥不足的狀況下，他們為了躲避殭屍，輾轉來到二樓醫護室，柏盛開槍打死醫護室前方的兩隻殭屍，催促眾人，「快！躲進醫護室！」

王博士本想用力推開門，卻發現門鎖上了。

醫護室內的人聽見撞擊聲，害怕地發出尖叫聲，王博士連忙用力拍門，「我是王雅鈴博士，快開門，讓我們進去！」佳佳跟小易也空出一隻手幫忙敲門，就連奶油也加入他們的行列，負責刨門。

沒想到裡面的人卻告訴他們說：「別再敲了，殭屍會被引過來的！」他們的聲音聽起來很恐懼，說話都在顫抖：「對不起，王博士，殭屍會跑進來的，你們另外找地方逃吧……」

在他們身後，殭屍已經越過了樓梯處，這條走廊上沒有地方可以逃了。

「快一點！」柏盛又開了一槍，但這槍失準了，只打中殭屍的腳，殭屍不死心，還拼命朝他們爬過來。

「快開門啊！拜託了！」王博士還在拉著門把，但裡面的人說什麼就是不開。

柏盛急了，他們剛剛消耗了太多子彈，剩下的不夠對付那麼多殭屍，他推開王博士，跑到門前，憤恨地踹門一腳，破口大罵：「X！叫你們開門，聽不懂嗎！信不信老子把門轟開，拉你們一起陪葬！」說完，他對那隻在地上爬行的殭屍開了槍。

這招果然有用，裡面的人一聽到槍聲，立刻大叫著：「別開槍！別開槍啊！」連忙把門打開，裡面除了醫護人員外，還有幾名研究人員，和不少之前逃進這裡的民眾，總計二十多人。

「快快快！」柏盛催促著大家進去，自己殿後，在準備把門闔上時，一隻殭屍把手伸了進來，卡在門縫，無法關上，柏盛連忙頂住門，後面其他殭屍一擁而上，眼看門就要被推開，許多人看見這一幕都發出尖叫聲。

「叫屁啊！還不快來幫忙推！」柏盛頂著門大罵，大家紛紛上前幫忙推門，在一陣推擠之中，柏盛將槍伸到外面，打死了門前幾隻殭屍，讓門口阻力變小，柏盛再把殭屍卡在門縫的手踢了出去，才總算順利把門闔上。

後方的殭屍衝過來，不斷撞門，隨著殭屍的數量越來越多，撞擊力道也越來越猛烈，大家怕門被撞開，紛紛把桌椅和櫃子推過來擋住門。

「我們該怎麼辦？這撐不了多久的。」群眾十分慌張，「我們難逃一死，我們會被吃掉的！」

王博士連忙出面緩頰：「大家不用擔心，求救訊號昨晚就傳出去了，我相信很快就會有人來救我們，大家只要保持冷靜，好好頂住門，我們會得救的……」

不是每個人都相信王博士這番言論，但是大家確實冷靜下來，不再那麼焦躁。

佳佳和小易把武放在椅子上，跟醫護人員求助：「麻煩你們看看他的傷，被槍打中小腿……」

武的身體每隔幾秒就會禁不住地抖動，他感到頭昏眼花，全身燥熱，不停地冒汗，他張開嘴想問：「我怎麼了？」但是話從口中說出來後，卻都變成嗚嗚啊啊的呻吟。

幾名醫護人員上前檢查他的傷勢，他們發現他小腿上的傷口腫脹發黑，並且周圍冒出了幾條像蛇一樣歪歪扭扭的黑色紋路，這些線條蔓延到他的大腿，並以極快的速度向外擴散……

「他被感染了！」其中一名醫護人員大叫：「他被感染了！」

大家害怕地退了開來，驚慌地竊竊私語著，佳佳聽見有人在議論著要趕快殺了他，以免他變成殭屍。

「不！他不會變成殭屍！」佳佳對著驚慌的眾人大喊，「我們有血清……我們有帶一罐血清出來，只要替他施打……」她話說到一半，武突然痙攣地抽動了下，嚇得大家連連尖叫，就連柏盛也將槍口對準武。

佳佳推開槍口，抱著武，對著醫護人員大叫，「快取出子彈，快幫他止血啊！」

這裡是醫療室，或許設備沒有手術房齊全，但只是取出子彈跟止血的話，佳佳相信還是做得到的！

「先給我血清。」一位穿著白袍，帶著口罩的男子，對佳佳伸出手，他身上沒有識別證，但佳佳猜想他應該是醫生。

「我知道了。」佳佳將手伸進武的口袋，武一把抓住她的手腕，很吃力地搖頭，無法克制自己抽搐。

「……不……不……血清……一……妳……」武斷斷續續說出了令人費解的話，但佳佳明白他的意思，血清只有一罐，武希望她自己留著。

「我沒事，相信我。」佳佳在他耳邊說，然後把手伸進他的口袋中……

但是怪了，血清呢？

佳佳又換了一邊口袋，還是沒有……難道在她身上？但是她沒印象有拿啊？

儘管如此，佳佳還是把自己身上也找了一遍，可是還是找不到，她開始慌了，急著把武身上再找了一遍，但沒有就是沒有，怎麼找都沒有！

看見她的反應，大家都心裡有數了。

「會不會是掉在路上了？」小易的話倒是提醒了佳佳。

「是呀！一定是掉在路上了！我這就回去撿！」佳佳轉身就要往門口走，眾人連忙攔住她大叫：「妳瘋了！殭屍會進來的！」

「果然還是只能殺了他……」柏盛皺起眉頭，儘管他連槍都還沒拿出來，佳佳已感到十足威脅。

她抓起桌上的金屬剪刀，擋到武面前，將尖銳的那一端對著柏盛，警告他不要輕舉妄動。

「妳分不出事情嚴重性嗎？女人？」柏盛倒是想試試，她要怎麼用一把小剪刀阻止自己，周遭的人也開始苦勸佳佳別意氣用事。

「嗚……呃……」武也在同時出聲，「殺……殺了我……」他抓著胸口，表情糾結成一團，非常痛苦的樣子。那些像蜘蛛網般的黑紋擴散面積越來越大，已經擴散到另一隻腳了，佳佳不禁擔心那些在衣服下、自己看不見的地方，擴散的速度已超乎想像。

面對大家的逼迫，只剩下奶油還站在佳佳這邊，但奶油能做的也只是對大家哈氣，一點威脅性都沒有。

……該怎麼辦……

武的痛苦呻吟、柏盛的怒罵、大家的規勸，混和成一股莫名奇妙的語言，吵得佳佳無法思考，她慌亂地左右環視，不知道該如何是好，忽然間，她看見角落上方的通風口……

對了！通風管！

「王博士！」佳佳轉頭詢問：「這通風孔和外面有相通嗎？」

「應該有……」王博士猜到她的想法，「不過那太窄了，人爬不過去。」

「但是奶油可以！」佳佳推開眾人，將椅子放到桌子上，再踩上去，努力想勾到通風口，但還是不夠高，她墊起腳尖，一不小心，差點跌倒……

就在此時，有人抱住了她的腳，讓她踩在自己肩上，把她向上抬。

佳佳低頭一看，是柏盛！他讓佳佳站在自己的肩膀上，因為他身高夠高，佳佳成功把通風孔的蓋子拆下來。

「謝謝你。」佳佳跟他道了謝。

柏盛有點不好意思地別過臉，依舊在催促：「快一點啊！別那麼慢吞吞的！」

佳佳將通風孔的蓋子扔到地上，對奶油伸出手：「拜託妳了，奶油，只有妳能救武了，去把血清咬過來，求求妳。」

奶油早就蓄勢待發。她不想被佳佳抱上去，她一躍，跳到桌上，再跳到椅子上，一溜煙跑上椅背，朝通風孔奮力一跳——

但是因為她太胖了，所以只是掛在通風孔上，兩隻腳在半空中踢啊踢的，爬不上去，最後依舊是佳佳推了她一把，奶油才成功進入通風管。

「奶油不會謝謝泥的！」奶油頭也不回地往前狂奔。

因為奶油的發言，現場頓時陷入一片寂靜。

「那隻貓……剛剛是不是說話了……」人群中，有人喃喃地問了句。

就在這時，武因為抽搐，從椅子上跌下，縮成一團，喘著氣，大家因為害怕而紛紛退開。

「把他綁起來！」王博士指揮眾人，大家七手八腳地清出一張病床，把武架到床上，把所有可以綁人的東西都拿了過來，將武的手腳牢牢綁住。

醫護人員替武取出腳上的子彈，並為他包紮止血，佳佳則在一旁，和武十指交握，不斷祈求著：「快點回來啊……奶油……」

奶油在通風管中，順著他們走過的路，沿途搜索，透過通風孔蓋仔細檢查每一個角落，最後在武受到槍擊的地方找到了血清。血清一定是武跌倒時掉出來的，並且一路滾到角落，當時情況危急，才會都沒有人發現。

那裡仍舊有許多殭屍在遊蕩，奶油用前腳踩踏通風孔蓋，把蓋子弄掉，殭屍立刻一哄而上。

奶油在上方等待，直到殭屍因為找不到目標又散了開，她才偷偷摸摸跳下來。

前方有成堆被柏盛開槍打死的殭屍，奶油躲在那些殭屍後面，匍匐前進，趁著遊蕩的殭屍不注意，她快速來到血清前面，但卻只看見一瓶破掉的血清……

無助的奶油用貓掌撥了一下血清，血清翻轉過來，露出破裂的洞口。

「喵……」奶油也不知道該怎麼辦才好了。

「武。」在奶油回來之前，佳佳握著武的手，在旁邊陪伴他，其他人則是可以離他們多遠，就離他們多遠。

「你還記得你問過我，有什麼想做的事嗎？」佳佳不斷和武說話，保持武的意識，「我現在告訴你……」她哽咽地吸了下鼻子，停頓一下，「我想要抱著奶油，和你一起散步到巷子口，買兩杯半糖去冰的多多綠。」

小易在一旁忍不住吐槽：「也……太容易實現了吧。」柏盛立刻用手肘撞了他腹部，小易連忙抱著肚子改口：「我是說，我可以一起去嗎？我也喜歡多多綠，不過果然還是少糖少冰的比較好，因為……」柏盛又用手肘撞了小易一下，他才乖乖閉上嘴。

此時的武，意識已經要被黑暗吞噬，他聽得見佳佳的說話聲，但大腦沒辦法理解她說了什麼，就好像她講的是某種外語一樣。

此時，通風管傳出咚咚咚的聲音，奶油沿著通風管跑了回來。

「妳真是太棒了！奶油！」看見奶油，佳佳立刻上前，但當她從奶油口中接過血清後，臉色瞬間變得難看。

「怎麼了？」王博士上前，也理解了原因。

奶油著急地在原地繞圈圈：「破了！破了！破了！」

人群中，傳出了竊竊私語的聲音，佳佳不敢回頭面對那些異議，她不知道該怎麼辦。

「殺……殺了我……快……殺……」武喘著氣說。

「沒辦法了……」柏盛嘆了口氣，很小的一口氣，幾乎不會讓人發覺。

「不行！」佳佳推開他們，趴在病床旁，側身護著武。

奶油跳到武的肚子上，用前腳拼命踩踏他的胸膛：「快起來，泥還沒幫奶油罵金槍魚！快起來！」但武只是虛弱地躺著，連呼吸都快沒有了力氣，不能控制自己不斷抽搐。

「讓開！」柏盛快要失去耐性了，他努力克制自己不要對佳佳發飆。

「不行！」佳佳不死心地搖了搖頭：「武會好起來的，他撐得下去，我知道他可以的！」但佳佳很快發現事實是殘酷的——病毒已經擴散到武的脖子了，他的雙臂滿滿都是黑紋。

「為什麼……」佳佳不敢置信：「這也太快了……為什麼他會擴散得這麼快……這不合理啊，我被咬到肩膀都……」她話說到一半，王博士忽然想到了什麼，上前拉開她的衣領。

佳佳肩膀的傷，居然已經癒合了，只剩下一塊紅色的傷疤留在那裡。

「怎麼回事？」佳佳自己都看呆了。

「原來如此……」王博士恍然大悟，「妳有抗體！妳的身體自行產生了對抗病毒的抗體！所以妳才沒有變異。」

「我？這……可能嗎？」佳佳也是因為王博士這個舉動，才發現自己的傷口好轉了，但是可能嗎？奶油是因為實驗才獲得抗體，她能理解，可是，「我從沒聽說有人被咬後，產生抗體的……」

「妳沒聽過，或許是因為擁有這種基因的人太少了，少到大家以為這種人是不存在的，其實就算是再怎麼嚴重的疫情，總是會有人能身處其中而不受感染……」王博士看了表情痛苦的武一眼，「妳的血液中有抗體，或許能透過輸血，讓武得到抗體……」

佳佳聽見一絲希望，立刻拉高衣袖，對醫生說：「用我的血吧！把我的血輸給他，要多少都可以！」

「可、可是我們還不知道他的血型……」

「他是A！他跟我說過他是A型的！我是O型，沒問題的！把我的血抽光也沒關係，救救他！拜託救救他！」佳佳激動地讓醫生快要招架不住。

醫生為難地看了下王博士：「理論上透過輸血是得到了抗體沒錯，但抗體能不能發揮作用又是另外一回事，沒有實驗證明這個方法有效！」

「他都要變成殭屍了，情況不會更糟了！」小易也跟著拜託醫生。

「試試看吧。」最後，連王博士也開口了。

看見武痛苦的表情，以及面對眾人熱切的眼神，醫生猶豫了幾秒，便轉頭對其他醫護人員說：「快！準備器材！」

他們清空了另一個病床，讓佳佳躺在旁邊。奶油堅持不肯離開武，要待在他肚子上，誰試圖抓走她，她就咬誰。

「吸氣。」醫護人員將針刺進佳佳手臂裡，鮮紅的血液流入輸血管中。

佳佳不自覺地握緊武的手，想將希望傳達給他。

「我想要你陪我一起走下去，我想要和你一起製造快樂的回憶，我想要用這些回憶填滿我的新生命，所以……所以……撐下去啊，武……」

輸血完畢後，武看起來依舊十分虛弱，奄奄一息，但至少他不再抽搐，黑色的紋路也停止了擴散。

佳佳在早上失血的狀況下，現在又輸血給武，導致她現在感到很昏沉疲憊，不過她還是著急地追問醫護人員，「他還好嗎？他會康復嗎？」想知道武的狀況如何。

醫護人員放下手中的溫度計，武還沒退燒，但剛剛王博士有私下交代他們盡量安撫佳佳的情緒。

「妳還很虛弱，先睡一下吧。」

「等我醒來，他就會康復了嗎？」

醫護人員為難地看了武一眼，輸血前後他並沒有太大差異，他們只好委婉地告訴佳佳：「不同個體會有差異，給他一些時間吧。」

「一些時間？大概要多久？」佳佳不死心追問。

「他不會有事的。」小易插話進來，讓醫護人員鬆了口氣，「妳沒看見武剛剛的表現，他一個人殺了四隻殭屍，四隻殭屍耶！」小易清了清喉嚨，好像自己是個雲遊四海的說書人，搭配誇張的動作，把武潛進研究室殺了四隻殭屍的事說了一遍。

在佳佳專注聽小易說故事時，一名醫護人員受了王博士的指示過來，謊稱要給她打營養針補充體力，佳佳不疑有他，伸出手乖乖配合。在打了針後不久，她便沉沉睡去，王博士讓人把她綁了起來，畢竟在沒有檢查確認之前，她仍舊是個危險的存在。

事情告一段落後，大家也各自找了個角落，做自己的事，有人放心休息睡覺，有人開始寫遺書，有人專心向神禱告，辛苦的醫護人員輪流排班，戒慎注意武的情況。

外頭的殭屍還在刨門，柏盛拿著槍守在門口，以防隨時有突發狀況。

不知道過了多久，一陣槍響把大家驚醒。

在槍聲結束後，外頭的刨門聲停止了，取而代之的是一陣急促的敲門聲：「這裡是第七小隊，裡面有人嗎？有的話，回一聲！」

「有有有！這裡這裡這裡！」大家大叫著，一連回了好多聲，急急忙忙推開傢俱，在軍人的掩護下，平安離開。

蘭嶼，一座四面環海，擁有絕佳天然屏障的美麗小島。

疫情爆發之後，整座島成為一個大型避難所，不少政府組織和研究機構都移置到島上，在嚴格控管下，至今安然無恙。

經過血液檢查後，研究人員將沒有威脅性的佳佳和奶油帶往蘭嶼，過程中佳佳不斷被施打藥劑，一直處於昏迷狀態，奶油則是被裝在洗衣袋中，毫無抵抗能力，在撕牙咧嘴的狀態中被迫和武分開。

奶油每天都會跑到研究人員面前大放厥詞：「不讓奶油見武，奶油就要絕食抗議！」不過因為奶油每天晚上都破功，所以沒有人把她的話當一回事，奶油的體重甚至還增加了。為了她的健康，研究人員幫奶油製作了一台簡易跑步機，但是奶油不肯上去，整天在研究室跑給研究人員追，三天過後，研究人員瘦了一公斤。

至於武，則是在台東的研究機構待了一個多月，才總算抵達蘭嶼，和佳佳跟奶油團聚。

相隔一個月不見，佳佳激動地朝他奔跑過去，武抱著佳佳在空中轉了一圈，跌坐在地上，兩人哈哈大笑。

奶油硬是從他們之間擠了進來，在武身上瘋狂磨蹭，努力想讓武沾滿「奶油」味。

「妳有好好跟佳佳相處嗎？奶油？」武摸了摸奶油，她的毛比以往都要來的柔順有光澤，看的出來佳佳很用心在照顧她。

「奶油討厭她。」奶油趴在武身上，用水汪汪的圓眼睛看著武，表現得很委屈的樣子，「她都欺負奶油！」

「佳佳做了什麼嗎？」武看了佳佳一眼，佳佳也一臉莫名其妙。

「她抓奶油洗澡！」

「哦。」武笑了出來：「這樣很好啊，這樣妳才不會臭臭。」武抱起奶油，把鼻子貼在奶油身上嗅了嗅，果然有股淡淡的香味。

「奶油討厭洗澡！」奶油用尾巴去搔武的鼻子，武打了個大噴嚏。

「吶，佳佳……」武有些不好意思地垂下視線。

「怎麼了？」察覺到他不對勁的樣子，佳佳有些擔心是不是出了什麼事。

「就是啊，我那時……」武抓了抓頭，「究竟是說了什麼？」

「那時？」

「就是妳答應我說『好喔』的那個問題啊。」

佳佳的表情看起來受到打擊，「難道……你當時只是隨便說說的嗎？」

「不、不不！」武連忙否認，「我是很認真的，只是……」武慌張地找了個藉口，「一覺睡起來，有很多事都記不太清楚了，所以……」武回到正題，「我那個時候，在妳耳邊說了什麼？」

「這樣嗎……」佳佳對他的解釋不疑有他，默默地低下頭，紅著臉，武看不清她的表情，只能聽見她用越來越小的聲音說：「你說……『等一切結束後，我們結婚吧。』」

聽見她的話，武的臉也紅了起來。

「妳、妳是不是聽錯了？」這種大膽的話，武怎麼也不相信是自己說的，「會不會我說的其實是接吻，不是結婚？」他更想不到的是，佳佳居然願意嫁給當時才認識一個禮拜左右的自己！

「你說的其實是接吻嗎？」佳佳一臉受到退婚的受傷表情，武忽然感到自己是個大笨蛋。結婚的話，接吻也不是什麼問題了。

「是、是結婚！就是結婚沒錯！」有個可愛的女孩子願意嫁給自己，誰還管當初說的是什麼啊。

武鼓起勇氣，牽起了佳佳的手，他們之前也牽過幾次，但那時可都是在逃難，是緊急狀況，不一樣。

佳佳感到他的掌心微微出汗，她也感到有些羞澀，但仍回握住他的手，兩人對看了一眼，都笑了。

他們一邊朝眾人的方向走去，武一邊告訴佳佳，自己打聽到獨臂老伯一家的消息，大家都平安無事，雖然阿德產生了偏頭痛的後遺症，但除此之外，沒有什麼大礙，聽見這個消息，佳佳總算鬆了一口氣。

時間又過了一個多月，什麼東西都沒有研發出來。

王博士找了一天空檔，把相關人士聚集起來，對他們說明了事實真相。

「其實，你們沒有一個人身上有抗體。」聽見王博士的話，奶油張著閃亮的大眼睛，興奮地高舉著手，但王博士只是瞥了她一眼，淡淡地回，「貓也沒有。」

奶油默默地收回了手。

「這是怎麼一回事？」佳佳不解，「如果我們沒有抗體，那為什麼我當時沒有變成殭屍？」

「那是因為，你們的基因成功跟病毒結合了，病毒成了你們基因的一部分，與其說是得到抗體，不如說你們更像是新品種的人類……根據病毒結合的地方，你們可以獲得某方面能力的提升……」王博士指著奶油，舉例說明，「好比奶油獲得了智力的提升，可以開口說話……那麼，你們自己有察覺到什麼異樣嗎？」

武和佳佳對看了一眼，紛紛搖頭。

武把奶油抱了過來，一邊感慨，「既然我們都沒有抗體，那不就代表解藥……」

「可能還要再拖上一陣子吧。」對此，王博士也感到無奈，「不過，往後還是希望你們能盡量配合做實驗，越了解病毒，研究也會越順利。」

「沒有問題！」武樂觀地回答。

在他們離開會議室後，王博士一個人站在窗邊向下看，武正抱著奶油，和佳佳有說有笑的，她直盯著武，感到不解。

照理說，那次輸血應該是失敗的，佳佳其實並沒有抗體，那麼這個男孩為什麼會康復？

他們曾替武做了詳細的檢查，令人訝異的是，他的體內，連一丁點的Z病毒都沒有，在這個Z病毒氾濫到連呼吸都會吸進一把病毒的世界中，他卻像是來自沒有Z病毒的世界一樣。

他們為此仿效了當時的狀況，進行幾次輸血實驗，但是沒有其他人康復。

「孩子，你到底是什麼……」看著武漸漸行漸遠的身影，王博士喃喃自語。

在這裡，他們平常除了配合研究人員做實驗外，其他閒暇時間，他們可以自由利用。

武跟著一位木匠師傅學做木工活，因為他答應要幫奶油做個豪華貓跳台，而且他覺得木器可以製造各種物品，從湯匙筷子到造橋鋪路都不是問題，又取自大自然，不管到哪裡，這個技能都用得上。

小易由王博士親自教導課業，在她的嚴格教學下，以成為一名傑出的科學家為目標，每天努力在唸書。

佳佳則在政府的種苗場工作，負責培育種苗，分發給大家耕種。建立足夠的食物供應系統，是政府的優先政策，充足的食物比什麼都重要。

至於奶油，奶油成了作家，她寫了一本書，書名是《做惡夢時帶上貓》，故事內容是這樣的：

有一隻三花貓夢到自己要吃鮪魚罐頭時，從罐頭中跑出了罐頭守衛者，一直阻止三花貓吃罐頭，眼看罐頭就要不新鮮了，此時，有隻夢貘吸走了那個惡夢，讓三花貓得以趕在罐頭變質之前把罐頭吃掉，大受感動的三花貓，立志成為一隻偉大的夢貘，但是當她來到夢貘村拜見長老後，長老卻告訴她，只有夢貘可以當夢貘。

「真是太太太不公平了……」奶油趴在武懷裡，都快哭了出來，「泥說說，為什麼貓咪不能當夢貘……」

「我說奶油……妳不是作者嗎？」武翻到下一頁。

三花貓差點就要放棄了，但是因為她曾在兩分五十九秒的時候吃完鮪魚罐頭，於是長老說：「根據夢貘憲章第一條規定，凡是可以在三分鐘內吃完鮪魚罐頭的貓咪，都可以給予一次成為夢貘的機會。」

看到這，武忍不住發問：「為什麼夢貘憲章第一條會規定這個？」

「哦……」奶油一臉理所當然的說：「因為那是156克的大鮪魚罐頭啊……」

「所以？」

「奶油至少也要五分零六秒才吃得完。」

「懂了。」武繼續往下看。

於是長老給了三花貓一個試煉，只要她能穿著夢貘裝抵禦惡夢，就讓她進入夢貘學院接受夢貘訓練，成為一隻受人敬仰的偉大夢貘。

因為三花貓不像夢貘可以吸夢，面對可怕的大白鯊，她差點就要失敗了，但就在這個時候，天空掉下了火箭筒，還傳出一個聲音說：「用這個吧……吧……吧……」於是三花貓就用火箭筒把大白鯊轟了出去。

武以為故事結束了，翻到下一頁，卻發現：

在大白鯊之後，暴龍冒了出來，暴龍之後，還有大蟒蛇、史前巨鱷、外星怪物……也輪番上場，最後，三花貓成了一代功夫大師，獲得長老承認，長老甚至說：「就算是夢貘都不一定能面對這個惡夢，妳一隻三花貓居然做到了！」

三花貓終於如願進入夢貘學院就讀，從學院畢業後，她成為一隻厲害的夢貘，消息傳回三花貓村，大家都為她歡呼喝采。

故事結束。

武把書闔上，奶油趴在武身上，期待武的評語。

「呃……妳要不要試著加入插畫看看？」說完，武忽然想到，要貓畫畫或許有些刁難了，於是改成建議：

「我看我們把書放在研究室，讓大家都能欣賞妳的大作，怎麼樣？」

奶油歡呼，興奮地給每一本書蓋上貓掌印，還一邊問武：「簽名好不好看？」

兩個月後，奶油的第二本書《天搖地動帶上貓》問世了。

一個老奶奶和玳瑁貓住在杳無人煙的深山，相依為命，一次地震中，他們的家被震垮了，老奶奶被押在瓦礫堆下，玳瑁貓為了救她，徹夜不眠，徒步跑了五十公里，到最近的村莊求救……

「我說奶油……」武想了下後，開口：「貓的時速可達五十公里，也就是說……貓總共也就跑了一小時而已。」

奶油一臉恍然大悟，把書拿去修改，隔天遞了回來，可是內容卻變成了：

玳瑁貓徹夜不眠跑了一小時，到最近的村莊求救……

比起糾正她，更令武訝異的是，這是一本繪本！豐富的色彩把紙張每個角落都填得滿滿的，為故事增添許多豐富性，甚至到最後看見老奶奶昏迷送醫時，武差點哭了出來。

「太棒了！奶油……這是妳畫的？」武目瞪口呆，故事節奏性很好，簡直就是專業的繪本。

「是我畫的。」佳佳拿書遮著臉，不好意思地說。

「妳會畫畫？」武很吃驚，「我從來沒看過妳畫畫！」

「我是高職生……」佳佳抱起奶油，「美術班。」

在這已經不存在交易的世界中，奶油的書根本賣不出去，但卻相當受歡迎，他們整整送出四十九本手工書，

「這就是所謂的叫好不叫座吧。」

武不忘珍藏一本在自己的書櫃中，並允諾奶油，「等妳出了十本書，我會替妳做個特製書櫃，把十本書收藏起來。」

奶油在佳佳懷中高聲歡呼。

佳佳把繪本翻到她最喜歡的那一頁，貓咪趴在老奶奶的大腿上，她們一起坐在搖椅上看夕陽。

「嘿，終於找到你們了，方便打擾嗎？」小易打開門，他的手中也拿著一本繪本，身後是刺眼的朝陽，「我想請奶油簽名。」

「歡迎光臨！」武和佳佳異口同聲回答。

這仍舊是個變異的世界，到處都充滿著殭屍，倖存的人類為了生存搶奪食物跟物資，無所不用其極，但是也有許多挺身而出的勇敢民眾，以及為了人類未來而努力研究解藥的研究人員。

大家都在這場災難中，失去了重要的東西跟心愛的人，卻也因為這場災難，讓他們意外獲得了互相信賴的彼此。他們一起成長進步，生活快樂又踏實，以後，他們也會互相扶持，一步一步走下去。

雖然現在疫苗還在努力研發中，但清晨的曙光總會到來，他們還有未來，充滿光明與希望，擁有無限生機。

Chapter X

番外篇：狙擊手S與戰士G

那是很久很久之前的事，那是狙擊手S跟戰士G還是「郭冠華」跟「黃詩巧」的時候。郭家和黃家兩個家族，都是叱吒風雲的名門世家，不但是跨國企業大財團，並且還對政治有著舉足輕重的影響力。身為兩家的公子和千金，他們在很小的時候就見過彼此，那時他們都才剛上幼稚園不久，甚至都還沒什麼記憶。

兩家家長有意進行政治聯姻，但兩個孩子十分抗拒。雖然沒有強制訂下婚約，雙方家長總不免在他們成長過程中，有意無意提及這件事，希望他們考慮一下，只可惜當事人兩方一直都沒什麼意願，總是當成耳邊風，聽過就算了。

詩巧的目標是成為體操選手，並且除了體操，她對舞蹈也很感興趣，在她上國小前，她就搬到美國，同時進行舞蹈與體操等一連串經過審慎規劃的訓練。

冠華的父母則是為了將他培育成一流的接班人，對他各方面不遺餘力加強訓練。和那些枯燥的東西相比，調皮的他更喜歡像是騎馬、射箭等有趣的活動。為了怕影響到他的發育，他的父母還花了大把金錢為他量身打造防具跟弓箭，並請了最好的教練來給他做專門指導。

九歲那年，在公司某個外國客戶牽線下，冠華參加了一場射擊體驗遊戲，並深深受到槍枝的魅力吸引，於是便央求父母讓他到美國接受更專業的射擊訓練。他的父母並不認為學習射擊對他的人生有什麼益處，不過他們本來就有意讓冠華到美國完成學業，於是，他們用這點做為交換條件，安排冠華到美國，以成為一流的企業接班人為目標，開始努力學習。

就這樣，冠華也來到了美國，並且就這麼巧，和詩巧住在同一棟公寓，同一個樓層，分別在第一間與最後一間的位置。雙方父母並沒有刻意安排過這件事，他們也認不得彼此的長相了，即使偶爾擦身而過，或是共乘一輛電梯，他們都沒有特別注意對方。

這樣平靜的生活過了三年，在他即將滿十三歲的前幾天，因為朋友的妹妹參加了體操比賽，朋友找他一起去現場觀賽。

冠華聽見主持人在介紹入場選手時，喊了「黃詩巧」的名字，才想起自己好像疑似有個不成文的婚約對象就叫黃詩巧，正好也是練體操的，父母時常提及她的事，他有點印象。

也有可能是被拼音誤導了，該不會就是她吧？

郭冠華不由得多看了場上的詩巧幾眼，一開始雖然被她參加比賽的誇張妝容嚇到，隨後就被她在場上表演的精湛身影所吸引。她的眼裡閃耀著光輝，她的笑容能夠帶給人希望，她的身材比例十分完美，沒有一絲贅肉，她的動作十分優雅，舉手投足令人百看不厭。

最後她並沒有得獎，但是冠華認為，這是自己這輩子看過最精彩的演出了。一直到比賽結束，冠華都無法忘記那個深深烙印在自己腦海中的優美身影，他還因為恍神而被朋友取笑。

原本以為事情就到此結束，但是沒有，在他到家的時候，他看見黃詩巧又出現在自己面前。

「我就這麼想念她？」冠華一開始還以為是自己眼花了，再仔細觀察了下，才肯定自己沒有看錯。

雖然她現在卸了妝，也換下了表演服，的確就是黃詩巧無誤。

他們一起走進大樓，搭上同一班電梯，按下了同一層樓的按鈕，一連串的巧合，讓冠華開始相信命中注定這回事。

卸了妝的她也很迷人，不能算是絕世美女，但是她白裡透紅、如嬰兒般柔嫩的肌膚，讓她的五官產生一種和諧感，十分耐看，整個人散發出一種健康、陽光的感覺，是任何人都會回頭看一眼的女孩，比他一直以來想的還要可愛多了，冠華忽然不能理解自己為什麼要抗拒這件親事？

冠華想跟她攀話，卻感到喉頭發緊，只敢默默地盯著她那弧度完美的長長睫毛看。忽然間，詩巧注意到他炙熱的目光，兩人對上了眼，冠華立刻別開視線。

電梯門開了，他故意走在女孩身後，女孩在第一間房間前停下腳步，冠華連正眼目送女孩進家門的勇氣都沒有，只敢偷偷用眼角餘光進行這件事。門關上的那剎那，他立刻拔腿狂奔，直衝進家裡，連門都忘了關，他著急地打開筆電連上網，「快啊、快啊、快啊……」開始查詢和那個女孩有關的事，還打了電話回家跟父母詢問，因此被自己老弟調侃了一番。

直到所有證據都攤在眼前，他才肯相信她的確就是那個黃氏集團的黃詩巧。

她就是那個自己一直避之唯恐不及的婚約對象？

他開始留意「黃詩巧」的存在，從一早踏出屋子，到晚上回家之前，每天他們都可以相遇好幾次。冠華意外發現，他們既是如此地接近，卻又如此地遙遠，他們總是出現在對方身邊，但其實卻是，即使搭上同一班電梯，也不會互相打聲招呼的陌生人。

漸漸的，郭冠華發現，自己的目光再也離不開黃詩巧了。

他開始會注意她的行程，無論是表演、練習還是比賽，只要自己有空，就會到現場替她加油。

他甚至為此加入了一個 UFO 研究俱樂部。雖然他實際上對外星人和外星生物沒什麼興趣，卻總在每周固定時間出現，他會靜靜坐在俱樂部某個靠窗的位置，那裡，可以清楚地看見對面舞蹈教室中，有個女孩正在努力拉筋、練舞。

當冠華的母親又提及那門婚事時，他反常地答應了願意和出來對方見面。不過對黃詩巧來說，她這輩子最討厭的人，名字就叫做郭冠華！

多虧了郭冠華，她有兩段戀情還沒開始就結束了。

其實她多半也知道，自己以後大概會跟郭冠華結婚。妹妹詩盈已經給自己找到了一個父母認可的對象，所以除非她能找到一個比郭冠華更有利的婚姻對象，不然父母不會同意的。

這實在太難了，有利於擴展黃家事業版圖的婚姻有很多件，但要能贏過郭冠華家世背景的對象，看來看去也只有兩個，一個是整天花天酒地的紈褲子弟，另一個現在才三歲。

她排斥與郭冠華接觸，甚至連試著去認識他都不肯，她對郭冠華的厭惡與日俱增，因此當她母親打電話給她，問她願不願意跟郭冠華見面的時候，她只是反感地說：「我寧願隨便在街頭找個人嫁，也不要嫁給郭冠華！」一樣是嫁給自己不愛的人，至少她握有選擇權。

當時，他們正在搭電梯，冠華就站在她身後，聽見這番話，冠華臉都綠了，還因此消沉了一個多禮拜。

即便如此，冠華對詩巧的愛慕之情也沒有絲毫減少，他甚至將所有詩巧參與過演出的DVD都買了兩份，一份珍藏，一份觀看，哪怕詩巧只是在某個沒沒無聞歌手的MV中當個陪襯的舞者，只露了一秒鐘的臉也一樣。

除了在無法到現場觀看詩巧表演時，匿名送上詩巧大把花束，害詩巧被其他善妒的女孩排擠外，冠華沒有對詩巧的生活做過任何干涉，因為他自己的行程也十分緊湊。

從小冠華的表現就沒有讓父母失望過，在他抵達美國後更是如此。他在父母所有安排的項目上，不管是動態的或靜態的，無論是學業或是課外項目，總是能拿到優異傑出的表現，甚至照父母期望的，跳級進入一流大學就讀，在十六歲就拿到雙主修畢業。他幾乎沒有多餘的私人時間，但即使如此，他還是為了要能多看黃詩巧幾眼，盡力擠出時間。

畢業之後，父母希望他繼續深造，同時安排他進入世界知名企業實習，冠華為此和父母起了爭執，他不想到父母為他安排的企業去實習，那意味著他要搬離這裡，搬到一個可能再也看不到黃詩巧的地方，展開新生活，冠華說不出一個合理的理由留下，搞到最後，父母甚至不惜用斷絕金援來威脅他。

對冠華來說，錢不是什麼問題，他從小就開始學習投資，一開始的確虧錢，但也逐漸累積了一些技巧，他不只買股票，也買期貨跟權證，除此之外，他還瞞著父母偷偷學習投資土地，並小有收穫，可以說他一輩子都不需要再為了錢煩惱。

即便不靠投資，他的父母至今為止替他打造了很優秀的履歷，讓他可以輕鬆找到工作養活自己。而且，要是真的被斷絕金援，父母為他安排的許多行程，肯定都不需要再參加了，他有更多的時間可以去做自己想做的事。

不過，他不想這樣，他不想跟家人鬧僵。

他的生活很無趣，他擁有一切，就連喜歡的女孩都不需要追，只要躺著就能手到擒來。他很確信這一點。無論詩巧多麼抗拒，最後總是要成為他的妻子，因為就某方面而言，他們黃家比郭家更貪婪，他已經調查過了，在所有對黃家有利的聯姻中，自己是勝算最大的人。時機成熟，他們就會主動詢問郭家要不要聯姻，他只需要負責拒絕其他送上門的親事就好。

考慮到這點，他喜歡父母給他的挑戰，他喜歡解決挑戰獲得的成就感，果然人生還是需要一些難題，才不會顯得枯燥乏味。他在兩個選擇之間搖擺不定，還以為自己遇上了人生最艱難的抉擇，殊不知，和即將發生的事情相比，這兩個選項都是天堂。

那是在詩巧高一下學期剛結束、放暑假的時候，她即將滿十六歲，為了慶祝她的生日，她的父母和妹妹，特地從台灣飛過來美國，一家四口規劃了三天兩夜的行程，開開心心地出遊。

當天冠華和往常一樣，「恰巧」跟她搭上了同一班電梯，用略帶寂寞的眼神目送她和家人會合、上車離開。在詩巧十五歲的最後一晚，慘劇發生了……

來自組織MO的開膛手J，將他們一家四口殘忍殺害，並且佈置成一場單純的搶劫殺人案。除了詩巧外，其他三人都在這場意外中喪生，而詩巧經過搶救，雖然勉強救回一命，但全身癱瘓，醫生診斷這輩子都沒辦法復原。

當郭冠華在新聞上看見這則噩耗時，他在電視前面站了好久，腦中一片空白。

由於新聞只有概略提及一家四口遇害的消息，並沒有深入報導這件事，當冠華得知詩巧還活著時，已經是三天後的事了。

他帶著一絲希望，衝到醫院去探望她，靠著未婚夫的名義，成功獲得了探視權，只不過當他向詩巧的主治醫生麥可打聽狀況時，麥可醫生卻疑惑地表示，「你真的是她的未婚夫嗎？」

「那你呢？你又是麥可醫生本人嗎？」冠華雙手抱胸反問，他因為急著見到詩巧而顯得不耐煩。

麥可醫生先是愣了一下，然後微笑：「無意冒犯，只是我們在跟親屬連繫的時候，從沒聽人提及過你的事。」

「呃，那是因為，我們……」冠華故作鎮定地說，「我們還沒跟彼此家長談過這件事，但我們已經私下決定要結婚了。」

「這樣嗎？」醫生看起來有點訝異。

穿過了長長的走廊，他們停在病房前，麥可帶著冠華進入病房，並且細心地為他講解詩巧的情況。

冠華走到床邊，不捨地看著詩巧，她全身上下都是刀傷，光看就令人感到疼痛，看見詩巧的慘況，冠華覺得心都要碎了。

他再也無法在比賽中，看見那抹亮麗的身影了嗎……

想到自己再也無法在比賽中看見那抹亮麗的身影，冠華緊緊抓著病床的欄杆，咬牙切齒表示，「妳等著……我一定會把兇手找出來……不論他是誰，我都要讓他受到應有的制裁……」

在詩巧清醒後，冠華本來想再去探視她一次，但詩巧拒絕了所有訪視，即便是最要好的閨密也不肯見。

冠華可以理解她的心情，要是自己變成這個樣子，肯定也不想讓任何人看見。

在警方跟她做完筆錄後，冠華想辦法弄到了詩巧的口供，發現她其實也不知道到底發生了什麼事，只記得忽然出現一個人，不由分說朝他們發動攻擊，或許是因為父親在危急時刻捨命保護了自己，她才得以苟延殘喘存活下來。

由於現場值錢的東西被洗劫一空，警方最後判定這只是一般的強盜殺人案。他們推測黃家是因為在搶劫過程中不慎激怒搶匪，才導致這場意外發生。雖然冠華認為，兇手是為了誤導警方才這樣做的，不過因為兇手沒有留下任何線索，黃家其他人也不打算深入追查，這件案子也就這樣不了了之。

為了找出兇手，冠華找上了辦案經驗豐富的退休偵辦人員，不只一次陪他到案發現場親自調查。他不惜動用所有關係、人脈、資源，甚至花錢請人偵查、打探消息，隨著他逐漸深入這件案子，他才發現事情不像他想的那麼簡單，他得知了組織MO的存在，以及最有可能犯下這件案子的兇手——開膛手J的事。

組織MO，大約有兩百名成員，成員分散在世界各處，進行暗殺、軍火販售、生化武器……等恐怖活動。

MO最廣為人知的，便是廿六個身懷絕技的幹部，這些幹部會用組織授予的頭銜，加上英文字母A~Z，作為代號，雖然僅僅只有廿六人，但每個人都具有以一擋百的實力，每個幹部都是國際重大通緝要犯，除了執行組織吩咐的任務外，其餘時間他們都依照自己的意志行動，他們行蹤成謎，任務從不失手，是各國政府恨不得除之為快的心頭大患。

「從不失手……也就是說，他還會再回來殺掉詩巧是嗎……」冠華看著手上有關組織MO的資料，被盯上的人，最後總是難逃一死。

由於組織MO的誇張行徑，MO本身的存在不是什麼秘密，做過什麼也不難得知，但若想深入了解組織MO的相關資訊卻難如登天。

有關開膛手J，冠華雖然能查到他犯下的案件，但對於他本身的事卻一概不知，彷彿他只在犯案前，才會憑空出現。這讓冠華傷透腦筋，不曉得開膛手J究竟會在何時、何地、如何下手？他該如何在開膛手J下手前制止他？

為了獲得更多資訊，冠華不惜冒著危險，甚至是裝成要買凶殺人的雇主，跟MO接觸，漸漸的，他也逐漸找到管道，獲得更多想要的資訊。

在他棄而不捨的努力下，他終於打探到開膛手J的動靜，雖然這是不確定性極高的消息，但他還是報了警。不知道是因為計畫敗露而取消，還是從一開始這就是假消息，開膛手J最後並沒有出現，據說警方為了保險起見，還依據線索往回追蹤，但卻什麼影子也沒發現。

這樣的事情還發生了第二次。這次警方怕打草驚蛇，裝作完全沒有打算受理這起案件，偷偷佈署警力埋伏，開膛手J依然沒出現。之後警方發現消息來源是網路上一則留言，反倒是冠華被警方狠狠罵了一頓，由於他未成年，警方不跟他計較，只說他下次再惡搞就要叫家長來處理。

正當冠華有苦難言時，詩巧那邊也傳來了令他頭疼的消息——剛拿到詩巧監護權的叔叔，決定將詩巧轉送到外頭的療養院。

不行啊！冠華緊張地想著，要是真的轉到療養院，不就等於給了開膛手J下手的好機會？

詩巧現在住的是層級很高的加護病房，還請了三個看護輪班，二十四小時不間斷照顧她，不只如此，醫院的防護戒備程度也比較高。真的出事了，可以直接進行急救，肯定比待在療養院安全多了。

只可惜，詩巧的叔叔認為她的傷勢已經穩定，今後需要的是妥善的照護，所以轉到外頭的療養院更為合適。據說他問了詩巧，詩巧本人也同意了這件事。

「混帳，什麼妥善的照護！」冠華忍不住破口大罵。

黃家的親戚在這場災難之後，只顧著將黃氏財團瓜分殆盡，展開了難看的鬥爭行為，大家有目共睹。

他們爭著要當詩巧的監護人，但沒有人是真的關心她，只是為了讓自己在這場鬥爭中更加站得住腳罷了。即便現在還有信託在保護她，但她那些親戚全都是精通金融遊戲與政商關係的老狐狸，總有一天，他們會偷走屬於她的一切，而癱瘓的她，只能躺在床上眼睜睜看著這一切發生，毫無辦法。

卡在監護權以及轉院手續等麻煩問題，要帶走詩巧比冠華想得要難多了，但他記得父親在美國有跟人合資開設醫院，也許他可以跟父親打聽打聽，或許父親有什麼方法也不一定？

於是，他委婉地向父親郭榮發表示，「關於黃詩巧，自己有一些事想跟他談談。」郭榮發也很快地回應了他，「自己剛好也想找他討論這件事，希望他回台灣一趟，見面說。」

就這樣，冠華帶著一絲希望，急著要搭上飛機趕回台灣。那時已經沒有空的座位了，他用兩倍的價格，從一個正要返回台灣的留學生手中收購到機票，順利回來。一抵達台灣，他甚至顧不得調時差，連家也沒有回，立刻聯絡父親，要去辦公室找他。

當他來到父親的辦公室外，看見父親正在和一個身材高挑的氣質美女聊天。

「哦，他來了……」

冠華看見父親笑著招手要他過來，然後轉身和那個女孩子說：「這位是小犬冠華。」

「你好，很高興見到你。」女孩子靦腆地和他打了下招呼，冠華禮貌地點頭回應，之後納悶地看向父親。

郭榮發接著解釋：「這位是夏千琳，現在在法國學音樂，這次叫你回來不為別的，就是為了介紹你們認識，我已經幫你們訂了一間好餐廳，你們兩個好好相處一下……」

說完，郭榮發留下他們兩個獨自相處。

冠華冷靜地吸了一口氣，帶著紳士的笑容，轉過身對夏千琳說：「夏小姐，可以稍等我一下嗎？我很久沒見到父親了，有些話想跟他說。」

「叫我千琳就可以了。」夏千琳落落大方地說，「你去吧，現在離餐廳訂位的時間還久，我也還不餓，反正我接下來也沒有什麼行程，你慢慢來，我在這等你。」她在等候區的沙發椅上坐下，秘書為她遞來一杯水。

郭冠華敲了下辦公室的門，聽見了父親的「請進」後，還握著門把在原地站了一會，做了心理準備，才開門進去。

郭榮發知道他要說什麼，一等冠華關上門，就一邊處理文件，一邊搶先開了口：「夏千琳，父親是醫界權威，母親是學術界盛名遠播的學者，家族內還有多個親戚在政府部門當高官，千琳不但漂亮，還是音樂界赫赫有名的明日之星，這門親事有哪裡不好……」

「親事？」冠華感到自己被騙了，「我以為我們是要討論……」

「詳細的過程我都跟醫院打聽過了。」郭榮發伸出一隻手，示意他不要說話，「你是個有情有義的孩子……你們兩個明明親事沒談成，也沒什麼交集，你卻願意在她出事時幫她，遇上你可說是她的福氣，可是呢……」他話鋒一轉，「你知道那是治不好的吧？她至少還能活六十年，你知道這會造成多少醫療成本嗎？你認為其他股東看見我們把人力和資源成本放在上面，不會有異議嗎？再說了，有一就有二，有二就有三，要是每個認識的人都來這一套，你覺得我們的醫院還營運得下去嗎？醫院又不是慈善事業！」

「那難道……就這樣把她丟下不管嗎？」

「她的事，他們黃家自會處理，不用我們擔心。」

「處理？」冠華悶哼了一聲，既然父親都跟醫院打聽過了，應該知道詩巧被遺棄的事才對，「他們黃家早就被親戚瓜分得四分五裂，名存實亡了，你也知道的吧？即使這樣，你也認為他們會處理？」

「你這孩子怎麼這麼奇怪，之前要撮合你們時還嫌我們煩，現在要你別管她，你又不高興，你到底想怎麼做？」郭榮發站了起來，繞過桌子，走到冠華身邊，「你為什麼不試著接受千琳呢？她懂事又體貼，而且非常期待和你見面，你今天唐突地衝到這裡，她也是臨時一約就願意出來，你有什麼好不滿意的？」

「那黃詩巧呢？」冠華感到自己說話的聲音在顫抖。

「忘了她吧。」父親用力拍了拍他的肩膀，在他耳邊說道：「她如果不是黃氏財團的黃詩巧，就沒有意義了。」

冠華無法接受這個答案，但還是強迫自己把一口怒氣吞下，他了解父親的固執，都說到這個份上了，是絕對不會改變主意的，要是吵起來，把場面弄僵，對大家都沒有好處。

冠華冷靜地離開辦公室，郭榮發讓自己的司機小張載他們去餐廳，美其名是護送，實際就是讓人盯著冠華，以免他放夏千琳鴿子。

因為父母從小的教育要求，冠華出門前一定是穿著得體的衣服，更何況今天本來就是要來找父親談事情，他更是盡力避免了任何會引起父親不高興的舉動，所以沒有因為服裝問題，被攔在餐廳門外。

這是一間很高級的法國餐廳，冠華兩眼無神地翻著菜單，腦中還在想著父親剛剛說的話。

「什麼意義不意義的……」他喃喃自語，雖然如此，但他知道，如果今天出事的是他們郭家，黃家大概也會做出同樣的抉擇，這個世界就是如此現實。

在服務生過來點餐時，他聽見夏千琳用法語跟服務生點了菜，於是也跟著用法語點菜。

「你會說法語？」千琳顯得很訝異，不知道是不是為了測試他真的聽得懂，這句話也是用法語問的。

「我媽說，想在這個世界混下去，無論如何也得學會五國語言才行。」冠華用流利的法語回答她，「我會講中英德法西五國語言，但我現在也有在學日語跟阿拉伯語。」

「你好厲害啊！」千琳露出了崇拜的眼神，很高興能找到人用法語對話：「你去過法國嗎？你是怎麼學法語的？」

「我有一段時間住在盧森堡，父母為我請了家教，一邊遊德國學德語，一邊遊法國邊學法語……」聽見千琳的誇獎，冠華的心情不禁愉悅起來，他重新檢視了眼前的女孩。

夏千琳，真的是很漂亮的女孩。

坐在她對面，郭冠華都感到有點不真實了。

不過，畢竟是千金小姐，外貌打扮有一定水準也是當然的。

冠華努力打起精神，千琳沒做什麼對不起他的事，他不該對她繃著一張臉，這樣未免太失禮了。

「聽說你大學是念雙主修的？是唸什麼科系啊？」千琳的聲音很溫柔，讓人感到很舒服。

「管理。」冠華微笑，看來父親還沒把他的底細全盤托出。

「還有呢？」千琳似乎對他有著無止盡的好奇。

「數學。」

「唉？」千琳露出了奇怪的表情，「數學？你是指財金吧？」

冠華笑著搖了搖頭，他可以理解千琳的反應，管理跟數學雙主修，確實不多見。

「唸管理是父母的要求，他們說事必躬親會過勞死，身為一個優秀的領導者，我需要的是學習怎麼讓底下的人死心踏地為我做事……數學就是興趣了。」說著，冠華想起自己被父母抱怨過，因為選了數學做雙主修的緣故，導致他比預計的晚了一年才大學畢業。

他們計畫的很美，希望冠華能跳級唸書，在十五歲時大學畢業，二十歲之前碩博士唸完，同時逐步接手郭家事業，二十五歲以前成家立業，等冠華三十歲時，他們就要全盤放手，過著含飴弄孫的退休生活。

「可是，數學？」從千琳皺起的眉頭看來，她對數學肯定不是普通的反感，「學數學出來要做什麼？」

「妳在開玩笑吧？」對他們這些錢多到可以用上幾輩子的人來說，選擇一個感興趣的科系，從來就不是為了要畢業後能做什麼，更何況，冠華還沒看過數學系失業的。

千琳愣了一下，很快地意會了他的意思，「也是呢。」她笑了。

在餐點送上來之後，他們換了另一個話題。

千琳並不算是健談的人，但不論冠華講什麼，她總是很認真在聽，並且給予適當的反應，她也沒有什麼禁忌，冠華不需要刻意避開什麼話題，漸漸地越聊越投入，甚至把自己在歐洲徒步旅行時發生的糗事跟她說：他在洗衣服時不小心把錢洗爛了，又不好意思跟父母開口，只好一邊當街頭藝人掙錢，一邊照計畫繼續旅程。

「練到後來，可以一次丟五顆球呢，哈哈……」聊著聊著，冠華忽然發現有一種既視感，彷彿他已經看過這個場景很多次了，他忍不住停下了說到一半的話。

「怎麼了？」千琳納悶。

「原來啊……」冠華給了她一個奇怪的答案。

他終於知道為什麼了，這個畫面，他已經想像了無數次，怪不得他覺得這個場景看過很多遍了，他就連作夢都會夢到這樣開心地在餐廳和她吃飯聊天，只不過對面那個她，一直一直都是黃詩巧。

果然，詩巧命在旦夕，他沒辦法安然在這裡吃晚餐。

「不好意思，我去一下廁所。」冠華笑著離席，並且再也沒有回來。

他避開了正在外頭抽菸的小張，到另一側馬路上，攔了計程車去機場，直接回去美國。

雖然感到有點對不起夏千琳，不過這樣一來，他就不用再煩惱怎麼應付父母親了。即使千琳脾氣再好，也肯定不會想和用尿遁法逃走的男人進一步交往吧？

由於這件事情，冠華被父母狠狠罵了一頓。

而在這之後，他也沒能阻止詩巧被轉送到療養院。

現在，還會去探望詩巧的，就只剩下冠華一個人了。由於詩巧本人仍拒絕訪視，冠華也是偷偷收買了療養院中一名駝背的老員工，才能順利在她入睡後進來探視。

到療養院探視她，冠華才得知，癱瘓的病人容易因為身體重量長時間壓在一處，導致血液循環不良而長褥瘡，散發惡臭；身體肌肉也會因為長久沒活動而萎縮，他在療養院看見了許多像木乃伊的病人，震驚不已。

詩巧以後也會變成這樣嗎？冠華心寒地想。

但是比起這個，她得先有命活下去再說。

從開膛手J的行動軌跡，加上其他種種外部資訊來研判，對方最有可能會在這個禮拜動手。

冠華不覺得他們黃家的親戚幫得上忙，畢竟他們打從心底希望詩巧跟著死在那場意外中，好讓他們順利得到所有遺產，但即便如此，為了詩巧，冠華還是厚著臉皮打電話找上詩巧的叔叔，只是就像他猜的那樣，對方完全不理睬他的話。

冠華也沒辦法跟警察求助。事實上他這次也報警了，他還記得警方上次的告誡，於是託人用匿名的方式報警。一聽說對象是黃詩巧，警察就知道又是他了，為了小心行事，他們通知了詩巧的叔叔。詩巧的叔叔一口咬定是郭冠華在亂講，只是想藉著婚約的事跟黃家撈一點油水，於是警方耐著性子告訴冠華：「我們每天都會接到幾百個有關MO動態的情報，但是平均每兩個月才會出現一個真情報，我們有仔細調查過那個女孩了，她和MO根本扯不上一丁點關係，反倒是和你比較有關係。」

想到這裡，冠華頹喪地靠著牆，滑坐在療養院的地板上。

「我到底該怎麼做才好……」冠華無助地抱著頭，駝背的老員工在巡視完一圈後，發現他仍癱坐在那裡，上前拍了拍他的肩關切。

冠華不領情地甩開他的手，站起身，露出帶著一雙凶惡的雙眼。

如果誰都幫不上忙，那就自己來吧！

他下定了決心！

「詩巧，由我來保護！」

靠著那些不是很準確的消息來源，冠華花了整整三天的時間，在南美洲追蹤到開膛手J的蹤跡，又花了一整天的時間不眠不休不吃不喝，守在狙擊槍前，終於給他逮到了狙擊的好時機。

那是在一條相當熱鬧的大街上，他找到了那個也許是開膛手J的人物，當地正在舉辦遊行，觀光人潮絡繹不絕，不但有許多建築物阻礙視線，距離又十分遙遠，他粗估了一下，大約是兩公里，無論怎麼看，這都不是適合狙擊的地點。

所以，這裡才是最適合狙擊的地方。

無論怎麼說，對方都是職業殺手，而自己雖然受過射擊訓練，接觸過各種槍枝，可是勝率最高的方法，果然還是出奇不易的攻擊，對方絕不會想到有人會在這麼不適合的地點狙擊他。

一直到扣下板機前，冠華都還在猶豫著。

他會不會判斷錯誤，殺錯人了？他有沒有辦法打中兩公里外的目標？他會不會不小心誤殺路人？還有最重要的，扣下了板機，從此他就是殺人犯了，不管最後會不會被警察抓到，他做好背負這條罪名的覺悟了嗎？

是的，他準備好了。

對著那個穿著花襯衫，摟著金髮女孩，還一邊大口喝酒的男子，冠華扣下了板機——

他不要再讓詩巧暴露在危機裡了，對於執法人員而言，詩巧不是他們特別的存在，他們永遠也不可能像自己這樣，可以為了保護她捨棄一切。

當他發現順利地擊中那名疑似是開膛手J的人物後，他第一個想法是「就這樣？」緊接著第二個想法是懊悔，但是既然都動手了，後悔已經沒用了，他迅速地拆解掉狙擊步槍，藏入一個不起眼的袋子中，在離開大樓的時候，將袋子丟在小巷的垃圾桶旁邊。他已經跟一名小型軍火商人談好了，對方等一下會來回收槍枝，這名商人是他在追查開膛手J的過程中認識的，對方不只出借槍枝給他，還提供了他許多線索。

原本預計就這樣到機場，趕下午的飛機回美國，但是在他走過兩條巷子後，他還是決定折回去。

不親自確認一下屍體的話，他怎麼也不安心。

當他回到現場時，原本就人潮擁擠的地方，現在更是被擠得水洩不通。發生了槍擊案，現場狀況十分混亂，他聽見警車的聲音已經來到附近，如果要確認屍體，就只剩現在了。

他努力擠進群眾中，卻在接近中央倒下的那個人時，被自發性幫忙的群眾擋在外圍。

「別過去！你會干擾救援！」

「我是他朋友，讓我去確認他的狀況，拜託。」冠華用流利的西班牙語和對方交談，就在這個時候，他看見前方應該要是屍體的人，手卻動了一下。

不可能！怎麼可能！冠華不敢置信，他明明瞄準頭打的，也確實打中了沒有偏，他怎麼可能還活著！

但是當對方坐起身時，冠華也不得不相信擺在眼前的事實，並且確信了那就是開膛手Ｊ無誤，除了每天和死神擦身而過的殺手外，還有誰被打中頭後能這樣若無其事地起身？

開膛手Ｊ轉過頭，對著冠華裂嘴一笑，瞬間，冠華感到背後一陣發寒。

或許是因為聽見了剛剛冠華的對話，也或許是殺手的第六感，開膛手Ｊ知道眼前這個少年，就是剛剛對他開槍的人。

「唷！真是可惜啊，孩子，我前幾年頭部中彈差點死掉，因此在腦中裝了鋼板，沒想到今天派上用場了呢！」

「嘖！」冠華咬牙，顧不得周遭的人都在看，立刻拔出隨身攜帶的槍，把槍口對準開膛手Ｊ。要是現在不在這裡把他殺掉，之後就沒有機會了！

開膛手Ｊ在同時做出反擊，他像變魔術般，雙手一甩，手上立即出現兩把長刀，衝向冠華，他的速度比冠華快多了，冠華來不及開槍，只好先行閃躲，再一邊找機會對開膛手Ｊ開槍。

現場引發群眾慌亂，冠華和開膛手Ｊ都不小心波及到無辜。警方到達現場，但是因為拼命向外逃的人潮阻礙了他們進來，他們一時半刻還無法接近冠華跟開膛手Ｊ。

幾發槍響後，冠華的子彈用光了。當他又扣了幾下板機後，他第一個反應不是該填裝子彈了，而是慌張地看著槍，想著是不是卡彈了？

「所以說，門外漢就是門外漢啊……」開膛手Ｊ把握機會，衝上前一揮刀，冠華努力要閃躲這一擊，但是刀的攻擊範圍太大，他還是被砍傷右手臂，不僅搞得整隻手臂血流如注，還弄掉了槍。

幸虧警方在這個時候趕了上來，給了冠華逃走的機會，他從小巷子鑽出去，逃進一棟公寓中，開膛手Ｊ為了閃避警方，錯失了殺死冠華的最好時機，但他也立刻從另一條路追進公寓。

開膛手J朝冠華射出幾把小刀，其中一把射中他的小腿，冠華咬著牙拔出刀，繼續往上逃，傷口嚴重拖累他的速度，開膛手J緊追在後，幸好冠華還多帶了另一把左輪手槍，他回頭對開膛手J開了三槍，想多少阻止他的速度。

眼看即將被追上，他用槍隨機打壞一扇門鎖，闖進民宅中，躲藏在沙發後，並將槍口對準門口。客廳裡有一對年輕的夫婦，看見他的慘況，女主人嚇得尖叫，男主人顧忌他手上的槍，雙手高舉作投降狀，但仍不忘大聲質問：「你要做什麼？你想做什麼？」想藉此引起別人注意，尋求協助。

「躲進房間！快呀！」冠華著急地催促。他才剛說完，男女主人就分別喉嚨與胸口各中一刀，倒地身亡。

冠華看見門口有個黑影，連忙對黑影開槍，但那原來是開膛手J的障眼法，他將衣服捲成球狀，扔了進來，冠華因為處於恐懼中，沒看清楚，立刻就瞄準開了兩槍。開到第三槍時，只聽到槍身發出用光子彈的喀喀聲。

冠華又扣了板機兩下，依舊沒子彈。他拿出子彈要填裝，開膛手J把握時機，立刻朝他投擲兩把飛刀，分別刺進冠華的左右雙肩，將他牢牢釘在後方的木櫃上。

他沒有立刻殺了冠華，因為他還有事要問他。

「是誰叫你來的？」他悠哉地走到冠華面前，把刀架在冠華脖子上，另一手把玩著小刀。

冠華沒有回答，開膛手J見狀，將小刀刺入他大腿中，冠華本來打算忍著，但卻痛得哀號了一聲。

「沒有……沒有人叫我來……」

「你天真得以為我會相信這個答案？」他不知道從哪裡摸出另一把刀，刺進冠華另一條腿，冠華又是一聲哀號，「沒人在背後撐腰，就憑你一個毛還沒長齊的小鬼，也能掌握到我的動態？有哪個青少年像你對槍這麼了解？我看你似乎還會一點拳腳功夫，一般人可沒那麼容易閃過我的飛刀，早就死在外面的樓梯上了……」他一邊說著，一邊扭動插在冠華腿上的刀，冠華立刻痛得聲嘶力竭大叫——

「我必須殺了你，不然你會殺了詩巧啊！」

「詩巧？」開膛手Ｊ皺著眉，想了一下，「哦？你說那女孩啊……雖然不知道你們有什麼關係，但既然你自己送上門了，我就連你一起殺掉好了，然後……」開膛手Ｊ露出了詭異的笑容，「斬草要除根，我會連同你的家人一併殺掉，怎麼樣？要怪就怪你自己，沒事在大街上亂搞……」

「不、不要……放過我的家人……」

正當開膛手Ｊ滿意地聽著冠華的求饒聲時，卻忽然聽見冠華語調一轉：「你以為，我會這麼說？」

正當他感到奇怪時，他看見冠華露出了狡詐的笑容。

開膛手Ｊ不能理解，這個少年是怎麼回事，怎麼忽然間，整個神韻都變了，變得好像他們這些殺手一般，他剛剛的恐懼難道都是裝的嗎？

「事實上，我的確有話要說……」

就在這個時候，開膛手Ｊ感到有東西頂在自己胸口上……

「我的左輪手槍，有十發彈巢！」

「咦？」當開膛手Ｊ往下一瞥，看見轉輪中第十發的子彈時，他頓時就明白了，他被這個少年算計了。

這個少年，故意塑造出用光子彈而慌張的窘樣，在開了六槍後，用三發空彈來掩飾最關鍵的第十槍……已經來不及閃避了，在開膛手Ｊ看見轉輪中子彈的那剎那，冠華也在同時扣下板機，他硬生生挨了這槍，向後倒在地上。

冠華忍痛把自己從木櫃上弄下來。

「肩膀被釘住的時候舉槍，原來這麼吃力嗎……」他拔掉身上的小刀，晃著無力的手臂，一拐一拐地走到沙發旁，拔起開膛手J的長刀……

對方可是職業殺手，隨時都穿著防彈背心也不是什麼讓人訝異的事，他不知道對方的防彈背心等級，不確定自己的左輪手槍有沒有辦法打穿，不過即便穿著防彈背心，被槍打中的幾分鐘內，也應該是痛到無法站起來。

「斬草要除根，謝謝指教啊。」他用開膛手J那把鋒利到可以削鐵的長刀，將開膛手J的頭切下。

這樣一來，無論如何，他都不可能再活過來了。

他隨手扯下開膛手J脖子上的項鍊，離開了公寓，他不敢正大光明地從大門離開，還是從窗戶逃走的。在他離開不久後，警方包圍了公寓，但是這個時候，冠華早就已經開著自己預先租借好的出租車，來到人煙稀少的郊外。

他將傷口暫做處理後，換上了乾淨的衣服，逃回美國。

冠華原本以為，事情鬧得這麼大，連目擊證人都有一堆，自己肯定是無法逃過這一劫了，所以至少，在警方找到他之前，他想去療養院再看詩巧一眼。

不過奇怪的是，一路上他在通關時，都沒有受到攔查，他因為緊張，在經過有電視的地方，都會忍不住停下查看，但是新聞也沒有報導相關的事。

他帶著惴惴不安的心情，來到療養院附近的一間旅館暫做休息，打算等到晚上詩巧入睡後去看她。

他拿出事先準備好的醫療用品，先給傷口做清潔，之後為自己縫合傷口，幸好他曾經跟著一位外科醫生學過縫合傷口，不過他倒是沒想到真的會有派上用場的一天。

處理完傷口後，他的情緒鬆懈下來，他癱坐在椅子上，幾天的疲憊讓他現在只想好好睡上一覺，其他的，等之後醒來再說……

叩叩！

忽然間，他聽見了有人敲門的聲音。

他頓時睡意全消，警戒地盯著門，正當他在揣測著門外的會不會是警察時，他聽見了年輕女子的聲音：「客房服務。」

奇怪了，他沒有叫客房服務啊。

冠華輕輕閉上眼，決定裝睡不理她，過了一會，他沒有聽見女服務生離開的聲音，反而是聽見了療養院那個駝背老員工的聲音，他的口音很好認，而且他一開口就挑明了說：「黃詩巧出事了。」

冠華心一驚，立刻睜大雙眼從椅子上跳起來，沒有疑惑為什麼對方會知道自己在這裡，也沒有透過門上的貓眼確認，直接打開門想問清楚出了什麼事，卻發現站在門口的是一個穿著黑色大衣，戴著黑色帽子，身高高達兩公尺，眼睛上還有一道疤痕的男子。

除了他之外，門外沒有其他的人。

男子有著一股令人望而生畏的氣勢，冠華不禁後退了幾步，反倒空出位置，讓男子能走進房內。

對方刻意將房門鎖上，冠華感到他不懷好意。

「客房服務。」黑衣男子笑道，發出的卻是剛剛那位女服務生的聲音。

黑衣男隨手拿起一旁櫃子上的裝飾物，一匹金色的小馬，把玩了下，然後放回剛剛的位置附近，僅僅只是這個簡單的小動作，冠華卻忽然感到，整個空間的氣勢都被他主導了過去。

「你是誰？」冠華問。

男子接著做出了令人反胃的舉動，他可以光靠觸摸，隨意拆卸組合自己的骨頭，很快的，他就變成了療養院那個駝背的工作人員：「我們來討論下那女孩的事吧？」雖然少了臉上的皺紋，但他的行為舉止清楚地告訴冠華，他們就是同一個人。

在冠華搞不清頭緒的時候，男子又開始改變自己的外貌型態，並坐了下來，翹著腳假裝在翻閱資料，口中說出一段熟悉的對話：「無意冒犯，但是我們跟黃家親戚聯絡時，都沒聽人提及過你的事……」

那個動作簡直就是……

「麥可……醫生？」忽然間，冠華不知道自己該相信什麼了，「你、你到底是……」

「哈哈哈！」看見他的反應，對方大笑。

「你到底是誰？回答我！」

「殺手W。」黑衣男子微笑，「你可以叫我殺手W。」

「殺手W……」冠華複誦了下，從這個稱號聽來，他也是MO的幹部！

「麥可醫生早就抱著石頭沉在海底了，幸好我有醫學知識，演個醫生還不成問題……」殺手W笑著回答。

冠華警戒地看著殺手W，不知道對方是來殺自己的，還是來對詩巧下手的，亦或者兩者都是？不巧的是，冠華在上飛機前已經把槍處理掉了，現在的他，身上沒有任何防身武器。

「別那麼緊張，我不是來殺你的。」殺手W一派輕鬆地在椅子上坐下，好像這他才是這間房間的主人一樣，他指著另一張椅子，要冠華也坐下，但冠華仍舊是死死盯著他。

「那麼，有何貴幹？」冠華冷淡，卻又不失禮貌地問。

「你以為是誰提供了你開膛手J的資訊？你以為是誰幫你善後，讓你順利逃回來？還有，派特是我多年老友了……」

派特正是出借武器給冠華的那位軍火商。

「你？」冠華不敢置信，「為什麼？」他知道MO的殺手都是喪心病狂的大變態，但他還是想知道合理的理由，他為什麼要幫助自己？

「因為，我看不慣開膛手J很久了。」殺手W緩緩說出答案，「總是我行我素，多次將組織暴露於危險中，還要勞煩別人替他擦屁股，這種人，對組織來說也是頭痛人物……就好比這次暗殺黃家，明明可以製造成意外事故，這樣一來便省下許多麻煩，偏偏他在犯案前還跑去花天酒地，結果弄出個半死不活的黃詩巧，還跑出個郭冠華，最後把自己的小命都搞丟了……」他搖了搖頭，嘲諷地說。

「如果你說的是真的，你大可自己動手。」冠華質疑。

「組織禁止幹部之間的爭鬥。」殺手W簡潔明瞭地回答，「雖然說，對一個年紀輕輕的少年而言，想接近MO的資訊，果然還是太難了點，所以我才暗中給了你一點協助，不過，我原本只是打算試試你的能耐，可沒料到你居然真的把他給殺了，著實出乎我的意料之外啊……」他滿意地打量了下冠華，又接著說，「現在看來，當時在醫院決定暫時放你一馬，沒有將你連同黃詩巧一起殺掉，可真是正確的決定……你可能不知道，你當時流露出的，可是最危險的殺手才會擁有的眼神……」

知道自己在無意中逃過一死，冠華卻不知道該做何感想。

「雖然你在暗殺過程中破綻百出，好在你的對手是那個粗心的開膛手J，不然今天身首異處的可就是你了。你的意志力與行動力讓我很滿意，能讓我親自出馬來招降，你應該感到榮幸才是。」

招降？冠華還以為自己聽錯，他說的招降和自己知道的那個招降，是同一個意思嗎？

「我調查了你，你果然就跟我想的一樣耐人尋味……」殺手W接著從黑色大衣下拿出了厚厚一疊資料，上面寫滿了郭冠華的資料，「你不但有射擊的天分，也在多項射擊比賽中拿到好成績，你還有野外求生的技巧，沉著應對的心理素質，優秀的體能，極佳的視力，還懂得彈道學等專業知識……你有著成為優秀狙擊手的條件啊……」殺手W忍不住連聲讚嘆。

「你能講流利的多國語言，懂得經商與投資，參與過許多國際性活動與實習，學科成績優異，體能方面尤其擅長游泳跟馬術，還有其他像是……哦，這個是！」殺手W看見了感興趣的項目，「你還有習武啊？」

「那是小時候的事了，母親嫌我頑皮，為了讓我消耗體力才學的，荒廢很久，早就都忘光了。」冠華一點也不想得到他的認同。

「別想瞞我任何事！」殺手W嚴厲地指責了他，「從資料上看來，你不只有持續在練以色列近身格鬥術，還跟著一個老師父在學習他們家的密傳拳法嘛……」

「呃……」沒想到他連這個都查得到，冠華的母親認為有錢人行事要低調，所以他們的行程就連自家傭人都不一定清楚。

「你應該感謝你的母親，如果不是她，你早在開膛手J亮刀的時候就死了，你以為MO的幹部，刀是那麼好閃的？長久練武累積下來的身體記憶，才讓你用一條鮮血淋漓的手臂換來小命一條。」

冠華雖然對他的責備感到莫名其妙，但他開始對那份資料感到好奇，他居然連母親說了什麼都知道，上面還寫了什麼？他不想這樣讓人把自己看光。

「……你不但擁有許多一般人不會有的技能，像是縫合傷口、開遊艇、彈鋼琴、博弈、素描、即時口譯……其中不少還擁有國際通用證照，只不過，我怎麼也想不明白……你涉獵了許多領域，其中一些甚至擁有專家級別的實力，但是你卻無意往任何一個方面發展，到底是為什麼？」

「怎樣都好吧。」冠華不覺得自己需要跟他談這些，看來，至少自己的想法，他們是查不到的。

「也罷。」見他不想談，殺手W也沒有再繼續追問下去，好奇心可以殺死貓，打破砂鍋問到底不是探知消息的好方法，「至少這些技能與經歷，對你以後執行任務，會有很大幫助，雖然要成為厲害的殺手，你還有很多不足之處需要加強，但是你很幸運，遇上了我，我擅長訓練，我會把你調教成為令人聞之色變的殺手，以你的實力，只要加以訓練，要當上MO的幹部也不成問題……怎麼樣，有沒有興趣加入MO，為我們效力？」

加入MO？

媽的，冠華真想衝上前給他一拳，他們把詩巧害成這樣，怎麼還有臉認為自己會想加入？幸好他不是個容易衝動行事的人，礙於現在自己處於劣勢，他禮貌回答：「那還真是承蒙厚愛啊，不過對不起了，父母讓我學了那麼多技能，是為了讓我成為優秀的接班人，不是高級殺手。」

殺手W看上去倒是一點也不著急，而且也不打算就此離開。

「你太心急了，我是來交涉的，你應該聽聽我的條件再說……」殺手W哼笑。

「不好意思，我不會改變主意的。」冠華想不到有什麼是他們郭家買不起，還需要勞煩組織MO出手的？

「確定？」

「肯定。」

「不再稍作考慮一下？」

「嗯。」

「即使我能讓那個女孩重新站起來？」

聽見他的話，冠華立刻把頭轉向他，但他並沒有立刻回答，他照著父親叮嚀的「忍個幾秒再回答。」

冠華仔細地想了下，笑了出來，「不可能，我也找過很多醫生，大家都說……」

「科技總是一直在進步的。」殺手W打斷他的話，在他疑惑的神情下，緩緩解釋：「組織現在正在研發一種新的技術，用病毒去修復人體受損的神經、肌肉與骨骼，加速身體細胞修復，並進一步強化提升體能，雖然主要用意是要創造戰場上的無敵戰士，但正好可以做為那女孩癱瘓的治療，研究現在進入人體實驗階段，如果你加入MO，我倒是能考慮不再追殺她，送她去做治療……」

冠華的腦海中，浮現出詩巧在舞台上跳舞的模樣，他不禁恍神了下。

殺手W看得出來，他動搖了。

「那個……」冠華欲言又止，他一方面有許多關於實驗的事想問，另一方面又不願表現出絲毫想加入MO的意願，「那個實驗……」而且，他連想問什麼都一時失去了頭緒。

「成功率有30%。」在殺手W來找冠華之前，他已經拿了詩巧的抽血樣本去做基因比對，為的是要能更有效作為談判籌碼。

「太……低了啊。」冠華不禁搖了搖頭，自己剛剛居然還在期待。

「太低了？」殺手W嗤之以鼻笑了聲，「你要知道，一般人的基因只有0.1%的吻合率，她已經是別人的三百倍了，你還不知足？你儘管飛遍世界為她找尋名醫，我保證他們只能告訴你一些連0.1%都不到的方法。」

這倒是真的，冠華至少找了十名醫生，但只得到了一種答案。

只不過，成功率是尋常人的三百倍？就這麼剛好？這種說法還是讓他忍不住懷疑殺手W在欺騙自己。

面對他的疑惑，殺手W遞了一份檢驗報告給他，上面充滿著密密麻麻的圖表和學術字彙，雖然每個字冠華都認得，但一個意思都不懂。

「為什麼她會有這麼高的吻合性？」

「不知道，只能說，這或許就是命運吧，若不是吻合率這麼高，我也不會拿來當籌碼了。不過，實驗的過程和日後的復健極其痛苦，她本人若是沒有意願，絕對撐不過去。」

怎麼可能沒意願呢，冠華可以想像得出來，詩巧得知自己有恢復的希望時，會有多麼高興，甚至喜極而泣，即便復健過程痛苦，她已經沒有退路了，怎麼會不努力撐下去？

「你的意思是，這個實驗，如果成功了……她就能完全恢復到受傷之前的狀況？」冠華小心翼翼地確認。

「怎麼可能？」殺手W先是讓他沮喪一下，之後立刻說：「她的狀況會比受傷前更好，她的體能狀態將突破巔峰，練上一整天的舞不會感到疲憊，受傷也能迅速復原，想看看，多少運動選手夢寐以求的事啊……」

殺手W不斷地打斷他的思考邏輯，讓他沒辦法做出最客觀的分析。

「而且，實驗失敗的下場是全身癱瘓……這點對她來說也沒什麼損失不是？」

雖然不甘心，但冠華想了下，要真是如此，那殺手W說得有道理。

「一旦你加入了組織MO，你還可以在整個實驗與復健的過程，就近陪著她。」

殺手W這句話，簡直說到了冠華的心坎裡，正所謂近水樓台先得月。

但是冠華仍然不敢輕率回應，他對這方面的知識太少，他懷疑殺手W隱匿了不利的情報，就這樣草率地加入MO，到時候後悔怎麼辦？

殺手W倒是很滿意他這種疑神疑鬼的態度。

「看你猶豫的，大概是不要了。」殺手W假裝無奈地嘆了口氣，「真可惜啊，那我只好接手開膛手J的工作，殺了那女孩了。」他走向門口，冠華心急地擋到殺手W面前，怕他真的離開。

「你！」冠華忍不住惡狠狠地瞪著殺手W，「已經可以了吧！她都變成這樣了，你們還不打算放過她嗎？」

「那就要看你的回答是什麼了。」

「你……」冠華咬著牙，「到底是為什麼……要緊咬著黃家不放？」

「我不知道，我也不用知道，上層交代的事，我們只管照做，過多的訊息只會干擾任務進行。」殺手W瞇起眼睛看著他，「給你個忠告，與其擔心那女孩，不如先擔心你自己吧。」

「我？」冠華納悶。

「你殺了組織的幹部，不會真的傻到認為我們會這樣放過你吧？」

「但是你剛才不是說……」

「我說的是實話。」他的話把冠華搞得一個頭兩個大，「我今天確實是來招降的，這也是你逃過組織追殺的唯一機會，我暫時壓下了開膛手J的消息，一旦通報上去，到時組織會派誰來我也不知道……當然，我更傾向省事些，直接將你和那丫頭一起處理掉，再回去跟組織邀功，反正你也沒意願加入我們，既然如此，為組織除掉潛在的癌細胞，是我刻不容緩的工作。」

「你要我在加入MO，跟被追殺之間二選一是嗎？」冠華怒視著殺手W。

「正是如此。」殺手W雙手一攤，「或許你覺得不公平，但是遊戲規則向來由握有生殺大權的人決定。」

「別開玩笑了！」冠華咆哮，但殺手W看上去依舊故我。

「那麼，你的答案呢？」他興致盎然地打量著冠華。

冠華不甘心地瞇起眼睛，瞪著他。

「我可是很忙的，沒有時間站在這裡等你，況且有件事你得知道，時間拖得越久，她的成功率就會越低。」殺手W逐步給他施壓，「你在這裡猶豫的每一秒鐘，她的生理機能都在持續退化，你也看見了療養院那些長期躺在床上的病人了吧？」

這是赤裸裸的威脅，冠華知道他所言不假，他為難地別開頭，「你至少該告訴我，加入MO，到底是在做什麼吧？」

「你不是已經知道了嗎？就是執行任務。」殺手W耐心解釋：「你可以自己主動接下別人委託組織的任務，或者，組織會把最適合你的任務指派給你，依難度決定報酬，如果你表現良好，實力堅強，就有機會成為組織的廿六名幹部之一……」

「任務？」冠華嗤笑一聲，「要是組織叫我去殺人，我就真的要當個殺人犯？」

「是的，但別忘了，你已經是了。」

忽然間，冠華的表情僵住了。

是啊，他已經是個殺人犯了。由於他認為開膛手J死得太罪有應得，冠華理所當然地忘了自己已經是個殺人犯了。

「其實，這可是個很有成就感的工作呢！」殺手W嘴角勾起一抹微笑，「想加入MO很簡單，只要你誠懇地拜託我，告訴我你的意願有多強烈，我就考慮考慮讓你加入。」

冠華捏緊拳頭。

他不在乎自己是不是會落得被組織MO追殺的命運，他不怕死，更何況他也不會乖乖束手就擒，他會反抗，想殺他，組織MO也得付出一些代價。更何況，加入MO，意味著自己要成為罪犯了，他要怎麼面對父母？

但是，仔細想想，他的父母什麼也不缺，況且他們郭家還有弟弟可以傳香火，反觀詩巧，她已經什麼都沒有了，對於失去了一切的她來說，好不容易出現站起來的機會……她就只剩下這個機會了！

要是實驗成功了，她的人生還有機會重新來過，要是失敗了，對現在的她來說，也不會有什麼額外的損失。

冠華還沒意識到，但他確實已經無法客觀思考了，他滿腦子都是詩巧重新站上舞台的模樣。

為什麼會如此被她吸引？

冠華不知道自己要為了什麼努力，他不知道夢想是何物，他喜歡的活動，比如說射擊，頂多也只能稱做興趣，他感覺自己像行屍走肉般活著，但是——

只要看著詩巧，他的世界就充滿希望。她很清楚自己要的是什麼，並且朝著夢想努力不懈，那樣的她很耀眼，深深吸引著只會滿足父母要求的自己。

可以的話，他很想……很想再一次，在場上看到那麼耀眼的詩巧！

想到這裡，冠華做出了決定。

他願意為了詩巧做任何事，那怕是將自己推入火坑。因為，他是如此地被那抹身影所吸引。

「請……讓我……」冠華咬著牙，捏緊拳頭，一字一句地說，「……加入……MO……吧……」

「這是拜託人的態度嗎？」殺手W用輕蔑的眼神看著他，冷冷表示。

冠華忍不住露出厭惡的神情，但他深吸了一口氣，強迫自己吞下這口氣，做了一個標準的九十度鞠躬，「請讓我加入組織MO。」

「你很想加入嗎？」

冠華用缺乏抑揚頓挫的機械性語調回答：「是的，我非常非常想加入。」

殺手W笑了，他走回窗邊的藤椅上坐下，翹著腳。

「是我們的認知不同嗎？」他揚了下眉毛，一臉悠閒地檢視著右手指甲，「所謂的拜託，應該要下跪不是？」

「你！」冠華抬起頭，惡狠狠地瞪著他。

「不過呢。」在他抗議之前，殺手W打斷了他的話，「如果是不想加入的話，那又另當別論了。」殺手W別有用意地看著他，「你是哪一種？」

冠華諷刺地想著，他真的要給這種人下跪？他猶豫了很久，顯然是不願意。

殺手W於是扶著藤椅把手，作勢要起身。

冠華擔心他變卦，連忙走到殺手W面前，只是，他又猶豫了幾秒後，才終於下定決心。

好吧，就跪這麼一次！

總之，先把詩巧救回來，確保兩人的人身安全無虞，之後的帳，再一筆一筆討回來。

心不甘情不願的他，先是右腳膝蓋著地，接著是左腳，然後他伏下了身，在殺手W面前跪了下來，緊抓著地毯的雙手說明了他的不甘心，但他還是口是心非地說：「請讓我加入MO吧，拜託你了！我很想加入組織MO！我真的很想很想加入組織MO！」

但是，話才剛說完，殺手W就朝他的臉狠狠一踢——

冠華翻了一圈，倒在地上，整個腦袋十分昏沉，數秒後，疼痛感才完全襲來，他嚐到了血的味道。

「我感受不到你的誠意啊！」殺手W冷笑，「再多展現一點！」

冠華撐起上半身，朝一旁吐了一口血水，還掉了一顆牙下來，他緊緊握著拳頭，怒視著殺手W。

「別欺人太甚……」自己都已經跪下了，他還想怎樣？「你……你這個……」正當冠華差點失去理智，準備上前一搏時，因為殺手W那一腳，而掉到地上的手機，卻忽然收到了訊息。

屏幕上顯示一個陌生的法國女子名，頭像是夏千琳，這是他們交換帳號後的第一次對話。千琳不但沒有責怪他丟下自己，還用表情符號哭著問他：「我是不是做錯了什麼，惹你不高興了？告訴我，我可以改的。」

喂喂喂！這個女孩子是怎麼回事？冠華不禁傻眼，他不記得自己有做什麼讓她如此迷戀自己的事啊，如果是想找個會說法語的男人，憑她的條件，難道還不容易？

殺手W看見了這耐人尋味的一幕。

「怪不得你只有半調子的誠意，原來是有新歡，移情別戀了啊……」殺手W撿起他的手機。

「還給我！」冠華來不及搶回來，出聲抗議。

殺手W不理會他的抗議，逕自打開通訊軟體，他也看得懂法文，很快地瀏覽過對方的訊息後，替冠華回覆了幾句甜言蜜語，附帶一張愛心的圖貼，然後不忘拿著手機在冠華面前晃，讓他能看到對話紀錄。

冠華一把搶回了手機，殺手W忍不住笑了出聲。

「我看這樣吧。」殺手W一改剛才的語氣，「既然你沒什麼誠意，勉強你也沒什麼意思，只要你保證不把組織MO還有今晚的事說出去，我就放你一條小命，你儘管去跟新歡卿卿我我，我只殺黃詩巧一個人就好，你看怎樣？」

聽見詩巧的名字，冠華瞬間變了表情，他的頭皮發麻，握著手機的雙手不斷顫抖，唯獨只有詩巧被殺這件事……這件事拜託不要發生啊……

想到躺在病床上的那個憔悴女孩，冠華不禁心軟了，他不是想要救詩巧的嗎？怎麼意氣用事了起來？他不是還想再一次看見那個身影發光發熱嗎？

那麼，既然已經拜託了三次，還有差再跪這麼一次嗎？

冠華的眼神漸漸黯淡了下來，他垂下了雙肩，成了一個沒有生氣的人，用膝蓋一步又一步，跪著走到殺手W前方，對著殺手W，用力磕了一個響頭。

「請讓我……」他嚥了下口水，「……請讓我加入MO……無論如何……拜託了……」他的聲音少了方才的傲氣，雙手也只是平放在地上，完全放棄了抵抗。

「沒錯！就是這樣！」殺手W一腳踩上他的頭，將他的頭死死地踩在地上，還左右扭了一下腳，好像在踩熄一根菸似的。

冠華閉上眼睛，把所有的屈辱與不甘吞進肚內。

「既然你這麼想加入，有一件事，我必須先跟你說清楚才行……」

殺手W刻意停頓了一下，吊他胃口。

「加入MO，意味著『郭冠華』的存在，將從這個世界上被抹除，你的名字、人格、地位、朋友、財富、學歷、過去與未來……所有和『郭冠華』相關的一切，都將永不復在，你真的確定嗎？」

「你說什麼……」冠華訝異地瞪大眼，他想爬起來，無奈頭被死死踩著，無法動彈。

「但是，我也不是那麼沒人性的人……我給你七天時間考慮。」說著，殺手W將一張照片垂直豎立在他前方，冠華只能設法挪動眼珠，看到有限的畫面。

「如果你決定要加入MO，就殺了這張照片上的人，照片背後寫有他的資訊。」他一把揪著冠華的頭髮，把他拉起來，在他耳邊說：「這可是我特地為你挑選的對象呢。」說完，殺手W鬆開了手，但在離去前，殺手W不忘在門口停下腳步，回頭提醒冠華，「不過呢，所有的選擇都伴隨著相對應的代價，你是個聰明人，應該聽得懂吧？」

郭冠華的手機不斷收到夏千琳傳來的訊息，但他壓根沒有心情去看。

他顫抖地撿起了地上的照片，照片上，是一個長相和他神似的少年。

冠華來到少年打工的便利商店。

雖然已經決定要下手了，但他一直拖到第七天，最後的期限截止前，才終於下手成功。

和當初殺了開膛手J的感覺不一樣。那時他沒什麼感覺，現在他卻無法克制自己的恐懼。

這次，他整夜沒睡，只是一直趴在馬桶前面嘔吐。

他不斷問自己，自己和開膛手J有什麼不一樣？

開膛手J帶給詩巧的痛苦，和他帶給少年家屬的痛苦，有什麼不一樣？他們都一樣殺了無辜的犧牲者，不是嗎？

冠華看著自己顫抖的掌心，不明白為什麼自己明明覺得開膛手J是錯的，但卻還是決定跟進？

憑什麼開膛手J就該死，他卻可以任意殺人？

又是什麼決定了詩巧可以活下來，而那個少年必須死？

要是父母知道他殺人了，會怎麼想？

他的思維陷入一片混亂，忽然間，他感到胃酸湧了上來，立刻趴在馬桶上，繼續作嘔。

之後，冠華總算知道為什麼殺手W會說這個少年是他精心挑選的對象了。

那個少年，是為了拿來偽造自己的屍體。

殺手W讓人將屍體處理過，讓他看起來更像郭冠華，還換上了冠華的衣服，並扔到湖中，屍體被水泡爛，本來就和冠華神似的少年，現在更分不出來誰是誰了。

警方在屍體的口袋中找到了可以證明身分的物品，通知了冠華的父母。

「不可能！」冠華的母親堅信：「我兒子很擅長游泳，蛙式、蝶式、仰式、自由式……他全都很拿手，還參加過許多游泳比賽，拿了很多好成績，你說他溺死，我怎麼可能相信！」

「他不是溺死，他是被槍殺之後扔到湖裡。」

「他根本沒和人結仇啊。」

冠華的母親堅持要驗 DNA，但是因為檢體中途被掉包了，驗出來的的確就是郭冠華無誤，他的家人無法接受這個事實，一連又換了幾間醫院與化驗所，但是無論怎麼驗，驗出來的都是郭冠華。

到最後，他的家人也不得不接受這個答案。

看見家人為自己奔波操勞的樣子，冠華感到難受，他想起了那個少年。那個少年的家人大概也正被這樣的痛苦折磨著。

於是，冠華訂了一束白花，委託花店送花去給那個少年的家屬，敬上自己的哀悼之意。

但沒想到，少年的家屬本來因為少年無故失蹤，已經很焦急了，忽然間又莫名其妙收到一束白花，嚇得他們連忙報警，警方也積極展開偵辦，讓殺手W得花更多力氣善後，冠華也因此被殺手W狠狠唸了一頓。

在少年的屍體被發現之前，冠華陸續把該處理的事情都妥善處理完畢，包括去植牙、以及把自己私下投資所得處分掉等等。

儘管已經決定詐死了，冠華卻偷偷瞞著殺手W，新辦了一支手機門號，並且把社群軟體跟通訊軟體的帳號與資料全部移植了過去，他小心地避免了會讓人注意到的活動紀錄，只是默默地察注家人與朋友的動態，這樣做的目的，除了出自於對親朋好友的關心，或許還包括，他潛意識裡仍然希望有人注意到自己還活著，自己就在這裡，無聲地喊著救命。

不過，最讓他感到奇怪的人是夏千琳，他的死訊，想必千琳也收到了，但夏千琳每天都會照三餐打電話給他，冠華真的不懂，她打給一個已故的人用意是什麼？

直到有一次冠華不小心按到回撥之後，千琳就再也沒有找過他了。

因為這場意外，冠華不得不丟掉一切還可以證明自己活著的證據，從此徹底與過去訣別，除了留下幾張家人的照片外，即便在疫情爆發的時候，或是一直到九個月之後的現在，他甚至沒有打探過家人的消息。

其實殺手W早就知道他這點小聰明。冠華不是第一個這麼做的人，但是他不打算說破，因為所有人到最後都會像冠華一樣，慌張地湮滅掉自己活著的證據。

冠華拋下了所有的東西，除了身上穿的衣服外，他什麼也沒帶，隻身跟著殺手W離開。

一見到郭冠華，殺手W立即為他上了第一堂課：「你的第一堂課就是……這世上有三十億個女人，永遠也別為了其中一個下決定。」

「所以你也認為加入組織是個錯誤的決定囉？」郭冠華趁機消遣了他一番。

「不，這是個前途光明的正確決定。」殺手W接著對露出詭異表情的郭冠華解釋：「我只是希望你的動機不要是女人，那太愚蠢了，你還跟我下跪了不是，嗯？」

「不是你要我跪的嗎？」這下冠華不懂了，「你到底是想要我跪，還是不想要我跪？」

「兩個都不是。」殺手W打趣地看著郭冠華，嗤笑了一聲：「幸好你最後選擇了我這邊，而不是繼承家業……你是個失敗的談判家，我親自來招降你，你擁有很多談判空間，明明可以給自己爭取更多利益，卻自願被對方牽著鼻子走……」

郭冠華一臉沉悶，兩人又走了一段路，冠華忽然好奇起殺手W的背景。

「那你又是為了什麼加入組織MO？」

殺手W沒理他，表現得好像他根本沒開口說話一般。

「喂？」對於殺手W，冠華也不想保持什麼彬彬有禮的態度。

殺手W依舊不理他。

正當他自討沒趣時，殺手W忽然卻開口了：「喂什麼喂，沒禮貌，今後我就是你的老師，你應該尊稱我一聲師父。」

「你就這麼喜歡頭銜嗎？其實你也是為了女人才加入的吧？」冠華試著用激將法刺激殺手W，但殺手W沒中計，冠華只好不悅地瞇起眼睛，妥協問道：「那麼，師父，你是為了什麼加入MO？」

在他叫出師父後，殺手W才總算有了比較正面的回應。他的答案依然讓冠華費解：「我不會告訴你。」

冠華感到自己被整了。

「你也一樣，你的第二堂課便是，對任何人都不要說出自己的底細，只管呼嚨帶過便行，即便對方是組織的人也一樣，即便是那個女孩也一樣。」

「連詩巧也不行？」冠華詫異。

「當然。」殺手W表現得像是不能理解他的反應，「你講得出來的，都是郭冠華的經歷，但你已經不是郭冠華了。」

聽見他的回答，冠華不禁停下了腳步。

在這之後，殺手W總算給他上了一堂較像樣的課：易容。

他很快便用上了這個技能。

那天，他參加了自己的喪禮。

即便他喬裝打扮成另一個人，但他甚至連告別式的椅子都不敢坐，只是站在最後最遠的地方，看著自己的母親哭得需要人攙扶才站得起來，他的父親因為受到打擊而倒下住院，還是坐著輪椅才有辦法來參加葬禮的。

他好幾度想上前把偽裝揭掉，告訴他們這是場誤會，最後都忍了下來。

唯一沒有表現出難過模樣的人，是他的弟弟郭政翰。他甚至沒有和其他人一起送棺材到火葬場，而是說要出門和朋友打籃球。

對於政翰的反應，冠華心裡是有些難過的，轉念一想，這樣也好，他不想要家人因為自己這麼痛苦。

他跟著其他人來到火葬場，直到目送棺材被推入焚化爐那剎那，他才真正意識到失去一切有多可怕，根本無法靠想像去猜測那種感覺。

當他離開火葬場時，他經過了政翰一直以來打球的那片球場，但他沒有看見政翰的身影，而是聽見一陣淒厲的、聲嘶力竭的哭喊——

政翰躲在一旁的公廁中，哭得淅瀝嘩啦，一蹋糊塗，就連他站在對街的馬路上都聽得見，好幾次路人差點就要拿起手機報警。

他在廁所哭了好久，期間，冠華坐在附近的長椅上，看著黑屏的手機螢幕發楞。

政翰頂著那雙泛紅的眼睛和鼻頭出來，不知道該找什麼藉口時，朋友們自動幫他接了口：「便祕吼！」

「就叫你青菜吃多一點，你還不聽！」

「小心變成痔瘡啊！」

「走啦走啦！晚上去吃火鍋？」

「火鍋？」政翰的表情很詭異，他現在哪有這個胃口。

「那是自助式的，你要多吃一點蔬菜，才會比較通順啦，而且那一間還有啤酒可以無限暢飲！」

「你要喝多少，我們都陪你喝！」朋友圍到他身邊，異口同聲表示。

郭冠華輕輕閉上眼，聽著政翰和母親通電話：「嘿！媽！我今晚不回去吃飯了……我喔？我要跟朋友去吃大餐啊，對啦對啦，他們邀我去的！妳先睡，我可能沒那麼快到家……」

「後悔了？」不知道什麼時候，殺手W忽然間出現在他身後。

郭冠華沒有回答，與其問他後不後悔，倒不如說他有沒有這個選項。

他回頭看了弟弟的背影最後一眼，轉身和殺手W離去。

他們在路口攔了輛計程車前往機場。

郭冠華坐上了車，而狙擊手S走下了飛機。

一切計劃都十分順遂，直到殺手W告訴冠華：「黃詩巧拒絕了實驗。」為止。

據說，她只是冷靜地看著麥可醫生，問他可不可以替自己進行安樂死。

「監護權只是小問題，但復健過程十分痛苦，她本人若是沒有意願，強行帶走她也不會成功。」殺手W跟冠華解釋。

擅長操弄人心的殺手W可以想出很多方法，讓黃詩巧心甘情願就範。只是，這是上層交辦下來的任務，要讓她免於一死，甚至進行實驗，還得去跟高層討價還價，十分麻煩，反正喪禮都辦了，郭冠華既然已經無法回頭，他也不想給自己找什麼額外的麻煩。

但是冠華根本無法接受殺手W的答案，還以為殺手W在欺騙自己。

為什麼！為什麼啊！冠華崩潰心想：如果這是真的，那自己一直以來做的這些都算什麼啊？

為此，他甚至不顧詩巧本人拒絕訪視的意願，強行闖入病房找她。

雖然冠華這樣的舉動既冒昧又唐突，但是現在的詩巧也沒有能力把他趕出去，她連按床頭鈴找人趕他都做不到，只能聽他把原委說完。

在這之後，她蔑視地笑了一聲。

「你知道變成這樣，最可悲的是什麼嗎？」詩巧自己說出了答案，「我連自殺都做不到。」

「好不容易有站起來的機會，為什麼連試都不試？」冠華看起來甚至比詩巧還要崩潰。

「站起來又能怎麼樣？我失去了父母，失去了手足，只剩下我一個人，就算康復了又怎樣，還要跟親戚玩那些爾虞我詐的遊戲，我已經什麼也不剩了，我已經，沒有活下去的理由了……」現在的她，就連排泄這種尷尬的事，都得仰賴別人幫忙，她已經受夠這種羞憤的折磨了。

「妳要活下去的理由？」冠華的情緒激動了起來，好，既然她要，那他就給她！

冠華吸了一口氣，拿出了開膛手J的項鍊，這條項鍊，原本是打算拿來跟詩巧證明自己殺了開膛手J的證據，但現在有別的用處了。

「記得這個嗎？」他有意無意地在詩巧面前晃了下項鍊，然後戴到自己脖子上。

「你……你怎麼會……」詩巧忍不住瞪大了眼睛，她認得那條項鍊，在她受到攻擊的那一剎那，兇手胸前掛著的那條項鍊就這樣定格，停留在她腦海中，她不會認錯的……

「我怎麼會有？」冠華理所當然地說，「僅僅是換個裝扮妳就不認得了？」

「你、你是說……」詩巧啞然，只是徒然睜大著眼，看著郭冠華。眼前這個年紀和自己差不多的少年，就是那個把她全家殺害了的冷血殺手？

冠華看過她的口供還有警方的報告，知道當晚發生了什麼事，能夠鉅細靡遺地描述當晚的經過給她聽，包括那些連詩巧本人都不知道的事，他也講得出來。

當晚沒有其他的人在場，這下詩巧連要不相信都做不到。

「不要說了……我不想聽……」詩巧哭了出來，她連要摀著耳朵拒聽都做不到啊！

冠華停頓了一下，決定狠下心，繼續說。

他也看過驗屍報告，對於哪個人被砍了幾刀、砍在哪裡，都能交代得一清二楚。

「不要說了！不要說了！」詩巧咬著牙，惡狠狠地瞪著他，「我說不要再說了！」

冠華還是堅持講完，多虧那些鑑識老手的詳細分析，他甚至還說得出開膛手J下刀時的心態。

「……妳知道我為什麼要砍在那裡嗎？那樣血流得最慢，會痛苦地拖上一陣子才死亡。」冠華將臉湊到詩巧前方，面不改色地說，「妳知道嗎？妳的母親比其他人還要多撐了四十三秒才死亡，殺了這麼多人後，技巧果然是會進步的。」

「呸！」詩巧朝他臉上吐了口口水，一點也不怕惹怒對方，要刮要殺隨便他，反正自己已經沒有知覺了，連痛也感受不到，死了反倒解脫。

但是冠華只是用袖子抹了下臉，一臉無趣，坐回椅子上。

「你為什麼要殺了我的家人？」

「不知道。」冠華搬出了殺手Ｗ那一套，「上層怎麼交代，我就怎麼做，問多了，只會干擾任務進行。」

「你！」她忽然好想撲過去，用自己的雙手，親自掐死這個王八蛋，「你知道我父親連遺言都來不及說嗎？」她大哭起來，不過冠華已經收買療養院的員工了，不會有人來打擾他們談話。

看她哭得這麼崩潰的模樣，冠華想給她遞上衛生紙，替她擦眼淚，但是想一想，自己一邊說著這樣的話，又一邊安慰她，未免也太奇怪了，所以最後作罷。

「他想在死前跟我說最後一句話，你連這樣的機會都吝嗇給他！你這個魔鬼！你這個惡魔！下地獄去！」

「那還真是抱歉啊，我應該直接給他斷頭才是，讓他沒辦法爬向妳，跟妳說話。」

「你！你！」詩巧氣急敗壞，突然憎恨起沒辦法動手殺了他的這副身體。

「你就是要我做那個鬼實驗就對了？好，我做！等我站起來的那天，我要殺了你！混帳！我一定要殺了你！你給我等著，我一定要殺了你！」她聲嘶力竭地對他大叫。

冠華感到自己的心在淌血，但他仍舊笑著對詩巧說：「好，我等妳。」

一直到冠華走出了療養院，他耳邊都還充斥著詩巧的怒吼聲，但是當他收到殺手Ｗ的告知，說他已經把黃詩巧轉送到ＭＯ的秘密研究室後，冠華忽然感到一切都值得了。

冠華跟著殺手Ｗ，來到某座不在地圖上的隱密小島，秘密實驗室就位在這座島上。

這座島的島主是皇后Ｑ。她是組織最優秀的情報員，擅長利用女性魅力誘惑男人說出自己想要的情報。

她的穿著打扮永遠像名貴婦，總是穿著微微露出乳溝的長裙，畫著濃度適當的妝容，舉止優雅，身上的香味令男人魂牽夢縈……

難怪男人都會拜倒在她的石榴裙下，冠華心想。

「哎呀，好可愛的小鮮肉……你又帶了一個新人來了啊。」聽見皇后Q這樣對著殺手W說自己，冠華不好意思了起來，但緊接著，皇后Q笑著對冠華說，「可別像之前那些人一樣死掉囉。」

「之前那些？」冠華眼神瞥向殺手W。

「這個不一樣，這一個是我親自去帶回來的。」殺手W笑著跟她解釋。

到了島上，冠華第一件事情，就是去探望詩巧。

詩巧抵達這裡已經三天了。她的實驗還沒開始，現在還只是在檢查跟分析階段。

令冠華訝異的是，這個實驗的主要負責人，居然是一個年僅十三歲的女孩子，伊莉娜。

她應該是長得很好看的女孩子，只是不太會打扮，穿著一件有如睡衣的寬鬆白長袍，蓬頭垢面的，看起來一副睡不飽的樣子，黑框眼鏡下藏著濃厚的黑眼圈。

為了掌握詩巧的全盤狀況，冠華決定跟她打好關係。

在打算上前跟伊莉娜攀話時，他看見其他的研究人員在偷笑，他決定不要理會他們，過去跟伊莉娜打了聲招呼，沒想到伊莉娜卻像當他不存在一樣，繼續忙自己的事，其他人仍舊在竊笑。

冠華猜想是語言問題，雖然她看起來是西方人，但不代表她會講英文，所以冠華改用西班牙語跟她說話。西班牙語是世界流通最廣的語言之一，猜中的機率自然也比較高，但她只是抬頭看了冠華一眼，仍舊不予理會，一旁的人甚至爆出笑聲。

冠華不死心，追著她，繼續用德語、法語、日語……把自己會的語言都用上一輪，不只有簡單的招呼用語，冠華還跟她做了自我介紹，甚至把最近的時事議題拿出來談論，說到周圍的人都不再笑他，而是對他投以另眼相看的眼光。

終於，伊莉娜開口了。

只是這一開口，說出來的卻是有如亂碼般的一句話。

冠華一時腦袋反應不過來，喃喃複述了幾次，才意識到她是用西班牙語、日文和法語，交錯文法跟單詞，說了一句：「像個白痴一樣。」

冠華一臉錯愕，看著伊莉娜繞過自己，和其他研究員用他們的母語正常對話。

在其中一名研究員說出他是殺手W帶回來的之後，大家對他的好奇心大增，紛紛圍了過來，你一言我一語詢問有關他的事，冠華照殺手W說的，隨意呼嚨了過去，並且從他們口中問到了自己想要的資訊。

透過這些研究人員，冠華得知，原來伊莉娜是皇后Q的女兒，而且還是智商逼近兩百的天才少女，當冠華還在學寫字的年紀時，她已經開始研讀愛因斯坦的相對論了。

她說話的邏輯很奇怪，能在一句話中隨意更換文法和語言，並夾雜著專業艱深的學術用語，加上她思考速度太快，說話跟不上，因此她時常跳著講話。整個研究室、甚至是整座島，都沒有人可以正常和她對話，即便是她的母親皇后Q也一樣。而她雖然可以主動使用一般人說話的方法，和別人正常交談，但她很少這樣做，對她來說，這是降低自己的層次，她只感到又累又煩又愚蠢。

探聽完她的種種經歷後，冠華才總算相信她有主導這個實驗的能力。

冠華從實驗室外，透過玻璃，探視完令他甘願放棄一切的女孩後，就離開了，他沒有進去跟她打招呼，光是從玻璃看到他，女孩就立刻換上一副厭惡的表情，他不知道該跟她說什麼才好，不過不用急，未來的日子很長，他可以慢慢修補他們的關係。

倒是這些研究人員，一聽見他要離開了，便用惋惜的神情說要給他拍一張照，冠華還無意間聽見了遺照等令人在意的關鍵字。

從冠華抵達實驗室的第一天，他的訓練就開始了。

殺手W是個很嚴格的教練，他的標準一向不是六十分，而是八十分，不過當然，一切都是依殺手W的主觀評分。

然而當他發現冠華是可以被要求的之後，他對冠華的標準一下拉高到了九十五分，可以說冠華只要稍有閃失，就是不斷重來，這也是最讓冠華受不了的一點，對殺手W來說，不及格就是不及格，九十四分和零分是一樣的意思。

冠華在體能表現上最為優異，也最令殺手W滿意，他的體能狀況比一般人的平均標準值還要優秀許多。這或許得歸功於他的父母，他們除了一直有在嚴格要求冠華保持規律的生活作息跟運動習慣外，還長期請中醫為他調養生息，同時在冠華小時候正調皮的年紀時，讓他習武消耗精力，無論是太極、柔道、空手道……幾乎常見的武術他都有涉獵。雖然那是小時候的事，只是練好玩的，並沒有深入鑽研，現在也都忘得差不多了，但在各方面為身體打下的良好基礎，使他的體能得以維持在最佳狀態。

學科知識方面，雖然他已經擁有許多常人不會擁有的技能，在殺手的領域，冠華是完全的初新者。無論怎麼學，知識總是不夠充足，因為如此，即使他的學習成效很驚人，卻總是達不到殺手W的要求。

就連晚上該休息的時間，殺手W也沒讓冠華閒著，在殺手W的要求下，冠華又多學了俄語。

殺手W告訴他：「因為歷史緣故，美蘇冷戰時期，留下許多機密文件，到現在還影響深遠，若你看得懂俄文，將是執行任務時的一大助力。」

冠華的大腦中，有關語言的區塊已經開發得夠深入，因此他可以很輕易地就切換成另一種語言的思維模式，加上他平時就習慣大量學習，記憶東西，因此他只要把單字抄起來，看個幾次，就能在一天之內簡單記住近百個單字，除了那些少用的冷僻用詞之外，他很少會忘記自己記過的單字。他每天還會再花個一小時，用朗誦文章的方式訓練口說與聽力能力，逐步掌握每個字詞的正確使用方法，以及常用俚語與慣用語等詞彙。

平均只要四到六個月，冠華就能學起一門新的語言。

正是因為他在語言方面的優異表現，不服輸的冠華，在試圖跟伊莉娜探聽幾次詩巧的狀況都受挫後，毅然決然決定挑戰跟伊莉娜溝通。他的腦袋還沒辦法像伊莉娜那樣思考，但是他相信訓練一陣子後，自己一定能做到。

他仿照伊莉娜的說話模式，寫了幾篇短文跟常用短句，訓練自己的思緒。前一個禮拜讓他很挫敗，他不但沒有練成伊莉娜的說話方法，反而還讓他原先說得很流利的各國語言，開始打結、忘詞、口誤……頻頻出包。又過了一周後，他就將文章跟短句倒背如流，並且興致勃勃地跑去找伊莉娜，一股腦將自己背下的東西複述給她聽，他得意地看著伊莉娜，想讓她知道自己的厲害。

伊莉娜確實訝異了下，然後笑著對他說：「現在我可以盡情地用三十二國語言和你對話了，先前我只使用十三國而已。」

當她霹靂啪啦說了一堆聽起來像外星人的話後，冠華終於投降，承認了自己也有盡力卻做不到的事。若不是事先備好講稿，他無法像伊莉娜那樣，隨心所欲地用不同語言跟文法說出上百種「像個白痴一樣」。但是至少，作為繼殺手W之後，少數可以勉強和她溝通的人，伊莉娜終於願意開口跟冠華說話了。

在殺手W給冠華進行嚴格的基礎訓練期間，皇后Q曾經來巡視過幾次。

一開始，她只是單純為殺手W這次的高標準感到訝異，才抱著好奇的心態前來查看。她知道殺手W一向是個嚴格的教練，但要能讓他不斷提高標準，受訓的對象也要有足夠實力。

她還記得在冠華之前的三十幾個學生，各個也都十分有才幹，獲得組織賞識，想交由殺手W加以訓練收為己用，但他們沒有一個標準像郭冠華那麼高，也沒有任何一個最後通過殺手W的考驗。

因此，她對郭冠華感到特別有興趣。

到底是怎麼樣的少年，能這樣備受殺手W期待，並且嚴格要求？

前兩次觀看冠華的表現時，她還不太能理解冠華的特別之處。冠華的射擊可以說是百發百中，但除了體能狀況良好外，他和其他加入MO的新血沒什麼兩樣。

皇后Q第二次來查看時，冠華還陷入了苦戰，殺手W要求他進行各種極限運動，像是衝浪、跳傘、跑酷、特技動作、甚至是穿飛鼠裝滑翔……儘管像賽車之類的活動他早已經有過基礎，要在短時間內會各種不同的極限運動，他還是搞得一個頭兩個大。皇后Q時常看見他漏個某了安全防護的環節，差點把自己的小命搞丟。

當皇后Q過了十天之後再度來觀看時，殺手W已經大幅度地拿掉安全保護措施，讓郭冠華自己想辦法脫困，而他也總是不付殺手W的期望，在千鈞一髮之際，靠著如電影特技一般的帥氣動作，平安脫險。

冠華的裝備還時常被殺手W動手腳，儘管他有事先檢查裝備的好習慣，他還是時常在訓練進行到一半時，才發現自己的裝備出問題，必須立刻臨機應變，想辦法在各種生死關頭求存活。

即便如此，冠華卻深深愛上了殺手W的特殊教學。標準嚴格，而且隨時可能搞丟小命，冠華愛死了刺激體驗，每天都很期待訓練，甚至他會在脫困後，用挑釁的眼神看著殺手W說：「就這樣？沒有別的花招了？」

最後，當皇后Q看見冠華可以一邊從容地愚弄多名對手，還一邊找空檔，槍槍命中正在移動的標靶時，她終於能理解殺手W為什麼會對這個少年情有獨鍾了。

「上天造人真是不公平……」皇后Q感慨，「有人是這樣的十全十美，有人卻無論怎麼努力也無法和成功勾搭上邊……」

「妳錯了。」殺手W看著郭冠華的嚴肅神情中帶著一絲滿意，「上天造人很公平，郭冠華其實也就只會一種技能……」

「哦？」在皇后Q納悶的神情下，殺手W揭曉答案。

「學以致用。」

簡單的四個字，就是郭冠華與眾不同的地方。除了和伊莉娜對話外，他還真沒遇過什麼學不來的事，他熱衷學習，並且擅長轉化成自己的一套方法，展現出令人訝異的成果，只要短短幾個月的時間，冠華就能表現出別人苦練多年的成效。

「那麼，你打算怎麼訓練那個孩子？」皇后Q嬌媚一笑。

殺手W嘴角勾起一絲微笑，「我要讓他的心在大喜大悲之間飄忽不定，讓他喪失控制自己的能力，他會發現自己的自由意志永遠也逃離不了我的掌握，我將在他不乖的時候折磨他，在他聽話的時候給他糖吃，我會成為對他而言擁有絕對權威的人，他會甘願被侷限在我為他劃定的小小範圍內，完全失去反抗意識……」

「哦？事情會照你計畫的這麼順利？」

「會的。」殺手W滿意的說，「他從來沒讓我失望過。」

冠華在每天結束訓練後，都會帶點小禮物去探望詩巧。有時候是一朵漂亮的小白花，有時候是一顆巧克力……但無論是什麼，詩巧從來也沒有收過，並且她總是一臉惋惜地表示：「你怎麼還活著。」她聽別人說殺手W的訓練很容易出意外，這個人每天來探望自己時卻都一副生龍活虎的模樣。

一開始冠華因為她的冷漠態度而感到心寒，但他又無法遏止自己想來見她一面的心情，只好每天都來接受她惡言惡語的洗禮。一陣子之後他就麻木了，反而一天沒聽到詩巧詛咒自己，還會感到哪裡不對勁。現在即便詩巧叫他去死，他也能悠哉地回應：「那怎麼行，我捨不得妳守寡啊。」

在冠華一片癡心下，研究人員也陸續站到他那邊，幫他說好話，希望能改變詩巧對他的看法。他們不了解冠華和詩巧的過去，不過他們之中有許多人也曾經殺死過人，所以他們能體會冠華的心情，希望詩巧能試著放下過去。只是這些勸說反而弄巧成拙，讓詩巧對冠華備感厭惡。

兩個月過後，實驗終於有了突破，雖然還只有一點點，但詩巧確實開始重拾知覺了。

得知這個消息時，冠華甚至比詩巧本人還要興奮。他大聲嚷嚷著，衝出研究室，和遇到的每一個人分享這個好消息。

「那還真是太好了呢。」殺手W不知何時忽然出現在冠華身後，「還真是雙喜臨門啊，我這邊也為你準備了一個大驚喜……」

在詩巧展開漫長又痛苦的復健過程的同時，冠華也開始了殺手W為他量身打造的訓練課程，代號：「HEAVEN」。

殺手W把他送到了荒蕪的無人島上。

島上，除了冠華外，還有三十幾個人，他們來自世界各地，各色人種、年齡層皆有。

遊戲規則很簡單：殺手W要求他殺了其他所有人。

「開什麼玩笑！」冠華透過隱藏式的耳掛麥克風和殺手W對話，「他們做錯了什麼，要這樣趕盡殺絕？」

「他們都是被人花錢買兇，請MO暗殺的對象，橫豎都是一死，不如就留給你做訓練。」殺手W冷笑了幾聲，「但是當然，我已經告訴他們，把你殺死的那個人，可以離開這裡，組織不但會放他一馬，還可以得到一筆為數不少的錢。想必他們也會用盡全力想殺了你吧？」

「你！」這下冠華連和他們聯手的機會也沒有了。

「不過，我只給你七天時間，七天之後，如果你還不能離開這裡，你就得和他們一同陪葬。」

要把他們殺死很容易，因為只有冠華有槍，而且殺手W還給了他足夠把其他人都殺上三輪的子彈，加上其他人都只是手無寸鐵的平民，在這座荒蕪的無人島上，什麼都得自己來，他們甚至要自己製作武器才能攻擊郭冠華。

即使如此，一連拖了五天，受到無數次襲擊，冠華卻連一個人都下不了手。他已經做了決定，要跟這些人同歸於盡。他知道這不會是最後一次訓練，等待著他的不但有下一次，還會有下下一次，而且，以殺手W的個性來說，難度絕對會更加提升，他一點也不想這樣殺人。

雖然說，冠華可以讓其中一個人殺了自己離開，但在他被一個假意要和自己合作對抗殺手W的人偷襲後，他就決定再也不要靠近他們任何一個人。

七天期限將到，其他人都著急起來，甚至發生衝突，開始互相殺戮——反正只有一個人能離開這裡，根本就沒有所謂的盟友。

一直躲到第七天，殺手W跟他做了聯繫，除了提醒他今天是最後一天外，並問他打算躲到什麼時候？但是冠華根本沒注意他在說什麼，他的注意力，全部被通話背景傳來的尖叫哭喊聲吸引，冠華認出了詩巧的聲音。

他臉色瞬間變得慘白。

「你對她做了什麼？」他急得身體都開始發抖，「你們對她做了什麼？」

「你想問什麼？」

「她為什麼在尖叫？」

「說起來，這個丫頭的個性就跟你一樣拗，也許你們意外地合適？」殺手W呵呵笑了兩聲，避重就輕的樣子讓冠華更為著急。

「她出了什麼事？」冠華甚至猜測殺手W是個吃軟不吃硬的人，放軟姿態懇請他，「拜託，請告訴我她的狀況……」

「真難看啊，你這樣子……」殺手W嘖了兩聲，「你既然做出決定了，我也沒有回答你的必要了，不是嗎？反正和你已經沒有關係了。」伴隨著詩巧的哀號聲，殺手W毫不留情地切斷通訊，留冠華著急的喂喂叫。

「可惡！可惡！」他一邊給手槍上膛，一邊衝了出去，開始把其他人一個個找出來。

「拜託妳，千萬不要出事啊！」

一直到晚上十一點，眼看時間即將截止，冠華仍有最後一個人，始終找不到。

島上有一個很大的看板，上面有一個紅燈，以及多個綠燈，經過測試，冠華發現紅燈代表殺手，也就是自己，而綠燈代表其他人，每一條生命消失，綠燈就會熄滅一顆。

冠華將屍體都拉來放在一起清點人數，但是奇怪的是，人數明明和綠燈相符，他確實殺了所有的人，可是最後一個綠燈始終不熄滅。

既然如此，那只代表一件事了……

「唉……」冠華真的不想這麼做，但他急著想回去確認詩巧的狀況，他將槍口對準了屍體，對著每具屍體的頭補上一槍。

終於，在他射擊了某具被自己誤判為屍體的人後，綠燈熄滅了。

一點也不難的訓練過程，做起來，難如登天。

「連殺廿八人的感想如何？」在冠華返回基地後，殺手Ｗ打趣地問。

「糟糕透了……」冠華神情疲倦，低著頭繞過殺手Ｗ，沒有停下來的打算。

他急著趕往實驗室，確認詩巧到底發生了什麼事。

詩巧側躺在一張褐紅色的沙發椅上，仍舊在低聲啜泣著，可是好詭異，她在笑，她一邊哭著一邊又在笑。

「怎麼回事？妳們對她做了什麼？」冠華追問伊莉娜。

看在冠華是勉強能跟自己對話的人份上，伊莉娜告訴他：「你應該感到高興才對，正是因為實驗進行得很順利，神經正在修復，她才會痛到一直哭，那是神經痛。」

「神經痛？」冠華想知道，「大概有多痛？」

「你有長過帶狀疱疹嗎？」

冠華搖頭。

「你總有牙痛的經驗吧？」

「嗯。」

「大概就是那樣的感覺，不過範圍比較大。」

雖然疼痛難耐，但是詩巧卻因為能感受到疼痛，而忍不住邊哭邊笑著，她都快要忘了感覺是何物，她從來不知道，原來痛苦也可以這麼美好。

冠華不捨地走到詩巧身邊，想隨便做點什麼、只要是能減緩她痛苦的事情都好，但是等著他的不是女孩溫柔的「你回來了」，而是厭惡的怒吼：「你滾！你給我滾！我不要看到你！」

隔天，訓練開始之前，郭冠華躲了起來，寧死也不想參加第二次。

他知道這樣做很孬，可是被困在島上，他哪裡也走不了，不想參加訓練，就只好這樣躲起來。

只是殺手W還是找到了他，並讓人把他拖了出來。

「你要是不肯接受訓練，我也不會勉強你。」看見郭冠華死死抓著柱子，三個大男人也拉不動他，殺手W不禁為這個畫面感到好笑。

「真的？」冠華總覺得事情有那裡怪怪的。

「當事人若沒有意願，遊戲玩起來也不會盡興。」

「沒錯。」冠華立刻附和。

「如果你沒有意願，儘管說一聲就好，就算是喪禮辦了，要送你回去，也不是完全沒有辦法……」

其實冠華一點也不擔心他們想不出辦法，他的父母只要打通電話，他隨時都能從戶政事務所死而復生。

「當然……但是，別忘了。」殺手提醒他，「你要是退出，黃詩巧的實驗也會跟著終止。」

冠華愣了一下。

「她不是你們貴重的實驗體嗎？」冠華覺得殺手W只是在威嚇，實驗正在進行中，而且很順利。

「別太得意忘形了，你要是不懂得珍惜機會，儘管讓出去就是了，這世上有七十億人，有幾萬個郭冠華在等著讓他們的黃詩巧接受實驗，你認為我會在乎你的那一個？」

「你在威脅我！」冠華咬牙切齒怒視著殺手W，「你還說你不會勉強我！」

殺手W哼笑了一聲，「什麼時候開始，友善地提醒雙方解約義務也成了一種威脅？」

於是，郭冠華再度參加了訓練。

這條路，不走下去不行，詩巧現在沒有回去的地方了，他不相信他們黃家的親戚還會重新接納她，她現在連療養院也回不去。

但是，冠華的內心對殺人這件事仍然在抗拒，加上昨天才剛結束一輪訓練，身體上的疲憊沒有得到充分的休息，他完全無法集中精神應戰。

他輕易就被人偷襲成功，頭部受到重擊，昏了過去。

幸運的，有位女醫生救了他一命。

清醒之後，冠華像是發瘋一樣的亂叫，追問她為什麼要救自己？

「妳不知道只有一個人能活下去嗎？我就是殺手！我就是啊！殺了我妳就可以離開這裡啊！」他不懂，只有一個人能離開的遊戲，她為什麼要選擇救人？

女醫生只當他撞到頭精神錯亂在胡言亂語，甚至在那個偷襲了冠華的人找上門時，還幫忙保護了冠華。

也許因為她是島上唯一的醫生，大家始終對她保有一定程度的敬意，不敢隨意下手，在她的保護下，冠華平安度過了最虛弱的時期。

只不過，在時間截止之前，冠華還是被迫對女醫生開了槍，對於自己的救命恩人，冠華心軟了，他的手在抖，甚至閉上了眼睛，他失手了，沒有打中要害，導致女醫生痛苦地拖上一段時間才死亡，冠華垂頭喪氣地坐在地上，讓女醫生躺在自己懷中，哭喊著對不起，之後埋葬了她。

為什麼這麼善良的醫生會被人買兇暗殺？冠華詢問了殺手W，證實了自己的猜測。殺手W坦認她有可能是被誤抓來的，畢竟所謂的任務，可以精準地執行當然最好，但若不能，至少也要退而求其次，可以多殺，不能放過。

因為這個緣故，冠華往後在殺人時，都盡可能地朝對方的頭部開槍，力求一槍斃命。如果他無論如何都要殺了他們的話，那麼，盡可能地減少他們的痛苦，就是他唯一的仁慈。

況且，他也不想再把屍體拖出來屠殺一遍了。

現在，還能給予冠華慰藉的，只剩下詩巧了。

冠華第二次訓練回來時，她因為腳趾頭能動了，而看著自己腳趾頭傻笑一整天，這樣古怪的行徑，看在冠華的眼中，也覺得她好可愛。

詭異的是，自從冠華在訓練中撞到頭之後，回來就可以和伊莉娜對話了。

冠華最多可以使用八國語言，用伊莉娜慣用的方式和她對話，雖然伊莉娜的三十二國語言，冠華不是每個詞跟文法都懂，但他能懂得伊莉娜想要表達的意思，並且，連伊莉娜跳過省略的話，在他們默契越來越好之後，都自動領悟了她的想法。

當伊莉娜發現居然有人可以用她的方式跟她對話時，她真的很高興。那是冠華第一次看到她笑，她還把口袋中珍藏的特大棒棒糖分給冠華一支，冠華可以想見這對她來說是個艱辛的決定，因為她緊握著棒棒糖，讓冠華耗了一番功夫才抽走。

隨著詩巧逐漸拾回知覺，她的疼痛也一天比一天強烈，只有偶爾打上止痛劑時，她才能稍微喘口氣，不過，止痛劑不能無節制一直使用，更何況痛覺檢測也是一項很重要的實驗指標。

詩巧是個嬌滴滴的女孩，從小被父母捧在掌心上，呵護在溫室裡，從沒受過什麼苦，即便一開始因為能感受到疼痛而高興，時間一久，她根本不堪如此疼痛，時常哭著說自己撐不下去了，想要放棄。

冠華也好不到哪裡去，他的訓練，難度一次比一次高，處境一次比一次艱困，他真正體會到殺手W的訓練有多可怕，但是他已經沒辦法抽身了。

殺手W每場訓練都會更換地點，冠華完全沒有地利之便可言。

每一場訓練的參加人數不斷在上升，時間卻在遞減，冠華手中的子彈數量也開始減少。子彈數量仍然允許他失誤好幾次，只要他願意殺人。此刻最讓他傷腦筋的，反倒不是怎麼成為最後的贏家，而是嚴苛的野外生存挑戰，他不但要自己找尋水源跟食物，還要留意危險的動植物，惡劣的氣候有時也是另一個隱憂。

有時他曬傷脫水，有時又凍到嘴唇發紫，有時則是淋了雨生病發燒，同時還得為了防範偷襲，一連幾天都睡不安穩……

因為這樣，冠華開始努力研讀《常見野外植物》、《野外求生手冊》、《藥用植物圖鑑》等書，時常可以看見他一邊抱書苦讀，一邊幫詩巧做復健。

研究人員說，正確的按摩和拉筋可以舒緩疼痛，並幫助她的肌肉跟神經復健，為了讓她儘早恢復到一般人的狀態，早日擺脫痛苦，冠華會耐心地幫她做上一個多小時的按摩。

他樂得可以趁機捏捏她的手臂、小腿，還有性感的小蠻腰，當然他很有禮貌地避開了尷尬的區域，他也不想讓詩巧更討厭自己。

正是因為有了這些肢體接觸，冠華才發現詩巧到底有多瘦，她身上的脂肪少得可憐，隨便一摸都是骨頭，讓冠華下手時必須非常小心，生怕不小心害她骨折。

詩巧對冠華的行為感到非常迷惘，不明白他為什麼要在砍傷自己後，又來幫助自己。雖然她一點也不想他觸碰自己，但是她還沒恢復到能趕人的程度，只能對他叫囂，她跟著其中一個研究員學了一些粗俗的話，對著冠華劈哩啪啦罵出一連串自己都不懂涵義的語句。第一次聽見時，冠華十分錯愕地看著她，不明白自己那個氣質出眾的女神怎麼變成了這副模樣，但幾次之後，詩巧漸漸默許了冠華的行為，痛苦讓她願意先把個人仇恨放一邊，依賴起冠華能舒緩疼痛的按摩。

在冠華的幫助下，詩巧只花了不到兩個禮拜的時間，就能開始挪動四肢，連研究人員都說進度超乎他們的預期。

詩巧進入下一輪考驗，開始練習爬行。

冠華的情況也變得更為不利，甚至可以說是每況愈下。

無論冠華的求生技巧進步多少，野外求生的挑戰從來都沒有變得容易。殘酷的是，他的對手越來越強壯，從一開始的平民與老弱婦孺，漸漸出現參雜著精壯的男丁，再到一群有暴力犯罪前科的危險分子，甚至最後是上過戰場、當過傭兵的戰士。

這些人也從一開始的手無寸鐵到拿著刀械，甚至某天他們也開始拿槍了；反之，冠華的武器則從彈藥不足，到剩下一把只剩威嚇作用的空槍，終於有一天，他連空槍也沒有了，他的武器從槍枝變成刀械，最後當大家都有一把槍的時候，反而換他淪落到兩手空空的窘境。

現在冠華唯一弄到槍枝的方式，就只剩下從處心積慮要殺了自己的對手那裡，想辦法搶奪過來。

他開始被迫用其他方式殺人，也因為這樣，他才發現徒手殺人和用槍殺人的差異到底有多大。

一條生命在自己手中消失的感覺並不好受，尤其當人們面臨生死關頭時，往往會不惜一切代價反擊，其中有些人甚至比他還強壯，殺人經驗也比他多，好幾次差點被殺死的人是他。他其實也感到恐懼，他其實也很害怕，他其實也很驚慌。

他曾經拚死把人壓在水中，不顧他們的抵抗，直到他們溺斃……

他也曾經挖陷阱，看著他們掉進地洞，被削得尖銳的竹子刺穿身體，慢慢滴血致死……

還曾經在勒死人的過程中，被對方失禁的排泄物弄得渾身都是……

他摀著臉，跪倒在地上，非常崩潰，他好想大叫大哭宣洩情緒，但又怕被人發現自己躲在這裡，他不懂自己為什麼要放著好好的大少爺不做，來這種地方活受罪。

而殺手W往往會挑冠華最崩潰的時候，繼續給他更大的心理打擊。

「我一直在想啊……要是我把黃詩巧也扔到島上？你會怎麼做？」

「你敢！」冠華不顧腹部傷口的劇烈疼痛，瞋恨大叫：「我要殺了你！我要殺了你！我要把你千刀萬剮！我要……」

「你要先殺了她才能回來。」

「混帳！王八蛋！X你娘！……」冠華輪流用八國語言把一連串難聽的髒話罵過一翻，但是殺手W早在他開罵之前就切斷了通訊。

更慘的是，本來冠華還能隱藏自己的身分，襲擊落單的人，但到了後來，殺手W總在一開始就挑明了他的身分，搞得冠華完全沒有喘息空間，必須不停四處逃竄。

冠華時常在訓練開始不到一小時內，就受了足以致死的重傷，使情況變得更加不利。有時候他真的只想靜靜地躺在某個不為人知的地方，等待死亡降臨，但是，他知道自己不能死，至少現在還不能，因為有個女孩，是靠著憎恨自己作為動力活下去的。

詩巧因為不堪疼痛折磨，有了一定行動能力的她，已經多次試圖自殺，幸虧被人及時發現，才搶救回來。

雖然她現在已經可以爬了，不過因為她怕痛，老是不肯復健，導致復原進度幾乎是停擺的。

冠華常常會看見她癱坐在復健通道的入口處，無論其他研究人員對她好言相勸，或是惡言相向，她都不予理會，連動也不肯動，有時還會一直哭。

但是，只有在看到郭冠華的時候，滿腔恨意會驅使她振作起來。

「這點痛算什麼……看我……殺了你……我一定要殺了你……絕對要……」詩巧奮力把自己撐起來，臉上盡是被疼痛折磨而出的淚水，即使身體因疼痛而不斷抖動，憑著她對郭冠華的恨意，她把痛苦拋到身後，努力前進。

就因為這個理由，不管獲勝的機會再怎麼渺茫，冠華都會咬牙把自己撐起來，設法從垂死邊緣扭轉劣勢，然後故作輕鬆地出現在詩巧面前，他會坐在通道終點，對她敞開雙手，告訴她：「我會永遠、一直在這裡等妳。」

然而，無論冠華在前一輪訓練中受了多麼嚴重的傷，隔天，殺手W依舊會把他送上新一輪訓練，連讓傷口癒合的時間都吝嗇給他。

冠華唯一能休息的方式，就是在遊戲開始時，盡早殺光大部分的人，並把無害的那個人留到最後，為自己爭取休息時間，這正好迎合了殺手W的心意，要冠華在訓練過程中主動且努力殺人。

身心崩潰，精神緊繃，意識不清，飢寒交迫……到了訓練後期，冠華更是大多數時間都處在意識無法正常運作的狀態下，他開始做出一些自己也不能理解的行為。

他開始不把其他參加者當成人看了，這樣他下手時比較沒什麼負擔。

他曾經從對手那裡將電鋸搶了過來。本來可以給對方一刀斃命，但他沒有，他死死踩著對方，一刀一刀慢慢把對方的四肢鋸掉，聽著對方不斷哀嚎求饒，之後才在他奄奄一息時，給他最後一擊。

有時候他也會製造紛爭，冷眼唆使其他人自相殘殺。

他也在意識恍惚之中，強姦過一些女孩子。

他不是垂涎女孩的美色，也不是生理需求需要解決，更不是想把握機會及時行樂，他單純為了強姦而強姦。

他故意讓女孩覺得有逃脫的可能，這樣她們就會使出全力反抗，他喜歡看她們掙扎，掙扎是活著的證明。

看多了血腥畫面，他比較願意看著她們赤裸著曼妙身軀窒息死去。

只是在他神智清醒後，每每想起這件事，他就自責得撞牆。

冠華從小就一直被父母告誡：「男人的風度取決於他對女孩子的態度」，父母耳提面命教導他，要做個彬彬有禮的紳士，要憐香惜玉，即便接受訓練後不得不對女人下手，他也都盡量減輕女孩子死前的痛苦，他一直瞧不起那些對女生動手動腳的人，然而他現在就是自己最痛恨的那種人了。

他差點就要發瘋了，他真的快被搞瘋了！

無論殺人技巧怎麼進步，他實際上就是個十六歲的少年，心還沒堅強到那種程度，他不是在戰場上看著腥風血雨長大的孩子，他是從天堂掉下來的，這一切對他的精神來說太過刺激。

然而，他撐了下來。

憑著他對詩巧的愛慕之情，他撐了下來，沒有讓自己的意識被黑暗吞噬。

殺手W不允許他帶任何東西到訓練小島上，但是他會畫畫，當他極度精神崩潰的時候，他會用樹枝在地上畫出有著燦爛笑容的黃詩巧，只要看著詩巧，他的心就能得到安撫。

隨著時間一天一天過去，在詩巧來到這裡半年後，她終於能站起來了，起先她只能撐著一兩秒，之後時間漸漸拉長，她開始能倚著東西走路，疼痛一次次減輕，也讓她更樂意做復健。

冠華也逐漸適應了殺手W的訓練步調，每一次的訓練，他都會比上次受到更少的傷害，並用更俐落的手段，更迅速地殺光其他的人。

要從一群持槍的、身經百戰的對手中，搶奪槍枝不是件易事，但是只要讓冠華搶到一把槍，戰況往往能在半天之內逆轉，因為冠華知道，自己下手若是不快、狠、準，沒命的就會是自己，他的對手全都是能毫不猶豫對自己扣下板機的人，自己連絲毫躊躇的時間都沒有。

冠華甚至開始學會在訓練中苦中作樂了，每場訓練，紀錄人數的看板，都是殺手W別出心裁的設計，有時候是水鐘、有時候是藝術沙漏……不管是什麼，都是訓練中唯一能讓冠華期待的事物。

時間又過了三個月，在詩巧好不容易恢復到能像一般人一樣跑跳後，卻傳出了她性命垂危的消息，就連伊莉娜也表明當晚是關鍵期，要是撐不過去，她就會死，他們已經做了所有能做的處置。

「不是說研究失敗頂多就是全身癱瘓嗎？」冠華心想，果然，殺手W有隱瞞什麼沒跟他說清楚。

「實驗本身只會導致癱瘓沒錯，但你沒聽過副作用、併發症和其他感染嗎？」伊莉娜其實是有點難過的，只不過難過的地方不同，她在想，實驗又要重來了，接下來他們還能去哪找到另一個吻合率這麼高的實驗體？

看見詩巧全身顫動，口中吱吱嗚嗚的不曉得在說什麼，時不時還會咳血，冠華躺到床上，抱著身體發冷的詩巧，心裡異常冷靜。

看她這麼痛苦，他也很不捨，要是死亡對她來說是種解脫，也許這才是他該接受的事實，只是，為了詩巧而努力到現在的他，在這之後該何去何從？忽然間，他明白了一件事，原來一直都不是黃詩巧需要郭冠華，一直以來，都是郭冠華需要黃詩巧。

他把頭埋到詩巧的髮間，悄悄地哭了起來。

只有這一天，殺手W沒有逼他做訓練，讓冠華可以一直陪在她身邊。

「看不出來你是這麼感性的人啊……被他的癡情感動了？」皇后Q淺淺一笑。

殺手W傷腦筋地挑眉表示：「他對黃詩巧的執念很深，把他逼急了，對誰都沒有好處，這是目前損失相對較低的選擇。」

以前的殺手W，會想辦法強迫對方完全服從自己，但幾次情況失控後，他發現這樣造成的反彈太大，每個人都有一個絕對不容侵犯的領域，若是稍微放手，尊重他們的選擇，反而能得到他們更多忠誠，這是無數次血淋淋的經驗換來的教訓。

「說起來，這傢伙對組織一點忠誠度都沒有，他放在第一順位考慮的，一直以來都只有黃詩巧一個人而已。」殺手W忍不住抱怨。

「可是，為什麼他對黃詩巧的執念會這麼深？」皇后Q納悶。

「因為，他的生命中，除了黃詩巧，什麼也不缺，從不需要放棄什麼的人，也不會甘心放棄什麼。」

在詩巧平安度過危險期之後，她的體能開始出現飛躍性成長。

冠華是第一個發現她開始出現異於常人手勁的人，當時詩巧無意間發現冠華的手機桌面放的是自己熟睡中的照片，她非常生氣地要冠華拿掉那張照片，冠華樂得跟她玩起了妳追我搶的遊戲，還故意逗她說下次要改放她的裸照，惹得詩巧越來越生氣。當冠華不小心被她搶走手機後，她立刻一把捏爆了冠華的手機，手機變成了支離破碎的屑屑，一片一片掉在地上……

冠華的臉色唰地慘白起來，手機內存放著他僅有的家人照片，他沒有備份，因為他沒料到手機會有被捏爆的一天。

詩巧也被自己的行為嚇到，她覺得自己只是稍微出了點力，她原本沒有打算這樣做的，但是當她聽見冠華難過的脫口而出：「那是我唯一可以看到家人的方式了……」詩巧立刻一股怒氣上來：「現在你可以體會我的感受了嗎？」

冠華沒有責怪她，畢竟是他自己告訴詩巧「自己是殺死她們全家的兇手」，她要是沒有這種反應，才讓人感到奇怪。

她永遠也只會想著怎麼殺掉他吧？無論冠華怎麼想，果然她都不可能會喜歡上殺了她全家的仇人吧？於是，冠華只好靠著那些庸俗的黃色手段，半開玩笑地傾訴自己對她的滿腔愛戀，雖然每次都把她氣得火冒三丈，但是久了之後，他倒是覺得這樣的互動挺不錯的。

她打人很痛，他卻真心覺得這樣挺好的。

能看見這樣充滿蓬勃生氣的她，真的是挺好的！

不過，冠華不知道的是，詩巧也開始懷疑事情或許另有真相了……

在組織裡，每個人都有自己擅長的項目，既然如此，身為狙擊手的他，為什麼當初暗殺黃家要用刀？

他又為什麼要到療養院對自己說那番話？她那時是氣到失去理智，現在想想，幫助自己站起來，對他有什麼好處？

而且，她其實也感覺得出來，這個男孩對自己是真心的，只是好奇怪，他是什麼時候喜歡上自己的？下手的那刹那嗎？她諷刺地想著。

話又說回來，如果他不是兇手，那他為什麼對事情經過會比她這個當事人還清楚？而且就連那條項鍊都在他手上？

「怎麼了？」冠華注意到詩巧用奇怪的視線在打量自己，而不是眼前盤中的美味餐點。

她別開視線，過沒多久，又忽然開口問道：「吶……為什麼你是狙擊手？」

聽見她的問題，冠華若有所思地用餐具玩弄盤中的食物，難得正經地回答：「因為，組織裡缺乏優秀的狙擊手。」

「所以，其實你也擅長用刀？」

「那當然。」沒有想太多，冠華坦率回答，畢竟他是殺手W嚴格訓練出來的，常見的攻擊武器還是擅長的。

「我就知道！」詩巧的口氣充滿憤怒，她起身拍桌抗議，但手到了桌前，又輕輕放下，怕把桌子打壞，她一口晚餐也沒吃就離開，留下一臉納悶的冠華。

好不容易恢復了健康的身體，詩巧卻只能被困在實驗室中，日復一日進行冗長無趣的實驗。

在她忍耐到極點後，她開始抗拒，不肯乖乖配合，甚至打壞設備，大搖大擺地離開實驗室，沒有任何人阻止得了她。

礙於她是珍貴的實驗體，大家不能傷害她，一時之間，詩巧成為島上的大麻煩，研究員談到她就頭痛。

殺手W在這個時候，對她提出加入MO的邀約。

「妳是珍貴的實驗體，組織永遠不可能放妳離開，既然如此，妳何不加入組織，善用自己的體能優勢，只要成為組織幹部，妳可以獲得絕對的自由。」這番話讓極度渴望自由的詩巧心動，然而真正讓詩巧答應殺手W的理由是：「妳不是一直想替家人復仇？可惜對方實力堅強，做起來不容易啊……」

詩巧知道他說得對，一直以來，她都沒放棄暗殺郭冠華，但就像殺手W說的那樣，總是沒有成功。

「要是妳加入MO，有系統的學習最適合妳的殺人技巧，不就能更快達成目標？」

身處在資訊封閉的環境下，滿腦子復仇念頭的詩巧就這樣被殺手W拐進了組織MO。

憑著她練過舞蹈及體操的基礎，詩巧在學習體術上，比別人更具優勢，她的身體細胞對於記憶肢體動作十分有天分，任何體術，她只要練上幾次就能記得一清二楚，她不但能輕而易舉的把每個動作都確實做到位，做起來又比別人多了一分體態上的優美感，加上她超乎常人的體能，讓她每一擊都蘊藏強大的殺傷力。

她一邊學習體術，一邊每天想著不同方法暗殺郭冠華，導致冠華現在不只得在殺手W的訓練中繃緊神經，就連回來後也沒有片刻安寧。有時候冠華還得冒著被皇后Q抓到的風險，躲到伊莉娜的房間，才能安穩睡上一覺。

和其他想殺了冠華的人相比，詩巧擁有絕對的優勢——這個男孩不會對她下手，只會一味在她的攻擊下求生存。

隨著她實力逐漸增強，冠華的處境也越加狼狽。

照這個形勢看來，只要再給她一段時間，她就能成功替家人報仇！

但是，詩巧卻迷惘了。

她明明知道那是她的仇人，也從他口中證實了他擅長用刀，但一直以來熟悉的答案卻令她心寒，她越是想讓自己相信冠華是兇手，內心就越動搖，甚至連攻擊冠華的時候都會不小心失手放水。

為了要證明自己沒有冤枉他，詩巧曾經試圖調查自己的案件。奇怪的是，一字排開的檔案中，唯獨和自己相關的資料，全被毀損了，讓詩巧十分困惑。

於是，詩巧趁著執行任務外出時，找上了駭客H，希望他幫忙。

「我想查某個人的身分，你能做得到嗎？」

「行！當然可以！」拜託自己的是可愛的女孩子，什麼事情都是可以的，「只要是用到電腦的部分，還沒有我做不到的事情，即便是要侵入組織調取機密，對我來說也是小菜一疊！」他自滿地拍胸說道。

「侵入組織竊取機密，不是違反組織規定的嗎？」

「只有二流的駭客才會留下痕跡被人發現。」他搖了搖食指，嘖了兩聲。

如果拜託自己的人是男的，才會違反組織規定，如果是女孩子，尤其是漂亮的女孩子，就沒有什麼規定了。要是他表現得好，說不定還能贏得她的青睞呢！

「那麼，對方的名字是？」

「不知道。」她不知道那個男孩的名字，總是對他：「你、你、你！」的叫，他聽見別人會叫他Ｓ，因為殺手Ｗ屬意他繼承Ｓ這個代號，雖然那也要先通過考驗，再得到組織高層認可才能繼承，但是因為他沒有對任何人提及過自己的私事，所以大家也就這樣叫他。據說伊莉娜知道他的背景，但是由於沒人可以跟伊莉娜對話，所以也問不出來。

「你也見過的，就是上次到總部開會、吃飯時坐在你隔壁的那個人。」詩巧補充。

「妳這樣說，我哪記得啊，有什麼其他可以查詢的資訊嗎？」

詩巧面有難色地想了下：「……好像沒有。」

「他是做什麼的？」

「……學徒？」詩巧不確定，又搖頭改答案，「狙擊手？」

駭客Ｈ露出了詭異的表情。

「他的性別是？」

「男生。」詩巧接著跟駭客Ｈ描述了他的外貌，但是駭客Ｈ沒等她說完，就一臉慵懶地打斷了她的話。

「找不到的。」駭客Ｈ忽然無精打采了起來。

「咦？」詩巧愣了一下，「你不是說你是最厲害的駭客嗎？」

「我是啊。」他隨意找了個解釋，「但是妳至少該給我搜尋條件啊，怎麼能要我在茫茫大海中，撈到妳要的那粒鹽巴。」

「可是，你不是說有辦法駭進組織……」

「好了好了，沒什麼可是了。」駭客Ｈ把她推出房門外，關上了門。

這種情形他之前也遇過幾次，多半是女孩子喜歡上某個男孩，又不好意思接近對方，才想要請他幫忙打探資訊。

既然她心裡已經有了別的男人，他才不要浪費時間幫人助攻呢。

詩巧數次去找駭客H的消息，很快地就傳入了冠華耳中，雖然冠華早就做好心理準備，她會喜歡上別的男生，可是一聽說對象是那個駭客H，冠華怎樣也無法接受。

當各種不同版本的謠言陸續產生後，駭客H也成為郭冠華最大的眼中釘。

隨著訓練難度的增加，冠華的訓練場地不再拘限於小島上，偶爾也開始出現了被戰火蹂躪過的荒廢城市，並伴隨各式各樣的陷阱。

看見了支離破碎的屍塊，冠華只是暗自發誓，要是他能順利活到訓練結束，他絕對要改吃素。

雖然告別了被海水包圍的島嶼，冠華一次也沒有試過逃脫，甚至連想方法嚐試也沒有。他到底是能丟下詩巧，一個人逃去哪裡呢？

經過了一年的訓練，冠華現在已經很少受到致命傷了，他的殺人技巧越來越成熟，並且他也不需要再特地爭取什麼休息時間，才能喘上一口氣。

即便被一群持槍的、身經百戰的戰士圍在中間，冠華也能在短時間內搶到槍枝做出反擊，或是迅速摺倒幾個人，為自己製造逃脫機會，他不會每次都幸運地毫髮無傷，但總是盡可能讓自己受到最小傷害。

長期在槍口下求生存，讓冠華學會分析敵人攻擊軌跡的能力，在對方開槍之前就進行閃躲，以至於敵人總是打不中他。冠華甚至還進步到可以依據對方的身高、習慣動作……等資訊，在對方舉槍之前，就預測出等一下的槍口落點與子彈行徑方向。越厲害的殺手，冠華推測的準確度也越高，因為他們已經養成貫有的攻擊模式。

儘管許多戰鬥經驗豐富的人都具備這種分析能力，但令冠華從中脫穎而出的，是他能在短時間掌握周遭所有敵人的攻擊，他擁有極強的動態視力，能迅速將周圍環境納入自己掌控下，分析出其中的安全區域。

或許是開始感到游刃有餘，冠華一時大意疏忽，當他發現到有一道紅外雷射對準了自己的額頭後，已經來不及躲開。他避開了要害，還是不幸被打中腰部。在冠華倒下的那一刻，他看見了——

這次，看版上出現了三個紅點。

當冠華清醒之後，他人位在一間荒廢的醫院中，被自稱是第三位殺手的少年奈曼所救。

奈曼的五官輪廓很深，看起來是中亞地區的人，年紀比他小兩歲左右。

既然人就在醫院，冠華就地取材，挖出自己腰間的子彈，一邊縫合傷口，一邊聽奈曼說明事情經過。

奈曼告訴冠華，他是來自戰火紛擾的城市，相依為命的妹妹因為戰火波及，性命垂危，他聽說組織MO有辦法治療妹妹的傷，所以想方設法跟組織MO取得了聯繫，後來殺手W允諾他，若是他能通過這場訓練，就讓他的妹妹接受組織的治療。

這就是他救冠華的原因，因為襲擊了冠華的那個殺手，是MO敵對組織的職業殺手，憑他的力量，根本不足以擊敗那個人，換言之，他想跟冠華聯手作戰。

「可以這樣做嗎？」冠華疑惑，這個遊戲允許他們聯手嗎？

冠華還跟殺手W做了確認。

「如果你們願意，你們三個殺手要手牽手一起離開我也無所謂。」畢竟遊戲規則就是：殺光所有平民，或是殺了殺手的那個平民可以離開。

其實冠華從來沒有仔細研究過遊戲規則，因為殺手一直以來都只有他一個，殺手W希望他殺光所有人，就這麼簡單。

「不過，」殺手W又說：「他畢竟是敵對組織的殺手，是MO好不容易抓到的敵人，要是讓他離開這裡，想必你跟我都會受到上層的處罰吧？」

「那不是你的問題嗎？」冠華現在已經很能看淡殺手W的恐嚇了，「你自己要把他放進來的，別把我牽扯進來啊。」難怪對手會偷襲他，估計他也知道合作無望，想離開就得先把自己殺掉。

殺手W冷笑了兩聲，「不過話又說回來，如果他能離開，那多半代表你已經陣亡了吧？不過即便你死了，正在氣頭上的高層可不會就這樣算了，他們總得找個出氣的對象，那麼，折磨誰最能讓你感到心痛呢？」

冠華臉色猙獰大叫：「你又想對詩巧做什麼了！」詩巧總是能讓他失去理智。

「做什麼？不，我們什麼也不能做，高層可是下過命令，不能傷害珍貴的實驗體，再怎麼生氣，高層也不會公然違背自己的話，畢竟她的身體可是MO的寶貴資產，不過……摧殘她的心靈倒是不錯的選擇呢，你覺得，對一個女孩子來說，什麼事最能剝奪她的尊嚴，踐踏她的心靈，在她的內心留下永遠無法抹滅的陰影，嗯？」

氣到極點，冠華劈哩啪啦罵出一連串詛咒他的話。

殺手W像沒聽到冠華的抗議，只是告訴他：「這次的對手是職業殺手，訓練難度不比以往，你要小心行事，如果你能順利回來，作為獎勵，我替你準備了一個驚喜。」

切斷通訊，冠華哼笑了一聲。上次他說驚喜的時候，把自己丟到了訓練小島上，現在又故技重施，冠華可真是一點期待也沒有。

雖然說冠華認為自己現在的實力，或許能挑戰職業殺手，不過，他確實很高興能多個同伴，這麼久以來，冠華第一次出現可以並肩作戰的夥伴，有人可以互相依賴，那種感覺真好。

他們花了一個下午的時間，做了一個完善的計畫，還準備了一個B計畫。他們的計畫並沒有順利執行，事實上，對方是假裝中計的，就是要反將他們一軍，他裝得自己已經無計可施的樣子，落荒而逃。

看見他兩手空空、什麼武器也沒有，奈曼不疑有他，立刻追了上去，冠華擔心有詐，準備上前拉住奈曼。

就在這個時候，一群民眾忽然從遮蔽物後方站起，每個人手中都拿著槍，把冠華團團圍住。冠華在瞬間就意識到——他的周遭沒有任何可供躲藏的東西，所有槍口延伸出的攻擊軌跡，像一張縝密的蜘蛛網，密密麻麻將他罩住，他找不到任何可以閃避的地方。

對方不知道是怎麼慫恿了島上其他人，原本他們是打算同時把冠華和奈曼殺掉，誰也沒想到奈曼的行動就像獵豹那般矯健，他們只來得及圍住冠華。

奈曼也注意到了這個陷阱，但為時已晚，他來不及趕回去救冠華，大家已經扣下了板機——

不成長，就無法存活。

冠華原先以為自己已經沒救了，一時之間也放棄了自己。但當他看淡自己的死亡後，大腦卻因為冷靜，反而能夠更靈敏的運作。在那個看似不可能逃出生天的陷阱中，如果，把時間差也計算進去的話……

如果，把乍看之下是同時發動的攻擊，用時間差，分成一波一波攻擊，逐步化解的話……

要閃躲最先開槍的那兩個人，冠華只要稍微挪動一步，就趕得及從子彈旁邊躲過一劫，而因為他換了位置，有三分之一的子彈都不再對他造成威脅。

緊接著對他有危害的四個人，因為開槍的時間間隔太過微小，超出身體能反應的極限，要算做同一波攻擊。第一個人的槍口向上斜，會打中他的頭，但只要壓低身體十公分就可以躲過，他只要再向右邊連跑兩步，就足夠閃過第二個人跟第三個人的攻擊，棘手的是最後的第四人，從他拿槍的方式看來，他是個經驗老道的槍手，他瞄得準，並且會連續射擊，要是他加入其他波攻擊，連發攻勢有可能會導致自己被逼入絕境，既然如此……

一邊做出判斷的同時，冠華的身體也一邊做出閃避，他考慮了最佳的方案，不只向右跑了兩步，而是多跑了幾步，衝到那個老練的槍手面前，一技把他摺倒。

在三點鐘方向跟七點鐘方向有三個人，其中一個手在抖，子彈是失準的，另外兩個人是生手，冠華側過身就能輕鬆閃過，並且讓他們的子彈打中彼此……

冠華沒有休息的時間，人的速度很難跑得過子彈，他只能靠著盡早判斷出對手的攻擊軌跡，才能爭取更多應對時間。只不過，人的身體是有極限的，明明知道自己只要待在前方三公尺處，就能完全閃避這一波的三顆子彈，還能向前攻擊，至少為自己減少兩個敵人，但冠華就是無法在子彈抵達前，抵達自己想要的位置，他只好轉個身，讓子彈擦過自己的大腿——這是他來得及做出的反應中，傷害最小的選項，由於他已經做好了心理準備，大腿的傷沒有耽擱他一丁點時間，他得以立刻搶來前方人手中的槍，這把槍幫他減少了五名敵人。

冠華在眾人之中左閃右躲，一步步化解攻擊的同時，也不忘做出反擊。

最終，冠華站在一片血跡斑駁的屍體中，成為最後的贏家。

狼狽不堪的他，表面上雖然逞強裝沒事，實際卻已沒有多餘的體力去追擊敵對組織的殺手了。幸好他還有一個可靠的同伴，靠著奈曼靈敏身手所製造的契機，冠華最後才逮到機會，成功給予對手致命一擊。

奈曼因為生存在戰火的陰影下，靠著偷竊養活自己和妹妹，還要對付趁機燒殺擄掠的殘忍渾蛋，長久以來訓練出了靈敏的身手，雙手也早就染滿鮮血。他殺人的樣子，有時連冠華都感到膽戰心驚。冠華暗自慶幸自己不用跟他為敵，兩人的默契很好，合作無間，不出半天就處理好其他人，順利通過訓練。

難得有聊天的對象，他們一邊和對方談著自己的女孩，一邊前往殺手W指示的出口。

冠華原以為推開門之後，會有人在哪裡接他們回去，就跟往常一樣，但是這次不同，推開了門之後，他們走進了一間裝潢素雅的辦公室，在門關上後，房間頓時變得昏暗。

他們聽見身後的門被鎖上的咔啦聲，前方只有一張桌子，桌上放著一把槍，在門被鎖上的同時，前方牆上出現了一個很大的30，緊接著開始倒數變成29，28，27，26……

他們瞬間就明白了這是什麼意思。

兩人沒有絲毫猶豫，立刻拔腿上前搶奪那把槍，冠華速度比較快，先搶到了槍。奈曼立刻踢飛了他手中的槍，一陣扭打過後，換奈曼搶到了槍，他對著冠華連開五槍，冠華硬是用手腕推開了槍口，劃了一個半圓，五顆子彈接連從他身旁擦過。

冠華對槍很了解，他知道這把槍只有六顆子彈，於是他冒著危險伸手抓住奈曼的持槍的手，將食指卡在扳機內，讓他無法扣動扳機，誓死守住了最後一顆子彈，時間也在這時進入了最後十秒倒數。

10，9，8，7，6，5，4，3，2……

在最後只剩下一秒的時候，冠華總算再度搶回了槍，沒有時間思考，他立刻往奈曼的頭開了一槍，倒數停在1的位置，停了下來。

看見奈曼的屍體，冠華手裡的槍掉落在地，他忍不住俯臥在地上，嚎啕大哭起來，他不斷用雙臂捶地，聲嘶力竭痛哭起來。

「為什麼要這樣逼我！為什麼！為什麼！」冠華崩潰哭喊著。

這之後，沒有人來接他，冠華看到一艘小船，殺手W要他自己划回皇后Q的小島。

冠華在跟敵對組織的殺手作戰時，已經耗光了大部分體力，受到奈曼的刺激，他現在神情顯得恍惚。

不過更慘的是，划到一半的時候，小船開始進水了。

他嘆了一口氣，起身做暖身運動，在船沉下去之前躍入水中。

冷冽的海水凍得他忘了傷口碰到鹽水的疼痛，他的意識逐漸模糊了起來，只是機械性地滑動雙臂，在經歷過這一切之後，他只想回去看看詩巧，如果能抱抱她更好，但果然這只是癡人說夢吧？他心想。

好不容易游回了岸邊，他無力地攤在沙灘上，長期嚴厲的訓練讓他得以維持朦朧的意識，沒有就此昏厥。

他的體溫越來越低，但他已經沒有多餘的體力回去了。

就在這個時候，他模糊的視線中，隱約看見了一個人影……

殺手W沒有騙他，這次，他真的給了冠華一個非常大的驚喜，一個做夢也會笑的驚喜。

殺手W把事情的真相，一五一十全都告訴了黃詩巧。

冠華一直對詩巧隱瞞著事情真相，除了擔心她會喪失求生意志外，而且這種宛若邀功的說法，他怎麼也不好意思開口。

但是殺手W擅長觀察人，現在的黃詩巧能跑能跳，還每天努力做瑜珈，想恢復到身體之前的柔軟度，事情經過了一年多，她也已經不再那麼悲傷，現在的她，即使知道了事情真相，也不會再喪失求生意志了。

聽見郭冠華的名字，雖然有印象，但是她一時之間無法把冠華和狙擊手S聯想在一起，因為，她和郭冠華，明明沒有任何交集啊！

她知道被世界遺棄的痛，所以她才更無法理解，為什麼會有人願意為了她，主動捨棄一切，尤其是郭冠華，他擁有的明明那麼多不是嗎？

殺手W讓詩巧去接冠華。由於冠華的身體還很虛弱，殺手W讓他們就近在海邊附近的小木屋歇息一晚。

看見他狼狽的樣子，詩巧只是抱著他一直哭，不停跟他道歉。

世上只剩下這麼一個人在乎自己，自己卻總是只在乎怎麼傷害他。

「對不起……對不起……」她過去對他有多惡劣，現在就有多後悔。

「對不起……」他為了自己，只能在身邊留著幾張家人的照片，自己卻在捏壞他手機之後還幸災樂禍。

「……對不起……」他背負起自己的仇恨，為自己吃了這麼多的苦，可是自己卻連試著去認識他都不肯，如果早知道郭冠華是這個樣子的，即便在世上的任何一個角落，「我用爬的都會去見你一面……」

她緊緊抱著這個男孩，用自己的體溫為他取暖，但是現在的冠華，只是迫切地想從詩巧身上尋求一點慰藉。

「詩巧……詩巧……」冠華將她壓在床上，從她脖子開始往下親吻，他進駐到她兩腿之間，雙手不安分地在她身上游移，口中喃喃唸著她的名字。

「等、等等，那裡……」詩巧來不及抗議，冠華吻上了她，在激情的擁吻下，退去了彼此的衣服，詩巧因此看見了他身上大大小小的傷痕，她忘記了坦誠相對的尷尬，不再羞澀地遮掩自己的身體，而是不捨地撫摸著他身上的傷。

這些傷……全都是因為她嗎？在這個一直以為自己早就被遺棄了的世界中，原來還有個人，一直在某個角落，這樣犧牲了一切在愛著自己。

那晚，他們完成了第一次的肌膚之親，並且確切執行了繁衍後代所需要的每一個步驟。

雖然還沒做好心理準備，甚至為此感到害怕。

可是一直到最後，她都沒有把郭冠華推開。

在郭冠華為自己做了那麼多之後，她不知道自己能用什麼理由把他推開。

這世上只剩一個人在乎她，可是這個人給她的愛，比世上其他七十億人加起來都還要多。

隔天，詩巧在冠華清醒前就離開了。

她需要一些空間獨處，因為她不知道要怎麼面對郭冠華。她整天都嚷著要殺了他，忽然間恨意消失了，她反而不知道該怎麼跟郭冠華互動。

她在離開前吻了下冠華的額頭，低聲告訴他：「謝謝你，一直願意留在我身邊。」

冠華原本以為這是場夢，但當他看見床單上的痕跡後，臉色驟變。

他們做了？是他強迫她的嗎？冠華抱著頭，努力要回想昨天的事，卻怎麼也想不起來，只能隱約想到一些模糊片段。

「這麼貴重的回憶，拜託好好保存起來啊！」冠華忍不住敲了幾下頭，對著自己的大腦自言自語。

忽然間，他心一驚。

天呀！他大概兩天沒洗澡了，她會不會嫌自己髒？而且昨天他精神不佳，他擔心自己會粗魯地弄痛她，要是她越來越討厭自己怎麼辦？

冠華急著想找詩巧問清楚，他想不通詩巧為什麼會願意和他發生親密關係，她不是很憎恨自己嗎？但是當他衝出小木屋後，不久又立刻折了回來。

果然，還是先洗個澡再去吧。

詩巧正在廚房給自己弄早餐，卻一直忍不住想起昨晚的事。

雖然冠華好像意識不清楚，但是他在過程中，一直對自己很溫柔，他們有充分的前戲，足夠的潤滑，她並沒有想像中那麼疼痛，冠華總是能準確地找到她的敏感地帶。即便她想故作鎮定，也會被識破，她興奮到大腦都失去了思考能力，只想緊緊攬著他，告訴他自己還要更多。

那是令人又愛又恨的感受。

她聽說女孩子前幾次都是不舒適的，只會感覺到疼痛，但是她昨天確實也有出現過愉悅的感受。

「不過……單手解開內衣？」在詩巧滿腦子困惑，好像快要理解什麼的時候，她看見郭冠華慌張地推開門走了進來，四處張望。

當冠華看見詩巧後，先是一愣，然後大步朝她走了過來。

這讓詩巧緊張了起來。

怎麼辦？怎麼辦？

「不是我！」她後退一步，忽然大叫起來。

「我什麼都還沒問……」

「我不管你要問什麼，反正都不是我！」

「那妳有膽驗DNA嗎！」

「唔……」

「不是妳的話應該沒差吧？」

「誰會為了這種事驗DNA啊！」

「那妳說床單上那個是什麼？」

「我怎麼會知道！你這個髒鬼，快點把床單拿去洗一洗啦！」

「我偏不要！」冠華就希望對象是她啊，「我還要裱框掛起來，做傳家之寶。」

「你、你還說！」詩巧羞得滿臉通紅，拿著擀麵棍，作勢要追打他。冠華原本想逃，但他覺得不問清楚不行，於是在跑了幾步之后，回過身，手往擀麵棍的空隙一撥，將幹麵棍扭搶了過來。詩巧沒有想到冠華原來可以做到這種程度，確實有點訝異。

冠華扔掉擀麵棍，抓著詩巧的手腕，把她壓向牆壁。

「我、我就問一個問題就好，一個問題，拜託，就一個問題……」

雖然論手勁，詩巧有絕對的自信可以掙脫他，但她並沒有真的反抗。

「呃，」雖然這麼說，但是冠華腦中有無數個想問的問題，要怎麼用一個問題問出最多的答案？又不刺激到她？

「那個……」冠華嚥了口口水，「……滿、滿意嗎……？」

當他提出這個問題時，他做好了挨打的心理準備。果然，他最擔心的還是，自己昨晚會不會只顧著尋求慰藉，造成她的心理陰影。

詩巧滿臉通紅，別過頭，什麼也不說，她怎麼可能說出這種一聽就知道發生什麼事的答案。

這下冠華心裡更著急了，擔心自己昨晚真的造成她不愉快了，他慌張地想要找方法彌補。

「這樣吧，再一次、我們再做一次！」他提出了不知道哪裡來的奇怪想法。

「唉！」詩巧訝異地看著他。

「這次我一定讓妳滿意，好嗎？我技巧很好的，昨天只是因為昏了頭，失去理智，只要再試一次妳就會知道了，到時候妳會天天找我要的……」他沒有注意到詩巧越來越紅的臉，只顧著自己繼續說。

「如果是妳的話，我隨時都可以呀……」

他低頭想吻詩巧，但被詩巧推了開來。

「你、你在說什麼？你現在這樣才叫失去理智吧？」她慌慌張張地逃離現場。

冠華試著站在詩巧的角度，來檢視自己剛才那一番話，然後挫敗地發現自己好像癡漢，難怪她要逃了……

但是其實，他並不是真的想著性這檔事，他只是單純想要更加拉近兩人距離罷了。

即便沒有多少記憶，冠華光是想到他跟詩巧做了，心情就非常雀躍。

他覺得自己的心已經壞掉了，變得怪怪的，他可以因為殺了一個手無寸鐵的路人吐一整夜，難過自責，也可以在殺了自己的夥伴後，若無其事坐在這裡喝茶想著女孩，而面對造成這一切的元凶殺手W，自己反而對他沒有任何敵意，冠華才想著要去讀心理學研究研究，就看見殺手W端了一杯咖啡，在他對面坐下。

殺手W把熱咖啡放在一旁，翻閱起財經雜誌，冠華則自顧自地吃著早餐，假裝在看報紙，忽然間，他聽見殺手W開口說了句：「練體操的女孩身體特別軟，想必過程十分愉悅。」

「咳、咳咳……」冠華被自己的口水嗆到，用報紙把自己的臉擋住，但是過了一會，他又露出半張臉，「你應該沒有……脅迫她……之類的吧？」

「怎麼，她的反應讓你覺得自己在搞強姦？」

「那倒……不至於。」他那時精神不濟，也不是記得很清楚了，不過他想，自己應該沒有能耐非禮一個可以空手捏碎鑽石的女孩，不只他，世上應該沒有幾個男人可以做到這一點，而不被掐死在床上。

「我從不脅迫人，你懂的，我總是會給人另一條選擇。」

「另一條選擇？」冠華從未真的看過有人選了殺手W不想要的答案，「那麼，那個倒數的計時器是怎麼一回事？」

「怎麼，看見時間在倒數，就可以把你嚇得屁滾尿流？」

冠華露出了厭惡的神情，「倒數結束後，會發生什麼？」

「誰知道呢？」殺手W拿起稍微放涼的咖啡，喝了一口，翻到雜誌下一頁。

「如果另一條選擇是死，那怎麼能說有其他選擇？」冠華質問。

殺手W依舊把注意力放在眼前的財經雜誌上，但他用稀鬆平常的語氣回答了冠華的問題。

「你們就沒想過試看看開門嗎？」

冠華慢慢地睜大眼。

「……你、你是說……」他十分震驚，久久說不出話。

現在回頭仔細想想，入口雖然上鎖了，但出口只是一般的門，即便是上了鎖，他們應該也能用槍打壞門鎖的，也就是說……

「是你們兩個自己，共同做出自相殘殺的決定。」不過，這的確是殺手W比較喜歡的選項。

冠華征住了，茫然地收拾了桌上的盤子，洗完放在碗架上，眼神空洞地離開。殺手W叫住了他。

「站住。」

冠華停下腳步。

「過來。」

冠華走了回來。

「坐下。」

冠華拉開椅子，坐回剛剛的位置上。

「不合格，完——全——不合格，你通過了測驗，但不合格。」殺手W闔上雜誌，搖了搖頭，「要成為一流的殺手，你不能只會從別人給的選項中做選擇。」

「你到底是希望我們一起離開那個房間，還是希望我們其中一個殺了對方？」

「你覺得呢？」殺手W忽然覺得憑冠華自己可能想不出答案，於是又說：「這是為你量身打造的訓練，你覺得呢？」

「你到底是想我怎麼做？」

「我希望你打開門……」殺手W公布解答，「然後在離開前殺了他。」

詩巧在得知事情真相後，雖然想試圖改善和冠華的關係，但卻不知道自己到底要怎麼做比較好。

當冠華渾身是傷，從訓練中返回後，詩巧裝得不在乎的樣子，心疼地問：「你在忙什麼？」

「女人。」

「啊？」

「因為我包養太多女人了，應付不暇。」和往常一樣，冠華總是不敢讓她知道太多，隨意找了個藉口搪塞，「等我們結婚的時候，私生子大概可以坐滿兩桌。」

「有哪個女人聽到這個還會願意嫁給你這個花心大蘿蔔！」

是這樣嗎？彷彿是為了確認女生的想法，冠華眼神移向伊莉娜，只見她瞇起眼睛說了句：「像個白癡一樣。」

冠華於是回過頭，告訴詩巧：「放心，她們得到我的人，也得不到我的心。」

他們就這樣一直錯過跟彼此坦誠的時機，時間一久，詩巧覺得乾脆就這樣維持原狀，裝做自己什麼都不知道吧。

反正，她不會和冠華在一起，所以也無所謂了。

因為，在詩巧努力不懈地調查下，她終於知道黃家為什麼會被暗殺了。

在黃家的事業版圖中，最大最賺錢的產業就是生物科技，正是她的父親，和組織MO一同開發出Z病毒。MO對外隱匿了身分，讓他們只以為那是一間來自瑞士的藥廠，才安心和他們合作。

父親在實驗過程中，使用了自己的基因做樣本，身為他的女兒，吻合率才會比任何人都高。

她沒有查到細節，只大致知道研究起了糾紛，才引來殺機。

正是黃家把郭冠華害得這麼慘的，她怎麼能厚著臉皮，接受他這份誠摯的愛？

詩巧也開始省思，這個男孩為自己做了這麼多，自己到底可以替他做什麼？

後來她決定了，要送郭冠華回去，回到真正屬於他的地方。

要離開組織並不是完全沒辦法，只是很難，因為無論是多麼兇惡的人，最後都會有想要金盆洗手，過著安穩生活的一天。

為了不讓機密外洩，組織研發了一種可以影響海馬迴功能的藥，也就是能讓人失憶，從此徹底過著和組織斷絕關係的生活。

冠華還有家人可以倚靠，即使失去記憶，他的家人也會妥善照顧他，詩巧不用擔心他脫離組織之後的生活。

雖然詩巧一開始也懷疑這個消息的可信度，她擔心這是假的，組織會秋後算帳，但是殺手W告訴她：「這種事不可能作假。」哪怕只有一個人發現事情真相，組織都會失去大家的信任，也等於間接滅亡了。

這種藥代價十分高昂，同時還要再加上彌補組織失去狙擊手S的損失，這個協議成了幾乎無法達成的任務，但詩巧一口就應允了這個條件。

「我會證明給你們看，我一個人就能完成兩人份的任務，所以，放他回去吧……」

由於這個緣故，詩巧不再刻意改善兩人之間的關係，反正他回去後，也不會記得自己，越陷越深，留下痛苦的只會是自己。

至少，她不再整天喊著要把郭冠華殺掉，也不再總是惡狠狠地針對郭冠華。

冠華也查覺到了，他已經很久不用提心吊膽防備暗殺了，他只當是自己的誠心打動了她，她開始喜歡上自己，只是因為殺父仇人的心結，她才無法坦率面對自己，不然他真的想不通，為什麼那一天她會來接自己？

冠華樂觀地想，只要他再加把勁，詩巧就會跟他愛得難分難捨，不顧一切和自己在一起。

甚至於，冠華開始認真學做料理，要把詩巧養胖。

詩巧感到很奇怪，雖然他煮得真的很好吃，也會根據她的喜好調整口味，但她不明白：「你為什麼忽然開始學做料理了？」

雖然心裡想著兒童不宜的答案，但是冠華不打算如實告訴她，以她的脾氣，肯定會節食抗議，所以他只是悠悠地說：「興趣罷了，反正妳現在不用練舞了，不需要再刻意控制體重了吧？」

兩年的時間很快地就過去了，冠華完成了他的訓練，詩巧的實驗也終於告一段落。

詩巧靠著自己的實力，一步步爬上幹部的位置，成為戰士Ｇ。

雖然說，如果可以的話，冠華並不希望詩巧成為戰士Ｇ，他希望詩巧能遠離這種腥風血雨的生活，但果然這是不可能的事，身為組織貴重的實驗體，詩巧已經不可能再當一個普通的女孩子了，組織也不會放任自己的研究有落入他人之手的可能，所以，不如就保持現在這樣，他還能在旁邊照看著她。

由於這個緣故，冠華也不再藉口拖延，正式接受了狙擊手Ｓ的稱號，在詩巧之後，正式成為組織幹部。

讓冠華感到慶幸的是，殺手Ｗ沒有給詩巧進行什麼奇怪的特訓。

「她不需要，我是個因材施教的人，而她天生就是個完美的武器。」殺手Ｗ給了冠華一個耐人尋味的笑容，「況且，她的眼裡沒有猶豫。」

時間匆匆又過了兩年。

詩巧每天都很努力在接任務，幾乎沒看她停下來休息過，充沛的體力是她的最佳後盾，讓她沒有疲憊倒下的後顧之憂。

冠華總是選擇離她最近的工作，三不五時就過去攪和一下。

即便詩巧不斷提醒自己要和冠華保持距離，兩人的感情卻不受控制地升溫，她忽冷忽熱的態度常讓冠華摸不著頭緒。

曾經，她試探性問過冠華：「如果可以的話，想不想離開組織？」

冠華只是沉默了一下，然後用溫和的笑容告訴她：「我覺得現在這樣挺好的。」

這樣的答案，卻讓詩巧更加加深了送他回去的決心。

幸運的是，原本預計還要花上十年才能達成的目標，在世界淪陷之後，變成了可行的目標——大家更想待在組織基地內過著安穩生活，也不想失去記憶後返回這世界，加上組織人力充足，於是當詩巧二度協商後，組織同意大幅下修條件，降低難度。

在她的努力下，終於，她迎來了達到目標前最後一次任務，這次任務完成後，她就能送郭冠華回去，狙擊手S就會徹底從這世上消失。

她的心情很感傷，因為她知道，冠華離開後，她又要再度變成自己一個人了。不同的是，這次她是自願的，所以她甘心。

她不得不說，當她得知那是失敗的半成品，不是疫苗時，她是很高興能和冠華再多相處一陣子的，而她會欣然同意和郭冠華結婚的最大原因，也是想要有一段陪伴自己走過剩餘人生的美好回憶。

她沒料到，這一次，冠華為了救她，居然把命都賠上了。

在他掙脫了自己的手，準備跟實驗體一同陪葬時，詩巧著急地喊出了他的名字——

「冠華——」

她慌張地想要再一次抓住他，但是來不及了，她只摸到他稍縱即逝的指尖，抓住的只有殘念。

她緩緩坐正身體，沒有勇氣去探頭看一眼底下的狀況。

這個衝擊對她來說太大了，她臉色瞬間變得慘白，腦中也一片空白，無法做任何思考。

她失去了世界上最愛她的人了。

她失去了那個在自己被世界遺棄時，唯一對自己伸出了援手的人。

她失去了那個最愛的男孩，她再也沒辦法這麼喜歡一個人了。

「回來啊……冠華……」她癱坐在原地，哭得不能自己，「我不要你死啊……」

她不懂，那個時候也好，這個時候也罷，為什麼他總是為了自己義無反顧做出犧牲？唯一不同的是，那個時候，她還剩下他，但是這次，她真的什麼也沒有了。

「冠華，你知道嗎？其實，你的家人還活著……」她用手背抹去眼淚，自言自語緩緩說道：「他們在一座小島上，過著沒有殭屍威脅的安穩生活……」

對他們郭家這種大財團而言，買幾座島不是問題，早在疫情爆發之初，傳出零星案例的時候，他們就在氣候宜人的地方，買下兩座鄰近的小島，並在島上建了一些基礎設施，帶上許多親信奴僕，逃到島上，過著自給自足的莊園生活。

現在島上依舊過著世界淪陷前的生活，有水有電，糧食豐饒又富足。

「我已經一無所有了，但是你不一樣，你還有可以回去的地方。」

為了要讓狙擊手S有個回去的地方，在疫情失控的那一陣子，她還四處奔波，保護他的家人平安撤離。他重要的人，她一個都沒有漏掉。

「所以……我才不是去偷偷執行什麼秘密任務呢……笨蛋……」她哽咽得連一句話也說不好，「我只是……想送你回去……僅此而已……」

她只是想讓他吃下藥丸，徹底跟組織斷絕關係，回到家人身旁，重新過上安穩的日子啊！

好不容易，終於這是最後一次任務了，也因此她才比任何時候都心急。

「我只是……希望你能單純地過日子，只是這樣而已啊……為什麼連這樣渺小的願望都……」

身後陸續有殭屍聚了起來，但是她完全沒有要逃的打算，只是癱坐在原地，不斷流淚。

再一次，她喪失了活下去的動力。

關於後空間

各大美式漫畫、系列影劇、甚至玩具產業，分別上演著史詩般的「大事件」（event），各路英雄們之間的聯手及對抗，成為粉絲津津樂道的話題與閱聽體驗。在這背後運作的是，一個能串連作品（crossover）、形成虛構宇宙（fictional universe）的合作模式。

我們將透過文字的形式，開拓出前所未有的「小說宇宙」。

這是新的創作策略，一個聯手其他作者共同創作的機會，讓不同作者、不同作品能夠彼此相互加成，同時打造故事的品牌，藉此培養讀者社群，也避免了單一作者或單一作品的孤軍奮戰。

透過角色的穿梭，可以看到A故事的主角到B故事跑龍套，或是這一家的大魔王撒野到隔壁棚，借助或制衡其他故事角色的力量。藉此豐富小說的趣味及建構更龐大完整的世界觀，同時送上滿滿的彩蛋及伏筆。

現在，在座的嗜讀者以及創作者們，歡迎各位來到這個充滿無限可能的小說宇宙。

匿名工作室
John Doe Studio

白小寞 著

Fiction Series 001
ISBN : 9-789869-413534
出版日期 : 2017.04.17
定價 : 240 元

擁有「筆念」的人能透過傾聽、閱讀、觀賞和創作，自由穿梭在由世間創作者共同編織的平行時空—— The other world，那是一個藉由「筆念」才能踏入、由「完美」和「遺棄」編織的極端世界。

一個重拾寫作初衷的少女，一身淺藍色睡衣的老闆，泡麵和電動不離手的宅女，十八般武藝樣樣通的不良混混和一隻無法招財的胖貓。每位成員各司其職，攜手拯救那些被遺忘的作品角色，重建並維持著另一個世界的和諧，同時對抗邪惡的盜版組織，交織各方勢力的正面交鋒，一段創作者保護世間作品的冒險就此展開。

在作者白小寞筆下，夥伴間的信賴及羈絆、父女跨越生死的深刻情感，以及創作者追尋榮耀的自尊皆深刻銘心，細緻的描寫更是能一窺作家的寫作生活，同時帶領讀者進入刺激的戰鬥場面，前所未有的史詩戰爭與現實的出版日常並行，成為想像力就是超能力的最佳詮釋。

此外，透過詼諧的筆風，對現實社會的嘲諷，展現打擊盜版的決心，並傳達創作者必須對自己作品負責任的態度，在這個奇幻而奔放的架構底下，將是全新的閱讀體驗。

新書預告

陰間出版社
Publisher of Nether World

鄭禹 著

Fiction Series 003
預計出版 : 2017.05

「靈魂」們表示書不夠看了！歡迎所有陽間的作家，我們能將您的作品於陰間發行，但知情者必定得保密，以維持「各界」之平衡。若嘴巴夠緊，大筆財富將不再是夢想。在陰間，有大批的讀者，正渴望著陽間的故事！

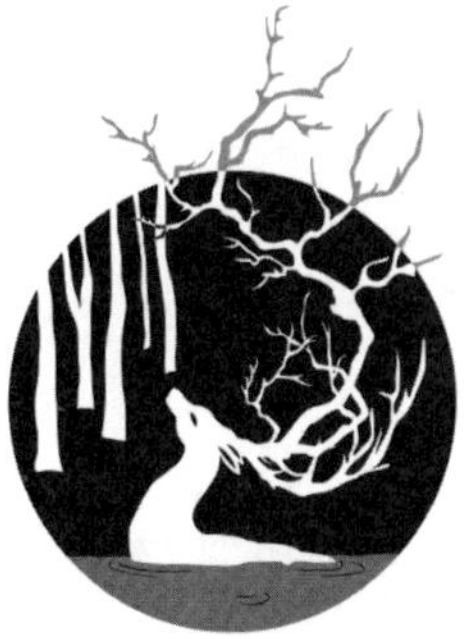

天照小說家的編輯課
Editing Course of Amaterasu Novelist

李穆梅 著

Fiction Series 004
預計出版 : 2017.06

小說家不一定都能擁有天照超能力。想像宏大縝密，善於建立維持空間運作，是孵育作品的天照小說家，具備豐沛又厚實的想像能量，不會成為曇花一現的一書作家，對編輯來說，可遇不可求，絕對有收服的價值與必要！

AGORA PRESS
創詠堂文化事業有限公司

後空間 Fiction Series 002

世界末日帶上貓
Doomsday with Your Cat

世界末日帶上貓 / 天川著. -- 新北市 :
創詠堂文化, 2017.04
面 ; 公分
ISBN 978-986-94135-2-7(平裝)

857.7 106004500

作　　者　天川
主　　編　王鐘銘
責任編輯　王鐘銘
美術編輯　許彣瑄

社　　長　陳朝興
發 行 人　陳文隆
出 版 者　創詠堂文化事業有限公司
地　　址　22063 新北市板橋區重慶路 69 巷 18 號 2 樓
電　　話　886-2-2962-2310
傳　　真　886-2-2963-2416
服務信箱　AP2016@agorapress.com.tw
法律顧問　寰瀛法律事務所　劉志鵬律師、林怡芳律師
出版一刷　2017 年 4 月 17 日

定　　價　300 元

總 經 銷　時報文化出版企業股份有限公司
電　　話　886-2-2306-6842
地　　址　桃園市龜山區萬壽路 2 段 351 號
印　　刷　通南彩色印刷股份有限公司
地　　址　新北市中和區中山路二段 359 巷 3 號 1F

ISBN 978-986-94135-2-7
Printed in Taiwan